本书系国家社科基金一般项目"古代文学灾害书写研究"（13BZW093）结项成果

古代文学灾害书写研究

王焕然 著

中国社会科学出版社

图书在版编目(CIP)数据

古代文学灾害书写研究 / 王焕然著 . —北京：中国社会科学出版社，2023.5
ISBN 978 - 7 - 5227 - 2037 - 1

Ⅰ.①古… Ⅱ.①王… Ⅲ.①中国文学—古典文学研究 Ⅳ.①I206.2

中国国家版本馆 CIP 数据核字（2023）第 106667 号

出 版 人	赵剑英
责任编辑	杨　康
责任校对	王　龙
责任印制	戴　宽

出　　版	中国社会科学出版社
社　　址	北京鼓楼西大街甲 158 号
邮　　编	100720
网　　址	http://www.csspw.cn
发 行 部	010 - 84083685
门 市 部	010 - 84029450
经　　销	新华书店及其他书店

印　　刷	北京明恒达印务有限公司
装　　订	廊坊市广阳区广增装订厂
版　　次	2023 年 5 月第 1 版
印　　次	2023 年 5 月第 1 次印刷

开　　本	710×1000　1/16
印　　张	20.25
字　　数	335 千字
定　　价	109.00 元

凡购买中国社会科学出版社图书，如有质量问题请与本社营销中心联系调换
电话：010 - 84083683
版权所有　侵权必究

目　录

绪　论 …………………………………………………………… (1)

第一章　古代文学灾害书写概论 …………………………… (9)
第一节　灾害定义 …………………………………………… (9)
第二节　中国古代灾害情况概览 …………………………… (11)
第三节　中国古代文学灾害书写一般规律 ………………… (13)

第二章　形形色色的灾害呈现 ……………………………… (20)
第一节　旱灾呈现 …………………………………………… (20)
第二节　水灾呈现 …………………………………………… (33)
第三节　蝗灾呈现 …………………………………………… (50)
第四节　地震呈现 …………………………………………… (57)
第五节　其他灾害呈现 ……………………………………… (61)

第三章　灾民苦难生活书写 ………………………………… (69)
第一节　饥饿的灾民 ………………………………………… (69)
第二节　卖子鬻妻 …………………………………………… (86)
第三节　流民 ………………………………………………… (95)
第四节　灾民的其他苦难生活 ……………………………… (109)

第四章　人神并重除灾害 …………………………………… (129)
第一节　巫术除灾 …………………………………………… (129)
第二节　人力抗灾 …………………………………………… (150)

第三节　仁政除灾 …………………………………………（166）

第五章　双管齐下赈灾黎 …………………………………（176）
　　第一节　官方赈灾 …………………………………………（176）
　　第二节　民间赈济 …………………………………………（209）

第六章　有备无患防灾荒 …………………………………（225）
　　第一节　农业防灾 …………………………………………（225）
　　第二节　兴修水利 …………………………………………（236）

第七章　古代文学灾害书写的独特风格 …………………（263）
　　第一节　高度的现实主义 …………………………………（263）
　　第二节　动人肺腑的真情 …………………………………（268）
　　第三节　现实主义与浪漫主义的巧妙结合 ………………（274）
　　第四节　奇异惊悚之美 ……………………………………（276）
　　第五节　多姿多彩的文体 …………………………………（278）

余论　古代灾害文学蕴含的民族精神 ……………………（282）

参考文献 ……………………………………………………（297）

后　记 ………………………………………………………（318）

绪　　论

　　中国是一个灾害众多、受害深重的国家，古代文学作品中呈现了各种各样的灾害场景，描写了灾民的苦难生活，也展示出各种各样的赈灾与防灾举措，体现出可贵的民族精神品质。研究古代文学作品中的灾害书写，对总结抗灾救灾经验、建构当代精神文明有不可忽视的意义。

一　选题意义

　　当下世界正处于各种灾害的高发期，人们对灾害尤为关注。生态文艺学的发展促使人们更加注意人与环境之间的关系。2008年汶川大地震后，诗歌创作呈现井喷之势，专业作家与社会人士都在写诗，引起了人们对灾害文学的重视。但是，学界对灾害文学的研究却相当薄弱。

　　中国由于其特殊的地理位置，是一个灾害多发国，每半年便发生一次灾害，灾害种类多，受灾面积广，危害严重，一部二十四史几乎可称是中华民族抗灾史。灾害对社会的政治、经济、思想文化都有重要影响，对文学也影响深刻。大量作家积极上书反映灾情，为百姓呼吁，亲身参加抗灾活动，用作品书写灾害。中国文学史在一定意义上可说是灾害记录史，各种体裁的作品，举凡诗、词、曲、赋、小说、歌谣、戏曲、散文等都有灾害书写。早在神话中，便叙写天灾，如大禹治水、女娲补天、后羿射日等，呈现灾害景象，讴歌抗灾英雄。以后历代文学中都不乏对灾害的书写，直到现当代依然如此。书写极端条件下的自然灾害的恐怖场景、人们困苦的生存状态与痛苦无望的心态，展示丰富多彩的抗灾与救灾手段，是古代文学中的一枝奇葩，具有重要的文学价值与其他多方面价值。这类作品数量不菲，风貌独特，值得我们深入研究。

本书能够拓展古代文学及灾害学的研究视野，找到新的学术增长点，对深化这两个学科的研究有重要意义。本书还有以下价值：首先，是建立中国灾害文学的基础与重要组成部分，也可为生态文艺学提供可贵资源。其次，挖掘古代灾荒文学中包含的防灾、救灾、赈灾、抗灾经验及教训，对我们今天的灾荒救治与预防具有借鉴意义。最后，深刻挖掘古代文学灾害书写所蕴含的民族精神，对于当代精神文明建构有积极意义。

二　研究现状

在灾害文学研究中，呈现古今不均衡之势。现当代文学走在了前头。张堂会《民国时期自然灾害与现代文学书写》（中国社会科学出版社2012年版）及《自然灾害与当代文学书写研究》（中国社会科学出版社2017年版）分别研究现代文学灾害书写和当代文学灾害书写。周惠《20世纪中国文学中的灾害书写》（入选2012年全国百篇优秀博士论文）具体分析了20世纪中国文学当中灾害书写的一般形态。此外，还有不少对汶川地震诗歌等灾害书写研究的论文。相比较而言，作为灾害文学重镇的古代文学这座宝库却并未引起学界足够的关注。

古代文学灾害书写研究相当薄弱，研究论文数量不多，而这些研究，大多集中在一些特定的作家作品中，如《诗经》，以及唐宋重点作家如杜甫、白居易、梅尧臣、苏轼，明清小说等。研究《诗经》灾害书写的有李福、崔亚虹《田祖有神，秉畀炎火——〈诗经〉中的灾荒描写与抗灾精神》（《辽宁行政学院学报》2010年第1期）、王焕然《试论〈诗经〉的灾荒书写》（《曲靖师范学院学报》2010年第5期）、孟凡港《歌声中的苦难记忆——〈诗经〉中的自然灾害记载》（《中华文化论坛》2011年第2期）等。研究唐代灾害文学写作的，集中在对白居易的研究上，如吴夏平《白居易的灾害诗》（《古典文学知识》2013年第3期）、马言《试论白居易灾害诗的史学价值》[《西安石油大学学报（社会科学版）》2015年第3期]。此外，刘艺《杜甫天灾诗探微》（《杜甫研究学刊》2013年第1期）研究杜甫灾害诗。研究宋代灾害文学的，有李铁松等《两宋时期自然灾害的文学记述与地理分布规律》（《自然灾害学报》2010年第1期）、李朝军《论梅尧臣的自然灾害题材诗赋》[《贵州师范大学学报（社会科学版）》

2011年第1期]、王菽梅《试论王禹偁的灾害诗》[《贵州民族大学学报（哲学社会科学版）》2013年第1期]、王焕然《苏轼与灾荒》[《井冈山大学学报（社会科学版）》2015年第1期]及《宋代辞赋的灾害书写》[《辽东学院学报（社会科学版）》2016年第6期]等。对清代灾害文学的研究，主要集中在小说与诗歌。小说方面的研究，有刘卫英《〈柳秀才〉与柳御蝗灾象征溯源》(《蒲松龄研究》2003年第3期)及《明清灾害叙事中匿灾事象的文学言说机制》(《东疆学刊》2013年第1期)，王立《〈聊斋志异〉灾荒瘟疫描写的印度渊源及文化意义》[《山西大学学报（哲学社会科学版）》2007年第3期]、《佛经翻译文学与〈聊斋志异〉中的瘟疫与灾害母题》[《苏州科技学院学报（社会科学版）》2011年第6期]、与刘卫英合写的《明清雹灾与雹神崇拜的民俗叙事》(《晋阳学刊》2011年第5期)及《清代火山地震叙事的文学言说》(《晋阳学刊》2013年第1期)，此外还有莎日娜《灾荒与战乱——试论明清之际章回小说的时代主题》[《内蒙古师范大学学报（哲学社会科学版）》2003年第4期]、王焕然《明清小说的灾荒书写》(《明清小说研究》2017年第2期)等。研究清代诗歌灾害书写的，有李文海《晚清诗歌中的灾荒描写》(《清史研究》1992年第4期)、张堂会《天灾与人祸——从诗歌看清代的自然灾害及其救济》(《兰州学刊》2011年第5期)等。祈雨题材研究论文较多，如杨晓蔼和肖玉霞《宋代祈谢雨文的文体类别及其所映现的仪式意涵》[《西北师大学报（社会科学版）》2012年第4期]、王政《元剧中的祈雨古俗略考》(《中国戏剧》2007年第12期)、王焕然《〈清诗铎〉祈雨术初探》(《世界宗教研究》2012年第3期)等。此外，王秀臣《灾难视野中的文学回响——先秦灾难的文学表现及其意义》[《湘潭大学学报（哲学社会科学版）》2012年第3期]、魏宏灿《建安时期的天灾对建安文学的影响》[《安徽大学学报（哲学社会科学版）》2009年第1期]也都分段研究灾害文学。

近几年，硕士学位论文研究灾害文学的不少，如贵州师范大学的2014年宋丹丹《汉魏六朝灾害赋研究》、2014年高雪艳《宋代自然灾害赋研究》、2017年束洁《唐代自然灾害题材诗歌整理与研究》、2017年李为《先秦诸子灾害书写的文献整理与研究》等论文，2013年西北师范大学肖玉霞《宋代祈雨文研究》、2014年西北师范大学宋昀其《苏轼祈禳诗文研究》、2014年安徽大学李文娟《东汉灾害文学研究》、2014年鲁东大学孙从从《魏晋南北朝灾害文学研究》、2014年上海师范大学周玉琳《祈雨习俗与唐五代文学》、2015年陕西理工学院李伟《先秦文学中的灾害书写研究》、2017年哈尔滨师范大学国云昕《汉魏之际灾难文学论》、2017年西北大学栾玉博《唐代旱灾诗研究》等，或分阶段，或分文体，或分题材加以论述。

李朝军《宋代灾害文学研究》（中国社会科学出版社2016年版）的出版，填补了古代灾害文学研究没有专著的空白，对古代灾害文学研究有重大意义。全书以近37万字的篇幅，分10章对两宋文、诗、赋、词等不同文体加以论述，对体量大的诗歌，又从灾害种类角度分为水灾诗、旱灾诗、蝗灾诗、疾疫诗、火灾诗、地震风雹及其他灾害诗等。对于灾害题材创作的文学意义、社会功能、创作动机及其相关创作规律进行了总结和反思。

总体而言，学界对大多数朝代、大多数作家和作品的灾害书写研究是不充分甚至缺失的。《民国时期自然灾害与现代文学书写》虽设"中国文学自然灾害书写传统"一节，对古代文学灾害书写加以宏观把握，但论述过于简略。人们对于古代文学的灾害书写研究，缺乏全面深入的观照。微观的研究亦显数量不够，取点过少，研究范围过窄，深度不够，大量的作家、作品及灾害中的众多问题都没有得到充分讨论。

三 本书的主要研究内容

本书研究古代文学的灾害书写。主要包括以下内容：灾害的界定及古代文学灾害书写轨迹、灾害图景的呈现、灾害的应对之道、灾害书写的艺术特征、灾害书写体现的民族精神。

（一）本书主要研究自然灾害，不研究人为灾害，具体而言是天灾，而非人祸，如战争、放火等不在研究范围之内。

中国古代文学灾害书写历史悠久，有了文学，便有了灾害书写。上古神话中便有对水灾、旱灾等灾害的书写。《诗经》中有描写旱灾、地震、水灾、蝗灾的。汉赋、汉代诏书及《瓠子歌》等诗歌中，有对旱灾、水灾等的书写。魏晋南北朝诗歌及赋、志怪小说中，不乏对灾害的书写。唐朝不少著名作家如高适、杜甫、韩愈、白居易、皮日休、陆龟蒙等人的诗歌中述及旱灾、水灾及百姓的苦难生活。不少散文为求神免灾而作。宋朝有

6000首诗歌广泛述及水灾、旱灾、蝗灾及其他灾害，书写灾害的作家人数更多。宋词中涉及灾害的有百首。宋朝祈雨、祈晴等的文章非常多。元杂剧《包待制陈州粜米》以赈济百姓为中心情节。《窦娥冤》中的三桩誓愿两桩是奇灾。《琵琶记》中最动人的情节便是赵贞女灾荒年间自餍糟糠。刘时中《端正好·上高监司》写灾荒年间百姓的悲惨生活。元代一些诗歌中写到灾害。明代诗歌中写旱灾、雨灾的不少。冯惟敏的散曲中写到旱灾、水灾及庄稼歉收。明代小说《于谦全传》《西游记》《醒世姻缘传》《三国演义》《梼杌闲评》都有关于灾情及救灾的描写。清代写灾害的作品数量激增，《清诗铎》中有大量灾害诗。《阅微草堂笔记》《聊斋志异》《儿女英雄传》《老残游记》《官场现形记》《二十年目睹之怪现状》有丰富的灾情展示、灾荒中人祸的揭露及救灾、治灾的情节。

（二）灾害图景呈现。古代文学中，书写较多的灾害是旱灾、水灾、蝗灾、地震及其他气象灾害。旱灾是众灾之首。水资源缺乏导致粮食减产，植物枯萎，使包括人在内的各种生物生存困难。它持续时间长，造成的危害最大。水灾的次数仅少于旱灾，它冲走了人们的田地、房屋、庄稼，其持续时间不长，危害却不容小觑。蝗灾可以让庄稼在极短时间内化为乌有。地震的到来让人猝不及防，它夺去人的生命，让家园变为瓦砾。

（三）灾民悲惨生活书写。灾荒期间，物资稀少，物价高涨。灾民缺衣少食，树叶、树皮、树根、野果、野草、野菜、草根、草籽甚至有毒的野草都成为他们的食物，糠、稗子、秸秆、干草、麦苗也用来充饥。观音土吃了不消化，夺去人的生命。更令人发指的是，还有同类相食者。灾民为了得到钱买点食物，渡过灾荒，卖掉一切可卖的东西，诸如土地、牛、生产工具等。有的人卖掉妻子，有的父母卖掉儿女。卖儿女者，不能简单斥之为没人性。其实，卖掉儿女得不了几个钱。很多父母这么做，不过是不愿看到一家人一起饿死罢了，更多的是为孩子着想。也有父母把孩子抛弃者。即使用了一切办法，还是有不少人在灾荒中饿死或病死。一些灾民为了活下来，不惜铤而走险，选择了抢米抢粮甚至走上强盗之路，这样能延缓死亡，或许能保住性命。

灾荒产生大量流民。他们离开故土，无衣无食，无依无靠，贫病交加。流民想要活下去，只能靠官府救济与乞讨。很多地方官员为了一地利益，往往出台各种政策，限制灾民流动。许多流民不得已，只能走上为非作歹、违法乱纪之路，他们或抢粮食，或向居民索要物品。

（四）救灾之术。中国古代救灾方法主要有三种，即巫术救灾、人力救灾和仁政救灾。古代社会生产力低下，人们面对灾害，无能为力，更多是把希望寄托在神的身上，他们向各种神灵祈祷，希望神能可怜百姓，为他们消灾除难。旱灾持续时间长，给人们巫术消灾提供了条件。人们采用暴巫、打旱魃、鞭石、禁屠、舞龙等各种巫术祈求降雨。但人们也没有坐等神灵来救，他们想方设法抗击灾害，通过踏水车来抗水旱，通过堵塞决口来抵抗水灾。人们在抗击蝗灾的过程中，采用掘蝻种、捕蝗子、火攻、土埋等手段来对付蝗虫，还想到用鸭等禽鸟捕蝗虫的方法。古代人们认为灾害是对人不良行为的惩罚和警告，如人能悔过认错，弃恶从善，灾害便会消除，最有效的办法是行仁政。天子一统天下，他要为天下的灾害负责。不少作品记录了皇帝采用的各种仁政，诸如节俭、减刑、整顿吏治等。官员也要为治地所出现的灾害负责，他们要反省治理的过失，积极补救。官员的德政甚至可使蝗虫虽然到来却不为灾的奇事出现。

（五）赈灾举措。赈灾可分为官方赈灾与民间赈灾两种，官为主，民为辅，二者可互为补充。官方赈济可分为移粟（将非灾区粮食运到灾区来）、平粜（官方平抑粮价，丰年高价籴粮，荒年低价粜粮）、减轻赋税、赈济百姓粮食、赈粥、赈钱、以工代赈（灾年修水利或其他工程给灾民工钱）。作品中也提到赈济中存在的一些问题。许多粮食被基层官员侵吞。他们假造名册，用大斗进粮、小斗出粮盘剥灾民。他们在账目上作假，在米中掺杂异物，放粮时管理不善导致踩踏等一些意外事件发生。赈粥中亦存在不少问题，一些胥吏在粥中掺杂麸糠甚至石灰，使灾民身体受到极大伤害。他们向灾民索贿，无钱者不能得到粥。粥厂的布置不合理，许多人奔波在路上，甚至有死于路上者。粥厂存在管理不善、分配不均的问题。粥厂提供的粥不能满足灾民需要。民间救济的主体是官员、商人、绅士。不少官员拿出自己的俸禄救济百姓，农村不少绅士与富人救济乡邻。商人拿出一部分钱来赈灾。为了鼓励人们赈济，官方多采取奖励措施，或给奖金，或给官职，或免赋税，或立牌坊，等等。但一些人为富不仁，见死不救，也遭到人们的普遍批评。

（六）防灾之道。与其事后救灾，不如事先防灾，这样花钱少，损失小。防灾主要有农业防灾与水利。中国历来重视农业生产，以农为本，重农抑商。官府鼓励百姓垦荒,增加粮食收入。一些人一味追求经济利益,少种粮食而多种其他经济作物实属眼光短浅。要想灾时不因缺粮成荒,丰富的粮食储备是必需的,人们普遍赞同积极兴建粮仓的举动,批评侵吞粮仓粮食的行为。多种一些抗灾作物是荒年增加粮食收入的必要措施。

兴修水利是防治水灾、旱灾的重要举措。水利是农业的命脉。水利工程可以储水、放水,减轻水旱灾害。它可以灌溉田地,增加土壤肥力,增加粮食产量,繁荣一地经济。相反,不修水利则带来众多灾害。人们为了经济利益在河中种植一些经济作物而阻碍了河道畅通,造成水灾增多。而过度垦田又阻挡了洪水的排泄,占用了蓄水空间,使水旱灾害明显增多。治理江河本是利民之举,但有的官员想法侵占这笔款项,造成很多豆腐渣工程。黄河治理可以说是历代政府都要面对的难题。尤其是明清以来,朝廷为了保漕运,采用以黄济运、以淮敌运的策略,不但增加了黄河水灾,也增加了淮河和洪泽湖流域的水灾,使这一带成为有名的灾区。兴修水利的主要承担者是百姓,他们不但要出钱出力,还要受到体罚,不分昼夜地干活,吃不饱、穿不暖,有的人甚至死于工地。

(七)古代文学灾害书写的独特风格。灾害书写充满高度现实主义精神,许多作品都用精准的数字来说话,一些诗句可与现实状况相对照。一些诗歌可以证史,具有"流民图"一样真实感人的效果。这些作品有强烈的抒情色彩,作者表达出对灾民的深切关注之情,为灾民疾苦而呼吁,为不能救济灾民而感到羞愧,更强烈地批判了那些发灾难财者。古代文学书写灾害时,还将现实主义与浪漫主义巧妙融合。写灾害的可怕场景时,作者往往用浪漫主义,极力渲染灾害巨大的破坏力和人们的无助;而写灾民遭遇的苦难时,作者又用现实主义手法,力求客观而真实地写出他们的悲惨处境以及同灾害的抗争的艰辛。古代文学诸多文体,如诗、词、曲、赋、小说、戏曲、散文、歌谣等都不乏对灾害的呈现。

(八)古代灾害文学蕴含的丰富的民族精神。诸如忧患意识,居安思危、未雨绸缪意识,不畏艰险、顽强抗争的精神,乐善好施的精神,舍生取义、舍己救人的精神,大爱无疆、己饥己溺的精神,敢于担当的精神,在作品中均有生动体现。

四 研究方法

1. 多学科相结合。灾害是关乎国家命运的大事，灾害的预防、救治牵涉众多的部门。灾害本属自然科学，其发生对社会乃至自然界万物的影响都是深刻而巨大的，要研究文学中的灾害，需要联系多门学科，采用文学与灾害学、历史学、社会学、宗教学、民俗学、气象学、地理学、政治学、经济学、农学、医学、水利等学科相结合的方法。比如灾害发生时，常有减刑之举，这需要与法律制度相结合加以考察。古人对灾害的发生原理认识不清，认为是神仙鬼怪在主管灾害，所以常用巫术消除灾害，这需要更多地联系宗教学来考察。本书注意运用灾害学与历史学的研究成果，对中国古代文学灾害书写进行全面、系统把握，论述书写灾害的广度与深度，探讨其艺术特征及发展规律。

2. 统计学的方法。讨论灾害发生频率、危害程度、作家书写灾害的作品数量、种类，这些都需利用具体数字加以说明。比如清朝光绪年间的丁戊奇荒，灾害波及华北五省，造成一千多万人饿死，另有两千多万灾民逃荒到外地，不用数字不足以言灾害之惨烈。用统计学的方法，更能凸显灾害在古代中国的发生次数之多、危害之大，更能看出古代文学灾害书写的重要意义。

第一章　古代文学灾害书写概论

古人与今人对灾害的看法不尽相同。梳理古今灾害概念的变化，确定本书所研究的"灾害"主要是自然灾害，排除了一些人为造成的灾害如战争等，可以更集中地探讨相关问题，这对中国古代灾害加以宏观考察是非常必要的。中国灾害种类繁多，发生频繁，危害巨大，可以折射出古代文学书写灾害的坚实基础。综观三千余年的古代文学灾害书写，作品数量越来越多，质量越来越高，反映社会生活越来越深入，描写越来越细致。

第一节　灾害定义

古代的灾字写作"災"，说明人们对灾害的认识源于水与火。《左传·宣公十六年》云："凡火，人火曰火，天火曰灾。"① 灾的异体字有"烖"与"菑"，说明"灾"与火有关，也与水与草有关。今人这样定义灾害："灾害是由自然因素或人为因素引起的不幸事件或过程，它对人类的生命财产及人类赖以生存和发展的资源与环境造成危害和破坏。"② 依此定义，灾害应包括自然灾害与人为灾害，本书所讨论的仅限于自然灾害，不包括战乱、纵火、掘堤等人为灾害。"'自然灾害'系指自然界物质运动过程中一种或数种具有破坏性的自然力，通过非正常方式的释放而给人类造成的危害。"③ 主要可分为气象灾害、水文灾害、地质灾害、土壤生物灾害等，又可分为大气圈、土壤圈、岩石圈的灾害等。本书主要研究的是水灾、旱

---

① （战国）左丘明传，（晋）杜预注，（唐）孔颖达正义：《春秋左传正义》卷24，《十三经注疏》（标点本），北京大学出版社1999年版，第674页。
② 潘懋、李铁峰编：《灾害地质学》，北京大学出版社2002年版，第1页。
③ 罗祖德、徐长乐：《灾害科学》，浙江教育出版社1998年版，第31页。

灾、地震、蝗灾等自然灾害。

一个与古代灾害密切相关的概念是灾异。《白虎通·灾变》说：

> 天所以有灾变何？所以谴告人君，觉悟其行，欲令悔过修德，深思虑也。《（春秋）繁露·必仁且知篇》云："灾者，天之谴也。异者，天之威也。谴之而不知，乃畏之以威。""凡灾异之本，尽生于国家之失。天出灾异以谴告之，谴告之不知变，乃见怪异以惊骇之。尚不知畏恐，其殆咎乃至，以此见天意之仁而不欲害人也。"《汉书·董仲舒传》云："国家将有失道之败，而天乃先出灾害以谴告之，不知自省，又出怪异以警惧之，尚不知变，而伤败乃至，以此见天心之仁爱人君，而欲止其乱也。"
>
> 灾异者，何谓也？《春秋潜潭巴》曰："灾之为言伤也，随事而诛。"《诗疏》引《五行传》："害物曰灾。"《易释文》引《子夏传》："伤害曰灾。"《国语·周语》："古者天降灾戾。"注："灾谓水火蛊螟之类。"异之为言怪也，先发感动之也。《诗疏》引《五行传》云："非常曰异。"《公羊》隐三年《传》"记异也"，注："非常可怪也，先事而至者异。"《公羊》定元年《传》："异大于灾也。"《诗疏》引郑驳《异义》与《洪范五行传》皆云："非常曰异，害物曰灾。"①

依照诸家的解释，异大于灾，怪异出现的后果比灾害严重。灾强调造成伤害，如水、火、蝗虫之类。异强调不寻常，如日食、月食、妖孽等。日食在古代是震惊朝野的异变，这是因为朝中小人权臣的势力超过了皇帝，太阳的光芒被遮掩，但它对整个社会并没有造成危害性的后果，却引起人们心理上的极度紧张。

本书研究的灾害，类似古人所说的灾，而与异和变不同，灾害与灾异有相同之处但也有区别。古人所谓的灾异，虽然在他们看来极其可怕，却不是我们的研究对象。但是若一些"异"与灾害同时出现，我们可以一并加以考察。如《诗经·小雅·十月之交》里日食、地震、水灾同时出现。

另一个是灾荒。邓拓说："所谓灾荒者，乃以人与人社会关系之失调为基调，而引起人对于自然条件控制之失败所招致之物质生活上之损害与

---

① （清）陈立撰，吴则虞点校：《白虎通疏证》卷6，中华书局1994年版，第267—268页。

破坏也。"① 灾荒强调的是灾害引起食物的短缺，荒是灾的结果。有灾未必有荒，比如灾害发生在人迹罕至的地方，就不会发生饥荒。但古代由于生产力的低下，粮食储备有限，几乎有灾必有荒，所以西方人马罗利称中国为"饥荒的国度"。

第二节 中国古代灾害情况概览

我国位于欧亚大陆的东部，太平洋的西岸，幅员辽阔，南北与东西跨度大，东部位于东亚季风区，西部地处内陆，气候多样。天气和气候系统复杂，地质条件多样，加之青藏高原的作用，使我国成为世界上受气象灾害影响最为严重的国家之一。冬季盛行偏北风，夏季盛行偏南风。冬季风偏强时，气温偏低，出现低温、冰冻、雪灾、大风等灾害性天气。而冬季风偏弱时，气温偏高，又会出现虫害等灾害。当夏季风偏强时，雨带很快推进到北方地区，会造成这一地区雨量过大，导致洪涝灾害，而南方则出现干旱。反之，夏季风偏弱时，会造成南方洪涝而北方干旱。中国夏、秋季节经常遭遇台风。由于季风气候的影响，我国的降水多集中在夏季，这就容易造成水灾，而春、秋、冬降水少，又容易造成旱灾。

干旱是我国最常见、发生面积影响最大、损失最严重的气候灾害，每年造成的损失约占总经济损失的50%以上。我国的干旱区域很广，西北地区的西部属于常年干旱区，东部属于季节性干旱区。中国干旱最为频繁的区域是华北中南部和西南南部。我国经常出现跨季的持续干旱，如春夏、夏秋甚至是春、夏、秋三季，对动植物的生长及人类生活造成重大危害。

洪涝是仅次于旱灾的灾害，每年造成农作物的受灾面积约占气象灾害总受灾面积的27%。夏季东南季风引起的持续性暴雨是造成洪涝灾害的主要原因。我国洪涝灾害发生的分布趋势是：东部多西部少，沿海地区多内陆地区少。由于受东亚季风与青藏高原的影响，我国的暴雨不仅具有突发性，而且具有频发性。我国三分之二的资产、二分之一的人口、三分之一的耕地均分布在受洪涝灾害威胁的区域内。

台风是发生在热带洋面上的一种强烈的气旋性风暴，活动范围很大，

---

① 邓云特：《中国救荒史》，河南大学出版社2010年版，绪言第3页。

常常从热带洋面侵入中纬度地区，并伴有狂风、暴雨、巨浪和海潮，具有很大的破坏力，给人类社会带来灾难。登陆我国的台风平均每年有8个。我国是世界上少数几个遭受台风影响极为严重的国家之一，东南沿海地区经常遭受台风侵袭。

我国的地震跟处于地震断裂带有很大关系。中国位于世界两大地震带——环太平洋地震带与欧亚地震带之间，受太平洋板块、印度板块和菲律宾海板块的挤压，地震断裂带发育好。中国地震活动频度高，强度大，震源深度浅，分布广，是一个地震灾害严重的国家。

中国古代多灾多害，灾害频次多，种类多，危害大，受灾面积广，可以说三年两灾。依邓拓的统计，从西汉开始至1936年，2142年间灾害总数已达5150次，平均每4个月即罹灾1次。就旱灾而言，凡1035次，平均每2年多即罹灾1次；水灾凡1037次，平均亦每约2年即罹灾1次。① 据袁祖亮主编《中国灾害通史》统计，汉代有水灾125次，旱灾123次，地震113次，疫灾52次，风灾36次，雹灾40次。② 魏晋时期水、旱、蝗等主要灾害534次，其中水灾102次，旱灾112次，蝗灾28次，疫灾50次，地震98次，雹灾49次，冻灾23次，风灾72次。③ 南北朝时期，水灾139次，旱灾125次，震灾102次，风灾78次，冻灾54次，虫灾37次，沙尘天气31次，雹灾26次，疫灾25次，雪灾16次。④ 隋唐出现旱灾167次，水灾175次，疫灾49次，地质灾害94次，蝗灾43次，雹灾51次。⑤ 两宋时期共发生水、旱、虫、震、疫、沙尘、风、雹、霜九类自然灾害达1543次，其中水灾628次，旱灾259次，虫灾168次，地震127次，瘟疫49次，沙尘69次，风灾109次，雹灾121次，霜灾13次。⑥ 元代，水灾1870（按一月一地一次）次，旱灾710（按一月一地一次）次，地质灾害189次，疫灾66次，虫灾195次，雹灾289次，霜灾63次，风

---

① 邓云特：《中国救荒史》，第43页。
② 据焦培民等《中国灾害通史·秦汉卷》（郑州大学出版社2009年版）统计。
③ 张美莉等：《中国灾害通史·魏晋南北朝卷》，郑州大学出版社2009年版，第16—17页。
④ 张美莉等：《中国灾害通史·魏晋南北朝卷》，第128页。
⑤ 据闵祥鹏《中国灾害通史·隋唐五代卷》（郑州大学出版社2008年版）统计。
⑥ 邱云飞：《中国灾害通史·宋代卷》，郑州大学出版社2008年版，第10页。

灾27次。① 明代灾害3952次，其中水灾1034次，旱灾728次，虫灾197次，地震1159次，瘟疫187次，沙尘171次，风灾82次，雹灾243次，雷击87次，霜灾34次，雪灾28次，冻害2次；陈高俑《历代天灾人祸统计表》中水灾383次，旱灾247次，蝗灾57次，地震40次，瘟疫69次，雹灾78次，风灾17次，霜灾15次，雪灾和冻害9次，连阴雨8次。② 清代水灾1581次，旱灾625次，雹灾338次，霜冻74次，疫灾176次，火灾231次。③

第三节　中国古代文学灾害书写一般规律

中国的灾害书写，源远流长。有了文学，便有了对灾害的记录和记忆。上古时代，人们抵御自然灾害的能力极低，灾害对他们而言就是灭顶之灾。随着社会生产力的提高，人们对灾害的认识进一步增强，对灾害越来越关注，描写越来越详细，艺术水准越来越高。

唐前是文学书写灾害的孕育期。这一时期，主流文体诗赋中书写灾害的篇目不多，政论文及史书是灾害书写的主体。上古神话中便有了对灾害及人们抗灾的描写，较著名者如女娲补天、大禹治水、后羿射日、夸父逐日等。前两则神话是治水，后两则神话是抗旱。《山海经》是中国神话的渊薮，有大量的灾害神话，反映出深刻的神灵崇拜观念。人们以为灾害是由神灵控制的，书中记述了众多的神灵形象，如旱神、火神、水神、河神等。《山海经》体现出原始的物占思想，某种异形罕见之物出现预示着祥瑞灾祸。《山海经·南山经》云："有鸟焉，其状如枭，人面四目而有耳，其名曰颙，其鸣自号也，见则天下大旱。"④《山海经·西山经》云："有蛇焉，名曰肥蟥，六足四翼，见则天下大旱。"⑤ 但这里缺乏对灾害景象的具体描述。

《诗经》中描写了旱灾、地震、蝗灾等众多灾害。《大雅·云汉》说：

---

① 和付强：《中国灾害通史·元代卷》，郑州大学出版社2009年版，第94页。
② 邱云飞、孙良玉：《中国灾害通史·明代卷》，郑州大学出版社2009年版，第24页。
③ 据朱凤祥《中国灾害通史·清代卷》（郑州大学出版社2009年版）统计。
④ 袁珂校注：《山海经校注·山海经山经柬释》卷1，上海古籍出版社1980年版，第18页。
⑤ 袁珂校注：《山海经校注·山海经山经柬释》卷1，第22页。

"旱既太甚，则不可沮。赫赫炎炎，云我无所。"① "旱既太甚，涤涤山川。旱魃为虐，如惔如焚。"② "旱既太甚，黾勉畏去。胡宁瘨我以旱？惨不知其故。祈年孔夙，方社不莫。昊天上帝，则不我虞。敬恭明神，宜无悔怒。"③ 旱神女魃肆虐，饥荒随之而来，周朝人口锐减，"靡有孑遗"④，走到了危亡边缘。《大雅·桑柔》云："天降丧乱，灭我立王。降此蟊贼，稼穑卒痒。"⑤ 虫灾降下，庄稼受到侵害。《小雅·十月之交》写到地震以及由其引发的山体滑坡、河水泛滥等自然灾害。"烨烨震电，不宁不令。百川沸腾，山冢崒崩。高岸为谷，深谷为陵。哀今之人，胡憯莫惩？"⑥ 电闪雷鸣，河水泛滥，高山变成平地，深谷变成山陵，这正是周幽王二年地质灾害的真实写照。在周人看来，灾害是有神主管的，有了灾，便要向神祈祷。《大雅·云汉》应是周宣王祈求上帝止旱降雨的诗。诗里说"靡神不举，靡爱斯牲。圭璧既卒，宁莫我听"⑦，是其时普遍的做法。周人还积极运用自己的智慧来抗灾救灾，对付蝗虫的方法是"秉畀炎火"⑧（《小雅·大田》），这也为后世主张以人力救灾提供了依据。

到了汉代，人们相信灾异谴告说，当灾害出现时，纷纷上书，指出天子执政过失，对奸臣加以批评，要求改善统治，拯救灾民。《汉书·张禹传》载："永始、元延之间，日蚀地震尤数，吏民多上书言灾异之应，讥切王氏专政所致。"⑨ 皇帝也会诏命大臣上书。《后汉书·陈忠传》载："后连有灾异，（安帝）诏举有道，公卿百僚各上封事。"⑩ 即使以荒淫闻名的灵帝亦不例外。蔡邕《尚书诘状自陈表》说："每有灾异，诏书辄令百官各上封事，欲以改政息谴，除凶致吉。"⑪ 这样的诏书非常多，如刘向

---

① （汉）毛亨传，（汉）郑玄笺，（唐）孔颖达疏：《毛诗正义》卷18，《十三经注疏》（标点本），第1199页。
② （汉）毛亨传，（汉）郑玄笺，（唐）孔颖达疏：《毛诗正义》卷18，第1200页。
③ （汉）毛亨传，（汉）郑玄笺，（唐）孔颖达疏：《毛诗正义》卷18，第1201页。
④ （汉）毛亨传，（汉）郑玄笺，（唐）孔颖达疏：《毛诗正义》卷18，第1198页。
⑤ （汉）毛亨传，（汉）郑玄笺，（唐）孔颖达疏：《毛诗正义》卷18，第1184页。
⑥ （汉）毛亨传，（汉）郑玄笺，（唐）孔颖达疏：《毛诗正义》卷12，第723—724页。
⑦ （汉）毛亨传，（汉）郑玄笺，（唐）孔颖达疏：《毛诗正义》卷18，第1194页。
⑧ （汉）毛亨传，（汉）郑玄笺，（唐）孔颖达疏：《毛诗正义》卷14，第849页。
⑨ （汉）班固：《汉书》卷81，中华书局1962年版，第3351页。
⑩ （南朝宋）范晔：《后汉书》卷46，中华书局1965年版，第1556页。
⑪ 邓安生编：《蔡邕集校注》，河北教育出版社2002年版，第265页。

《条灾异封事》、樊准《因水旱灾异上疏》、张汜《河决上言》等。这些上疏中，对灾害的描述显得笼统而简单，只是提及灾害而已，鲜有具体而翔实的内容。谷永上疏说："上天震怒，灾异娄降，日月薄食，五星失行，山崩川溃，水泉踊出，妖孽并见，茀星耀光，饥馑荐臻，百姓短折，万物夭伤。"①（《汉书·谷永传》）

《汉书》的《五行志》中，记录春秋及西汉的众多灾害，但作者的重点并不在灾害本身，而是以灾害附会人事，对灾情本身的内容关注不够，尤其是对社会造成的危害所写甚少。如《汉书·五行志中上》说："宣帝本始三年夏，大旱，东西数千里。先是五将军众二十万征匈奴。"②《汉书·五行志下上》说："昭帝元凤元年，燕王都蓟大风雨，拔宫中树七围以上十六枚，坏城楼。燕王旦不寤，谋反发觉，卒伏其辜。"③ 而《汉书·食货志》中，对灾害给社会造成的危害关注较多：

> 元帝即位，天下大水，关东郡十一尤甚。二年，齐地饥，谷石三百余，民多饿死，琅邪郡人相食。
>
> 永始二年，梁国、平原郡比年伤水灾，人相食……④

在汉代诗、赋中，写到灾害的不多。汉武帝的《瓠子歌》写了黄河在瓠子决口的情景，并写了帝王带领百官、百姓堵塞决口的场景。贾谊《旱云赋》则写了西汉初年的一场大旱，蔡邕的《述行赋》写了作者从陈留到洛阳途中遇到的一场连绵秋雨。

魏晋南北朝时期，诗、文、赋、志怪小说中都有灾害书写。在众多的灾害中，写到旱灾、水灾的作品较多。王粲、曹植、卞伯玉、夏侯湛都有《大暑赋》，傅玄有《炎旱诗》《苦热诗》，应璩有《与广川长岑文瑜书》。傅玄、潘尼、鲍照、江淹都有《苦雨诗》，曹毗有《霖雨诗》，陆机有《愁霖赋》。《搜神记》以《说苑·贵德》及《汉书·于定国传》里的东海孝妇故事为蓝本，又加上长老的传说，添上了血逆流的情节。同书卷7写

---

① （汉）班固：《汉书》卷85，第3467页。
② （汉）班固：《汉书》卷27，第1393页。
③ （汉）班固：《汉书》卷27，第1444页。
④ （汉）班固：《汉书》卷24，第1142页。

了淳于伯冤死，除大旱三年之外，还有血逆流、下流，这两则故事对后世《窦娥冤》的情节影响极为明显。

唐、宋、元、明是文学书写灾害的发展期，多种文体都书写灾害。诗歌是唐朝文学一代之盛，许多作家诗歌中写到水、旱、风、蝗等各种灾害，如高适、杜甫、韩愈、白居易、李商隐、皮日休、陆龟蒙等人的作品。比较典型者为白居易，其诗歌写到旱灾、水灾、蝗灾等，《杂兴三首》《采地黄者》《夏旱》《杜陵叟》写到旱灾，《大水》写到水灾，《捕蝗》写到蝗灾。唐末的皮日休与陆龟蒙还写了两首反映雨灾的长诗，前者为《吴中苦雨因书一百韵寄鲁望》，后者为《奉酬袭美先辈吴中苦雨一百韵》。除诗歌外，唐代还有不少与灾害相关的各体文章，如制、敕、祭文、表文、吊文等。唐代人遇到灾害，首先想到的是祈求神灵帮助以获得赦免，如李嵩《祭北岳报雨状》、张说《祭江祈晴文》、独孤霖《白帝祠祈雨文》、柳宗元《舜庙祈晴文》、杜牧《祭城隍神祈雨文》等。李商隐多数时间作为幕府文人，为别人写过大量赛神文，如《赛北源神文》《赛白石神文》《赛海阳神文》《赛古榄神文》《赛莫神文》《祭兰麻神文》等多篇求雨禳灾文。唐代小说中也有与灾害相关的题材。《宣室志》卷2写到人们祭神的原因乃是延福去灾。《北梦琐言·逸文补遗》提到江陵对伍子胥的崇拜。也有小说反映了人们不迷信鬼神的思想。《太平广记》卷394引裴铏《传奇》记述陈鸾凤毁雷神庙等。尤其值得注意的是，唐代出现了人为干预与听天命的争论。以德去蝗与人力捕蝗两派发生了一场有名的争论，对以后抗击蝗灾及各类灾害产生了深远影响。争论的双方是姚崇与卢怀慎、倪若水。姚崇以《诗经》及光武诏为例，以为人力可除。倪若水以为："蝗是天灾，自宜修德。"卢怀慎谓崇曰："蝗是天灾，岂可制以人事？"[①] 二人以为蝗是天灾，人们奈何不得，只能修德而不能捕杀。

宋代文人关注民生，关注现实。他们对灾害极为关注，每当灾害来时，他们都会向皇帝及时汇报灾情，进计献策。元祐五年（1090），浙江大面积灾荒，苏轼连上八书，积极为解除百姓苦难而呼吁。他请求朝廷预先筹划，提议高价多籴常平米，储备充足以备来年出售；乞求免去浙西力胜钱，使商人愿意做粮食生意，加快各地粮食的流通；恳请朝廷宽减转运

---

① （后晋）刘昫等：《旧唐书》卷96，中华书局1975年版，第3024页。

使上供的一半，准许在苏州、秀州寄籴；请求截拨本地或发运使上供斛斗 30 万石，令本地减价出粜。而且从皇帝那里求得度牒给那些富民，换取粮食，救济百姓。很多文人言论、救灾策略在中国灾害史上占有一席之地，如朱熹有关建立社仓的提议，后来被政府采纳，推广到全国。熙宁六年（1073），郑侠作《上皇帝论新法进流民图》呈给神宗，深深触动了皇帝，废除了新法。流民图亦成为真实描摹流民苦难生活画面的一个文化符号。董煟的《救荒活民书》则是中国第一部救灾专著。许多文人亲身参与防灾、抗灾、救灾，如苏轼带领徐州军民抗击黄河洪水，领导杭州百姓兴修西湖水利。宋代诗歌中还全面呈现了灾害图景，举凡旱灾、雨灾、雪灾、风灾、蝗灾、冰雹、饥荒等均进入诗人的写作视野。与唐代相比，宋代书写灾害的作品数量急剧增长，作家人数大为增加，王禹偁、梅尧臣、欧阳修、苏轼、苏辙、王安石、范成大、陆游、戴复古等人都有不少作品写灾害。其描写内容更为丰富、细致，很多诗文篇幅大大加长，不仅对灾害的自然破坏力极为关注，而且特别关注其对百姓造成的巨大危害。作为一代文学代表的词，其在灾害书写上的成就固然无法与诗歌、散文相提并论，但也不容忽视。据李朝军的统计，关涉自然灾害的词作有一百多处（篇）①。一些喜雨词间接写到旱灾，但很不充分。

曲是元代文学之盛。《窦娥冤》写窦娥被冤杀时，发了三桩誓愿，其中两桩与奇灾相关，即六月飞雪与楚州大旱三年。《包待制陈州粜米》便围绕一场灾荒而展开。陈州亢旱三年，刘衙内派其子刘得中、其女婿杨金吾前去赈济。刘、杨二人私自将米价翻番，并用大秤秤银，小斗放粮，又在粮里掺上泥土糠秕，用敕赐紫金锤打死同他们讲理的灾民张憿古。其子小憿古上告开封府，包拯微服私访，查明真相，为民申冤，让小憿古用紫金锤打死刘得中。《宜秋山赵礼让肥》讲述灾荒期间，赵礼被强盗马武抓住要吃掉，他请求回去与母亲和哥哥赵孝告别。兄弟二人争说自己体肥要求杀了自己，感动马武放了兄弟二人。高明《琵琶记》通过描写赵贞女在灾荒年间伺候公婆而自餍糟糠的动人故事，塑造了一个勤劳善良、忍辱负重的贤惠女性形象。元代张养浩的散曲《一枝花·咏喜雨》写旱灾让很多人变成了流民，《喜春来》记载了其对灾民的关心和帮助。刘时中《端正

---

① 李朝军：《宋代灾害文学研究》，中国社会科学出版社 2016 年版，第 298 页。

好·上高监司》前套写旱灾期间庄稼无收，物价高涨，富户在粮中掺杂粗糠、秕屑等异物。老百姓只能吃野菜、树叶、细糠等，被迫卖儿鬻女。街上到处是饿莩，社会动荡。元代诗歌中写到旱灾、水灾、飓风、冰雹、地震等各种灾害，典型的如吴师道《苦旱行》三首与《后苦旱行》，谢应芳《忧旱吟》、王恽《漙池秋涨行七月十日次洧家度》《嗟嗟住河滨》《农里叹》、胡祗遹《苦雨叹》、贡师泰《河决》、胡祗遹《捕蝗行》与《后捕蝗行》、杨载《大雹行》、杨维桢《地震谣》等。元代作品还特别关注流民，张养浩有《流民操》，李存有《流民歌》。

明代不少作品中写到灾害与流民，旱灾、水灾、风灾、地震、蝗灾均出现在文人笔下。明代写旱灾的诗篇不少，有些诗专写旱灾，故对旱灾的景象、救灾的方法、百姓的苦难都有全方位的呈现。代表作有董传策《忧旱篇》、屠隆《秋日同蔡应期明府钱懋谷太学渊甫次卿》、朱诚泳《甲辰岁关中大祲》、阎尔梅《苦旱行沧州道中》、邢大道《忧旱歌》等。相比较而言，明代写水灾的作品不多，代表作有程敏政《涿州道中录野人语》、王世懋《即事》、范凤翼《仲夏苦暴雨有作》《愁霖词己丑仲夏末有感而作也》、刘澄甫《海溢》等。明代散曲书写灾荒者有之。冯惟敏《胡十八·刈麦有感》写到几十年不遇的大旱灾。《折桂令·刈谷有感》写百姓遭遇饥荒之年，"麦也无收，黍也无收。恰遭逢饥馑之秋，谷也不熟，菜也不熟"①，即使这样，官吏还一例诛求，逼得百姓生活不下去，纷纷逃亡。《傍妆台·忧复雨》写天地间一片汪洋。《玉芙蓉·苦雨》写雨水冲倒房屋，风雨使五谷减产。《玉芙蓉·苦风》写大风吹倒了房屋与庄稼。小说中也有不少涉及灾害的。《三遂平妖传》写到博平县的大旱；《西游记》记述凤仙郡旱灾；《梼杌闲评》述说江南大旱，京城一带的水灾、火灾、地震和山西地震等。《醒世姻缘传》写明水镇遭到的旱灾、水灾及奇荒。谢谠《四喜记》写雍丘令干旱求雨而得甘霖之事，是为人生一大喜事。

清代是古代灾害文学的高峰期，写作灾害的作家人数多，作品数量多，对各种灾害及灾民苦难有全面而细致的描绘。皇帝以诗写灾害。乾隆以帝王之尊亲自过问赈灾之事，并以之入诗，如《命于淮北截留漕米十万石以备赈贷诗以志事》《降旨加赈江南去岁被灾州县诗以志事》《降旨加

---

① （明）冯惟敏：《海浮山堂词稿》卷2上《归田小令》，上海古籍出版社1981年版，第84页。

赈去岁安徽省被灾州县诗以志事》。乾隆还时时关心灾民疾苦。《荷叶》云："陡思卫辉民，饥馑荐臻遇。食草根树皮，与鹿同窨遽。玉食岂能安，惭惶赋斯句。"[①] 他吃着精美的饮食，想到卫辉百姓与鹿一样吃的是草根、树皮，内心感到无比羞愧。

文人写作热情更高，屈大均、吴嘉纪、魏禧、吴伟业、归庄、朱彝尊、施闰章、宋琬、查慎行、赵执信、孔尚任、蒲松龄、毕沅、焦循、袁枚、郑燮、黄任、陈文述、郑珍、刘开、姚燮、陶澍、林则徐、黄遵宪、丘逢甲、张维屏等人都有多篇作品书写灾害。清人张应昌编的《国朝诗铎》卷14是"灾荒总"，卷15将灾害分为"水灾、旱灾、风灾、雹灾、雪灾、雷异、日食、地震、火灾、虫灾"，卷16则将救灾分为"捕蝗、伐蛟、捕虎、勘灾查户口、赈饥、平粜、蠲免"，卷17则是灾害产生的两种后果："流民""鬻儿女"。其他与灾害相关的还有"岁时""米谷""海塘""河防""水利"等，其余类别中亦有不少反映灾害的诗篇。检索清人别集，我们发现书写灾害的作品呈剧增之势，描写具体而微，取得了很高的成就。

小说及戏剧中写到灾荒的数量不少。《聊斋志异》中写到水灾、旱灾、地震、蝗灾等，《二十年目睹之怪现状》《官场现形记》《儿女英雄传》则揭示了治灾救灾中的各种乱象，诸如贪污、中饱私囊、求官求名等。《老残游记》则讽刺了庄公保的食古不化、草菅人命，表达了刘鹗治理黄河的独特理念。

一些词作也写到了灾害，如陈维崧《南乡子·江南杂咏》写到水灾淹没了田园村落，其《金浮图·夜宿翁村，时方刈稻，苦雨不绝，词纪田家语》写到水灾淹没了村庄，冲毁了庄稼，百姓没了粮食，屋里没有干燥之处。焦循《水龙吟·记水灾》写到冲毁房屋与庄稼的水灾。

---

① （清）爱新觉罗·弘历：《御制诗五集》卷17，《清代诗文集汇编》，上海古籍出版社2011年影印清乾隆、嘉庆武英殿刻本，第327册，第481页。

第二章　形形色色的灾害呈现

自然灾害是以自然因素为主导造成人类生命、财产、社会功能和生态环境等损害的事件或现象。国家标准《自然灾害分类与代码》将自然灾害分为气象水文灾害、地质地震灾害、海洋灾害、生物灾害和生态环境灾害5大类39种自然灾害。

古代文学写到了各种各样的灾害，主要有地质灾害，如地震等；有气象灾害，如水灾、旱灾、雪灾、风灾等；有生物灾害，如蝗灾等。本书重点研究水灾、旱灾、蝗灾、地震等。

文学灾害书写，有的写灾害造成的惨象，有的写人们的抗灾救灾行为以及灾后生活，有的还反思灾害的成因。出于分开论述的原因，本章只探讨灾害造成的惨象，而其余内容则在别的章节加以探讨。

第一节　旱灾呈现

气象灾害出现频率高，影响范围广，造成的危害大。旱灾是灾害之首，造成的危害也最大。俗话说：水灾一线，旱灾一片。旱灾是水资源的短缺造成的，它会使人、动物与庄稼缺少水分，造成粮食减产或绝收。人们缺少食物，物价上涨，不得不逃亡。早在神话中，便出现了旱神的形象。《山海经·大荒北经》云："有人衣青衣，名曰黄帝女魃。蚩尤作兵伐黄帝，黄帝乃令应龙攻之冀州之野。应龙畜水，蚩尤请风伯雨师，纵大风雨。黄帝乃下天女曰魃，雨止，遂杀蚩尤。魃不得复上，所居不雨。"① 魃是黄帝的女儿，相貌丑陋，为了打败蚩尤，使出浑身解数止雨，用尽了力

---

① 袁珂校注：《山海经校注·山海经海经新释》卷12，第430页。

气,不能再到天上,所至之处,出现旱灾。夸父逐日是一则有关干旱的神话:"夸父与日逐走,入日。渴欲得饮,饮于河渭;河渭不足,北饮大泽。未至,道渴而死。弃其杖,化为邓林。"①(《山海经·海外北经》)"夸父不量力,欲追日景,逮之于禺谷。将饮河而不足也,将走大泽,未至,死于此。应龙已杀蚩尤,又杀夸父,乃去南方处之,故南方多雨。"②(《山海经·大荒北经》)天降奇旱,黄河、渭水都干涸了,夸父要为民除旱,驱赶烈日,壮志未酬而以死相殉。《山海经·大荒北经》中所述夸父干渴而死与被应龙杀死两种不同说法,看似矛盾,而实则统一。上古有暴巫甚至焚巫的求雨巫术,《山海经·海外西经》说:"女丑之尸,生而十日炙杀之。"③而夸父很可能就是那个主持求雨的巫师,因其死后手杖化为邓林,邓林即桃林,桃木杖是巫师的重要法器,他被暴晒甚至作为牺牲被杀掉。④

《诗经·大雅·云汉》是较早详细描绘旱灾的作品:

旱既大甚,蕴隆虫虫。
旱既太甚,则不可推。……周余黎民,靡有孑遗。
旱既太甚,则不可沮。赫赫炎炎,云我无所。
旱既太甚,涤涤山川。旱魃为虐,如惔如焚。
旱既太甚,黾勉畏去。
旱既太甚,散无友纪。⑤

周宣王忧心如焚,以极力铺陈夸饰之词,逼真地描绘出酷热少水的灾害图景。其采用的夸饰修辞及"涤涤山川"等典型意象为以后书写旱灾者所继承并发扬光大,是灾害文学的经典之作。赋是汉代文学之胜,贾谊的《旱云赋》描写了一场可怕的旱灾:

廓荡荡其若涤兮,日炤炤而无秽。隆盛暑而无聊兮,煎砂石而烂

---

① 袁珂校注:《山海经校注·山海经海经新释》卷3,第238页。
② 袁珂校注:《山海经校注·山海经海经新释》卷12,第427页。
③ 袁珂校注:《山海经校注·山海经海经新释》卷2,第218页。
④ 参见童芬芬《夸父逐日的原始蕴含及后世的演变》,《甘肃社会科学》2006年第6期。
⑤ (汉)毛亨传,(汉)郑玄笺,(唐)孔颖达疏:《毛诗正义》卷18,第1195—1202页。

渭；汤风至而含热兮，群生闷满而愁愦。畎亩枯槁而失泽兮，壤石相聚而为害，农夫垂拱而无聊兮，释其锄耨而下泪。忧疆畔之遇害兮，痛皇天之靡惠；惜稚稼之旱夭兮，离天灾而不遂。①

在汉代刘向的《说苑·贵德》中，有一则东海孝妇的故事，讲述孝妇因遭小姑诬陷谋杀婆婆而被太守处死，导致东海大旱三年的千古奇冤。此事后来又被写入《汉书》与《搜神记》，成为《窦娥冤》的重要故事蓝本。在于公为孝妇祭祀后，立降大雨，反映出深厚的天人感应观念。冤情可致大旱，悔改认错可让上天收回惩罚。

六朝的作品写到旱灾的不多。三国魏应璩《与广川长岑文瑜书》写了当时的一场奇旱："顷者炎旱，日更增甚，沙砾销铄，草木焦卷，处凉台而有郁蒸之烦，浴寒水而有灼烂之惨。宇宙虽广，无阴以憩。《云汉》之诗，何以过此？"② 其极力夸饰想象，突出炎热之势。傅玄《诗》写到大旱对自然环境及社会造成的巨大破坏："炎旱历三时，天运失其道。河中飞尘起，野田无生草。一餐重丘山，哀之以终老。君无半粒储，形影不相保。"③ 陶渊明《怨诗楚调示庞主簿邓治中》记录了自己的苦难："炎火屡焚如，螟蜮恣中田。风雨纵横至，收敛不盈廛。"④ 遭受旱、蝗、风雨等多重自然灾害，庄稼收成可怜。《搜神记》作为六朝志怪小说的代表作，其卷11在抄录《说苑·贵德》及《汉书·于定国传》里的东海孝妇故事基础之上，又加上长老的传说，添上了血逆流的情节。卷7写了淳于伯冤死，除大旱三年之外，还有血逆流、下流：

晋元帝建武元年六月，扬州大旱。十二月，河东地震。去年十二月，斩督运令史淳于伯，血逆流，上柱二丈三尺，旋复下流四尺五寸。是时淳于伯冤死，遂频旱三年。刑罚妄加，群阴不附，则阳气胜

---

① 吴云、李春台校注：《贾谊集校注》，天津古籍出版社2010年版，第341页。
② （清）严可均辑：《全上古三代秦汉三国六朝文·全三国文》卷30，中华书局1958年版，第1219页。
③ 逯钦立辑校：《先秦汉魏晋南北朝诗·晋诗》卷1，中华书局1983年版，第573页。
④ 逯钦立辑校：《先秦汉魏晋南北朝诗·晋诗》卷16，第976页。

之。罚又冤气之应也。①

两者与后世《窦娥冤》的情节更为接近。

唐代是中国诗歌的高峰，不同时期、不同流派、不同风格的作品中都写到了旱灾，如张九龄、王维、孟浩然、储光羲、李白、高适、杜甫、刘长卿、戴叔伦、白居易、元稹、韩愈、姚合、陆龟蒙等诸人之作。杜甫《喜雨》《雷》《种莴苣》《热三首》《夏日叹》等诗中真实地记录了旱灾情形。《夏日叹》说：

> 夏日出东北，陵天经中街。朱光彻厚地，郁蒸何由开。上苍久无雷，无乃号令乖。雨降不濡物，良田起黄埃。飞鸟苦热死，池鱼涸其泥。万人尚流冗，举目唯蒿莱。至今大河北，化作虎与豺。②

白居易作为元白诗派的代表人物，关注文学反映时事的价值，其《月夜登阁避暑》《杂兴三首》《秋池二首》《采地黄者》《轻肥》《杜陵叟》《自咏五首》《即事寄微之》《赠韦处士六年夏大热旱》《喜雨》《别州民》《苦热》等诗篇中涉及了旱灾。其《夏旱》说：

> 太阴不离毕，太岁仍在午：旱日与炎风，枯燋我田亩。金石欲销铄，况兹禾与黍？嗷嗷万族中，唯农最辛苦。悯然望岁者，出门何所睹？但见棘与茨，罗生遍场圃。恶苗承沴气，欣然得其所。感此因问天，可能长不雨？③

他还把目光投向在旱灾中盘剥百姓、弄虚作假的官吏。《杜陵叟》说："三月无雨旱风起，麦苗不秀多黄死。九月降霜秋早寒，禾穗未熟皆青干。长吏明知不申破，急敛暴征求考课。"④马邑《贞元旱岁》更以夸张之笔写出了旱灾的巨大危害："赤地炎都寸草无，百川水沸煮虫鱼。定应燋烂

---

① （晋）干宝撰，汪绍楹校注：《搜神记》，中华书局1979年版，第105—106页。
② （清）仇兆鳌注：《杜诗详注》，中华书局1979年版，第540—541页。
③ 顾学颉校点：《白居易集》卷1，中华书局1979年版，第22页。
④ 顾学颉校点：《白居易集》卷4，第78—79页。

无人救，泪落三篇古尚书。"① 高适为基层官吏时，洞悉百姓疾苦，《自淇涉黄河途中作十三首》其九说："去秋虽薄熟，今夏犹未雨，耕耘日勤劳，租税兼乌卤。园蔬空寥落，产业不足数……"② 韩愈《赴江陵途中寄赠王二十补阙李十一拾遗李二十六员外翰林三学士》提到京师旱情："是年京师旱，田亩少所收。上怜民无食，征赋半已休。有司恤经费，未免烦征求。富者既云急，贫者固已流。传闻闾里间，赤子弃渠沟。持男易斗粟，掉臂莫肯酬。"③ 直面灾民的苦难生活，写得如此动人心魄的，在唐代实不多见。元稹《旱灾自咎贻七县宰同州》记录了其任职之地连遭旱灾侵害："一旱犹可忍，其旱亦已频。腊雪不满地，膏雨不降春。……欢言未盈口，旱气已再振。六月天不雨，秋孟亦既旬。"④ 旱灾从当年冬天持续到来年秋天，作者在诗里深深自责反省。

就连方外僧人也关注旱灾。皎然《同薛员外谊久旱感怀寄兼呈上杨使君》说："皇天鉴不昧，恓想何亢极。丝雨久愆期，绮霞徒相惑。阴云舒又卷，濯枝安可得。涸井不累瓶，干溪一凭轼。赤地芳草死，飙尘惊四塞。"⑤ 僧鸾《苦热行》写天气极其炎热干旱：

> 烛龙衔火飞天地，平陆无风海波沸。彤云叠叠耸奇峰，焰焰流光热凝翠。烟岛拚鹏骞双翅，羲和赫怒强总辔。饮流夸父毙长途，如见当中印王字。明明夜西朝又东，古来有道仍再中。扶桑老叶蔽不得，辉华直欲凌苍空。行人挥汗翻成雨，口燥喉干嗌尘土。西郊云色昼冥冥，如何不救生灵苦。何山怪木藏蛟龙，缩鳞卷鬣为乖慵。不发滂泽注天下，欲使风雷何所从。旱苗原上枯成焰，岳灵徒祝无神验。……废田暍死非吾属，库有黄金仓有粟。⑥

---

① （清）彭定求等编：《全唐诗》卷369，中华书局1960年版，第11册，第4155页。
② 刘开扬笺注：《高适诗集编年笺注》，中华书局2018年版，第189页。
③ （清）方世举著，郝润华、丁俊丽整理：《韩昌黎诗集编年笺注》卷3，中华书局2012年版，第159页。
④ 冀勤点校：《元稹集》卷4，中华书局1982年版，第37页。
⑤ （清）彭定求等编：《全唐诗》卷815，第23册，第9180页。
⑥ （清）彭定求等编：《全唐诗》卷823，第23册，第9281—9282页。

诗中运用了大量神话，以奇伟雄丽之笔，道出灾荒的异常情境。尤其最后两句富人所讲言辞，凸显出他们的冷漠无情。李商隐《行次西郊作一百韵》对天灾人祸交至下的百姓苦难也写得相当真切："草木半舒坼，不类冰雪晨。又若夏苦热，燋卷无芳津。高田长檞枥，下田长荆榛。农具弃道旁，饥牛死空墩。依依过村落，十室无一存。……儿孙生未孩，弃之无惨颜。不复议所适，但欲死山间。尔来又三岁，甘泽不及春。盗贼亭午起，问谁多穷民。节使杀亭吏，捕之恐无因。咫尺不相见，旱久多黄尘。官健腰佩弓，自言为官巡。常恐值荒迥，此辈还射人。"①

唐诗中虽然书写旱灾的作品不少，但对旱灾细致而全面描写的并不多见，一些诗人仅是把旱灾作为抒情达意的手段或背景，其目的不在灾害本身。李白《流夜郎至西塞驿寄裴隐》云："龙怪潜溟波，候时救炎旱。我行望雷雨，安得沾枯散？"② 诗人因永王李璘之事被流放夜郎，期望裴隐能够解救自己，如久旱望雨。

旱灾是宋代文人写得最多的灾害。我们只要翻检一下《全宋诗》，就会一目了然。作者中不乏名家，如王禹偁、杨亿、梅尧臣、石介、苏舜钦、欧阳修、苏轼、苏辙、王安石、曾巩、黄庭坚、刘敞、刘邠、秦观、贺铸、陈师道、晁补之、张耒、周紫芝、吕本中、朱淑真、张孝祥、吴芾、王十朋、范成大、陆游、朱熹、杨万里、尤袤、戴复古、刘克庄、林希逸、方岳等，更有大量普通作家。在宋朝类似以喜雨、贺雨、喜雪、祈雨、祷雨、祈雪、请雨、不雨、阻雨、闵雨、谢雨、谢雪、苦旱、久旱、春旱、秋旱为题的诗篇中，基本上都有书写旱灾内容的。一些诗人写有大量关涉旱情的诗篇，据不完全统计，苏轼有18首，陆游有23首，王之道有20首。这样算来，宋代书写旱灾的诗歌，数量极为庞大。一些以书写旱灾为主的诗作对灾情的描写颇为细致、周全。如苏籀《夏旱一首》：

> 阳厄会百六，骄亢惨如煼。素秋垂二七，十旬赤千里。土田灵龟坼，水车渴乌柅。历时书不雨，槁矣吁田稚。虽然海有潮，何堪井无

---

① （唐）李商隐著，（清）冯浩笺注，蒋凡标点整理：《玉溪生诗集笺注》卷1，上海古籍出版社1979年版，第96—98页。

② 瞿蜕园、朱金城校注：《李白集校注》卷14，上海古籍出版社1980年版，第873页。

水。塞鼻炎烟郁，吹面江风靡。憬俗雪不降，炎洲冰诋履。虐魃岂胜诛，巫尪窘臞悴。雩萦按典彝，祝史殊跛倚。资舟舟已尽，振廪廪余几。枵然望云汉，邀乎嗥屏翳。戎疠未入朝，耕战诚劳勚。收募联什伍，倍蓰给饷馈。伊人亏颗粒，主者遭怨詈。覆载疑亭育，蘙蔴视生类。作为三日霖，雾汔万事理。焦枯已不救，根蘖或可冀。疲民亿万口，生生荷天帝。侏儒一囊足，孤寡千箱赐。三军尽凫藻，邦邑岂小乂。①

赤地千里，土地干裂，禾苗枯槁，热气逼人，人们用尽一切求雨法术，难乞半点甘霖，官府采用各类救济办法也难以奏效。即使这样百姓还要服兵役、供军粮。李复《夔州旱》更多关注到了灾民的痛苦生活："污邪瓯窭高下荒，草根木皮何甘苦。蛮商奸利乘人急，缘江转米贸儿女，已身死重别离轻。"②老百姓只能吃草根树皮，一些商人倒卖粮食甚至开始买卖人口。对灾民生活关注更多的是戴复古的诗篇，其《嘉熙己亥大旱荒庚子夏麦熟》以组诗的形式反映了百姓由于遭受旱灾和虫灾的连续打击，手中无粮，导致谷价高涨，许多人被饿死。《庚子荐饥》也以组诗的形式反映百姓的悲剧生活。他们遭遇连年旱灾，"十家九不爨，升米百余钱"③。很多人死于逃亡路上，官府救灾措施徒具虚文，富人为富不仁，囤粮不卖，逼得有些人铤而走险。

元代写旱灾的诗数量虽不算少，但多集中在祷雨诗中，略及旱情，专门写旱灾的诗篇并不多。谢应芳《忧旱吟》写到持续一个多月的旱灾惨象："竭来一旱月几圆，老农多忧良可怜。青苗虫生食欲尽，赤地龟坼生炎烟。龙祠巫祝杯珓掷，羽士醮坛钟磬喧。妻孥踏车或抱饣委，牛犊卖来供社钱。"④旱、虫交至，百姓饿着肚子，还要卖牛供社钱祭祀、祈求神灵，可谓雪上加霜。刘诜《苦旱壬申》写到旱灾对百姓造成的危害："良苗委白莽，遂兹空田畴。疾风起地埃，枯槁鸣萧飕。饘粥当不具，官赋何以

---

① 傅璇琮等主编：《全宋诗》卷1763，北京大学出版社1991年版，第31册，第19624页。
② 傅璇琮等主编：《全宋诗》卷1096，第19册，第12433页。
③ 吴茂云校注：《戴复古全集校注》卷3，中国文史出版社2008年版，第82页。
④ （元）谢应芳：《龟巢稿》卷17，《文渊阁四库全书》，上海古籍出版社1987年版，第1218册，第439页。

酬。卒岁无卉服，谁能完犷裘。"① 胡祗遹《哀饥民》写一场从夏至秋的旱灾，让粮食与蔬菜无一点收成，仓库里没有粮食，农民只好到山里找野果吃，即使这样官府仍旧急着催粮，逼得很多人逃亡他乡。

吴师道的《苦旱行三首》及《后苦旱行》是元代全面写旱灾的代表作。

苦旱行三首

五月苦旱今未休，青空烈火燔新秋。雨师不仁龙失职，百鬼庙食茫无谋。我欲笺天诉时事，只愁天公亦昏睡。苍生性命吁可哀，风云何日从天来？

皇天不雨一百日，千丈空潭断余湿。连山出火槁叶黄，大野扬尘烈风赤。田家父子相对泣，枯禾一茎血一滴。中夜起坐增百忧，云汉苍苍星历历。

吴乡白波田作湖，越乡赤日溪潭枯。衾裯不换一斗米，细民食贫衾已无。连艘积廪射厚利，呜呼此曹天不诛！闻道闽中米价贱，南望梗塞悲长途。②

百日不雨，潭水干涸，树木枯黄，田野尘土飞扬，禾苗干枯，米价飞涨，而一些奸商却大发灾难财。

后苦旱行

青空晶晶月色白，竟夕飘风簸城陌。禾垄扬尘未足惊，千顷苍江亦龟坼。前年一旱困未苏，四年三旱见所无。荒村十室减八九，斯人化作沟中枯。田庐尽入兼并室，妻子存者今为奴。空名赈饥不得实，并缘官粟私门储。民田无限纷自恣，贫弱只赖天公扶。吁嗟旱祸独尔及，天道冥漠知何如？③

---

① （元）刘诜：《桂隐诗集》卷1，《文渊阁四库全书》，第1195册，第223页。
② 邱居里、邢新欣校点：《吴师道集》卷4，吉林文史出版社2008年版，第55页。
③ 邱居里、邢新欣校点：《吴师道集》卷4，第58页。

连年大旱夺去很多人的生命,幸存者无以度日。吴师道以组诗的形式,全面而深刻地反映了旱灾给百姓带来的深重危害。

元代散曲里亦有写旱灾的,典型的如刘时中《正宫·端正好·上高监司》[滚绣球]云:"去年时正插秧,天反常,那里取若时雨降?旱魃生四野灾伤。谷不登,麦不长,因此万民失望。一日日物价高涨,十分料钞加三倒,一斗粗粮折四量,煞是凄凉。"①旱灾致庄稼收成不好,物价高涨,百姓生活异常艰辛。下面诸曲全方位地描写了老百姓的悲惨生活,他们无粮食吃,只能吃树皮、野草、野菜、糠、麸。他们被迫卖掉产业,抛弃儿女。张养浩的《一枝花·咏喜雨》《得胜令·四月一日喜雨》也述及旱灾。

明代写到旱灾的诗篇不少,有些诗专写旱灾,故对旱灾的景象、救灾的方法、百姓的苦难都有全方位的呈现。如董传策《忧旱篇有引》、丁绍轼《出使河阻》、屠隆《秋日同蔡应期明府钱懋谷太学渊甫次卿》。董传策《忧旱篇有引》记述的是作者听闻昆陵客人讲述吴中旱情:草木禾苗都干枯而死,百姓顶着烈日无望耕作,各种巫术都派上用场;在吴中最需要粮食的时候,江西却闭籴不给,这让作者愤怒不已。朱诚泳《甲辰岁关中大祲》写关中百姓在遭受连年旱灾的情况下的悲惨命运:"流移老稚日如蚁,啼饥远近声相闻。面垢头鬈衣百结,手足胼胝泪成血。流离血属各天涯,多少僵尸委沟壑。"作者悲伤不已,希望能救他们于灾难之中:"安得陈陈万仓粟,分炊尽使充饥肠。露跣告天谁最苦,诚悃无由达天府。欲凭大手挽银河,沛作甘霖满西土。"②陶望龄《忧旱吟》写出在连续的灾害之下百姓只能以秕糠为食:"连降疹兮东南贫,食无椹兮羹无芋。朝不夕兮出不可以去,铺秕糠兮待兹岁。"③屠隆《秋日同蔡应期明府钱懋谷太学渊甫次卿》云连年旱灾已让百姓家里空无一物,地里长满野草。百姓只能吃草木,很多人饿死,蔡明府还在虔诚祈祷天降甘雨。童佩《雨后陇上

---

① 隋树森编:《全元散曲》,中华书局1964年版,第669页。
② (明)朱诚泳:《小鸣稿》卷3,《文渊阁四库全书》,第1260册,第219页。
③ (明)陶望龄:《歇庵集》卷19,《续修四库全书》,上海古籍出版社2003年影印明万历乔时敏等刻本,第1365册,第611页。

第二章 形形色色的灾害呈现

作》记录了雨前的奇旱："为言昨来事，赤日何杲杲。山下泉断流，鲋鱼困枯沼。灾畲尽龟坼，禾黍多不保。无论已成粒，粒粒颜色槁。三农十手束，目睫睨天表。谁谓林间侣，渐作沟中殍。"① 泉水断流，土地干裂，庄稼无收，百姓甚至有饿死者。

张丹《苦旱行》写一场大旱让社会走到危难边缘：

  田中无水骑马过，苗叶半黄虫咬破。五月不雨至六月，农夫仰天泪交堕。去年腊尽频下雪，父老俱言应水大。如何三伏无片云，米价腾贵人饥饿。大河之底风扬沙，桔槔无用袖手坐。林木焦杀鸟开口，鲂鱼枯干柳僵卧。人人气喘面皮黑，十个热病死九个。安得昊天降灵雨，击菓挟耒谷可播。高田低田薄有收，比里稍可完国课。不然官吏猛如虎，终朝鞭扑畴能那！②

阎尔梅《苦旱行沧州道中》写了明末沧州大旱背景下灾民的苦难生活：

  潞河数百里，家家悬柳枝。言自春至夏，雨泽未全施。燥土既伤禾，短苗不掩陂。辘轳干以破，井涸园菜萎。旧米日增价，卖者尚犹夷。贫者步垄头，怅望安所之。还视釜无烟，束腰相对饥。欲贷东西邻，邻家先我悲。且勿计终年，胡以延此时？树未尽蒙灾，争走餐其皮。门外兼催租，官府严呼追。大哭无可卖，指此抱中儿，儿女况无多，卖尽将何为？下民抑何辜？天怒乃相罹。下民即有辜，天怒何至斯。视天非梦梦，召之者为谁？呜乎雨乎，安得及今一滂沱，救此未死之遗黎！③

除此之外，明代诗歌中书写旱灾比较典型的还有邢大道的《忧旱

---

① （明）童佩：《童子鸣集》卷1，《四库全书存目丛书》，齐鲁书社1997年影印明万历间梁溪谈氏天籁堂刻本，集部，第142册，第405页。
② （明）张丹：《张秦亭诗集》卷5，《四库全书存目丛书》，影印清康熙石瓢山房刻本，集部，第210册，第539页。
③ （明）阎尔梅著，王汝涛、蔡生印编注：《白耷山人诗集编年注》，中国文联出版社2002年版，第47页。

歌》等。

明代散曲中有写旱灾的,如冯惟敏《胡十八·刈麦有感》云:"八十岁老庄家,几曾见今年麦! 又无颗粒又无柴。三百日旱灾,二千里放开。偏俺这卧牛城,四下里忒毒害。"① 由于遭遇三百天的罕见大灾,麦子颗粒无收。

明代小说中亦有对旱灾灾情的描述。博平县"担钱换水,几家买夺争先;迎客款茶,多半空呼不出。浑如汉诏乾封日,却似商牲未祷时。途中行客渴如焚,井底潜龙眠不起"②,饮水都成了大问题。《西游记》记述凤仙郡旱灾:"富室聊以全生,穷民难以活命。斗粟百金之价,束薪五两之资。十岁女易米三升,五岁男随人带去。城中惧法,典衣当物以存身;乡下欺公,打劫吃人而顾命。"③《梼杌闲评》述说江南大旱:

且说扬州因怨气所结,自冬至次夏,江淮南北半年不雨,赤地千里。但只见:

田畴无润泽,禾黍尽枯焦。炎炎赤日,青畴绿野尽扬尘;滚滚黄沙,阔涧深溪皆见底。数千里炎蒸似煅,一望处桑柘生烟。林中不见舞商羊,岸上惟看走旱魃。神灵不应,漫言六事祷商王;黎庶惊疑,想是三年囚孝妇。

大旱半年,高田平野俱是枯焦,人都向深湖陂泽中耕种。谁知七八月间又生出无数的飞蝗来,但见:

营营蚁聚,阵阵蝇飞。初时匝地漫崖,次后遮天蔽日。随风飘堕,禾头黍穗尽无踪;作阵飞来,草实树皮俱罄尽。浑如蚕食叶,一似海生潮。浮江渡水,首连街尾结成球;越岭过山,鼓翅腾空排作阵。

江淮财赋之区,不独民不聊生,即国赋亦难供给。④

---

① (明)冯惟敏:《海浮山堂词稿》卷2上,第83—84页。
② (明)罗贯中、冯梦龙:《平妖传》第17回,上海古籍出版社1981年版,第112页。
③ (明)吴承恩:《西游记》,人民文学出版社1980年版,第1047页。
④ (明)佚名撰,刘文忠点校:《梼杌闲评》第40回,人民文学出版社1983年版,第446—447页。

作者采用夸张、排比、铺陈的赋文写法，极力写可怕的旱灾景象。

清代出现了大量写旱灾的诗歌，《清诗铎》有旱灾一类。其所录诗歌中，祈雨诗占了大半篇幅，如徐倬《祷雨词》、顾景星《攻魃篇》、郑世元《祈雨诗》、诸锦《祷雨行》、吴霁《祷雨叹》、龚景翰《祈雨词》、李銮宣《祷雨谣》、曹楸坚《祈雨行》、朱珊元《鞭龙行》、孙衣言《拜水行》等。它们的重点在于描写祈雨的宗教仪式，是巫术救灾的主要载体，下文有详细分析，此处不赘述。这类诗对灾情本身所写甚少，大量选入旱灾不太妥当。清代典型写旱灾的有顾景星《大旱二首》、邵长蘅《苦旱行》、彭孙贻《苦旱五首》《闵旱诗》。

清朝旱灾书写诗歌，篇幅长短不一，或呈现旱灾自然灾情，或记录百姓的苦难生活，或指出救灾抗灾的措施，或兼而有之。旱灾会导致土地开裂，影响动植物、人对水的需求，造成粮食减产或绝收。因缺乏粮食，造成物价飞涨。人们往往会找树皮、野菜等其他替代品。官府或会开仓救济，有时也坐视不管。人们用巫术救灾，很多百姓不能在本地生活下去，只好去外地逃亡。很多人因得不到食物饿死，有些人会铤而走险。这些在书写灾荒的诗歌中都有或多或少的表现。杨端本《岁饥行》写旱灾之下的贫民，只能吃榆皮、野菜与糠，得不到有效赈济，又得缴纳重税，到处逃亡。董元度《苦旱行》写春天不雨，田土开裂，米价上涨，老百姓典当衣物得到一点粮食，官府不能救济，百姓只能吃树皮充饥，还得交租。张开东《十二荒谣》全面记录乾隆戊戌大旱期间的所见所闻，颇为全面、翔实。早稻、中稻、晚稻都旱死了，旱灾又引发了蝗灾。人们没有吃的，只好捋稗子，掘水蓼根，采狗尾草与石岩花，妇女渡江拾粮食，在外地谋生的回到了故乡，由于没有饲料，人们又杀掉猪，卖掉鸡，溺死刚生下的小狗。汪彦增《六月六日闻青州大灾作此悯之》说青州赤地千里，出现人吃人的悲剧，大量的人饿死。作者希望那些富有之人能够救济灾民。

黎汝谦《己亥二月廿五日喜雨》所言的一场大旱的结果更让人感到可怕：

去年八月至二月，七月不雨成旱灾。江枯石瘦沙露底，家家井涸飞尘埃。海潮倒灌江水卤，江上人家舌苦灰。甘泉既渴饮苦水，苦水复竭真难哉。米蔬腾踊日数价,平畴龟坼宁论栽。人心惶扰将致乱,更妨疠疫乘机来。再更十日倘不雨,羊城百万将同哀。①

而一些篇幅较长的诗篇,则对旱灾有全图景的呈现。如刘开《悲哉甲戌行》曰:

父老相见但流涕,悲哉今又逢恶岁。昔年疮痍未全复,如何旱魃更为厉。火云下烧陂池干,大地正热人心寒。禾苗枯死衣典尽,十户九户无朝餐。野藕锄罢汗流颊,更剥榆皮作生业。不独牛羊性命残,可怜老树亦遭劫。此时千里穷富平,饥民道路纷纵横。嗷嗷鸿雁尚远征,谁家村巷来哭声。老翁病死方未葬,且鬻妻女聊延生。生离死别聚一刻,此际遑论事重轻。哀语未罢复痛哭,徒令听者难为情。我闻贫儿恃行乞,今虽行乞难存活。平原一望炊烟稀,几家有食能疗饥?道远走困神力疲,坐委蔓草人不知。古称救荒无奇策,策在预备非旦夕。常平仓立原为民,临时调济亦可益。东邻昨日趋市廛,斗米如珠空垂涎。领来一月捐赈钱,饥躯只可三日延。君不闻,庐江妇,去乡里,足弱何能巡流徙,困饥且向草间止,娇儿怀中啼不已。自分流离必路死,抱儿直赴长河水。又不闻,去城百里有老农,平时温饱气颇雄。一旦女家去称贷,归来羞愤嫌手空。杀鸡食众潜置毒,八口狼藉尸血红。安得焚香请苍穹,下令雨粟遍寰中,顿教雪后生春风。吁嗟人家粟尽如水火,李悝之书废亦可。不然百万民命悬太清,诸君看我甲戌行。②

与诗歌相比,小说写旱灾更为翔实、生动。《醒世姻缘传》描绘明水镇旱情,全面展示了恐怖的惨象。粮食奇缺,物价飞涨,"(小米)后更涨至六两七两。黄黑豆、蜀秫,都在六两之上。麦子、绿豆,都在七八两之

---

① (清)黎汝谦:《夷牢溪庐诗钞》卷7,《清代诗文集汇编》,影印清光绪二十五年羊城刻本,第776册,第445页。
② (清)刘开:《刘孟涂集·后集》卷7,《清代诗文集汇编》,影印清道光六年姚氏檗山草堂刻本,第543册,第432页。

间。起先还有处去买，渐至有了银没有卖的。糠都卖到二钱一斗"①。为了活命，人们抛弃亲人乃至骨肉，"小男碎女，丢弃了的满路都是"②。灾民疯狂寻找一切可以吃的东西："说甚么不刮树皮、搂树叶、扫草子、掘草根？吃尽了这四样东西，遂将苫房的烂草拿来磨成了面，水调了吃在肚内，不惟充不得饥，结涩了肠胃，有十个死十个，再没有腾挪。又有得将山上出的那白土烙了饼吃下去的，也是涩住了，解不下手来，若有十个，这却只死五双。除了这两样东西吃不得了，只得将那死人的肉割了来吃，渐至于吃活人，渐至于骨肉相戕起来。这却口里不忍细说，只此微微的点过罢了。"③ 先是树皮、树叶、草根、烂草、白土，最后甚至突破人性底线——吃人肉，乃至于骨肉相残："起初也只互相吃那异姓，后来骨肉天亲，即父子兄弟、夫妇亲戚，得空杀了就吃。"④ 许多人活活饿死，"真是死得十室九空"⑤。

第二节　水灾呈现

水灾的发生频率仅次于旱灾，它来得突然，去得也快，短时间造成的危害大。本书采用广义的说法，将雨灾、江河湖海灾害都视作洪水灾害。水灾会冲走人们的财物，淹死庄稼、动物与人，造成粮食匮乏，物价上涨。

先秦便有不少洪水神话，如大禹治水、李冰治水等。《山海经·海内经》说："洪水滔天。鲧窃帝之息壤以堙洪水，不待帝命。帝令祝融杀鲧于羽郊。鲧复生禹。帝乃命禹卒布土以定九州。"⑥ 鲧为了治水，竟然偷窃了帝的息壤，最后被天帝处死，反映出鲧为民众利益而不惜牺牲的精神。其腹被剖产子禹。禹变堵为疏，最终治好了洪水。大禹治水得到了神的帮助。《楚辞·天问》说："河海应龙，何尽何历？"王逸注引曰："禹治洪

---

① （明）西周生辑著：《醒世姻缘传》第31回，岳麓书社2004年版，第243页。
② （明）西周生辑著：《醒世姻缘传》，第243页。
③ （明）西周生辑著：《醒世姻缘传》，第210页。
④ （明）西周生辑著：《醒世姻缘传》，第243页。
⑤ （明）西周生辑著：《醒世姻缘传》，第243页。
⑥ 袁珂校注：《山海经校注·山海经海经新释》卷13，第472页。

水时，有神龙以尾画地，导水所注当决者，因而治之也。"①《尸子》卷下说："禹理洪水，观于河，见白面长人鱼身出曰：'吾河精也。'授禹河图而还于渊中。"②他同恶神作斗争，诛杀了不积极听命的防风氏，杀死了相繇："共工臣名曰相繇，九首蛇身，自环，食于九土，其所歇所尼，即为源泽，不辛乃苦，百兽莫能处。禹湮洪水，杀相繇，其血腥臭，不可生谷，其地多水，不可居也。禹湮之，三仞三沮，乃以为池，群帝因是以为台。"③（《山海经·大荒北经》）大水之后，土地盐碱化，又苦又咸，不生五谷，反映出先民对洪水危害土地的朦胧认识。相繇又名相柳，其事又见《海外北经》。为便于翻山越岭，开山通河，大禹还化作一头熊。《楚辞·天问》说："禹之力献功，降省下土四方，焉得彼嵞山女，而通之于台桑？"洪兴祖补注引《淮南》曰："禹治鸿水，通轘辕山，化为熊，谓涂山氏曰：欲饷，闻鼓声乃来。"④

但因为神话被历史化，大禹治水神话大量被改造成了历史。我们今天看到的不少大禹神话，乃是汉以后人创制的，比如《尚书中侯》所记大禹受天命、得河精所献河图，王嘉《拾遗记》卷2称神龙导航、玄龟负土、河精献河图，以明天下山川地形，伏羲授予其八卦图与玉简，可度量万物，平整水土，这些很难再称作古神话。

《瓠子歌》第一首写了黄河于汉元光三年（前132）在瓠子决口后肆虐梁、楚十六郡国的情景：

> 瓠子决兮将奈何，浩浩洋洋，虑殚为河。殚为河兮地不得宁，功无已时兮吾山平。吾山平兮巨野溢，鱼弗郁兮柏冬日。正道驰兮离常流，蛟龙骋兮放远游。归旧川兮神哉沛，不封禅兮安知外？皇谓河工兮何不仁，泛滥不止兮愁吾人。啮桑浮兮淮、泗满，久不反兮水维缓。（《汉书·沟洫志》）⑤

---

① （宋）洪兴祖补注，卞岐整理：《楚辞补注》卷3，凤凰出版社2007年版，第80页。
② （战国）尸佼著，（清）汪继培辑，朱海雷撰：《尸子译注》卷下，上海古籍出版社2006年版，第120页。
③ 袁珂校注：《山海经校注·山海经海经新释》卷12，第428页。
④ （宋）洪兴祖补注，卞岐整理：《楚辞补注》卷3，第85页。
⑤ （汉）班固：《汉书》卷29，第1682页。

据《汉书·沟洫志》载："其后三十六岁，孝武元光中，河决于瓠子，东南注巨野，通于淮泗。上使汲黯、郑当时兴人徒塞之，辄复坏。"① 这次发动十万人才堵住的决口很快便被冲开，直到 23 年之后，元封二年（前 109）才真正堵住决口："于是卒塞瓠子，筑宫其上，名曰宣防。而道河北行二渠，复禹旧迹，而梁、楚之地复宁，无水灾。"② 汉武帝所描绘的黄河水灾图像的确让人触目惊心。

蔡邕的《述行赋》记述了延熹二年（159）秋天的一场水灾。赋序说："霖雨逾月……人徒冻饿，不得其命者甚众。"③ 赋文云："余有行于京洛兮，遘淫雨之经时。涂屯邅其蹇连兮，潦污滞而为灾。"④ 秋雨连绵，路途泥泞，给百姓的生活带来了极大的不便。

魏晋一些诗赋中提到了霖雨的危害。晋张协《杂诗十首》其十曰："墨蜧跃重渊，商羊舞野庭。飞廉应南箕，丰隆迎号屏。云根临八极，雨足洒四溟。霖沥过二旬，散漫亚九龄。阶下伏泉涌，堂上水衣生。洪潦浩方割，人怀昏垫情。沉液漱陈根，绿叶腐秋茎。里无曲突烟，路无行轮声。环堵自颓毁，垣间不隐形。尺烬重寻桂，红粒贵瑶琼。"⑤ 此诗写出雨将来时的征候、雨势之大以及雨水对人与物的危害，描写全面细微，艺术成就极高，成为江淹《杂体》重要模拟对象之一。晋傅玄《雨诗》曰："徂暑未一旬，重阴翳朝霞。厥初月离毕，积日遂滂沱。屯云结不解，长溜周四阿。霖雨如倒井，黄潦起洪波。湍流激墙隅，门庭若决河。炊爨不复举，灶中生蛙虾。"⑥ 比喻形象，想象新奇。潘尼《苦雨赋》说："鼋鼍游于门阈，蛙虾嬉乎中庭。惧二源之并合，畏黔首之为鱼。"⑦ 陆云《愁霖赋》曰：

永宁二年夏六月，邺都大霖，旬有奇日，稼穑沉湮，生民愁瘁。

---

① （汉）班固：《汉书》卷 29，第 1679 页。
② （汉）班固：《汉书》卷 29，第 1684 页。
③ 邓安生编：《蔡邕集编年校注》卷 1，第 31 页。
④ 邓安生编：《蔡邕集编年校注》卷 1，第 31 页。
⑤ 逯钦立辑校：《先秦汉魏晋南北朝诗·晋诗》卷 7，第 747 页。
⑥ 逯钦立辑校：《先秦汉魏晋南北朝诗·晋诗》卷 1，第 571 页。
⑦ （清）严可均辑：《全上古三代秦汉三国六朝文·全晋文》卷 94，第 1999 页。

时文雅之士,焕然并作。同僚见命,乃作赋曰:

在朱明之季月兮,反极阳于重阴。兴介丘之肤寸兮,坠崩云而洪沉。谷风扇而攸遂兮,苦雨播而成淫。天泱漭以怀惨兮,民辇蹙而愁霖。

于是天地发挥,阴阳交烈,万物混而同波兮,玄黄浩其无质。雷凭虚以振庭兮,电凌牖而辉室。雷鼎沸以骏奔兮,潦风驱而兢疾。岂南山之暴济兮,将冥海之暂溢。

隐隐填填,若降自天,高岸涣其无崖兮,平原荡而为渊。遵渚回于凌河兮,黍稷仆于中田。匮多稼于亿廪兮,虚凤敬于祈年。

外薄郊甸,内荒都城,阴无晞景,雷无辍声。纤波靡于前途兮,微津隔于峻庭。纷云扰而雾塞兮,漫天颓而地盈。

于是愁音比屋,叹发屡省。阳堂乏晖,朗室无景。望曾云之万仞兮,想白日之寸胫。①

唐代一些诗篇中写到水灾。杜甫《临邑舍弟书至苦雨黄河泛溢堤防之患簿领所忧因寄此诗用宽其意》写到了黄河泛滥。由于连日降雨,众多河流涨水,导致河水泛滥:"燕南吹畎亩,济上没蓬蒿。螺蚌满近郭,蛟螭乘九皋。徐关深水府,碣石小秋毫。白屋留孤树,青天失万艘。吾衰同泛梗,利涉想蟠桃。却倚天涯钓,犹能掣巨鳌。"② 土地被淹没,陆地变成了水生物的乐园。白居易《大水》记录了浔阳的一场水灾:"浔阳郊郭间,大水岁一至。间阎半漂荡,城堞多倾坠。苍茫生海色,渺漫连空翠。风卷白波翻,日煎红浪沸。工商彻屋去,牛马登山避。况当率税时,颇害农桑事。独有佣舟子,鼓枻生意气;不知万人灾,自觅锥刀利。吾无奈尔何,尔非久得志。九月霜降后,水涸为平地。"③ 城池倒塌了,灾民流离,但有船夫借水灾发财。

皮日休的一首长诗《吴中苦雨,因书一百韵寄鲁望》,写了一场大暴

---

① 黄葵点校:《陆云集》,中华书局1988年版,第9—10页。
② (清)仇兆鳌注:《杜诗详注》卷1,第25—26页。
③ 顾学颉校点:《白居易集》卷1,第27页。

雨造成的灾害：

> 化之为暴雨，潾潾射平陆。如将月窟写，似把天河扑。著树胜戡支，中人过箭簇。龙光倏闪照，虮角挡琤触。此时一千里，平下天台瀑。雷公恣其志，殪礴裂电目。蹋破霹雳车，折却三四辐。雨工避罪者，必在蚊睫宿。狂发铿訇音，不得懈怠僇。顷刻势稍止，尚自倾藪藪。不敢履洿处，恐蹋烂地轴。自尔凡十日，茫然晦林麓。只是遇滂沱，少曾逢霢霂。伊予之廨宇，古制拙卜筑。颓檐倒菌黄，破砌顽莎绿。只有方丈居，其中蹐且跼。朽处或似醉，漏时又如沃。阶前平泛滥，墙下起趢趗。唯堪著笞笠，复可乘舲宿。鸡犬并淋漓，儿童但咿噢。勃勃生湿气，人人牢于镞。须眉渍将断，肝膈蒸欲熟。当庭死兰芷，四垣盛蕡菉。解袠展断书，拂床安坏牍。跳梁老蛙黾，直向床前浴。蹲前但相眎，似把白丁辱。空厨方欲炊，渍米未离籅。薪蒸湿不著，白昼须然烛。污莱既已汙，买鱼不获鱐。竟未成麦饙，安能得粱肉。更有陆先生，荒林抱穷蹙。坏宅四五舍，病筱三两束。盖檐低碣首，薛地滑汰足。注欲透承尘，湿难庇厨簏。低摧在圭窦，索漠抛偏裂。手指既已胼，肌肤亦将瘯。一庑势欲陊，将撑乏寸木。尽日欠束薪，经时无寸粟。蜙蝓将入甑，蟄蜕已临镤。^①

诗以铺陈之法，淋漓尽致地描写了电闪雷鸣、雨水如注、陆地泽国以及陆龟蒙的贫寒情形。皮日休与陆龟蒙并称"皮陆"，互相唱和。陆龟蒙有《奉酬袭美先辈吴中苦雨一百韵见寄》，两者可称唐诗咏雨长韵双璧：

> 今来值霖雨，昼夜无暂息。杂若碎渊沦，高如破镠镢。何劳鼍吼岸，讵要鹳鸣垤。只意江海翻，更愁山岳裂。初惊蚩尤阵，虎豹争搏啮。又疑伍胥涛，蛟蜃相磨拶。千家濛瀑练，忽似好披拂。万瓦垂玉绳，如堪取萦结。况予居低下，本是蛙蚓窟。迩来增号呼，得以恣唐突。先夸屋舍好，又恃头角凸。厚地虽直方，身能遍穿穴。常参庄辩

---

① （唐）皮日休著，萧涤非、郑庆笃整理：《皮子文薮·附录一》，上海古籍出版社1981年版，第134—135页。

里，亦造扬《玄》末。偃仰纵无机，形容且相忽。低头增叹诧，到口复咽喑。泪泇渍琴书，苺苔染巾袜。解衣换仓粟，秕稗犹未脱。饥鸟屡窥临，泥童苦舂帅。或闻秋稼穑，太半沈澎汃。耕父蠹齐民，农夫思旱魃。吾观天之意，未必洪水割。且要虐飞龙，又图滋跛鳖。①

许浑《汉水伤稼并序》直接写汉水损害庄稼："江村夜涨浮天水，泽国秋生动地风。高下绿苗千顷尽，新陈红粟万箱空。"② 禾苗被淹死，老百姓无粮食可吃。

宋代书写水灾的诗作不少，名家如王禹偁、穆修、梅尧臣、欧阳修、司马光、苏轼、苏辙、张耒、陆游、刘克庄、方岳等皆有此类诗歌，一般作家亦复不少。题目中有淫雨、暴雨、大雨、苦雨、久雨、厌雨、连雨、喜晴、雨止、祈晴、河决、水决、大水、涝的，多与水灾有关。长时间的下雨会给百姓农业生产及生活带来很大危害。苏辙《苦雨》写的是连日阴雨导致秋田无收、房屋崩塌、牛羊被冲跑的场景：

蚕妇丝出盎，田夫麦入仓。斯人薄福德，二事未易当。忽作连日雨，坐使秋田荒。出门陷涂潦，入室崩垣墙。覆压先老稚，漂沦及牛羊。余粮讵能久，岁晚忧糟糠。天灾非妄行，人事密有偿。嗟哉竟未悟，自谓予不戕。造祸未有害，无辜辄先伤。箪瓢吾何忧？作诗热中肠。③

一些诗写出了洪水给人们带来的可怕灾害。文天祥《五月十七夜大雨歌》记叙了大雨骤至、人们猝不及防所造成的牢狱可怕灾象："忽如巨石浸，仓卒殊彷徨。明星尚未启，大风方发狂。叫呼人不应，宛转水中央。壁下有水穴，群鼠走跟跄。或如鱼泼刺，垫溺无所藏。周身莫如物，患至不得防。业为世间人，何处逃祸殃？朝来辟沟道，宛如决陂塘。尽室泥泞涂，化为糜烂场。炎蒸迫其上，臭腐薰其傍。恶气所侵薄，疫疠何可当！"

---

① （唐）皮日休、陆龟蒙等撰，王锡九校注：《松陵集校注》卷1，中华书局2018年版，第168页。
② （唐）许浑撰，罗时进笺证：《丁卯集笺证》卷8，中华书局2012年版，第465页。
③ 陈宏天、高秀芳点校：《苏辙集·栾城三集》卷1，中华书局1990年版，第1154—1155页。

表达了愿意牺牲自我而解救天下百姓苦难的可贵品质："但愿天下人，家家足稻粱。我命浑小事，我死庸何伤！"①

南宋咸淳十年（1274）八月，浙江武康发生了一场大水灾，周密的《甲戌八月武康安吉水祸甚惨人畜田庐漂没殆尽赋苦雨行以纪一时之实》、董嗣杲的《甲戌八月初九夜武康山中洪水骤发越十日漕司檄往检涝》《甲戌武康大水净林寺山门殿屋悉皆倒敝》两首诗均记录此事。这场大雨冲毁了净林寺山门与宫殿房屋，也冲毁了百姓房屋，很多人被淹死。"死者沉湘魂莫招，生者无家归不得"②（《甲戌八月武康安吉水祸甚惨人畜田庐漂没殆尽赋苦雨行以纪一时之实》），"飘尸不可计"③（《甲戌八月初九夜武康山中洪水骤发越十日漕司檄往检涝》），"三乡凡几户，竟堕鱼鳖侣"④（《甲戌武康大水净林寺山门殿屋悉皆倒敝》）。死者已去，生者房屋、财产都被冲跑，求告无门，甚至产生生不如死的想法："呼天不闻地不知，县官不恤将告谁。与其饥死在沟壑，不若漂死随蛟螭。"⑤（《甲戌八月武康安吉水祸甚惨人畜田庐漂没殆尽赋苦雨行以纪一时之实》）"栖危或得命，其奈服食阙。号天天不闻，不若就灭没。"⑥（《甲戌八月初九夜武康山中洪水骤发越十日漕司檄往检涝》）

有的诗篇以纪实之笔写出了洪水到来的可怕。如郑獬《淮扬大水》：

> 淮扬水暴不可言，绕城四面长波皴。如一大瓢寄沧海，十万生聚瓢中存。水之初作自何尔，旧堤有病亡其唇。划然大浪劈地出，正如百万狂牛奔。顷之漂泊成大泽，壮士挟山不可堙。居民窜避争入郭，郭内众人还塞门。老翁走哭觅幼子，哀赴卒为蛟龙吞。岂独异物乃为害，恶人行劫不待昏。此时蛤蟆亦得志，撩须睥睨河伯尊。附城庐舍尽水府，惟见屋脊波间横。间或大雨又暴作，直疑瓶盎相奔倾。沟渠

---

① 《文天祥全集》卷14，中国书店1985年版，第374页。
② 杨瑞点校：《周密集·草窗韵语六稿》，第5册，浙江古籍出版社2015年版，第100页。
③ 傅璇琮等主编：《全宋诗》卷3570，第68册，42674页。
④ 傅璇琮等主编：《全宋诗》卷3570，第68册，42674页。
⑤ 杨瑞点校：《周密集》，第5册，第100页。
⑥ 傅璇琮等主编：《全宋诗》卷3570，第68册，42674页。

涨满无处泄，往往床下飞泉鸣。只恐此城须洞彻，城中坐见鱼颁生。①

淮扬水势如百万狂牛飞奔，孤城处于洪水之中，如大海中飘摇不定的瓢。作者用两个贴切比喻，生动地写出了大水的可怕与人的渺小无助，突出了灾害的恐怖。虽然灾害看起来非常强大，但宋人并没有被灾难吓倒。李庚的《大观戊子秋七月大雨洪水薄城几至奔决太守李公出祷城上即刻雨止水势为杀而民获免焉因叙其所见为古体诗五十韵且言台之城不可不修也》就写了太守在大城池即将被大水冲决时仍为百姓祷告，终于保住城池的壮举。

王炎《大水行》写了一场大雨引起山洪暴发冲毁人们房屋的惨象：

屯云墨色日将暮，晦明挥霍雨如注。水声夜半摇匡床，平旦出门吁可畏。盘涡瀁瀁吞边旁，悍流汹涌行中央。日中雨复缠緜下，沟塍水跃皆浑黄。黑风拗怒雷击地，浪头起立三丈强。权枒老木根株拔，崚嶒古屋椽桷裂。……今日思之痛方定，一见洪波心震惊。吾闻山挟河回冲底柱，峡束江盘投滟滪。鱼龙百怪家其中，风涛暴横无终穷。浅津可涉深可梁，一旦沸腾能漭茫。传闻溃洳山裂破，黑蛟夜出作奇祸。抉崖走石势力粗，十家六七无室庐。百年枯冢尚漂泊，变生仓卒人为鱼。……川居人曾死于暍，山居人今死于溺。下田黄尘曾蓬勃，高田白沙今障没。呜呼灾害何其频，剺民之命谁肯任。剺民之命谁肯任，苍天苍天实照临。②

黄河水患是宋代水灾的重要组成部分，宋代进入黄河灾害多发期，据《中国水利史稿》统计，仅北宋黄河就决口达 73 次之多。③ 关于如何治理黄河众口不一，有的诗人通过写黄河决口之事表达自己的治河理念。石介《河决》提出了黄河在澶、滑决口造成的危害：

---

① （宋）郑獬：《郧溪集》卷 25，《文渊阁四库全书》，第 1097 册，第 337 页。
② 傅璇琮等主编：《全宋诗》卷 2560，第 48 册，第 29697—29698 页。
③ 武汉水利电力学院、水利水电科学研究院《中国水利史稿》编写组编：《中国水利史稿》（中册），水利电力出版社 1979 年版，第 159—169 页。

惟兹澶、滑郡，河决亦云亟。常记天禧中，山东与河北。稿秸赋不充，遂及两京侧。骚然半海内，人心愁惨戚。河平未云几，堤防有穴隙。流入魏博间，高原为大泽。良田百万顷，尽充鱼鳖食。救之成劳费，不救悲隐恻。吾君为深虑，不食到日昃。……亦或中夜思，斯民苦瘦瘠。四年困蝗旱，五谷饵蟊贼。年来风雨时，才得一秋麦。手足犹疮痍，饥肤未丰硕。若待四体肥，斯民无愁色。不然寻九河，故道皆历历。一劳而永逸，此成功无斁。或可勿复治，顺其性所适。徙民就宽肥，注水灌戎狄。试听刍荛言，三者君自择。①

大堤附近的农民，本已饱受旱蝗之灾，如今又遭水灾，作者恳请皇帝在复古道、顺河性及迁移百姓三者中谨慎选择治黄之计。

元代书写水灾的诗歌不多。王恽《嗟嗟住河滨》写住在河边的居民屡屡遭受水患："昨时一雨川泽通，黑浪夜卷田庐空。畸人何止赋分薄，有家举葬鱼腹中。"② 其《溥洰秋涨行七月十日次洰家渡》提到溥洰秋天水势大涨，一片汪洋，给农民带来极大损失："秋禾尽为鱼鳖饵，庐舍漂荡迷田畴。二年旱暵例乏食，彼稷幸得逢今秋。嗟哉一饭到口角，淹没无望将谁尤？"作者深刻指出水灾的发生是因为水利不修："河防久废不复古，惟预揵治为良畴。翻堤决岸势不已，虽有人力谁能谋？近年遇灾幸无事，其或成患徒嗟诹。"③ 胡祗遹《苦雨叹时八月二十五日雨，至二十九日未霁》指出连续降雨对农业造成的危害："霖霪五昼夜，陆地成江河。早谷未登场，穗黑芽成科。晚稼仅秀实，坐视饱鱼鼋。九月迫霜寒，麦地犁未过。"④ 秋季无收，小麦未能及时播种。

黄河在元代治理不力，经常发生水灾。贡师泰《河决》写了黄河决口的危害：

去年黄河决，高陆为平川。今年黄河决，长堤没深渊。浊浪近翻雪，洪涛远春天。滔滔浑疆界，浩浩裹市廛。初疑沧海变，久若银汉

---

① （宋）石介著，陈植锷点校：《徂徕石先生文集》卷2，中华书局1984年版，第15页。
② 杨亮、钟彦飞点校：《王恽全集汇校》卷9，中华书局2013年版，第357页。
③ 杨亮、钟彦飞点校：《王恽全集汇校》卷9，第358页。
④ 魏崇武、周思成校点：《胡祗遹集》卷1，吉林文史出版社2008年版，第12—13页。

连。怒声恣砰磕，悍气仍洄漩。毒雾饱鱼腹，腥风喷龙涎。鼋鼍出衮衮，雁凫下翩翩。人哭菰蒲里，舟行桑柘颠。岂惟屋庐毁，所伤坟墓穿。丁男望北走，老稚向南迁。

诗中展现的灾后家园情景，更让人不忍直视：

园池非故态，邻里多可怜。贫家租旧地，富室买新田。颓垣吠黄犬，破屋鸣乌犍。秋耕且未得，夏麦何由全。窗泥冷窥风，灶土湿生烟。倾筐摘余穗，小艇收枯莲。卖嫌鸡鸭瘦，食厌鱼虾鲜。榆膏绿皮滑，莼菹紫芽圆。①

难得的是，元代人不仅看到水灾灾情，还有意去探讨水灾背后的原因。贡奎《积雨行》写连着一个月的降雨，地上到处是积水，河岸被冲决，灾民抛妻弃子，屋舍如败叶漂浮水上。其实这场水灾与人为破坏环境有关。人们在湖底种植庄稼，堵塞了河流，遭到上天的惩罚："忆昔湖光千顷开，十年波浪变尘埃。山田枯皋民饥死，连云穄秭生湖底。贪夫徇利龙断成，廪粟红陈多更累。新堤挟揵走蜿蜒，尽塞河流功未已。"最后作者希望当权者能重视水利，不要一味贪图多种粮食："农田使者重承宣，疏流注海圣所传。何当少抑贪夫气，坐使闾阎鼓腹太平世。"②

明代不少诗篇记录了水灾的巨大危害。程敏政《涿州道中录野人语》记述了一个老人遭受水灾的见闻及悲惨经历，道出水灾的可怕场面：

今年六月间，一日夜当丑。山水从西来，声若万雷吼。水头高十丈，没我堤上柳。手指官路旁，瓦砾半榛莽。昔有十数家，青帘市村酒。人物与屋庐，平明荡无有。水面沉沉来，忽见铁枢牖。数日得传闻，水蚀紫荆口。老稚随波流，积尸比山阜。远近皆汤汤，昏垫弗可救。如此数月余，乃可辨疆亩。下田尽沮洳，高田剩稂莠。③

---

① （元）贡师泰：《玩斋集》卷1，《文渊阁四库全书》，第1215册，第526页。
② （元）贡奎撰，（明）贡元礼编：《云林集》卷3，《文渊阁四库全书》，第1205册，第635页。
③ （明）程敏政：《篁墩文集》卷67，《文渊阁四库全书》，第1253册，第450页。

老人儿子死于水灾,儿媳改嫁,两孙子卖人,老人孤苦伶仃,又不得救助,唯有逃亡他乡。王世懋《即事》记录了一场滔天水灾:"去年冬暖十月雷,今年雷雨频相催。乾坤低昂惨无色,日月晦匿愁难开。胥江怒涛千万丈,澎湃欲倒吴王台。四野茫茫尽川泽,但余寸土成蒿莱。"连续的大雨,激起河水巨浪,水流遍野,给百姓带来毁灭性的危害:"即看十室九室空,况复滔天有洪水。浮沉蛙黾共为生,吞吐蛟龙方未已。千夫力尽版筑余,家家恸哭秋风里。儿童树杪望行舟,老妇床头蹠高屣。西邻墙坏势不存,曲突烟销饥欲死。"灾民还要出力修筑水利工程,官府无视灾民生死,拼命催租逼债:"复闻使者索逋负,道傍捧檄何纵横。大吏诛求小吏走,公庭流血惨且惊。"① 龚诩庚辰为持续一个多月的大雨作了两首诗,先作《庚辰苦雨谣时五月至六月,阴雨兼旬,所在禾苗浸没殆尽。忧民感时,殊无好况,不能措一辞以写闷。六日仅得片时晴霁,七日又雨,为作此谣》②,后作《续赋苦雨谣》说:"今日雷,明日雷,雷声未绝雨即随。五月初旬作雨始,六月中旬犹未止。田中水增五尺高,南风吹作如山涛。更堪海潮挟湖水,冲尽岸塍无可抵。嘉禾万顷烂根苗,百姓寸心如火烧。昼夜踏车敢辞苦,不忧擂破牛皮鼓。"③ 一场大雨下了40多天,田中到处是水,雨水、海潮、湖水一并涌来,冲毁了堤岸,庄稼的根都泡烂了,百姓夜以继日往外车水,心急如焚。

明人祝允明《九愍九首》中的五首记叙了明武宗正德五年(1510)吴越间一场大水给百姓带来的危害:

> 溪毛圃芽鲜芳殊,吴侬恒食饶嘉蔬,今年大馑百年无。百年无,奈空肠。龁野草,同牛羊。
>
> 大麦青青四尺长,大水过头一尺强,安得不托与饿馁。无饿馁,且自可。秧不成,苦杀我。
>
> 四月潦水麦不秋,五月插秧水不收,良田万顷尽洪流。尽洪流,大无禾。民皆死,如国何?

---

① (明)王世懋:《王奉常集》卷3,《四库全书存目丛书》,影印明万历间刻本,第133册,第64页。
② (明)龚诩:《野古集》卷中,《文渊阁四库全书》,第1236册,第286页。
③ (明)龚诩:《野古集》卷中,第286页。

栋挠室摧墉善崩，沉灶产蛙不得烹，康衢第席通流平。通流平，慕鸱鸮。望伯禹，怀有巢。

饥亡溺亡十七五，载降之疫亡亡数，谁生厉阶令帝怒。令帝怒，半为鬼。厉阶人，安富贵。①

其所写正如《松江府志》卷32所言："（庚午）夏五月，雨如己巳，六月大风决田围，民流离饥疫死者无算。"②

刘澄甫《海溢》写了嘉靖丙申年间（1536）的一场海水泛滥：

嘉靖丙申岁，十月当孟冬。海水忽簸扬，夜半声如钟。浮楂落碧汉，若木卷飞蓬。天吴发震怒，阳侯争长雄。碣石溅漂沫，鹏翼抟高空。侧岸走鼋鼍，远峰卧蛟龙。斯民化鱼鳖，劫数嗟遭逢。室家尽沮没，妻孥困蒿丛。百里俱浩渺，村落无遗踪。营窟尚无托，何事共租庸？谁能锁支祈，为我息飓风。桑田如可变，露祷回苍穹。③

其破坏力远非陆地水流可比。

除诗歌外，明代其他文体也描写了水灾。冯惟敏用散曲描写了水灾的危害。《玉芙蓉·苦雨》写大雨引发水灾，冲坏房屋，损毁五谷：

冲开七里滩，淹倒蟠溪岸，钓台沉何处投竿？三时不雨田苗旱，一雨无休水潦宽。民愁叹，号天怨天，这其间方信道做天难。

恰才庆雨泽，岂料为民害！一时间旱潦齐来。墙倾屋塌千家坏，水浸风磨五谷灾。多奇怪，时乖命乖，叹吾生毕竟是老穷胎。④

《傍妆台·忧复雨次洞厓韵》写天地间一片汪洋：

喜登山，闲看秋雨自凭阑。谁知巨洋深似海，平地水连天。漂

---

① 薛维源点校：《祝允明集·祝氏集略》卷3，上海古籍出版社2016年版，第59页。
② 正德《松江府志》卷32，《四库全书存目丛书》，史部，第181册，第852页。
③ 隋同文编注，刘序勤辑录：《海岱会集·第二集》，中国社会出版社2006年版，第132页。
④ （明）冯惟敏：《海浮山堂词稿》卷2上，第89页。

流房屋伤禾稼，倾倒墙垣损药栏。天难定，民不安，满怀愁锁两眉间。

望云开，忽惊东北雨声来。百川齐泛滥，千里尽风霾。甫能六月愁干旱，恰入三秋告水灾。流行到，时运该，家家少米又无柴。

黑云连，犹如天地尚函三。街前翻巨浪，城下起狂澜。闾阎生计频年病，市井谣言何日安？思前事，防未然，千愁万苦诉苍天。

暮烟霏，村城四望见应稀。有尘生饭甑，无处觅渔矶。半弯转过三尺水，一步行来两脚泥。田园没，生计微，谁将荒政拯群黎？①

《玉江引·农家苦次洞厓韵》写大水的破坏力：

倒了房宅，堪怜生计蹙。冲了田园，难将双手扒。陆地水平铺，秋禾风乱舞。水旱相仍，农家何日足？墙壁通连，穷年何处补？往常时不似今番苦，万事由天做。又无糊口粮，那有遮身布，几桩儿不由人不叫苦。②

《梼杌闲评》写都城附近武清县及其周边天降暴雨，庄稼被洪水冲走、淹死；人的家园变成水生物的栖居地；民房、官署、粮仓被冲塌；淹死者不可胜数：

无明无夜，如注如倾。白茫茫六街三市尽横波，急攘攘万户千门皆巨浪。苔生屋角，蛙产灶前。扳楼入阁，浑如野鸟栖巢；逐浪随波，一似游鱼翻浪。正是：只为奸雄干帝怒，却教百姓受飞灾。

数日来水深丈余，运河一带河西务、棉花寺、杨村驿等处，田禾尽皆冲没。这边又来报灾：东阿县运河泛涨，良乡自西门灌入，官署仓厫尽行冲塌；大兴水高二三丈，须臾风雨大作，射入芦沟桥。又陡长三丈有余，决开塘坝堤工二三十处，庙宇民房冲倒无数，淹死漂没者不可胜数。③

---

① （明）冯惟敏：《海浮山堂词稿》卷2上，第91页。
② （明）冯惟敏：《海浮山堂词稿》卷2上，第90—91页。
③ （明）佚名撰，刘文忠点校：《梼杌闲评》第40回，第450页。

《醒世姻缘传》第29回写明水镇下了两天暴雨,"街上的水滔滔滚滚,汹涌得如江河一般",暴雨又引起山洪暴发,"洪水如山崩海倒,飞奔下来,平地上水头有两丈的高"①。不少人在这场大水灾中,丢了性命。张水云的尸首挂在树上,被乌鸦啄吃;祁伯常被山上冲下的石头打中,血肉模糊。

清代写水灾的诗很多。清代黄河治理不力,多次发生巨大水灾。由于黄河在江淮一带夺淮入海,造成这一带成为水灾的多发区。长江中游一带江流弯曲,水流量大,特别容易形成水灾。东南沿海一带,成为海潮的多发地。清代自上而下都特别关注水灾,有一些文人还是治理水利的专家,如陶澍、汪志伊、毕沅、林则徐等。这些水灾在作品中多有反映。《清诗铎》有水灾一类。其下面包括海啸、湖翻、江溢、河决、淮决、潮灾,似乎还应加上雨灾一类,有不少以"苦雨叹"命名的诗篇,记录了雨水泛滥造成的危害。

这些诗记录了全国各地大大小小的水灾,既有因连续降雨造成庄稼被淹、人们出行不便的小灾,也有诸如淮河、黄河、汉水、长江、洪泽湖、太湖等河湖决口的大灾,更有沿海的海啸。尤其是对大灾的描写,让人触目惊心。滔滔洪水,冲走人们的田园房屋,夺去人们的生命。朱鹤龄《湖翻行》写太湖由于连月降雨及狂风扬起巨浪,带来可怕的湖翻灾难:"乘陵城郭塔欲倒,千庐万灶皆洪流。巨浪翻腾高屋过,大鱼拨剌平衢游。更怜人畜死无数,浮辀塞港漂难求。百岁老翁惊叹久,此灾邑志从未有。乘船入市何足云,地轴翻天浸星斗。"② 赵然《河决叹》记录了悬河黄河决口造成的恐怖灾象:

> 神河之水不可测,一夜无端高七尺。奔涛骇浪势若山,长堤顷刻纷纷决。堤里地形如釜底,一夜奔腾数百里。男呼女号声动天,霎时尽葬洪涛里。亦有攀援上高屋,屋圮依然饱鱼腹。亦有奔向堤上去,骨肉招寻不知处。苟延残喘不得死,四面茫茫皆是水。积尸如山顺流

---

① (明)西周生辑著:《醒世姻缘传》,第225—226页。
② (清)朱鹤龄:《愚庵小集》卷3,上海古籍出版社1979年影印清康熙刻本,第116—117页。

下,孰是爷娘孰妻子。仰天一恸气欲绝,伤心况复饥寒逼。兼旬望得赈饥船,堤上已成几堆骨。①

黄河陡发大水,百姓瞬间葬身波涛。幸存者亲人全无,痛不欲生。

张永铨的《海啸行》以细腻的笔触,极力铺陈的方法,全面呈现出海啸灾害的恐怖真实画面:

> 康熙丙子六月朔,阳侯肆横风涛作。暴雨须臾没野田,怒潮顷刻盈沟壑。沉沉不止到黄昏,雨既骤兮风益虐。方谓天威时有之,俄惊惨祸偏难度。沪瀑两邑及崇沙,乡民半傍海为家。时过夜半海复啸,生灵百万作鱼虾。夫妻子母方宴息,水涨床前五六尺。起来奔窜已无门,家家尽向洪波没。最怜濒死还相亲,数口同将绳系身。犹冀相依或相挈,那知同泛竟同沉。或钻屋顶求身脱,身随茅屋偕漂泊。或抱栋梁任所之,风来冲激东西撒。或攀树杪得暂浮,蛇亦怖死缘树头。人怕蛇伤手自释,人蛇俱已赴沧洲。官军官马死无算,牛羊犬豕总无留。黎明雨息风不定,未没人家欢相庆。遥见波中有一沙,千人沙上呼救命。潮来一卷半云亡,再卷沙沉人已竟。儿童妇女死成团,寸丝不挂浮江干。一日二日面目在,浮尸填积如丘山。三日四日皮肉烂,臭闻百里真心酸。五日六日至十日,骨沉水底血成澜。肾肠半饫江鱼腹,肝脑徒供鸟啄残。半月海塘人裹足,天昏地黑惊心目。子夜时闻怨鬼号,日中还听游魂哭。尝考邑乘纪灾祥,嘉隆暨万海波扬。人畜淹没称无数,百年未满复遭殃。呜呼海民独何辜,贤愚老幼忽焉徂。岂是天吴布虐令,抑疑海若伤太和。张生今年卧病久,闭门累月常株守。初虑田禾欲尽枯,旋悲人命同拉朽。闻斯异变心生怜,昼常废食夜忘眠。拟把群尸一埋瘗,探囊羞涩惭无钱。为疏沿街乞相助,同心无几徒盘旋。算来尸腐难盛载,随捞随地埋方全。犹恐地方多顽梗,挠之阻之必喧阗。咄嗟我身长贫贱,欲行利济竟无权。疏成徒作纸上语,双泪如线心如煎。兔死狐悲物尚尔,越瘠秦视人胡然。自愧为儒无寸德,却令梓里受颠连。嗟哉梓里受颠连,何异同胞溺水渊。自古

---

① (清)张应昌编:《清诗铎》卷4,中华书局1960年版,第120—121页。

阴阳凭燮理，漫将劫数诿苍天。①

诗人写了1696年六月初一的一场海啸灾害的巨大与可怕，其瞬间淹没田园房屋，夺去百万人的生命，人的本能逃生手段显得那样可怜和无力。作者更以直面惨相的勇气，真实地记录了尸体最后被鱼吃掉的惨景，让人不寒而栗。郁汝樟《海溢歌》也相当真切地写了这次海啸。

清代诗人关心水灾，家乡的水灾，居住地的水灾，甚至别人所写的水灾诗，都会引起他们极大的关注，在他们的作品里体现出来，如谢元淮《大水行》述及大暴雨引起的江湖河淮大面积涨水的灾害："江湖河淮一时涨，鱼鼋势欲游江城。民居百万付溑潢，荒墟聚哭哀鸿惊。残堤断堰众蚁附，夜卧无地炊无鎗。"②《里人来青口述家乡连年水灾之惨怆然有作》由家乡人的叙述描绘连年大水带来的灾害，乾隆戊申年（1788）"城中十万户，一夜葬鱼鳖"。今年灾害更甚："鼋鼍入市游，浮尸蔽江出。牛马亦淹死，树木尽偃折。"③《书喻子匀真州水灾纪事诗后》则是诗人在读别人诗后的有感而作："孤埂一线危，坍没徒惊呼。大劫天不救，浮尸多于鱼。"④

有的诗再现了灾后人们的苦难生活。胡凌九《大水》云：

吁嗟逃溺民，脱命惟一身。有如覆巢鸟，局蹐栖荆榛。千钱易斗粟，由何忍朝昏。草根与木叶，吞嚼徒酸辛。强延旦夕命，终与死为邻。纵得来年熟，不救今年贫。⑤

除诗歌外的其他文体也描绘了水灾。《老残游记》写齐东县黄河水灾，黄河里的水高于民埝底有一两丈高，冲决民埝，"那黄河水就像山一样的

---

① （清）张永铨：《闲存堂诗集·西村近稿》，《清代诗文集汇编》，影印清康熙刻本，第152册，第708—709页。
② （清）谢元淮：《养默山房诗稿》卷22《辛卯集》，《续修四库全书》，影印清光绪元年刻本，第1512册，第108页。
③ （清）谢元淮：《养默山房诗稿》卷24《朐海集》，第1512册，第120页。
④ （清）谢元淮：《养默山房诗稿》卷31《真州集》，第1512册，第201页。
⑤ 钱仲联主编：《清诗纪事·康熙朝卷 雍正朝卷》，江苏古籍出版社1987年版，第7册，第4231页。

倒下去了"①，转瞬间水过了屋檐，给齐东的百姓造成了深重灾难："看见那河里漂的东西，不知有多少呢，也有箱子，也有桌椅板凳，也有窗户门扇。那死人，更不待说，漂的满河都是，不远一个，不远一个，也没人顾得去捞。"②

清词中有写到水灾的。陈维崧《南乡子·江南杂咏》曰："天水沦涟。穿篱一只撅头船。万灶炊烟都不起。芒履。落日捞虾水田里。"③渔船穿过篱笆，可见田园村落已经被大水淹没。词人以近似白描的手法，于平淡中描写了受灾民众的凄惨。其《金浮图·夜宿翁村，时方刈稻，苦雨不绝，词纪田家语》曰："为君诉。今年东作，满目西畴，尽成北渚。雨翻盆、势欲浮村去。香稻波飘，都作沉湘角黍。咽泪频呼儿女。瓮头剩粒，为客殷勤煮。　话难住。茅檐点滴，短檠青荧，床上无干处。雨声乍续啼声断，又被啼声，剪了半村雨。摇手亟谢田翁，一曲淋铃，不抵卿言苦。"④述说了大水冲毁庄稼，屋内尽被水淹的惨状。罗汝怀《研华馆词》中有多首作品叙写了连日大雨对农民造成的危害。《鹧鸪天·四月十六日雨中登城望大水》云："乡村淹没知何似，万顷青苗逐水流。""六日鲸波去复留，绵绵密密雨难收。长蛟几处无人断，屡作稽天巨浸流。　墙屋塌，马牛浮，鼍鼋直欲入城游。茫茫水国愁无着，载上南行舴艋舟。"⑤《沁园春·廿五日和怡芬主人苦雨》写连绵一月大雨几乎让庄稼颗粒无收：

  怪事从无，大雨连绵，三旬不开。正黄云万顷，秋催麦熟，绿云千叠，夏转苗才。一片苍茫，桑田化海，客试观潮真壮哉。知何意，似教人绝粒，都上蓬莱。

  高城四望生哀，竟白昼，沉昏如夜台。看侵门草藓，潜生床榻，横江蛟鳄，欲入庭阶。倩报晴娘，祈行水使，共谢无能惭不才。方愁坐，听潇潇飒飒，去又还来。⑥

---

① （清）刘鹗：《老残游记》第13回，人民文学出版社1957年版，第131页。
② （清）刘鹗：《老残游记》第14回，第136页。
③ 张宏生主编：《全清词·顺康卷》，中华书局2002年版，第7册，第3883页。
④ 张宏生主编：《全清词·顺康卷》，第7册，第4063页。
⑤ 赵振兴校点：《罗汝怀集·研华馆词》卷3，岳麓书社2013年版，第781页。
⑥ 赵振兴校点：《罗汝怀集·研华馆词》卷3，第781页。

引人注目的是，罗汝怀更多地把目光转向灾民的苦难生活。《沁园春·廿八日和主人翁祈晴叠前韵》云："经月淋漓，万家咨怨，薪尽蔬稀真苦哉。休凝望，怕江田百顷，全付污莱。"① 这大约与其长期生活于民间，眼光多投向下层百姓有关。他视自己为农民中的一员，风雨阴晴，与其生活息息相关。当阴雨连绵时，他盼望云开雨去，天空放晴，"乞雷霆、下击沈霾解。诏日御，尔安在"②（《金缕曲·苦雨戏简蝯叟，三叠前韵》）。他更赞美那些虽自己住所被洪水毁害却依然心系灾民的好官："丙舍雍乾载，逮光丰，蛟波再圮，两经修改。又见狂澜腾十丈，心惝容先失采。总付与、冥冥持宰。百万生灵遭水厄，纵全生、啼哭谁推解。安计我，旧庄在。……只恐东山难稳卧，要为苍生泪洒。愿此际，糇粮多买。待得水消还虑旱，莫漉池、流尽成枯海。"③（《金缕曲·和蝯叟新置山庄作，六叠前韵》）蝯叟即其好友何绍基。

第三节　蝗灾呈现

蝗灾是中国古代社会中仅次于水灾、旱灾的第三大灾害，其危害也不容小觑。徐光启曰："惟旱极而蝗，数千里间草木皆尽，或牛马毛幡帜皆尽，其害尤惨，过于水旱也。"④ 蝗虫数量、食量惊人，繁殖能力与迁移能力极强，不但吃掉粮食、植物，还咬坏衣服、家具、器物，甚至攻击牲畜与人类。中国文学史上很早便写到蝗灾。《诗经·小雅·大田》曰："去其螟螣，及其蟊贼，无害我田稚。田祖有神，秉畀炎火。"⑤《毛传》曰："食心曰螟，食叶曰螣，食根曰蟊，食节曰贼。"⑥ 陆玑疏以螣为蝗虫。周人以火攻的办法来消除蝗虫等病虫害。唐代白居易有《捕蝗诗》：

---

① 赵振兴校点：《罗汝怀集·研华馆词》卷3，第781页。
② 赵振兴校点：《罗汝怀集·研华馆词》卷3，第778页。
③ 赵振兴校点：《罗汝怀集·研华馆词》卷3，第779页。
④ （明）徐光启著，石声汉校注：《农政全书校注·捕蝗疏》卷44，上海古籍出版社1979年版，第1299页。
⑤ （汉）毛亨传，（汉）郑玄笺，（唐）孔颖达疏：《毛诗正义》卷14，第849页。
⑥ （汉）毛亨传，（汉）郑玄笺，（唐）孔颖达疏：《毛诗正义》卷14，第849页。

捕蝗捕蝗谁家子，天热日长饥欲死。兴元兵久伤阴阳，和气蛊蠹化为蝗。始自两河及三辅，荐食如蚕飞似雨：雨飞蚕食千里间，不见青苗空赤土。河南长吏言忧农，课人昼夜捕蝗虫；是时粟斗钱三百，蝗虫之价与粟同。捕蝗捕蝗竟何利？徒使饥人重劳费。一虫虽死百虫来，岂将人力竞天灾。我闻古之良吏有善政，以政驱蝗蝗出境。又闻贞观之初道欲昌，文皇仰天吞一蝗。一人有庆兆民赖，是岁虽蝗不为害。①

蝗虫如雨般多，过境之后，庄稼被一扫而空。白居易认为捕蝗只能增加百姓负担，应该以德去蝗，又举古之良吏及李世民吞蝗而蝗虫尽死的例子加以说明。以德去蝗与人力捕蝗在唐代爆发了一场有名的争论，对以后抗击蝗灾产生了深远影响。争论的双方是姚崇与卢怀慎、倪若水。姚崇以《诗经》及光武诏为例，以为人力可除。倪若水以为："蝗是天灾，自宜修德。"卢怀慎谓崇曰："蝗是天灾，岂可制以人事？外议咸以为非，又杀虫太多，有伤和气。"② 两人以为蝗是天灾，人们奈何不得，只能修德而不能捕杀。姚崇反驳道，如果修德可以除蝗的话，良吏之境根本不该出现蝗虫。他斥责官吏见死而不救的做法，并愿意承担一切因为捕杀蝗虫而带来的惩罚。其言论对推动人力捕蝗起了巨大作用。在他之后的白居易还在迷信以德去蝗，观念相当保守，但他亦借此批评了朝廷发动战争引起了蝗灾的观念，"兴元兵久伤阴阳，和气蛊蠹化为蝗"。

宋代书写蝗灾的诗陡然增多，有40余篇。诗里记载了蝗灾的可怕景象、人们捕蝗的努力，探讨了致灾的原因。蝗灾到来，铺天盖地，吃掉庄稼，造成粮食短缺，人们很多时候束手无策。戴叔伦《屯田词》说："新禾未熟飞蝗至，青苗食尽余枯茎。"③ 郑獬《捕蝗》说："蝗满田中不见田，穗头栭栭如排指。……虽然捕得一斗蝗，又生百斗新蝗子。只应食尽田中禾，饿杀农夫方始死。"④ 欧阳修《答朱寀捕蝗诗》描写了蝗虫强大的危害力："诜诜最说子孙众，为腹所孕多蜫蚳。始生朝亩暮已顷，化一

---

① 顾学颉校点：《白居易集》卷3，第65—66页。
② （后晋）刘昫等：《旧唐书》卷96，第3024—3025页。
③ 蒋寅校注：《戴叔伦诗集校注》卷3，上海古籍出版社1993年版，第233页。
④ （宋）郑獬：《郧溪集》卷26，第345页。

为百无根涯。口含锋刃疾风雨,毒肠不满疑常饥。高原下隰不知数,进退整若随金鐾。"① 孔平仲《长芦咏蝗》极生动地写出了蝗灾的可怕:"来时漫不见首尾,往往蔽日连数里。河南却集河北岸,东村西村闹如蚁。捕逐百千才十一,入地如锥又生子。山林所过为一空,万口飒飒如雨风。稻粱黍稷复何有,田畴已尽腹未充。"② 王令的《梦蝗》与《原蝗》两首诗,虽然其目的在于借蝗虫而讽刺人间的罪恶,但对蝗虫的危害描写相当细腻而全面。《梦蝗》说:"至和改元之一年,有蝗不知自何来,朝飞蔽天不见日,若以万布筛尘灰;暮行啮地赤千顷,积叠数尺交相埋;树皮竹颠尽剥秸,况又草谷之根荄。一蝗百儿月再孕,渐恐高厚塞九垓。嘉禾美草不敢惜,却恐压地陷入海,万生未死饥饿间,支骸遂转蛟龙醢。群农聚哭天,血滴地烂皮,苍苍冥冥远复远,天闻不闻未可知。"③ 蝗虫遮天蔽日,食量惊人,有惊人的繁殖力与极强的生存能力。《原蝗》亦言及此:"蝗生于野谁所为,秋一母死遗百儿,埋藏地下不腐殰,疑有鬼党相收持。寒禽冬饥啄地食,拾掇谷种无余遗,吻虽掠卵不加破,意似留与人为饥。去年冬温腊雪少,土脉不冻无冰澌,春气蒸炊出地面,戢戢密若在釜糜。"④

周密《癸辛杂识·别集卷下》《武城蝗》记述了两件可怕的事,"平原一小儿为蝗所食,吮血,惟余空皮裹骨耳"。一个老人倒在地下,几乎被蝗虫吃掉,"为蝗所埋,须发皆被啮尽,衣服碎为筛网,一时顷方苏"。⑤

元代蝗灾发生的年份有86年,重大蝗灾不少。元代胡祇遹《捕蝗行》与《后捕蝗行》描写了蝗虫的可怕。前者说:"但恐妖虫入田中,绿云秋禾一扫空。……一母百子何滋繁,聚如群蚁行惊湍。嘉谷一叶忽中毒,芃芃枝干皆枯干。"蝗虫进入田地中,禾苗被一扫而空。蝗虫有极强的繁殖力,如蚂蚁一般多,庄稼被蝗虫咬过之后,枯干减产。后者说:"飞蝗扑绝子复生,脱卵出土顽且灵。有如巨贼提群朋,群止即止行则行。过坎涉水不少停,若奔期会趋远程。开林越山忘险平,倍道夜走寂无声。累累禾

---

① 李逸安点校:《欧阳修全集》卷53,中华书局2001年版,第751页。
② (宋)孔文仲等著,孙永选校点:《清江三孔集》,齐鲁书社2002年版,第371页。
③ 沈文倬校点:《王令集》卷3,上海古籍出版社1980年版,第41页。
④ 沈文倬校点:《王令集》卷2,第28页。
⑤ (宋)周密撰,吴企明点校:《癸辛杂识》,中华书局1988年版,第276页。

穗近秋成，利吻一过留枯茎。"① 蝗虫行动一致，没有什么艰险能拦住它们，经过之后，庄稼只剩枯干。王结《捕蝗叹》说："那知螟蝥作妖孽，雄吞恣食何纷纷。田间四望无边垠，老农蹙额心如焚。"②

明代蝗灾不仅成灾次数多，而且分布面积广，危害严重。明朝上下均重视蝗灾。明宣宗为捕蝗专门给下属写了一首诗，道出了蝗灾的危害："蝗虫虽微物，为患良不细。其生实繁滋，殄灭端非易。方秋禾黍成，芃芃各生遂。所忻岁将登，淹忽蝗已至。害苗及根节，而况叶与穗。"③（《明宣宗捕蝗示尚书郭敦诗》）蝗虫之害不容轻视，其繁殖力强，可吃掉庄稼的根、叶、茎、穗等各个部位。赵完璧《感蝗》写出了飞蝗阵势的骇人及其带给农田的毁灭性打击："六月飞蝗过目频，奇灾何事苦斯民。天空不断回风雪，陇际还惊蔽日尘。倏作青娥摧绿野，旋看赤土泣苍旻。谁将无食悲生计，只有催租愁杀人。"④

清代书写蝗灾的诗篇非常多，《清诗铎》专门有"捕蝗诗"一类。清人对蝗灾的危害认识颇为深刻。雍正《六年八月十七日奉》说"蝗蝻最为田禾之害"⑤。在诗人看来，蝗灾非常恐怖。"螟蠡布阵横空来，甚于水旱为田灾。扬子长江浸不死，时有蝗渡江。青天白日如筛灰。"⑥（谢启昆《捕蝗行二首》其一）蝗虫铺天盖地，声如风雨："飞蝗尔何来，薨薨如风雨。朝飞蔽云天，夜聚漫江浒。"⑦（严我斯《捕蝗谣》）蝗群一过，庄稼、草木片叶不留，顿成赤地："忽然落田野，千顷如剥肤。北尽掠南亩，西罄延东区。"⑧（吴震方《谕蝗》）高一麟《捕蝗》曰："甲戌之夏，飞蝗食稼。障日排云，自天而下。前蝗未去后蝗来，蜂拥蚁聚踞山隈。毒口何殊

---

① 魏崇武、周思成校点：《胡祇遹集》卷4，第67页。
② （元）王结：《文忠集》卷2，《文渊阁四库全书》，第1206册，第217页。
③ （清）顾彦辑，惠清楼点校：《治蝗全法》卷3，李文海、夏明方主编《中国荒政书集成》，天津古籍出版社2010年版，第6册，第4185页。
④ （明）赵完璧：《海壑吟稿》卷5，《文渊阁四库全书》，第1285册，第596页。
⑤ （清）允禄编，（清）弘昼续编：《世宗宪皇帝上谕内阁》卷72，《文渊阁四库全书》，第415册，第122页。
⑥ （清）谢启昆：《树经堂诗初集》卷2《初桃草下》，《清代诗文集汇编》，影印清嘉庆刻本，第392册，第226页。
⑦ （清）严我斯：《尺五堂诗删初刻》卷4，《四库全书存目丛书》，影印清康熙二十七刻本，集部，第239册，第389页。
⑧ （清）张应昌编：《清诗铎》卷16，第517页。

铦霜刃，转眼秋禾无根荄。"① 蝗虫有时还攻击人类，"草根食尽食人肉"②（《人面蝗》）。其诗下注曰："有小孩走入乱蝗中，为蝗吮毙。"读之令人不寒而栗。郝懿行《捕蝗行》写了蝗虫可怕的破坏力："蝗来也，蝗来也！一片黄云罨四野，所过皆空地为赭。茅茨食尽余屋瓦，贪狼很羊似此者。"甚至有吃人之事："昨日客从邻境闻，具言蝗虫能食人。有婴儿为蝗所啖。"③毕沅《捕蝗》着重写到蝗虫的危害："瞥见沟塍间，蝈蝈布蝻子。丑类种实繁，萌蘖不知始。咀嚼肯停声，充塞难投趾。面赤而身黄，狰狞吐锯齿。两股类螽斯，跳跃更迅驶。快啮叶剩茎，丛抱籽成秕。狠戾狼贪如，纵横蚕食似。南亩蔚秋云，顷刻尽亿秭。倘不急扑灭，滋蔓正未止。"④ 蝗虫如猛兽，牙齿锋利，吞吃庄稼净尽，读来让人感到恐怖不已。

高清典《飞蝗来》描写了蝗虫带来灾难的可怕后果：

> 无数飞蝗蔽天来，黑云片片狂风催。不知此孽起何处，但闻东北千里多为灾。昨渡滹沱水，今过凤凰山。迅速浑如万弩发，霎时布满城池间。鹿城南北多田禾，飞蝗更比田禾多。万顷黄云未期获，倏如风卷归岩阿。……疾飞乱下如风雨。小者逞蚕食，大者肆鲸吞。一经过处，荡然无存。蝗兮蝗兮饱我粮，尔既饱兮，尔可远去于他方。蝗身已肥蝗欲去，悲哉更生蝝孽重为殃。飞蝗之灾已为极，所生况复多于蝗。⑤

《炙蝗赋》描绘蝗虫所过之地皆成废墟的可怕场景：

> 忆昭阳之岁厄兮，阻夏秋而不雨。惟兹虫之勃兴兮，伏蕴隆之焦土。于焉长其子孙兮，不崇朝而辟门户。始则矜其距踊兮，俟凌风而

---

① （清）高一麟：《矩庵诗质》卷3，《清代诗文集汇编》，影印清乾隆高莫及刻本，第138册，第542页。
② （清）张应昌编：《清诗铎》卷16，第522页。
③ （清）郝懿行：《晒书堂诗钞》卷上，《清代诗文集汇编》，影印清光绪十年东路厅署刻本，第449册，第523页。
④ 杨焄点校：《毕沅诗集·灵岩山馆诗集》卷35，人民文学出版社2015年版，第831页。
⑤ 光绪《获鹿县志》卷5《世纪志》，《中国地方志集成·河北府县志辑》，上海书店出版社2006年版，第4册，第141页。

振羽。忽群飞而蔽天兮，杳不知其所处。慨所过之成墟兮，剧剽黩之暴旅。唯泽毛山木之靡孑遗兮，又安问夫稻粱与麦黍。嗟终岁之勤劬兮，期食报于登场。何忽遭此蚕食兮，鲜一粒之秕糠。①

阮晋《螟蝗篇》把蝗虫危害写得极为全面：

> 丙寅七月上旬中，满村满野皆蝗虫。丙寅七月下旬中，满城满市皆蝗虫。其初无翅走匆匆，千里百里花椒红。依稀将帅统军戎，问从何来自山东。大球小球结为丛，黄河滚过若飘蓬。遮墙蔽屋密蒙蒙，俄而渐与帘户通。啮衣龁帽窥箱笼，扫除不尽呼儿童。一朝羽翼能高翀，直上层霄塞碧空。黑如烟雾响如风，日色为之翳朦胧。路上行人忧忡忡，抱头似遭急雨同。扑须扑面扑双瞳，入人项领芒刺鬃。坠枝压树乱芃芃，西园绿竹变枯桐。指蝗惊讶讯老翁，老翁九十貌尚丰。为言追溯到鸿蒙，未闻如此蝗无穷。朝来急往视田功，处处驱蝗敲竹筒。揭竿摇帜纷争雄，谁知蝗众不可攻。嘉禾一片乌纱幪，须臾茎穗成断葱。东啼西哭伤我衷，哭声直令耳欲聋。吁嗟聊纪褚国公，我贱何由达宸聪。②

一般的诗，只写蝗虫对庄稼的危害。这首诗还写它们咬坏人们衣帽及家具，对人发动袭击。此诗观察细致，绘声绘色绘形地描写了蝗虫过境的可怕场景。

小说则写了蝗灾发生时的一些奇闻怪事。蝗虫或停留某地，或过境不入，有一定的偶然性。但古人不能理解其中原因，将之归为天意，进而又与人的善恶作为相联系：

> 淳熙庚子辛丑岁，平江比年大旱。常熟县虞山北葛市村有农夫姓过，种田六十亩，岁常丰熟。过觊例免秋赋，亦伪以旱伤闻，官果得

---

① （清）成书：《多岁堂诗集·赋集》，《清代诗文集汇编》，影印清道光十一年刻本，第463册，第381页。
② 钱仲联主编：《清诗纪事·康熙朝卷 雍正朝卷》，江苏古籍出版社1987年版，第7册，第3915—3916页。

免输，自以得计。明年壬寅夏，飞蝗骤至，首集过田，禾穟皆尽，而邻比接壤之田，蝗过不食。又有二农家，不得其姓，畎亩东西相接。东家淳朴守分，西则狡狯暴狠，淳朴之家常苦之。是年蝗至，尽集西家之田而不入东界。西农怪之，夜以布囊贮蝗移置东田，有报东家农，弗之较，但祝云："果有神明，蝗当自去。"明日蝗复飞集西家，东田无伤焉。①（《暌车志》卷3）

《夷坚志·夷坚支甲》卷第一"护国大将军"条则写了鹜因啄食蝗虫而被封官的传奇故事：

绍兴二十六年，淮、宋之地将秋收，粟稼如云，而蝗虫大起，翩飞刺天，所遇田亩，一扫而尽。未几，有水鸟名曰鹜，形如野鹜而高且大，腔有长嗉，可贮数斗物，千百为群，更相呼应，共啄蝗，盈其嗉，不食而吐之，既吐复啄。连城数十邑皆若是。才旬日，蝗无孑遗，岁以大熟。徐、泗上其事于房庭，下制封鹜为护国大将军。②

《聊斋志异·柳秀才》写了一则蝗虫只吃柳叶不吃庄稼的神奇故事：

明季，蝗生青兖间，渐集于沂。沂令忧之。退卧署幕，梦一秀才来谒，峨冠绿衣，状貌修伟。自言御蝗有策。询之，答云："明日西南道上，有妇跨硕腹牝驴子，蝗神也。哀之，可免。"令异之，治具出邑南。伺良久，果有妇高髻褐帔，独控老苍卫，缓塞北度。即爇香，捧卮酒，迎拜道左，捉驴不令去。妇问："大夫将何为？"令便哀恳："区区小治，幸悯脱蝗口！"妇曰："可恨柳秀才饶舌，泄吾密机！当即以其身受，不损禾稼可耳。"乃尽三卮，瞥不复见。后蝗来，飞蔽天日；然不落禾田，但集杨柳，过处柳叶都尽。方悟秀才柳神也。或云："是宰官忧民所感。"诚然哉！③

---

① （宋）徐铉、（宋）郭彖撰，傅成、李梦生校点：《稽神录》《暌车志》，上海古籍出版社2012年版，第109页。
② （宋）洪迈撰，何卓点校：《夷坚志》，中华书局1981年版，第719页。
③ （清）蒲松龄：《聊斋志异》卷4，上海古籍出版社2005年版，第160—161页。

柳秀才其实是柳神。蝗与旱并生，而柳枝具有求雨的巫术功能，这是柳树能抵挡蝗虫、保护庄稼的原因所在。

第四节　地震呈现

地震也是中国多发的地质灾害，其持续的时间极其短暂，但造成的危害极大，夺去成百上千甚至数万人的生命。而地震引起的天翻地覆的变化，又让人们惊恐不已。对古人而言，地震是最不可防、最不可知、最不可抗的灾害。古代文学里书写地震灾害的作品并不算多。《诗经·小雅·十月之交》便有对地震的描写："百川沸腾，山冢崒崩。高岸为谷，深谷为陵。"① 河水泛滥，高山变成了平地，深谷变成了山陵。这正是周幽王二年地质灾害的真实写照，《史记·周本纪》说："西周三川皆震。……是岁也，三川竭，岐山崩。"② 《国语·周语》伯阳父分析这次地震原因说："夫天地之气，不失其序；若过其序，民乱之也。阳伏而不能出，阴迫而不能烝，于是有地震。"③

宋朝魏了翁《次韵西叔兄日食地震诗》写到六月蜀地发生的一场地震："正月太阳食，六月阴萋萋。利沏阶成间，桑土为涂泥。破山覆桥阁，灌城坏河堤。蜀地五六震，积潦伤农畦。"④ 黄庭坚《流民叹》描述熙宁年间河北发生的一场地震："迩来后土中夜震，有似巨鳌复戴三山游。倾墙摧栋压老弱，冤声未定随洪流。地文划剨水麝沸，十户八九生鱼头。"⑤ 这场地震还引发了洪水，冲毁了百姓家园，使一大批人无家可归，成为流民。元代杨维桢《地震谣》指出了地震中的两种异常现象，即巨大的地声与地出白毛，诗序说："至正壬午七月朔，地震如雷。民屋杌陧，土出毛如白丝。"诗曰："四月一日南省火，七月一日南地震。地积大块作方载，

---

① （汉）毛亨传，（汉）郑玄笺，（唐）孔颖达疏：《毛诗正义》卷12，第723—724页。
② （汉）司马迁：《史记》卷4，中华书局2014年版，第184页。
③ （战国）左丘明著，（三国吴）韦昭注，胡文波校点：《国语》卷1，上海古籍出版社2015年版，第18页。
④ （宋）魏了翁：《鹤山集》卷4，《文渊阁四库全书》，第1172册，第100页。
⑤ （宋）黄庭坚著，（宋）任渊等注，黄宝华点校：《山谷诗集注·山谷外集诗注》卷1，上海古籍出版社2003年版，第525页。

岂有坏崩如杞人。如何一震白毛茁，泰山动摇海水泄。便恐昆仑八柱折，赤子啾啾忧地裂。唐尧天子居上头，贤相柱天如不周。保国如瓯，驭民如舟，吁嗟赤子汝何忧。"① 明代高出《地震谣六月五日地震次日皇子薨》记录了地震的独特现象："四更床翻如震涛，鸡未鸣，狗群嗥。卷衣起望天星高，但闻人语沸嘈嘈。狱庙沉森，鬼不敢号。"② 作者有意将地震与皇子逝去联系在一起，说明天灾是人间大事的预兆。

清代地震诗数量相对其他朝代明显增多。很多地震诗篇幅明显加长，描写灾情全面而细致。它们写到地震中的种种怪异现象，更关注灾民的伤亡情况。我们以康熙十八年（1679）发生在京师的大地震为例加以说明。这次地震强度达8级，波及河北、河南、山东、山西、辽宁、内蒙古、陕西等的两百余县，破坏性极强。《清史稿·灾异志》言"声响如奔车，如急雷，昼晦如夜，房舍倾倒，压毙男妇无算，地裂，涌黑水甚臭"③。《三冈识略》对此次地震记载较为翔实："己未七月二十八日巳刻，京师地震，自西北起，飞沙扬尘，黑气障空，不见天日，人如坐波浪中，莫不倾跌。未几，四野声如霹雳，鸟兽惊窜。……官民震伤，不可胜计；至有全家覆没者。"在董含看来，"帝都连震一月，亘古未有之变"。④ 他还记录了余震的情形。很多人写诗加以记述，如邵长蘅《地震诗戏效昌黎体》、冯溥《纪异》、江闿《己未七月廿八日京师地震纪异》、杨焨《客自燕归者为余略悉地震时情形纪五绝句》、尤侗与王嗣怀的《地震纪异》、释大汕《地震行》、杨昌言《纪异丁丑》、顾景星《闻地震》等。杨焨、顾景星、释大汕是从别人的口中或其他媒体中得知的信息，而邵长蘅、冯溥、江闿都经历了这场灾难。邵长蘅以一个地震亲历者的身份，翔实地记录了这次灾情：

  岁在己未斗指申，月之廿八朝日暾，京师地震骇厥闻，初如地底雷砏磤，又如轳辘万车轮，自西北来东南奔。顷刻簸荡摇乾坤，雷硠

---

① 邹志方点校：《杨维桢诗集·铁崖乐府》卷5，浙江古籍出版社1994年版，第63—64页。
② （明）高出：《镜山庵集·拘幽稿》卷24，《四库禁毁书丛刊》，北京出版社1997年影印明天启刻本，集部，第31册，第259页。
③ 赵尔巽等：《清史稿》卷44，中华书局1977年版，第6册，第1633页，
④ （清）董含撰，致之校点：《三冈识略》卷8，辽宁教育出版社2000年版，第162页。

菈撒屋瓦翻。市声呀咻扬嚣尘，叫号触突踣以颠。车仆马蹶欹辐辁，拉攞大厦摧高垣。砾块扬箕天昼昏，榱栌枭栋楹橑枅。颠倒填塞衢巷堙，百雉顿蹋崩门关。九庙鸱吻堕蟠蜿，骿胁折胆髁骨鳞，死者累累三千人。通州三河嗟可怜，十毙八九离遭迍。腐尸败胔腥阛阓，半籍以槁孰槽棺。地坼水涌黑且浑，翁妪失足埋尻臀，一月不止余威殚。都人怵骇遗卧眠，白板露宿帷幕藩。讹火巫兴忧燎燔，反灰伏煤晨不餐。我时幸免沟壑填，我仆碎首面血殷。徐令巫咸返惊魂，一夜数徙拊膺叹。（《地震诗戏效昌黎体》）①

诗歌描写了地震发生时的异常景象及灾后惨状。作者给我们呈现的是一个活地狱般的场景。释大汕《地震行》是从别人的口述中听到的京师地震情形，传闻不免有夸大不实之弊。其以夸张想象之笔，写出了灾情的恐怖与沧桑巨变：

噫吁嘻嗟乎，戊申六月二十六，江南海立山奔曾经有。己未八月二十八，塞北天摇地震从来无。据闻燕客说，眼见井泉枯。平空崩倒玉瑱朱壁之银安殿，几处倾翻琉璃玙珠之金浮图。才说通州忽然陷，又说漏干九曲运粮河。起止不定水与陆，经过何处不啼哭。最是宛平县惨伤，皇天后土竟翻覆。一响摧塌五城门，城中裂碎万间屋。前街后巷断炊烟，帝子官民露地宿。露地宿，不足齿，万七千人屋下死。骨肉泥糊知是谁？收葬不尽暴无已。亲不顾，友不留，晨夕啾啾冤鬼愁。西门向北有劈面酸风乱滚之黄沙，东门至南有扑鼻膻水泛滥之黑沟。从彼沟上来，耳边如辗走殷雷。道旁无端裂大罅，白毛几尺飞白灰。又有几人平地立陷如泥井，张口有声看无影。十里五里饥鸟相争啄，认得一尸缺足及折胫。又有臭气聚土射人毒，顷刻土积成山化成渎。山下现出火烧不着枯木材，渎中浮起鹅胗羊肚大肘肉。噫吁嘻，何太奇。天地之变尚不能保，世人孜孜名利夫何为？说与海乡人不信，十三年来两地震。见闻坐卧神魂飞，六虚鼓点阴兵阵。几夜昏黄

---

① （清）邵长蘅：《邵子湘全集·青门旅稿》卷1，《清代诗文集汇编》，影印清康熙刻本，第145册，第352—353页。

斗柄迷,几日高松看渐低。剩宅记得房门向,方隅不觉移东西。如此天不成天地不成地,世界翻覆等儿戏。不若锤碎补天石,踢翻星日月。为魅为人,无黑无白,此生但愿不见苍生之苦厄。①

明清小说中也有对地震的记述:

> 同时山西大同,忽然地震起来。只见:
> 动摇不定,初时众骇群惊;簸荡难休,顿觉天翻地转。家家墙倒,东藏西躲走无门;户户房颓,觅子寻爷行没路。峰摧城陷,非兵非火响连声;血海尸山,疑鬼疑神人莫恻。不信巨灵排华岳,真同列宿战昆阳。
> 自西北至东南,声若雷霆,震塌城楼、城墙二十余处。又浑源州忽然自西边起,城撼山摇似霹雳,震倒边墙不计其数。有个王家堡地方,半夜时天上忽然飞起一片云气,如月光从西北起,声如巨雷,自丑至午不时震动,摇倒女墙二十余丈,官民房屋仓廒十塌八九,压死人民无数。各处俱有文书,纷纷报部。②

《聊斋志异》如实记录了郯城大地震:

> 康熙七年六月十七日戌刻,地大震。余适客稷下,方与表兄李笃之对烛饮。忽闻有声如雷,自东南来,向西北去。众骇异,不解其故。俄而几案摆簸,酒杯倾覆;屋梁椽柱,错折有声。相顾失色。久之,方知地震,各疾趋出。见楼阁房舍,仆而复起;墙倾屋塌之声,与儿啼女号,喧如鼎沸。人眩晕不能立,坐地上,随地转侧。河水倾泼丈余,鸡鸣犬吠满城中。逾一时许,始稍定。视街上,则男女裸聚,竞相告语,并忘其未衣也。后闻某处井倾仄,不可汲;某家楼台南北易向;栖霞山裂;沂水陷穴,广数亩。此真非常之奇变也。③

---

① (清)释大汕:《离六堂集》卷11,《清代诗文集汇编》,影印清康熙三十八年刻本,第130册,第175—176页。
② (明)佚名撰,刘文忠点校:《梼杌闲评》第40回,第447页。
③ (清)蒲松龄:《聊斋志异》卷2,第54页。

地震发生在 1668 年 7 月 25 日晚。作者其时身在临淄,以一个亲历者的身份,完整地呈现了地震全过程。作者的描写生动逼真,为我们保存了一段宝贵的地震史资料。

第五节 其他灾害呈现

除了以上的四种主要灾害,文学作品中还提到其他一些灾害,如风灾、雪灾、寒灾、虫灾、雹灾等,因为这些灾害对社会造成的危害及影响不及前述四种,作品数量不多,故一并叙述。一般的风不足以成灾,只有那些狂风、飓风才会形成灾害,而在诗中描写大风造成大的灾害的诗作,清以前并不是很多。书写风灾的作品,着力刻画风拔掉树木、吹毁房屋、危及船舶。王十朋《记风闰五月二十六日》曰:"掀翻败墙壁,摧折到松桧。瓦飘上天半,茅卷洒郊外。稻吹垂实花,果堕未熟蒂。山川失故容,草木遭厄会。"① 苏过《飓风赋》写了飓风由渐起、先驱到大作的详尽过程,对其危害进行了绘声绘色的描绘:

少焉,排户破牗,陨瓦擗屋。礌击巨石,揉拔乔木。势翻渤澥,响振坤轴。疑屏翳之赫怒,执阳侯而将戮。鼓千尺之涛澜,裹百仞之陵谷。吞泥沙于一卷,落崩崖于再触,列万马而并骛,溃千车而争逐。②

杨载《酬子行初秋风飓之变》刻画了一场飓风刮走千所房屋,倾覆万艘船只的骇人场景:

暮夜风涛变,崩腾怒不休。鱼龙皆失穴,江海欲同流。并岸漂千舍,连樯覆万艘。阴阳知有沴,恻怆动深忧。③

---

① (宋)王十朋撰,(宋)王闻诗、王闻礼编:《梅溪集·梅溪后集》卷20,《文渊阁四库全书》,第1151册,第519页。
② (宋)苏过撰,舒星校点,蒋宗许等注:《苏过诗文编年笺注》卷7,中华书局2012年版,第605—606页。
③ (明)偶桓编:《乾坤清气集》卷11,《文渊阁四库全书》,第1370册,第376页。

明代朱长春《大水重来》记录了飓风带来的一场大水灾：

> 大水重来，吁嗟乎汤汤，民之死矣其如何。五月雨没田，六月水平坡。三江吴越之间方百千里，一旦晶晶陵为浒。吁嗟乎飓风，如何七月复从海上来，倒吹太湖三万六千顷之洪波。嶒崪如雪山，喷跃纷龙拏。声吼雷轰破地轴，势飞电扫通天河。包山周山欲欹倒，何况城郭与人家。高木既已拔，巨壑亦以移。其来疾如电，所过无不披。鸟不及飞，人走何涂。但见天地无光，惨惨阴沙。人啼鬼哭声哑哑，可怜万户村落沉为洼。又见黄狸流洞涡，白虎走聱牙。袅袅屋角盘长蛇，欲往避之无浮槎。令人对此心如麻，民之死矣其如何。三江古来阔，百渎何逶迤。禹迹久芜塞，蒲苇满其涯。具区汹汹滥欲徙，大若西驾将何徂。可怜桑稻区，一旦游鼋鼍。死者谅不葬，生者已无禾。万井萧萧铛烟冷，卖男抛女亡之他，民之死矣其如何。吁嗟乎，近来天下灾荒何其多。①

到了清代，一些诗作记录了风灾给人们带来的极大灾难。谢启昆《台州勘灾记事》、孙衣言《飓变》、张经赞《飓风行》、祝寿眉《六月初十夜风暴纪事》、曾骏章《大风谣》等都是代表诗篇。张经赞《飓风行》写的是光绪四年（1878）4月11日刮的一场飓风：

> 三月九日毒龙过，午后西关奇祸作。飓风拔木起鬼矶，天地晦冥昼如夜。迅雷訇訇掣电熛，冰雹乱落千万个。江间波浪翻层层，大舟小舟等箕簸。轰然炮声飞半空，惊龙掉尾随云下。自大观硚至龙津，片时扫却数千舍。宝华宝仁带河基，坚墙大厦齐摧破。华屋顿成瓦砾场，街巷莫能分小大。男妇老幼万余人，遽登鬼录同委化。连日除道急收殓，共检遗骸出泥涴。搬砖运土辨门户，破头断臂折腰胯。并有涕泣相抱持，及在内外或坐卧。倾颓半截中偶存，短墙支撑生孔罅。

---

① （明）朱长春：《朱太复文集》卷6，《续修四库全书》，影印明万历刻本，第1361册，第237页。

倚壁痴坐如梦寐，九死一生忍饥饿。①

作者从广阔的空间与短暂的时间着笔，形象地描写了飓风惊人的破坏力。祝寿眉《六月初十夜风暴纪事》写一场发生于清同治三年（1864）的大风暴：

六月海滨冷，连朝烟雾披。兆非来怪鸟，怒竟触封姨。鼍吼三更后，犬噪四野时。忽闻猛雨作，旋听大风吹。摧樯倾檐势，掀天动地悲。迷漫灯尽灭，摇荡屋如移。有树皆能拔，无墙不见危。当空飞瓦砾，吹户折戹廖。仓猝相扶老，奔逃各抱儿。鬼灯明草莽，冰雹打茅茨。天晓声犹壮，人行力不支。潮还同助虐，浪即逐浮尸。②

雪灾及相伴的严寒，危害植物与动物的成长，让百姓陷入饥寒交迫当中。大雪让天气更冷，得到粮食更难。史书中"人畜多冻死""人冻馁""飞鸟多冻死""花木冻死""禾草冻死"的记述比比皆是。唐朝刘叉《雪车》说："腊令凝绨三十日，缤纷密雪一复一。孰云润泽在枯荄，阛阓饿民冻欲死。死中犹被豺狼食，官车初还城垒未完备。人家千里无烟火，鸡犬何太怨。天不恤吾甿，如何连夜瑶花乱。"大雪一场接一场，百姓大多冻死或饿死，而官府不体恤民情，大兴劳役则加剧了百姓的苦难："官家不知民馁寒，尽驱牛车盈道载屑玉。载载欲何之，秘藏深宫以御炎酷。"③颇具讽刺意味的是，宫里防暑用的雪，竟是百姓冒着几乎冻死的代价长途运来的。雪不一定造成灾害，但若降在不合适的时间与地点，便成了灾害。郑獬《荆江大雪》云："竹屋夜倒不知数，但闻走下雷霆车。南方瘴土本炎热，经腊犹生碧草芽。忽遭大雪固可怪，冻儿赤立徒悲嗟。青钱满把不酬价，斗粟重于黄金沙。此时刺史颇自愧，起望霁景殊无涯。有民不能为抚养，安用黄堂坐两衙。"④南方天气炎热，很少下雪。荆州下的这场大雪，压倒竹屋，冻死刚出的草芽，使人冷不可耐，造成物价飞涨。春天

---

① 钱仲联主编：《清诗纪事·道光朝卷》，第15册，第10497页。
② 钱仲联主编：《清诗纪事·同治朝卷》，第17册，第12274—12275页。
③ （清）彭定求等编：《全唐诗》卷395，第12册，第4444页。
④ （宋）郑獬：《郧溪集》卷25，第336页。

下雪，妨害庄稼生长，加重百姓饥寒交迫。郭祥正《前春雪》云："元冥夺春令，连旬雪塞屋。嗷嗷何物声，云是饥民哭。来请义仓米，奈何久空腹。寒威如戈矛，命尽须臾速。"①

王先谦《大雪行》便写因降大雪而导致黄陂夹中百姓大批饿死的惨剧："大雪压地地欲摧，阴风号空如斫雷。平原莽莽白不极，惟有乌鹊从空来。野人冻苦若猬缩，瓶罂净尽禁不得。开门欲出雪没人，闭户更向冷灶哭。晨昏僵卧谁复知？骈头饿死在茅屋。东邻西舍郁相望，人声寂寂鬼火绿。吁嗟乎，逭寇未息尚干戈，皇天丧乱何其多。自序：'黄陂夹中，乡民因雪无所得食，死者甚众，赋此哀之。'"②

更难能可贵的是，清代两位女作家以真实的笔触记录了杭州道光辛丑年（1841）的一场雪灾造成500人死亡的灾难事件。杨素书《十一月五日纪灾》说：

> 楼台倾覆垣栋摧，苦无双翮能逃避。东邻西邻尽哭声，儿觅阿翁昆呼季。明晨里正遍报灾，五百余人遭压毙。就中颇有未覆屋，危如累卵一丝系。冻痕迸裂瓦缝坼，屋溜淋漓横莫制。床帷湿黦睡无所，终宵兀坐频惊悸。人民颠跪至斯极，禳灾到处穷牲币。③

沈兰《前题同作》说："千家键户断炊烟，冷魂冻裹兜罗绵。编茅小屋陡倾圮，妻孥号夜无安眠。得逃一息尚百幸，何况枕尸相接连。上盖堕瓦下冰垫，中有血肉无人怜。玉川屋老危岌嶪，门阑半蹶桷半偏。"④《清史稿·灾异志》记，此年山东、江苏、湖北等地大面积降雪，深数尺甚至有达丈余者，人畜多冻死。

冰雹是一种发生时间短，但危害大的气象灾害。"冰雹天气发生时，除了从雹云中降落雹块以外，往往伴有短时的强风或暴雨。"⑤雹灾主要危害农业生产，将植物的果、叶、花打烂，造成作物的减产，还能打伤人与

---

① 孔凡礼点校：《郭祥正集》卷6，黄山书社2014年版，第123页。
② 钱仲联主编：《清诗纪事·同治朝卷》，第17册，第11820—11821页。
③ （清）张应昌编：《清诗铎》卷15，第504页。
④ （清）张应昌编：《清诗铎》卷15，第504—505页。
⑤ 陈端生、龚绍先编：《农业气象灾害》，北京农业大学出版社1990年版，第152页。

牲畜、损坏房屋等。吴芾《三月十一日风雹》说:"一时雨雹排檐急,万里风云卷地来。扫荡千花真可恨,摧残二麦亦堪哀。"① 戴埴《雹》写到其对万物及人的危害:"京师连雨雹,小者如弹,大者如拳。林柯叶乱下,鸟鸢折飞翻。屋瓦耆刬遭击扑,居人颠沛,行道错愕。初疑巨飓掀卷冯夷宫,渊珍散堕光闪烁。复疑清霄万里驱长蛟,泣泪盈盈骤飘薄。"② 王恽《大雹行》写冰雹打碎了瓦块,"杀声咆哮屋碎瓦",给动植物带来致命的打击,"叶穿鸟死庭树惨,禾麦击平惊赭赤",让老百姓一季的辛苦化为乌有:"独怜田家被灾者,寒耕热耘,手足成胝胼。差科大命寄一麦,眄眄见熟疗饥涎。一新到口不得食,哀哉何以卒岁年!"③ 明代殷奎《平凉雹》也写出了冰雹强大的破坏力:"须臾膈膊声满地,怪雹横飞大如斗。摧车折木不可当,人马辟易逃林薮。东门宿麦熟未撕,美实离离遍田亩。就根平削三十里,一穗不存君信否?"④ 钱澄之《夏雹行》记录了春、夏两季遭遇雹灾的罕见灾情。第一次打破窗纸,毁坏禾苗,"新秧如针一半无",第二次把谷粒打掉,"黄禾垂粒雹打尽"。⑤

除气象灾害外,古代文学作品还写到了生物灾害。虫灾是危害农作物的主要灾害。《诗经》里写到各种虫灾。《诗经·小雅·大田》说:"去其螟螣,及其蟊贼,无害我田稚。田祖有神,秉畀炎火。"《毛传》曰:"食心曰螟,食叶曰螣,食根曰蟊,食节曰贼。"⑥ 周人以火攻消除蝗虫等病虫害。《诗经·大雅·桑柔》亦提到虫灾:"降此蟊贼,稼穑卒痒。"⑦ 人们对害虫分类如此之细,证明对害虫相当重视,对其危害认识颇深。后世诗人在作品中对虫子的危害有具体的描写。陆世楷《虫异》写一种专门吃粮仓里谷物的小虫,"所至辄为仓廪灾"。它长有翅膀,迁徙能力极强,"锐若针芒坚已入",咬过的谷物中间是空的,"害同雀鼠尤壮哉"。⑧ 虫子主要还是危害庄稼。陈学泗《灾农叹》说:"吁嗟乎,旱魃未已,又罹蟊贼。

---

① (宋)吴芾:《湖山集》卷7,《文渊阁四库全书》,第1138册,第514—515页。
② 傅璇琮等主编:《全宋诗》卷3306,第63册,第39390页。
③ 杨亮、钟彦飞点校:《王恽全集汇校》卷6,第221—222页。
④ (明)殷奎撰,(明)余煃编:《强斋集》卷7,《文渊阁四库全书》,第1232册,第476页。
⑤ 诸伟奇校点:《钱澄之全集》之五《田间诗集》卷1,黄山书社1998年版,第13页。
⑥ (汉)毛亨传,(汉)郑玄笺,(唐)孔颖达疏:《毛诗正义》卷14,第849页。
⑦ (汉)毛亨传,(汉)郑玄笺,(唐)孔颖达疏:《毛诗正义》卷18,第1184页。
⑧ (清)张应昌编:《清诗铎》卷15,第514页。

百虫纷纷，以美稼为窟宅。饱食而肥，与苗一色。皇天皇天，降祲凶虫享膏液。"① 朱鹤龄《刈稻行》提及一种专吃庄稼根的臭虫，使稻谷产量大大降低，"芒粒稀疏穗不垂，禾根浥烂气殊恶"②。许瑶光《虫灾叹》也指出今年不知名的害虫专吃根，"蜂腰六足喙黑须"③，其难以捕捉，危害更强。程穆衡《虫食苗》更是写出害虫可怕的破坏力："两首歧行俟进退，黄牙黑吻身如弓。……扑缘根荄遍节叶，翕张锐喙捷若风。朝曦初升露厌浥，如桑饲蚕声松松。田家质衣贸种归，三种三食嗟成空。"④

蒲松龄《纪灾》记述黏虫的危害之大及百姓抗击之苦：

半载酷阳麦夭殇，篘之盈筐不受捆。六月初雨田始青，蚜蚄蜿蜒大如蚓。禾垄聚作风雨声，上视丛丛下蠢蠢。妇子携箕相斗争，随声幢幢半倾陨。前方坑杀置沟渠，后已襁属缘禾本。勤者苦战禾半存，懒者少息穗苗尽。枯茎满地蝗犹飞，老农涕尽为一哂。剩有莜蒫待秋成，生途益窄民情紧。叶萎花焦望雨零，片云吹散朔风狠。去年卖女今弃儿，罗尽鼠雀生计窘。千古苛灾一时遭，孽自人作天亦忍！⑤

黏虫遍布除新疆之外的中国广大地区，其繁殖快，有暴食性、迁飞性等特征，对小麦、玉米、稻谷、棉花、豆类以及果木的危害性极大。宝廷《年虫行》写出了黏虫的危害："入心食心叶食叶，肆噬嘉谷充飧饔。春耕夏耘殚心力，百亩一过俄顷空。小民畏虫甚畏贼，泣伏畎亩祈神功。"⑥ 虫子有食叶的，有食心的，有食根的，而黏虫既吃心又吃叶，转瞬间把庄稼消灭一空。

---

① 邓之诚：《清诗纪事初编》卷3，中华书局2012年版，第335页。
② （清）朱鹤龄：《愚庵小集》卷3，第118页。
③ （清）许瑶光：《雪门诗草》卷12《上元初集》，《清代诗文集汇编》，影印清同治十三年刻本，第667册，第660页。
④ （清）张应昌编：《清诗铎》卷15，第515页。
⑤ 路大荒整理：《蒲松龄集·聊斋诗集》卷4，中华书局1962年版，第594页。
⑥ （清）宝廷著，聂世美校点：《偶斋诗草·内次集》卷4，上海古籍出版社2005年版，第234页。

蚕桑生产是农村的主要产业，桑虫对桑树生长危害很大。王恽《桑虫行》指出了桑虫可怕的破坏力："咄哉此何为，与蚕同出没。千林绿如云，一扫若汤沃。不知丝忽肠，其大容几斛。春蚕眠正饥，蠢蠢富厥族。汤盆出新丝，夺自汝口腹。"① 人们拼命扑杀害虫，但却于事无补。

大灾之后常有大疫，疫与灾相伴而生。古代医疗条件落后，得了疾疫后，死亡率非常高，人们习惯把疫叫作瘟疫。汉建安二十二年（217）的大疫夺去了很多人的生命："家家有僵尸之痛，室室有号泣之哀。或阖门而殪，或覆族而丧。"②（《说疫气》）文坛损失惨重："昔年疾疫，亲故多离其灾，徐、陈、应、刘，一时俱逝，痛可言邪！"③（《又与吴质书》）《水浒传》将"张天师祈禳瘟疫"作为全书的楔子，写了一场流行全国的瘟疫："嘉祐三年春间，天下瘟疫盛行，自江南直至两京，无一处人民不染此症。天下各州各府，雪片也似申奏将来。且说东京城里城外，军民无其太半。开封府主包待制亲将惠民和济局方，自出俸资，合药救治万民。那里医治得住？瘟疫越盛。"④ 皇帝无奈只好让洪太尉去请龙虎山张天师祈禳瘟疫。耿定向《悯时谣》写了明万历庚寅年（1590）一场可怕的瘟疫："庚寅春徂秋，疫疠殃骈臻。甚者阖户歼，次者比屋呻。昏暮奔巫医，巫医不自神。"诗后简述其创作情形说："右谣万历庚寅秋中赋，时料阖境民户饥死与疫死者，约四万有奇。嗣是越辛卯春莫，沴气未消，死亡相继者，且无算也。即今逃亡之屋，荒芜之田，满目而是矣。"⑤ 郭仪霄《秋疫叹》写清嘉庆庚辰年（1820）夏天大旱，秋天又复大疫，死者枕藉的惨剧：

　　天地本好生，劫数凭谁补。阴阳一失序，造化难自主。今年值亢旱，数月失霖雨。炎敲（当作"歊"，笔者注）铄肌骨，烦毒煎肺腑。自从入秋来，大疫遍蓬户。桁上无完衣，盎中无粒黍。残喘岂能延，

---

① 杨亮、钟彦飞点校：《王恽全集汇校》卷3，第92—93页。
② 赵幼文校注：《曹植集校注》卷1，人民文学出版社1984年版，第177页。
③ 夏传才、唐绍忠校注：《曹丕集校注》，河北教育出版社2013年版，第110页。
④ （明）施耐庵著，（清）金圣叹评：《水浒传》，齐鲁书社1991年版，第33页。
⑤ （明）耿定向：《耿天台先生文集》卷1，《四库全书存目丛书》，影印明万历二十六年刘元卿刻本，集部，第131册，第16—17页。

哀哉命如缕。

　　山墟药石贵，典衣聊相酬。黠贾混真赝，安望病可瘳。况无秦越人，补泻恣误投。病多时医竞，术浅贫家求。杀人以为利，庸医诚可愁。

　　路逢白衣人，荷锄步层冈。逡巡草间卧，骨立面瘦黄。云是八口家，只身未罹殃。前日老父死，昨夜阿母亡。兄弟后先逝，稿葬南山阳。庭寂不敢入，灵座累相望。鬼气悚肌发，丧容凄户堂。惨语不忍听，欷歔向穹苍。

　　江乡重巫鬼，舍医更问卜。日者谈吉凶，庙子悚祸福。黄冠利解禳，朝暮纷相逐。旷野夜招魂，悲呼动林谷。此辈岂知道，营营饱钱肉。谬言可勿药，求神罪可赎。钲鼓满四邻，哀吟上黄牍。不见灵神来，惟闻举家哭。①

百姓无衣无食，假药横行，庸医遍地，很多人得不到有效救治，被瘟疫夺走了性命。更有巫师骗吃骗喝，不让百姓求医而求神，耽误了治疗。天灾加上人祸，大大加重了灾情。

古代文学以多种文体、丰富的作品记录了旱灾、水灾、蝗灾、地震、风灾、雪灾、雹灾、虫灾、瘟疫等各种灾害，描写了灾害的种种奇异恐怖景象及其造成的巨大危害，刻绘了灾民的悲惨生活，生动地展示了多灾多害的惨烈图景。

---

① （清）张应昌编：《清诗铎》卷23，第870—871页。

第三章　灾民苦难生活书写

灾荒年间，灾害损毁了人们居住的房屋、耕种的土地、种植的农作物以及其他财物，乃至人们的身体和生命。由于灾害强大的破坏力，让人们所拥有的顷刻间化为乌有。灾荒期间最大的问题是吃饭，人们无粮食可吃，只能吃树皮、树叶、野草、野菜、糠、土，最后竟然吃人，有时甚至连亲骨肉也不放过。为了能让自己或自己的儿女活下来，有人卖儿鬻女，上演着一幕幕生离死别的惨剧。在本地一无所有的灾民，走上了流亡之路。他们上无片瓦之盖，下无立锥之地，腹无充饥之粮，有人病倒，有人饿死。为了活下去，有些人铤而走险走上了犯罪路。灾荒中的人们，其惨象令人不忍直视。

第一节　饥饿的灾民

灾荒乃是因灾成荒，荒主要表现为物品尤其是食物的短缺。灾民要活下去，生理的需求被摆在了第一位。人们吃可以充饥的任何东西，植物的果实、根、茎、叶等，棉花、土甚至同类都成为食物。人们为了抵御难以忍受的饥饿感，已经到了饥不择食乃至泯灭人性的地步。

一

灾荒时，粮食奇缺，人们疯狂地寻找一切可以吃的东西。《容斋三笔》卷6有"蕨萁养人"条云：

> 自古凶年饥岁，民无以食，往往随所值以为命。如范蠡谓吴人就蒲蠃于东海之滨；苏子卿掘野鼠所去草实，及啮雪与旃毛并咽之；王

莽教民煮木为酪；南方人饥饿，群入野泽掘凫茈；邓禹军士食藻菜；建安中，咸阳人拔取酸枣、藜藿以给食；晋郗鉴在邹山，兖州百姓掘野鼠、蛰燕；幽州人以桑椹为粮，魏道武亦以供军；岷蜀食芋。如此而已。吾州外邑，峧峿山在乐平、德兴境，李罗万斛山在浮梁、乐平、鄱阳境，皆绵亘百余里，山出蕨萁。乾道辛卯、绍熙癸丑岁旱，村民无食，争往取其根。率以昧旦荷锄往掘，深至四五尺，壮者日可得六十斤。持归捣取粉，水澄细者煮食之，如粔籹状，每根二斤可充一夫一日之食。冬晴且暖，田野间无不出者，或不远数十里，多至数千人。自九月至二月终，蕨抽拳则根无力，于是始止。盖救饿羸者半年，天之生物，为人世之利至矣！古人不知用之，传记亦不载，岂他邦不产此乎？①

人们靠山吃山，靠水吃水，很多动物与植物皆成为灾民口中的食物。植物的果实、叶、根、茎、花、皮等各部分都可成为果腹的东西。树叶是灾民最容易找到的粮食替代品。元代胡祗遹《哀饥民》说："平野村村食榆槐，寒滑那能辞肿吐。树求叶实草寻根，男执斧斤妇筐笞。"②王恽《春榆叹》云："朝餐此皮面，暮煮此叶羹。"③伊秉绶《赈灾四首》其一说："可怜树叶尽充粮，釜甑上屋舟入房。"④沈名荪《晋饥行》说："榆皮柳叶尽取食，饿殍仍见沟中盈。"⑤人们吃的是榆叶、槐叶与草根。

陶蔚《摘柳谣沙河县》写灾民在吃光了榆皮、草根之后，只能吃柳叶充饥：

> 榆皮草根觅食尽，摘取柳叶充朝餐。官柳行行种古陌，三春叶出阴成团。作群妇孺就匍匐，携筐负莒遥相看。经营努力谋一饱，猿猴臂引虚空盘。柳眼初开着雨嫩，树头叶尽枝如刊。家家计算救生活，

---

① （宋）洪迈：《容斋随笔》，上海古籍出版社1996年版，第479—480页。
② 魏崇武、周思成校点：《胡祗遹集》卷4，第81页。
③ 杨亮、钟彦飞点校：《王恽全集汇校》卷3，第95页。
④ （清）伊秉绶：《留春草堂诗钞》卷4，《清代诗文集汇编》，影印清嘉庆十九年广州秋水园刻本，第439册，第141页。
⑤ （清）张应昌编：《清诗铎》卷14，第443页。

迢迢十里阴洞残。我问老妪食此惯，水淘作块濡之干。但能入口少缓死，那辨滋味甜咸酸。嗟哉此法罕闻见，食谱漏略寻无端。眼前疮痍卧不起，身肉可补谁当剜。君不见，保釐大府厚禄俸，囊携橐载民脂殚。烹羔割鲜下箸厌，庖人私祝生喜欢。似此嗷嗷遍大野，当须粒食相遗安。吁嗟嚱！君门虽高尚可启，当须粒食遗民安。①

成群妇女拿着篮与筐摘柳叶，希望勉强填充肚子，晚饿死几天罢了。与之形成强烈反差的是大官们搜刮民脂民膏，过着花天酒地的生活。

树皮是人们灾荒年间找到的能填肚子的东西。项安世《人日从王安抚鉴湖上分韵得禹字成八十韵》说"木皮食且尽"②。宋代《宣和遗事》说"或削树皮而食者"③。元代吕不用《明日无炊谣》说"菜根及树皮，理或可疗饥"④。《三国演义》第 14 回说汉建安元年大荒，"洛阳居民，仅有数百家，无可为食，尽出城去剥树皮、掘草根食之"⑤。陈廷桂《田家词》云："前年旱，草根树皮存者罕。"⑥

树皮中，以吃榆树皮者为最多，因为榆树皮相对比较光润，无异味，易与别的粮食掺和，易消化。元代李存《流民歌》说流民"剥掘榆皮芦白荄"⑦。清代焦循《荒年杂诗》说："采采山上榆，榆皮剥已尽。"⑧ 清代专以写剥榆树皮为题材者，就有魏象枢《剥榆歌》、严启煜《榆皮行》、邵长蘅《榆树行》、王省山《剥榆皮》、赵翼《剥榆歌》等。诗中既哀叹榆树皮无辜被剥光，更痛心百姓只能以榆树皮充饥。王省山《剥榆皮》说："朝剥榆皮，暮剥榆皮，手持斧柯，身困腹饥。"⑨ 赵翼《剥榆皮》说："江国不闻庞涓殁，胡为树有剥皮厄。榆生不合长嫩皮，灾民剥之抵糠

---

① 邓之诚：《清诗纪事初编》卷 5，第 533 页。
② 傅璇琮等主编：《全宋诗》卷 2382，第 44 册，第 27457 页。
③ 何铭校点：《宣和遗事》，新文化书社 1933 年版，第 8 页。
④ （元）吕不用：《得月稿》卷 3《五言选》，《续修四库全书》，影印清钞本，第 1325 册，第 344 页。
⑤ （明）罗贯中：《三国演义》，人民文学出版社 1973 年版，第 118 页。
⑥ （清）张应昌编：《清诗铎》卷 6，第 165 页。
⑦ （元）李存：《俟庵集》卷 1，《文渊阁四库全书》，第 1213 册，第 606 页。
⑧ 刘建臻点校：《焦循诗文集·雕菰集》卷 2，广陵书社 2009 年版，第 19 页。
⑨ （清）王省山著，吴广隆、马留堂主编：《菜根轩诗钞》卷 4，山西人民出版社 2007 年版，第 107 页。

核。……不知此榆坐何罪，体无完肤肤诉急。"① 邵长蘅《榆树行》说："句容城边古道旁，榆树千株万株白。枯干仅存皮剥尽，饥民慊慊舂作屑。杂以糠秕半和土，食之喉涩肠腹结。"② 魏象枢《剥榆歌》说："三日两日乏再馔，不剥榆皮那能饱。榆皮疗我饥，那惜榆无衣。"但榆树皮很快会被剥完，榆树难再存活。而灾民又能拿什么应对饥饿呢？作者不禁忧从中来："嗟乎，此榆赡我父若子，日食其皮皮有几。今朝有榆且剥榆，榆尽同来树下死。老翁说罢我心摧，回视君门真万里。"③ 王省山《剥榆皮》亦云："吁嗟乎！山中榆树能有几？剥尽榆皮榆树死。荒村破屋半逃亡，何处叫阍天万里。"④

清代陈梓《榆树叹》将人的命运与树的命运绾合在一起，更深刻地表达了树尽人亡的悲剧：

> 虫伤风损岁荐饥，村村榆树都无皮。皮光骨赤树不活，道旁行人群叹咨：尔榆何不种天上，坐受残剥徒尔为？民饥不胜疗，树皮有尽时。食尽树皮同一死，民饥死早树死迟。来年春气根底回，空村无人生旁枝。君不见，县门高揭大有年，无端剥尔真可怜！⑤

人们吃的食物还有野菜、野果、野草等野生植物。吃野菜的历史由来已久。明代王磐《野菜谱》除了简单介绍各类野菜性质、功用，还以韵语的形式，由其名称及形状生发开去，与灾荒情境巧妙地结合在一起，具有一定的艺术价值。诗歌语言通俗，想象奇特，形式活泼，三言句、七言句错落有致。仅举两例加以说明：

水马齿

---

① （清）赵翼著，李学颖、曹光甫校点：《瓯北集》卷49，上海古籍出版社1997年版，第1271页。
② （清）邵长蘅：《邵子湘全集·青门旅稿》卷1，第344页。
③ （清）魏象枢撰，陈金陵点校：《寒松堂全集》卷5，中华书局1996年版，第147页。
④ （清）王省山著，吴广隆、马留堂主编：《菜根轩诗钞》卷4，第107页。
⑤ （清）陈梓：《删后诗存》卷1，《清代诗文集汇编》，影印清嘉庆二十年重刻本，第254册，第232页。

生水中，与旱马齿菜相类，熟食。

水马齿，何时落？食玉粒，衔金嚼，我民饿殍盈沟壑。惟皇震怒剔厥腭，化为野草充藜藿。

芽儿拳

正二月采，熟食。

芽儿拳，生树边。白如雪，软似绵。煮来不食泪如雨，昨朝儿卖他州府。①

清代文人顾景星还把自己吃过的野草写成《野菜赞》四十四种，收入《白茅堂集》。其序说："顾子归里，岁丁壬辰，饥馑无食，藜藿之羹，并日不给。偕妇于野，采草根实苗叶，遂不死焉。鼓腹自得，各为赞之，四十四种。"② 他靠着这些野菜，才度过了灾荒岁月。明代何乔新《晋阳途次所见作六首》其六说"野菜同炁半熟生"③。焦循《荒年杂诗》言"东邻摘野蕨"④。杨光铎《采葛行》有"杂以野菜味亦甘"⑤。《晋阳途次所见作六首》其一写灾民靠采槐牙暂时充饥，但槐牙很快就会老去，他们又无东西可吃：

采采槐牙不满筐，妇姑踞地且同尝。只愁四月槐牙老，从此贫家又绝粮。⑥

清代周济《蒌蒌芽》写人们采蒌蒌芽并不是为了入药，而是因为官府给的救济粮少，采芽能煮粥吃："掘取蒌蒌芽，归作蒌蒌粥。"⑦ 明代张国

---

① （明）王磐：《野菜谱》，《四库全书存目丛书》，影印明嘉靖张守中刻本，子部，第38册，第18页，第21页。
② （清）顾景星：《白茅堂集》卷43，《清代诗文集汇编》，影印清康熙刻本，第76册，第676页。
③ （明）何乔新：《椒邱文集》卷25，《文渊阁四库全书》，第1249册，第395页。
④ 刘建臻点校：《焦循诗文集·雕菰集》卷2，第19页。
⑤ （清）张应昌编：《清诗铎》卷14，第453页。
⑥ （明）何乔新：《椒邱文集》卷25，第394页。
⑦ （清）周济：《介存斋诗》卷2，《清代诗文集汇编》，影印清光绪十八年荆溪周氏刻《求志堂存稿汇编》本，第535册，第322页。

维更是看到人们吃马饲料苜蓿草的一幕："只因救死宁茹苦，只恐含悲讵下咽。食寄荒原栖在露，行人那不泪潺湲。"①（《有取苜蓿草而食者感赋》）严我斯《河上居民采野蒿作食感赋》写邳宿灾民遭受黄河水灾，没了家园，只能采野蒿为食。清代张开东《白莼诗集》卷16《十二荒谣》说灾民吃的有水蓼根、狗尾草、石岩花等。

明人吕坤《毒草歌有序》诉说人们吃毒草之后的惨状："此芫花、鬼臼也，有大毒，使入喉，能即死，幸甚。往有食之者，吐泻懊恼终日夜，裂肝肠，竟不死，其难堪视死甚焉，何敢食！"如果吃了直接死掉算是幸运的，就怕死不了，那种肝肠断裂的痛苦比死更难熬。作者在诗中表达了人们因难以忍受长饥之苦而不得不去冒死遍吃诸草的无奈："但教饥饿缓一刻，那论苦辛吃不得。嗟嗟毒草，天胡生此。既不延我生，又不速我死。速死岂不难，长饥何以堪！"②

人们有吃草籽者。夏之蓉《饥口行》说："冷曰蓄何物，云是蕨萁子。腐恶令人呕，赖此得不死。谁云人命重，仅与蝼蚁比。"③

还有不少作品提到人们吃草根的。吃草根在灾荒年间是普遍现象，以草根为题的诗篇不少，如吴灏《哭草根》、陈沆《吃草根》、王惟孙《掘草根》等。吴灏《哭草根》写了人们吃草根中毒的悲剧：

> 树皮既已尽，草根如黄金。草根有美恶，原隰穷披寻。草根复草根，入土一何深！终日不盈筐，霜雪沾衣襟。草根复草根，味苦伤人心。心苦口更苦，气微还呻吟。东家食汝死，西家食汝喑。我欲不汝食，腹饥谁能禁？犹胜残同类，如彼兽与禽。④

陈沆《吃草根》写草根已被人们当作粮食吃掉，小草在填饱肚子上功

---

① （明）张国维：《张忠敏公遗集》卷9，《四库未收书辑刊》，北京出版社1997年影印清咸丰刻本，第6辑，第29册，第710页。
② （明）吕坤：《去伪斋文集》卷8，《四库全书存目丛书》，影印清康熙三十三年吕慎多刻本，第161册，第252页。
③ （清）夏之蓉：《半舫斋编年诗》卷3，《清代诗文集汇编》，影印清乾隆三十六年刻本，第287册，第305页。
④ 钱仲联主编：《清诗纪事·乾隆朝卷》，第10册，第7113页。

不可没。作者在诗的结尾用了一句扎心刺骨的话:"此时长吏方沉醉,可惜不曾知此味。"①王惟孙的《掘草根》亦写人们朝朝暮暮掘草根却不得饱餐,其生活甚至不如富家之牲畜:"奚奴喂马,槽中尚余刍粟,以手掬之遭鞭扑,侧足路旁泪簌簌。"②灾民想吃点马剩下的粮食还要遭受鞭打。赵翼《掘芦根》提到人们生活全靠芦根维持:"歊旸毒雾粒米无,命根全恃芦根续。摘嫩为虀余作薪,曝干磨粉聊煮粥。"③

让灾民感到更绝望的是最后即使连草根也找不到了,他们几乎走到了死亡边缘。纪淦《文安女有序》说文安当地"无地掘草根"④,一个少女为了不让家里人饿死,甘愿嫁给一个有钱人,而最后投水自尽,让人唏嘘不已。赵藩《客有述晋灾者闻之惨然作新乐府二章·观音土》说:"万落千村空雀鼠,树皮草根俱乏煮。"⑤村子里连老鼠和麻雀都找不到了,树皮和草根都没有了,百姓只好吃观音土。

糠是粮食加工后的残余物,粗糙难咽,用于喂养牲畜等,灾荒年间也拿来充饥。胡金题《武康节母吟四章》有《啜豆屑》一章,歌颂徐雪庐母亲周孺人在极其艰难的条件下解决粮食匮乏的问题,供儿子读书的动人事迹:"拨余糜,揉豆屑,野田菜,和糜啜。但愿儿饱读父书,宁辞贴钱草屋居。"⑥

糟糠自餍是《琵琶记》当中的一个经典情节。赵五娘在蔡伯喈进京赶考之后,家里屡遭饥荒,把衣服、首饰都卖完,还是买不到必需的粮食。她只能背地里偷偷吃糠,把有限的粮食留给公婆,却还遭到婆婆的猜疑和误解。

> 奴家自从丈夫去后,屡遭饥荒,衣衫首饰尽皆典卖,家计萧然。争奈公婆死生难保,朝夕又无可为甘旨之奉,只得逼逻几口淡饭。奴

---

① 宋耐苦、何国民编校:《陈沆集·简学斋诗存》卷2,湖北教育出版社2002年版,第20页。
② (清)张应昌编:《清诗铎》卷14,第452页。
③ (清)赵翼著,李学颖、曹光甫点校:《瓯北集》卷49,第1271页。
④ (清)陶梁辑:《国朝畿辅诗传》卷55,《续修四库全书》,影印清道光十九年红豆树馆刻本,第1681册,第700页。
⑤ (清)赵藩:《向湖村舍诗初集》卷6,《清代诗文集汇编》,影印清光绪十四年长沙刻本,第774册,第136页。
⑥ (清)张应昌编:《清诗铎》卷20,第719页。

家自把细米皮糠逼逻吃,苟留残喘,也不敢交公公婆婆知道,怕他烦恼。奴家吃时,只得回避他。①

赵五娘更是借糠道出了自己历经磨难的悲惨身世。糠和米本是合在一处,现在两处纷飞,有糠无米,如何能充饥,自己如何奉养公婆?

【孝顺歌】呕得我肝肠痛,珠泪垂,喉咙尚兀自牢嘎住。糠!遭砻被舂杵,筛你簸扬你,吃尽控持。悄似奴家身狼狈,千辛万苦皆经历。苦人吃着苦味,两苦相逢,可知道欲吞不去。

【前腔】糠和米,本是两倚依,谁人簸扬你作两处飞?一贱与一贵,好似奴家共夫婿,终无见期。丈夫,你便是米么,米在他方没寻处。奴便是糠么,怎的把糠救得人饥馁?好似儿夫出去,怎的教奴,供给得公婆甘旨?②

通过这两出戏,把一个善良、聪明、忍辱负重的女子形象塑造得极为成功。

灾荒时期,即使连糠也不够吃。清包世臣《朝发二首》其二说:"连年遭荒歉,糟糠不饱餐。"③ 连年洪水,小麦歉收,麸子价格奇高无比,能喝到一碗麸粥就很不容易了。曹德馨《纪灾诗·炊麸粥》便记述了这样一个令人心寒的故事:

频年积潦麦歉秋,麸值亦昂匪易谋,炊以为糜暖浮浮。姊一瓯,甥一瓯,义儿一瓯,吾与娇女同一瓯,温生举室如披裘。娇女那知饥寒迫,半瓯未饱呱呱泣,时复牵衣索饭食。吁嗟女兮汝勿泣,桥东老妇面如墨,欲觅麸皮不可得。④

---

① (元)高明著,钱南扬校注:《元本琵琶记校注》卷上,上海古籍出版社1980年版,第117页。
② (元)高明著,钱南扬校注:《元本琵琶记校注》卷上,第120—121页。
③ (清)包世臣撰,李星点校:《包世臣全集·管情三义》卷4,黄山书社1997年版,第3册,第54页。
④ (清)张应昌编:《清诗铎》卷14,第468页。

小女孩喝半碗麸粥不够，哇哇直哭，桥东老妇人连麸皮都得不到。

难以下咽的糠麸也得不到，人们只能吃庄稼秆了。曹德馨《后纪灾诗》有一首《食秆桴》：

> 滤豆渣，罗麦麸，糠团核，面屑榆。昔以御穷今则无，只向春坊乞米稃。稃已罄，遭诟呼。剉荐秆，棘口瘏。荐胥破，卧冻涂。①

过去吃的有豆渣、麦麸、糠、榆树面，现在就连这些也没有了。小麦等植物的花外面包着的硬壳——稃也没有，只好吃麦秆，但刺口且难以下咽。郝懿行《和王幼海员外荐饥八首》其一说登莱的灾民吃的是高粱秆，"礳秸为饭朝难饱"，注曰："磨高粱秸为屑，饥民啖之。"②

杨光铎《薯叶粥》写湖南平江等地遭遇旱灾，粮食一无所有，唯有一瓯薯叶粥，"薯空有叶根无薯，山中薯叶皆已枯。今年叶枯犹可茹，来春薯叶粥亦无"③。让人痛心的是，今年还有薯叶，明年薯叶也没有，灾民的生活让人不敢想象。

在灾荒期间，会发生很多正常情况下不可能有的事情，有的人为了活命，竟然拆掉房屋，吃苫房用的干草。清人魏燮均《荒年叹》说："取彼屋上草，磨面充饥肠。入口不能咽，饮之以水浆。饥民取屋上陈草，水洗净，焙焦为细末，以代粮，而草干涩不能咽，以水送之。"④人们即使不饿死，也会被冻死。

也有的人为了不致眼下饿死，不惜挖麦苗吃。李嘉乐为此感到不可思议："一寸苗即一尺穗，得不偿失何徒劳。"老妇的回答，解释了这么做的无奈与辛酸："早采岂不知可惜，一家微命悬崇朝。……良田贱售无人问，生此粦麦稀如毛。得雨尚可薄收刈，日至皆熟时迢迢。安能忍饥甘命尽，坐待麦饭坟前浇。我家有田苗可食，邻家无田骨已销。"⑤（《采麦苗》）大

---

① （清）张应昌编：《清诗铎》卷14，第469页。
② （清）郝懿行：《晒书堂诗钞》卷下，第544页。
③ （清）张应昌编：《清诗铎》卷14，第453页。
④ （清）魏燮均：《九梅村诗集》卷5《海上集》，《续修四库全书》，影印清光绪元年红杏山庄刻本，第1539册，第53页。
⑤ （清）李嘉乐：《仿潜斋诗钞》卷12《还台集》，《续修四库全书》，影印清光绪十五年刻本，第1560册，第25页。

旱之年，等到麦苗结穗之时，可能收成微薄，而一家人早已饿死，总不能守着麦苗坐以待毙吧！

灾荒年间米很少，人们只能吃稗子。稗子有很强的抗灾能力。《十二荒谣·捋稗行序》说："稗杂生稻田中，茎长而节劲，稻既槁死，而稗独结实。"①刘青藜《稗子行》写百姓遭遇大雨，连糠秕也得不到，只能到田间收稗子，虽然异常辛苦，可得到的粮食却很少，"晨出暮归收几何，一斗才舂二升米"。但也靠着它才不至于饿死："天生稗子惠孑遗，残喘暂延全仗此。只愁采掇会当尽，鸿雁嗷嗷饥欲死。"②《十二荒谣·捋稗行》也提及和前诗类似的问题："朝捋稗子出，暮拾稗子归。稗子不盈掬，何以充我饥。借问同行女，来朝往何处。他田稗已空，相别泪如雨。"③稗子量少难得，行将枯竭，灾民的生活令人担忧。

天无绝人之路，当大旱时，草木枯死，唯有竹子结实，这就是竹米，可救人饥。宋人汪炎旭《次韵竹米并序》解说了竹米的一些基本情况："自里之南入穷山，处处皆有竹实……其竹甚细，野人呼为苦油竹，露苞攒绿，既实而槁，实圆大，色深紫，酷侔麦粒，凿则灿如，可渐可糜，气味宛类赤小豆，或屑为汤饼。自穷源迤逦而东北，逾休宁界，民得之尤多。通计户与丁，日采不下三千石，民赖以安。"其有稻粱之作用："功与稻粱并，状如牟麦然。"④明人陶奭龄《竹米行》亦鼓励人们多取竹米储备，"多收好备隔年粮，慎勿弃余山鼠咬"⑤。但其价值毕竟无法与粮食相比。王阮《代胡仓进圣德惠民诗一首并序》里提到吃竹米、葛根等只能起一时救济之作用："略救朝昏急，终非肺腑便。"⑥长期食用这些东西，身体虚弱，不成人形。这样的粮食替代品，因为只在大旱年间出现，有人把它当作灾荒的先兆。所以它的出现会给人们带来恐慌，进而会引发抢购风

---

① （清）张开东：《白莼诗集》卷9，《四库未收书辑刊》，影印清乾隆五十三年张兆骞刻本，第10辑，第27册，第468页。

② （清）张应昌编：《清诗铎》卷2，第40—41页。

③ （清）张开东：《白莼诗集》卷9，第468页。

④ （宋）汪炎昶：《古逸民先生集》卷1，《续修四库全书》，影印《宛委别藏》清抄本，第1321册，第638—639页。

⑤ （明）陶奭龄：《赐曲园今是堂集》卷1，《四库禁毁书丛刊》，北京出版社2000年影印明崇祯刻本，集部，第80册，第543页。

⑥ （宋）王阮：《义丰集》，《文渊阁四库全书》，第1154册，第541页。

潮，导致竹米价格暴涨。周京的《竹米叹》便写到这样一种奇怪情况："己丑六月之中旬，传闻竹米纷千囷。淫腾斗斛若米价，会须一疗饥虚人。"① 竹米价格跟米一样，在灾年更引起人心的动荡。

动物也成为人们填充肚腹的食物来源。饥荒期间，连耕地的牛都被人们杀掉吃肉，遑论其他。蝗灾期间，蝗虫成为人们的食物，虽有个别地方视蝗虫为神物，但其余地方则以此充饥。祝德麟《食蝗叹》记述河北、山东、山西遭遇大面积旱灾，树皮、草根都被吃净。旱灾之后又遇蝗灾，蝗虫成为人们的救命稻草：

> 皇天后土罔鉴临，仰食何如自食力。杨柳树枝无完肤，芫菁草根无寸碧。去冬雪花不盖地，螟孽潜生羽策策。既无耕稼安用扑，飞去飞来蔽天黑。蝗之初生蝗自乐，只道青葱遍阡陌。岂知草树亦焦枯，但有黄埃不能吃。民饥得荷仁主怜，蝗饥断无天公惜。未几跕跕尽堕地，车载谷量纷狼藉。嗟汝蝗冀食民食，饿死民翻救残息。平时残民逞所欲，今日噉汝理亦得。②

二

当植物、动物都被吃掉之后，人们还是不能解决饥饿的问题，于是想到了随处可见的山上的细粒土，美其名曰观音土。清人郑之侨《农桑善后事宜》"一备救荒"条对观音土的特性及危害有论述："山中有一种泥土，其质腻味甘，人称为观音土，食者颇多，而土气胶粘肠腹，一二月后死者无算，此种误人不浅。"③ 虽然看起来质地细腻，吃起来有点甜，但这种土不能消化，最后人因腹胀而死。《醒世姻缘传》第二十七回亦有对吃观音土惨状的描写："又有得将山上出的那白土烙了饼吃下去的，也是涩住了，

---

① （清）周京：《无悔斋集》卷1，《清代诗文集汇编》，影印清乾隆十七年刻本，第239册，第4页。

② （清）祝德麟：《悦亲楼诗集》卷15，《续修四库全书》，影印清嘉庆二年姑苏刻本，第1462册，第686页。

③ （清）郑之侨：《农桑易知录》卷3，《续修四库全书》，影印清乾隆二十五年刻本，第975册，第456页。

解不下手来，若有十个，这却只死五双。"①

清人赵藩《客有述晋灾者闻之惨然作新乐府二章·观音土》写了灾民吃观音土的致命危险：

> 万落千村空雀鼠，树皮草根俱乏煮，翳桑幸有观音土。观音慈悲悯尔饥，食之一饱还西归。不食亦死食亦死，且缓须臾对妻子。妻子号啕泪零雨，顷刻彭亨腹如鼓。吁嗟乎，观音土！②

树皮、草根都吃完了，人们只能吃观音土，其实吃观音土不能消化，免不了肚胀而死。但人们难挨饥饿的折磨，吃了无异于自杀。然而无论吃与不吃，终归难逃一死。沙琛《丙子秋太和淫雨雪雹禾不实外郡县灾潦滇民旧不备积冬春大饥睟感十二律》其九云："新魂恨饱观音土，故鬼难藏校尉金。"③

但多数人仅看到其暂时充饥的一面，而且将其作用夸大，认为这是观音普救众灾民而出，号之曰"观音粉"。钱埰《观音粉》题下注曰："甲戌夏秋旱，丹阳乡民食此以活者众。"诗云："天寒地无毛，观音能救苦。开山有宿储，非石亦非土。如粢堪下咽，问名难考古。果然活万人，慈悲佛力普。"④张九钺《秀江舟中戏作绝句八首之五》诗注说："数年前江西大旱，南昌诸山产观音土，甘美可食如芋，赖以活。"⑤乐钧《观音土行》亦言："此土寻常曾不生，饥人竞以观音名。云是菩萨所潜赐，杨枝洒地甘如饧。"⑥

程穆衡《白土饼即俗名观音粉》写众人为了抢夺一块白土饼而导致两人毙命的惨剧：

---

① （明）西周生辑著：《醒世姻缘传》，第210页。
② （清）赵藩：《向湖村舍诗初集》卷6，第136页。
③ （清）沙琛：《点苍山人诗钞》卷6，《续修四库全书》，影印民国三年刻《云南丛书初编》本，第1483册，第298页。
④ （清）王相辑：《友声集·愿学斋吟稿》卷上，《续修四库全书》，影印清咸丰八年信芳阁刻本，第1627册，第9页。
⑤ （清）张九钺：《紫岘山人全集·外集》卷9，《续修四库全书》，影印清咸丰元年张氏赐锦楼刻本，第1444册，第250页。
⑥ （清）张应昌编：《清诗铎》卷14，第454页。

白土本即山中泥，愚民美号观音粉。和以董蓈作糇饵，珍同糌饦充饥吻。有从道畔攫其一，入口欲趋行不疾。市者相争推仆地，齿嚼其半命随毕。一人后至顾其颐，抉诸死口急咽之。旁有一人不得尝，失声一恸颠而僵。自冬徂春数月来，道殣累累埋尘埃。史书亘古志荒旱，未见如斯剧涂炭。呜呼我欲竟此曲，多恐酸风袭几案。①

乾隆《命加赈浙省去岁被灾州县诗以示意》写到浙江灾民吃石粉，"石粉聊充饿，因以致病瘦"。注曰："金衢山中有石可为粉，饥民有碾以充食而致病者。"②

三

荒年吃人的记录在史书上处处可见，从《汉书》到《清史稿》比比皆是。《汉书·食货志》云："汉兴，接秦之敝，诸侯并起，民失作业，而大饥馑。凡米石五千，人相食，死者过半。"③ 明朝崇祯年间全国发生了大面积的旱灾，多地发生人吃人的惨剧：

> 七年，京师饥，御史龚廷献绘《饥民图》以进。太原大饥，人相食。九年，南阳大饥，有母烹其女者。江西亦饥。十年浙江大饥，父子、兄弟、夫妻相食。十二年，两畿、山东、山西、陕西、江西饥。河南大饥，人相食，卢氏、嵩、伊阳三县尤甚。十三年，北畿、山东、河南、陕西、山西、浙江、三吴皆饥。自淮而北至畿南，树皮食尽，发瘗胔以食。……是岁（十四年）畿南、山东荐饥，德州斗米千钱，父子相食，行人断绝，大盗滋矣。④（《明史·五行志三》）

不少灾荒图画中有吃人肉的场景，比如明代杨东明《饥民图说》，明代青州举人张其猷《东人大饥指掌图》其十六画、其十八画，《河南奇荒

---

① （清）张应昌编：《清诗铎》卷14，第447页。
② （清）爱新觉罗·弘历：《御制诗二集》卷31，第320册，第575页。
③ （汉）班固：《汉书》卷24，第1127页。
④ （清）张廷玉等：《明史》卷30，中华书局1974年版，第511—512页。

铁泪图》。更有的人将黑手伸向儿童,《中州福幼图》有黑夜强盗在路上诱杀儿童之事。《持钱赎命 已受宰烹》描绘了一个即将等到用钱赎回性命的少女却被人杀死吃掉的惨剧。

任昉《述异记》卷下说:"汉宣帝时,江淮饥馑,人相食。"① 白居易《秦中吟十首·轻肥》在铺陈了那些官吏花天酒地的生活后,同江南灾情作了强烈的对比:"是岁江南旱,衢州人食人。"② 江南出现人吃人的惨剧,而官吏却在穷尽山珍海味。宋代刘宰《野犬行》认为冻饿而死比被人吃掉要幸运得多:"君不见荒祠之中荆棘里,脔割不知谁氏子。苍天苍天叫不闻,应羡道旁饥冻死。"③

清代李世熊撰《黄槐开传》写到明末山东青州人相食,堪称人间地狱:

> 今父子相食,夫妇相食,姑媳相食矣。刲腹剜心,支解作脍,且以人心味为美,小儿味为尤美矣。市鬻人肉,斤钱六文,腌肉贮瓮,以备时需矣。或割人头燔炙而吮脑,或饿夫方仆而丛割亡尽矣,或磔剥未尽,眼瞪瞪犹视人者矣。间诃禁之,即曰:"我不食人,人将食我。"枭獍塞途,天地昼晦,嗟此青齐,一鬼国矣。④

面对荒灾,人伦亲情被人的生物性取代,最亲的人相食,人成了可吃的食物被随意割剥,按斤论价,这里充斥着食人恶魔。在明清作品中,有关吃人之事的描写委实不少。明代何乔新《晋阳途次所见作六首》其五说:"县令传言禁食人,谁怜百姓甑生尘。情知醉客非糟氪,且饱饥肠度此春。"⑤ 既然县令下令禁食人,说明吃人者并不在少数。其《平陆所见》描写了亲人相食的惨剧:"被苦藉草倚颓垣,父啖儿尸祖啖孙。"⑥ 而在食

---

① (明)程荣纂辑:《汉魏丛书》,吉林大学出版社1992年版,第702页。
② 顾学颉校点:《白居易集》卷1,第33页。
③ 傅璇琮等主编:《全宋诗》卷2806,第53册,第33412页。
④ (清)李世熊:《寒支初集》卷9,《清代诗文集汇编》,影印清康熙四十三年檀河精舍刻本,第17册,第760页。
⑤ (明)何乔新:《椒邱文集》卷25,第395页。
⑥ (明)何乔新:《椒邱文集》卷25,第395页。

物极度匮乏的情形下，活下去似乎成了吃人的正当理由。

清代顾梦游《野宿六首》其六说："闻道山东无一粒，家人相食骨如麻。"① 明代何白《门有车马客行》写的是甲午年洛阳人相食，尤其是亲人之间的相残："父子相啖食，兄弟为豺狼。刲肉以当醢，析骸以充粮。"② 家人都能相食，遑论他人。何乔新《山西大饥人相食哀叹之余谩成一律》还写到人肉的吃法："春风不入野人家，白骨如丘事可嗟。小瓮满储彭越醢，轻车稳载德光肥。"③ 大量的人都饿死了，人被制成肉酱和干肉，让人看了不寒而栗。

清朝时，在河南可以买卖人肉，称作"梁肉"。蒲松龄《饭肆》写人肉价格比狗、羊都便宜得多："旅食何曾傍肆帘，满城白骨尽灾黔。市中鼎炙真难问，人较犬羊十倍廉。"④ 宝廷《咏苏盘与王公玉文仲恭联句》则写了吃人肉的血腥："频年大祲人饭人，血肉塞口牙齿殷。"⑤ 他还通过一系列诗，真切地道出了北方晋豫吃人的残酷现实。《平阳贾》写一个离家20年的商人回到故乡，目睹故乡遭遇奇灾，树皮被剥光，尸陈累累，刚见到姐姐就被催促快快离开，否则可能遭遇不测："恐为邻舍见，割弟供晨炊。"⑥《朔州贼》通过贼人自述当地遇灾，粮食贫乏，吃人之事常有发生，"病妻饥未死，已遭邻人噉。纵为官军诛，幸逃割烹惨"⑦。自己宁可被官军杀掉，也不愿被人吃掉。《中州女》记录了一个人间惨剧，因家里没粮食，两个女儿不得不被卖掉。两个女孩希望商人能买下她们，但商人只能留一个，而姐姐坚决要求留下妹妹。商人通过妹妹之口才知道姐姐必须回到肉铺被杀死："疾趋共往视，女尸卧平地。泥血半模糊，面目犹可记。始知家无食，二女肉已卖。小女幸逃死，大女充羹胾。哀哉复哀

---

① （清）顾梦游：《顾与治诗集》卷8，《四库全书存目丛书补编》，齐鲁书社2001年影印民国《金陵丛书丙集》刻本，第1册，第74页。
② （明）何白：《汲古堂集》卷1，《四库禁毁书丛刊》，影印明万历刻本，集部，第177册，第17页。
③ （明）何乔新：《椒邱文集》卷24，第383页。
④ 路大荒整理：《蒲松龄集·聊斋诗集》卷4，第591页。
⑤ （清）宝廷著，聂世美校点：《偶斋诗草·内次集》卷4，第236页。
⑥ （清）宝廷著，聂世美校点：《偶斋诗草·内集》卷3，第46页。
⑦ （清）宝廷著，聂世美校点：《偶斋诗草·内集》卷3，第46页。

哉，人命如犬豨。"① 一个鲜活的生命就这样被残忍地夺去，人竟沦落到和猪狗一样。

屈大均《菜人哀》则写了一个让人惨不忍睹的活割人肉的血腥场面。妻子为了能让入赘的丈夫不至于跟自己一同饿死，把自己卖掉以筹集丈夫返乡的路费，诗句字字浸血：

> 岁大饥，人自卖身为肉于市，曰"菜人"。有赘某家者，其妇忽持钱三千与夫，使速归，已含泪而去。夫迹之，已断手臂悬市中矣。
>
> 夫妇年饥同饿死，不如妾向菜人市。得钱三千资夫归，一臠可以行一里。芙蓉肌理烹生香，乳作馄饨人争尝。两肱先断挂屠店，徐割股腴持作汤。不令命绝要鲜肉，片片看入饥人腹。男肉腥臊不可餐，女肤脂凝少汗粟。三日肉尽余一魂，求夫何处斜阳昏？天生妇作菜人好，能使夫归得终老。生葬肠中饱几人，却幸乌鸢啄不早。②

妻子为丈夫舍命的举动让人扼腕长叹，而一些父母为了活下去却对亲生骨肉下手则让人怒不可遏。赵藩《小儿哭》以一个小儿之口写出，更凸显了灾荒年间的人伦惨剧："小儿哭，泪簌簌，白日惨昏风刮屋。西家杀儿啼声哀，东家小儿观之回。回家婴婗告阿母，吾家可须儿作俎？屠刀在颈儿心悸，果欲杀儿俟儿睡。"③ 饥荒把某些人变成了泯灭人性的魔鬼。

《醒世姻缘传》第31回用了半回的篇幅来写明水镇的吃人之事："起初不过把那死的尸骸割了去吃，后来以强凌弱，以众暴寡，明目张胆的把那活人杀吃。起初也只互相吃那异姓，后来骨肉天亲，即父子兄弟、夫妇亲戚，得空杀了就吃。"④ 小说具体又写了下面几件事：都御史两个人在都察院被杀；张秀才独生子在熟识的人家里过夜被杀掉煮肉，凶手被捉住后打死又被饥民吃掉；一个40多岁女人告状被挤倒，身体生生被人割了；一个凶手被杀后，被饥民吃掉。吴学周开私塾，不收费，伙同老婆吃了4

---

① （清）宝廷著，聂世美校点：《偶斋诗草·内集》卷3，第47页。
② 欧初、王贵忱主编：《屈大均全集·翁山诗外》卷17，人民文学出版社1996年版，第1374—1375页。
③ （清）赵藩：《向湖村舍诗初集》卷6，第136页。
④ （明）西周生辑著：《醒世姻缘传》，第243页。

个学生。被家长发现后,夫妻两个被打 40 大板,没死就被人把肉割了。这里所写,简直就是一个吃人肉的世界。

《阅微草堂笔记》卷 2《滦阳消夏录》记录明朝吃人之事:

> 盖前明崇祯末,河南、山东大旱蝗,草根木皮皆尽,乃以人为粮,官吏弗能禁。妇女幼孩,反接鬻于市,谓之菜人。屠者买去,如刲羊豕。周氏之祖,自东昌商贩归,至肆午餐。屠者曰:"肉尽,请少待。"俄见曳二女子入厨下,呼曰:"客待久,可先取一蹄来。"急出止之,闻长号一声,则一女已生断右臂,宛转地上。一女战栗无人色。见周,并哀呼:一求速死,一求救。周恻然心动,并出资赎之。一无生理,急刺其心死。一携归,因无子,纳为妾。竟生一男,右臂有红丝,自腋下绕肩胛,宛然断臂女也。①

吃猪肉还要先将猪杀死,吃人肉竟然生生把胳膊砍掉,被杀者的惨叫声,疼得扭曲的残缺肢体,令人毛骨悚然。杀人者的冷血,被杀者的任人宰割,在这样一则故事中形成鲜明的比照。

灾荒期间,人们寻找一切可吃的东西,当然不会局限于一种或几种。《醒世姻缘传》写到明水镇的人几乎无所不吃:

> 说甚么不刮树皮、搂树叶、扫草子、掘草根?吃尽了这四样东西,遂将苦房的烂草拿来磨成了面,水调了吃在肚内,不惟充不得饥,结涩了肠胃,有十个死十个,再没有腾挪。又有得将山上出的那白土烙了饼吃下去的,也是涩住了,解不下手来,若有十个,这却只死五双。除了这两样东西吃不得了,只得将那死人的肉割了来吃,渐至于吃活人,渐至于骨肉相戕起来。这却口里不忍细说,只此微微的点过罢了。②

树皮、树叶、草根、草籽、干草、观音土、人肉等无一不可吃。

---

① (清)纪昀著,汪贤度校点:《阅微草堂笔记》,上海古籍出版社 1980 年版,第 28 页。
② (明)西周生辑著:《醒世姻缘传》第 27 回,第 210 页。

第二节 卖子鬻妻

灾荒到来时，灾民为了生活，把家里的一切都卖了之后，最后只能卖掉妻子儿女。这在中国古代极为常见。潘光旦《民族特性与民族卫生》二三《中华民族的选择与淘汰》说："荒年的时候，常有卖儿女的，尤其是女子，要是妻子年轻，也可以卖。"① 有人将卖掉妻子儿女不加区别地视为人性的堕落，实有片面武断之嫌。这样做有各种各样的原因，也有各种各样的考虑，不可一概而论。卖妻子儿女，由来已久。《汉书·贾捐之传》说："人情莫亲父母，莫乐夫妇，至嫁妻卖子，法不能禁，义不能止，此社稷之忧也。"② 在贾捐之看来，齐楚百姓在灾荒年间卖子嫁妻，连法律和道义都禁止不了，可见灾年卖妻卖子是何等严重。历代这种行为不绝如缕。明代宋登春《上余杭周君书》说北方人不喜欢干农活，所以生活贫困，"稍遇歉岁，鬻妻卖子"③。其实这不仅限于北方，而是全国性的。在古代文学中多有这样的书写。苏辙《次迟韵对雪一首十一月二十七日》说："今年恶蝗旱，流民鬻妻子。"④ 方授《牵儿衣》说："只恐新谷未升斗米完，无儿可卖又卖妇。"⑤ 赵嵒《岁在己篇》说："嗟嗟岁在己，鬻妻复卖子。"⑥ 郑燮《逃荒行》说："十日卖一儿，五日卖一妇，来日剩一身，茫茫即长路。"⑦ 陈文述《哀饥民》说："莫亲于夫妇，不能相因依。莫爱于儿女，不能相扶持。千钱便卖妇，百钱便卖儿。"⑧

夫妻离开父母，成家立业，一起生活，患难与共，再加上传统的道德伦理的要求，丈夫是妻子的依靠，妻子要从一而终，但在灾荒的特殊时期，却有家庭为渡难关而卖掉妻子者。清代张澍《诰赠奉直大夫晋赠中宪

---

① 潘光旦：《民族特性与民族卫生》，商务印书馆1937年版，第242页。
② （汉）班固：《汉书》卷64，第2833页。
③ （明）宋登春：《宋布衣集》卷1，《文渊阁四库全书》，第1296册，第558页。
④ 陈宏天、高秀芳点校：《苏辙集·栾城后集》卷3，第919页。
⑤ （清）张应昌编：《清诗铎》卷17，第564页。
⑥ （清）陶梁辑：《国朝畿辅诗传》卷7，第96页。
⑦ 中华书局上海编辑所编：《郑板桥集·诗钞》，中华书局1962年版，第103页。
⑧ （清）陈文述：《颐道堂诗选》卷29，《续修四库全书》，影印清嘉庆十二年刻道光增修本，第1505册，第347页。

大夫王西园先生墓表》说:"曩时癸亥、甲子岁连歉,村人多鬻妻子以谋旦夕者。"①

《聊斋志异·刘姓》写一个姓刘的人,路遇一个丈夫卖掉妻子,与油坊主人讨价还价。刘姓拿出三百钱,让这对夫妻能够渡过灾荒。油坊主人已经买了十个女人,证明当时卖妻的现象非常普遍。

何其伟《鬻妇行乙丑六月作》写了一对夫妻因为灾害而被拆散的悲剧。浙西去年遭遇大水,今年又遇一月的连绵阴雨,蚕不吐茧,一家八口生活难以为继,丈夫想卖妻子却又难以启齿,诗歌把夫妻二人的矛盾心理描绘得相当细致、感人:

愁眉攒,执妇手,夫想鬻妻难出口。妇欲问夫先掩泣,岂愿汝妻作人妾。作人妾,妾耻之;活我夫,妾岂辞。贫别不足惜,生离何足悲!但得十千之钱数斗米,夫眉顿舒夫心喜,唤妾出门妾行矣。②

丈夫愁眉不展,拉着妻子的手欲言又止。妻子看出丈夫的难言之隐,但内心也异常痛苦,卖给别人只能做小妾,受人白眼,若不然,丈夫一家可能就得饿死。为了区区数斗米、一万钱,丈夫就把妻子卖掉了,本该有的伤心却变成了喜上眉梢。在灾荒特殊时期,夫妻之情在活命面前显得那样的脆弱和不堪一击。

郑世元《卖妇行》却写了一个女子为了不至于夫妻一起饿死而甘愿卖身给丈夫带来一些粮食,但没人来买的悲剧:

结发为夫妻,本愿谐百年。兔丝附蓬麻,托根本不坚。邛邛与蹶驱,命实相倚然。讵谓同林栖,中道忽相捐。自我归君室,靡劳尝忧煎。私心恐育鞠,生理难保全。胡惨天灾行,性命如丝悬。前年五月旱,龟兆河底穿。去年六月雨,高岸淤为田。芦灰曷由止,辁辁空桑间。蛙鸣土灶侧,荇浮桑树颠。颗粒秋无收,米价高如山。糠秕等柜

---

① (清)张澍:《养素堂文集》卷27,《清代诗文集汇编》,影印清道光十七年枣华书屋刻本,第536册,第613页。
② (清)张应昌编:《清诗铎》卷26,第966页。

秕，榆根剥成斑。太仓十万粟，人给糜一箪。饥人随路死，白骨满渠填。东邻闻唧唧，卖儿缗半千。西邻哭号咷，夫死沉深渊。势既迫于此，骨肉难独完。诚知相守死，生别非所安。贱躯亦何惜，愿以备饔飧。朝辞夫出门，日暮仍独还。泣涕向行路，穿市人来观。观者虽有人，买者那得钱。还且暂时聚，何以饱我欢。可怜人命贱，不如牲与牷。此是谁家妇，令我心鼻酸。我歌卖妇行，敬告诸长官。江南百万户，民命实已殚。①

全诗内容丰富，情真意切，催人泪下。诗篇以妇人的口吻写出，与其和丈夫一同饿死，还不如将自己卖掉让丈夫活下来。但即使愿卖，却无人出钱来买。这位妻子，把对丈夫深沉的爱化为卖身救夫的义举，其人其事，令人动容。

清朱休度《拟古诗为满洞子妻作》则写了一出因为卖妻而导致夫妻殉情的惨剧。乾隆五十二年（1787），雁门关以北遭遇大饥荒。为了生存，卖女人成为渡过灾荒的手段。满洞子妻子想骗人贩子先给一贯钱，让丈夫吃饱饭逃走，自己则誓死不从人，但最后的结果则是夫妻不忍分离。作者重点写了他们的死别："其夜天阴月黑风惨凄，东邻西舍寂无闻，但闻絮语隐隐哭声低。哭声低，天鸡啼，渐渐人来往，满洞子家半掩其破扉。扉掩人则疑，启视乃愕眙。一贯钱横地，赫然挂两尸。"丈夫怎能为了自己活命，而让妻子丧命。两人宁可以死相守，也不愿生生分离，"在渊当化比目鱼，在天当化比翼鸟"②，谱写了一曲动人心魄的爱情绝唱。

《阅微草堂笔记》卷12所载闽中学使小妾跳楼之事更突出其为夫殉情的惨烈。其本与丈夫感情甚好，形影不离，因为灾荒，被婆婆棒打鸳鸯，卖给了人贩子。临别之夜，两人彻夜相拥而泣，咬破手臂明志。丈夫一路乞讨追随人贩子到了京城，远远隔车相见。两人在官媒得见一面，约定以后再见。闻听妻子被学使纳为小妾，丈夫做了幕府中的仆人，却无从见面，丈夫病死之事传入妻子耳中，她当众言明与丈夫的往来始末，"长号

---

① （清）郑世元：《耕余居士诗集·射鞠集》卷12，《四库未收书辑刊》，影印清康熙江相书带草堂刻本，第9辑，第26册，第208—209页。
② （清）朱休度：《小木子诗三刻·壶山自吟稿》卷上，《清代诗文集汇编》，影印清嘉庆三年刻六年刊正本，第378册，第500页。

数声，奋身投下死"。在纪昀看来，这是典型的为情而死：

> 大抵女子殉夫，其故有二：一则撑柱纲常，宁死不辱。此本乎礼教者也。一则忍耻偷生，苟延一息，冀乐昌破镜，再得重圆；至望绝势穷，然后一死以明志。此生于情感者也。此女不死于贩鬻之手，不死于媒氏之家，至玉玷花残，得故夫凶问而后死，诚为太晚。然其死志则久定矣，特私爱缠绵，不能自割。彼其意中，固不以当死不死为负夫之恩，直以可待不待为辜夫之望。哀其遇，悲其志，惜其用情之误，则可矣；必执《春秋》大义，责不读书之儿女，岂与人为善之道哉！①

对丈夫难以割舍的缠绵深情，使她没有选择为礼教而死，而是忍辱偷生，盼望有破镜重圆的那一刻。及至丈夫病死，所有的希望落空，活着便没了意义。为情可以生，为情可以死。虽然夫妻两人最终没能长相厮守，但两人超越一切阻隔、生死相随的深情令人动容唏嘘。

卖儿女是灾荒年间普遍现象，起源已久。《管子·山权数》说："汤七年旱，禹五年水，民之无馆卖子者。汤以庄山之金铸币，而赎民之无馆卖子者。禹以历山之金铸币，而赎民之无馆卖子者。"②《清诗铎》专设"鬻儿女"一类，注曰："皆咏为饥荒追呼而鬻者。"③清朝时还有专门贩卖人口的人贩子。顾仙根《买人船》题下注曰："有以贩人为买卖者。"④可见当时人口买卖是何等普遍。《流民图》有质妻鬻子者；杨东明《饥民图说》有《卖儿活命》；《中州福幼图》有《遗腹独子 远卖求生》。乐钧《铲草行》说"亦无男女堪卖钱"⑤。朱绶《弃儿谣》说："往年饥荒鬻儿女，今年儿女鬻无所。"⑥可见饥荒时卖儿卖女是一种常见的做法。卖儿女

---

① （清）纪昀著，汪贤度校点：《阅微草堂笔记》，第269页。
② 黎翔凤撰，梁运华整理：《管子校注》卷22，中华书局2004年版，第1300页。
③ （清）张应昌编：《清诗铎》卷17，第564页。
④ （清）张应昌编：《清诗铎》卷17，第572页。
⑤ （清）张应昌编：《清诗铎》卷14，第453页。
⑥ （清）朱绶：《知止堂诗录》卷9，《清代诗文集汇编》，影印清道光二十至二十二年董国华刻本，第563册，第74页。

有的是为了还债。"可怜逋债逐岁增,终日叩门闻厉声。幼孙乳哺不忍弃,携其大者来入城。儿妇牵衣拦路哭,翁亦垂垂泪盈目。"①(盛大士《鬻孙谣》)颜鼎受《田家女儿行》诗中女儿被卖作奴婢,"田家女儿年十六,卖作青衣向人哭"。卖女儿的原因是灾荒年头无法交税,"去岁田荒稼不登,一春八口无饘粥。今年官税急难供,东西叫号惊里族"。如果交不了税,老人就会被抓去毒打,"白头老翁筋力衰,此去何堪受鞭扑。愿鬻此女为人奴,老人幸免捐沟渎。托身无过钱千贯,待价岂期珠百斛"。②有的是为了得到少得可怜的粮食。钱世锡《卖女儿行》说:"卖男持得千钱归,籴米能得几日饱?"③张恂《牵儿卖》说:"牵儿卖,割母爱。卖儿不为偿宿债,只为饥肠辘辘鸣。"④诗里明确说卖儿不为偿债,实在是因为饥饿难忍。盛大士《鬻孙谣》说:"鬻女可支一月粮,鬻男只供几日饱。"⑤

卖儿女的主要去处是做富人家的奴婢,褚逢椿《鸿雁篇》言"女作人婢男作奴"⑥。申颋《哀流民》说:"即欲鬻男女,无人能养奴。"⑦颜鼎受《田家女儿行》说:"田家女儿年十六,卖作青衣向人哭……愿鬻此女为人奴,老人幸免捐沟渎。"⑧褚廷璋《鬻子行》说:"鬻汝亦爱汝,鬻为豪家奴。"⑨夏之盛《纪灾行》说:"朝鬻女,暮鬻子。子女别爷娘,牵衣索果饵。子为奴,女为婢。努力耐鞭棰,差胜饥饿死。"⑩为奴为婢的生活痛苦异常。景星杓《邻家婢》便写了一个被卖作婢女的痛苦生活:"邻家婢,衣虱攒生玉肌腻,早夜力作不敢息,背面汍汍堕悲涕。当时饥饿声为吞,糠粃不足啗草根。……一朝弃作人奴贱,日受鞭挞盈血痕。境穷慎毋鬻子孙,为人奴婢不忍言。"⑪唐孙华《厮养儿》写的是被卖孩子的苦难,他

---

① (清)盛大士:《蕴愫阁诗续集》卷1,《续修四库全书》,影印清道光四年刻本,第1493册,第595页。
② (清)张应昌编:《清诗铎》卷17,第565页。
③ (清)张应昌编:《清诗铎》卷17,第568页。
④ (清)王相辑:《友声集·知鱼乐斋存稿》,第88页。
⑤ (清)盛大士:《蕴愫阁诗续集》卷1,第595页。
⑥ (清)张应昌编:《清诗铎》卷17,第561页。
⑦ (清)张应昌编:《清诗铎》卷17,第553页。
⑧ (清)张应昌编:《清诗铎》卷17,第565页。
⑨ (清)张应昌编:《清诗铎》卷17,第567页。
⑩ (清)张应昌编:《清诗铎》卷14,第470页。
⑪ (清)张应昌编:《清诗铎》卷17,第566页。

们不但要承担大量的重活累活，还会受到打骂，吃不饱饭，其吃的甚至不如富家之狗。

卖儿女的钱少得可怜。萨都剌《鬻女谣》说"道逢鬻女弃如土"①。张养浩《哀流民操》说："哀哉流民，一女易斗米，一儿钱数文。"② 明代戴澳《河间道中哀流民乙卯年》说："卖妻易斗粟，得活能几时。鬻子易一饭，再餐已无资。"③ 明代范凤翼《卖儿行淮上书所见也》说："得直才数缗，人贱不如豨。"④ 清代卖儿女价格便宜的例子，比比皆是。褚廷璋《鬻子行》说："百钱鬻一男，千钱鬻一女。"⑤ 钱世锡《卖女儿行》说："抚养辛勤费几许，贱卖才得五千钱。女价贱犹好，男贱更如草。卖男持得千钱归，籴米能得几日饱。"⑥ 李銮宣《卖子谣》说："百钱卖一儿，千钱卖一女。"⑦ 盛大士《鬻孙谣》说："东家鬻女钱数千，西家鬻男钱数百。……鬻女可支一月粮，鬻男只供几日饱。"⑧ 岳鸿振说："富家卖米贵如珠，贫家鬻女贱如土。"⑨ 陈沆《河南道上乐府四首·卖儿女》说："卖女可得青蚨千，卖儿不足供一餐。"⑩ 一个奇怪的现象是，灾荒年间男孩售价仅为女孩的十分之一。市场上竟然出现论斤卖人的怪象。张恂《纪灾新乐府·秤称人》说："秤称人，人论斤。论斤非欲食其肉，转鬻江南作奴仆。嬴童瘠女殊可怜，一斤不能易百钱。"⑪ 李骥元《卖女行》说："秦女饥馑时，贱同石与瓦。一斤鬻十钱，百斤价还下。"⑫

人们卖掉儿女，最直接的原因是为了暂时保命。清代魏燮均《流民行

---

① （元）萨都剌撰，殷孟伦、朱广祁整理：《雁门集》卷2，上海古籍出版社1982年版，第62页。
② 李鸣、马振奎校点：《张养浩集》卷23，吉林文史出版社2008年版，第199页。
③ （明）戴澳：《杜曲集》卷1，《四库禁毁书丛刊》，影印明崇祯刻本，集部，第71册，第61页。
④ （明）范凤翼：《范勋卿诗集》卷2，《四库禁毁书丛刊》，影印明崇祯刻本，集部，第112册，第63页。
⑤ （清）张应昌编：《清诗铎》卷17，第567页。
⑥ （清）张应昌编：《清诗铎》卷17，第568页。
⑦ （清）张应昌编：《清诗铎》卷17，第568页。
⑧ （清）盛大士：《蕴愫阁诗续集》卷1，第595页。
⑨ （清）张应昌编：《清诗铎》卷17，第570页。
⑩ 宋耐苦、何国民编校：《陈沆集·简学斋诗存》卷2，第19页。
⑪ （清）王相辑：《友声集·知鱼乐斋存稿》，第88页。
⑫ （清）张应昌编：《清诗铎》卷17，第568页。

盖平道中作》说:"辗转卖儿女,骨肉生离分。非不惜骨肉,残命危难存。"① 虽说要忍受骨肉分离,但舍此无法度过性命危难之时。张恂《纪灾新乐府·秤称人》说:"虽不值钱人亦喜,谓可少缓须臾死。"② 虽然卖儿女不值钱,但总可多存留些时日。钱世锡《卖女儿行》说:"卖男持得千钱归,籴米能得几日饱。"③ 他们很清楚,卖儿女所得的钱寥寥无几,靠此其实多活的日子非常有限。同诗说:"也知卖男鬻女钱无多,明朝钱尽当如何?天寒土室风萧索,夫妇终难免沟壑。"盛大士《鬻孙谣》说:"鬻女可支一月粮,鬻男只供几日饱。"④ 岳鸿振说:"米价日增女价贱,鬻女救得几时苦。"⑤ 虽然可能最终逃脱不了饿死的命运,但多活一日是一日,总比即刻死去要好。这个时候,求生的欲望战胜了亲情。

但多数时候,做父母的没有这么狠心绝情。他们卖掉子女,更多是希望孩子能活下来,别跟自己一起饿死,看似无情其实是最深沉的爱的表达。卖孩子对父母来说可能是多延续几天或几个月的生命,但对儿女来说,就有可能活下来。张恂《牵儿卖》说:"母死但愿儿常在,儿啼不去持母带。卖儿高门儿勿哭,高门之内皆食肉。"⑥ 儿子能卖给富人过上好日子,母亲即使饿死也心甘情愿。冯询《儿童叹》说:"菜根尽,甘饿殍。儿不能求食,儿尚小,街头鬻儿望儿饱。"⑦ 父亲卖掉儿子只是希望儿子能吃饱饭。宝廷《肩担儿》云:"荒区乞食食无几,不如将儿易斗米。明知米尽终难生,免儿同饿死。"⑧ 乞食得不到食物,还不如将儿子卖掉,免得一同饿死,这恐怕是卖儿女的父母的真实心声。

卖掉儿子要忍受骨肉分别之苦。生离与死别固然都是人生最痛苦的事。"生离与共毙,两者同悲辛。"⑨ (《苦雨叹》)但生离总比死别要好。

---

① (清) 魏燮均:《九梅村诗集》卷5,第53页。
② (清) 王相辑:《友声集·知鱼乐斋存稿》,第88页。
③ (清) 张应昌编:《清诗铎》卷17,第568页。
④ (清) 盛大士:《蕴愫阁诗续集》卷1,第595页。
⑤ (清) 张应昌编:《清诗铎》卷17,第570页。
⑥ (清) 王相辑:《友声集·知鱼乐斋存稿》,第88页。
⑦ (清) 冯询:《子良诗存》卷2,《续修四库全书》,影印清刻本,第1526册,第24页。
⑧ (清) 宝廷著,聂世美校点:《偶斋诗草·内次集》卷9,第374页。
⑨ (清) 郭崑焘:《云卧山庄诗集》卷2,《清代诗文集汇编》,影印清光绪十一年湘阴郭氏岵瞻堂刻本,第691册,第39页。

明代范凤翼《卖儿行淮上书所见也》说："自分且死别，何如早生离。相倚终偕亡，割一或两济。"① 陈偕灿《卖儿行》说："儿留同作一门殍，儿卖尚支三日食。"② 毛国翰《新堤妇》说："但得暂存活，犹胜死别离。"③ 毕宪曾《弃儿行》说："人生最苦是生离，差胜吞声作死别。"④ 陈沆《河南道上乐府四首·卖儿女》说："岂不恋所生？留汝难活汝。"⑤ 钱世锡《卖女儿行》说："天寒土室风萧索，夫妇终难免沟壑。不如早将女儿卖他乡，望到他乡生处乐。"⑥ 褚廷璋《鬻子行》真实地反映了父母这种心理："百钱鬻一男，千钱鬻一女。十十与五五，道路自俦侣。牵衣或顿足，大者三尺许。其小尤零丁，未断怀中乳。父母谓子女，鬻汝亦痛汝。割肉与他人，岂不创深巨。父母谓子女，鬻汝亦爱汝。鬻为豪家奴，顾盼得所主。远鬻去闾里，浩荡脱拘圉。鬻汝以生离，不鬻以死聚。苟能全性命，恨不插毛羽。"⑦ 范梁《途中有感》则写一个母亲带着两个孩子乞讨，半点食物也讨不到，想方设法让孩子活下来是母亲的最大心愿。她求诗人带走孩子："愿将儿女去，彼此延残脉。果需钱几何，脱手不论值。岂无骨肉情，而忍遽离别。与其一处死，何如两处活。儿去幸得生，母存终待日。"⑧ 只要孩子有一条生路，她不在乎钱多钱少，也不在乎自己的将来。

有的诗描写了父母与子女分别的痛苦场景。明代杨爵《鬻子行》把一个寡妇不得已卖掉孩子的心如刀割的痛苦写得感人至深。一个女人，辛辛苦苦把孩子拉扯大，无奈连遇灾荒，母子只能离家到京城求生。京城到处是饿死的人。母亲万般无奈卖掉儿子，羞愧难当，自己该如何去面对地下的丈夫呢？她拿着卖儿子的钱，痛不欲生："思量此钱买黍饭，是食吾儿肤与肌。抆泪收钱敝裳湿，如割心肺痛难支。母解怀抱将儿出，儿将两手抱母衣。跌脚投地气欲绝，竟将母子强分离。买主抱儿色凄惨，妇人欲去

---

① （明）范凤翼：《范勋卿诗集》卷2，第63页。
② （清）张应昌编：《清诗铎》卷17，第571页。
③ （清）张应昌编：《清诗铎》卷17，第569页。
④ （清）张应昌编：《清诗铎》卷17，第569页。
⑤ 宋耐苦、何国民编校：《陈沆集·简学斋诗存》卷2，第19页。
⑥ （清）张应昌编：《清诗铎》卷17，第568页。
⑦ （清）张应昌编：《清诗铎》卷17，第567页。
⑧ （清）潘衍桐辑：《两浙輶轩续录》卷37，《续修四库全书》，影印清光绪十七年浙江书局刻本，第1686册，第407页。

步难移。儿哭声，母哭声，皆哭死者又哭生。儿哭母毒舍我去，母哭苍天叫不应。"① 用卖儿的钱吃饭，简直就是吃儿子的肉。《春郊行》云："鬻子宁如割肉食，不如草木能无情。"②

为了让儿女活下来，他们甚至愿意让别人不拿钱将他们带走。黄克巽《弃儿行》写出弃儿与卖儿者心思的不同："弃儿不得卖儿金，卖儿不识弃儿心。卖儿母得三日饱，弃儿但望儿得生。去年怜儿不忍卖，今年欲卖路无人。"③ 妇人将孩子直接送给别人，完全是为儿子着想，希望儿子能有一条生路，自己也就死而无憾。毕宪曾《弃儿行》说："客投村店商丘县，道路经行骇闻见。入门一老携一儿，手挽鹑衣拭儿面。自言困苦迫凶年，愧为人父诚可怜。将恐无食致夭折，但愿随身不取钱。人生最苦是生离，差胜吞声作死别。一朝远隔天之涯，何异死生两诀绝。小儿十三已解事，亦知去去疗寒饥。贫家生小不离膝，挽父牵衣心苦悲。乌呼！谁非人子谁无父，老牛舐犊尚有情，独听哀鸿泪如雨。"④ 老人宁可不收一分钱，将儿子白白送人，也不愿让儿子跟着自己一起饿死。虽然这一别可能是永别，但为人父，送出儿子总算减轻了一点内心的羞愧之情。冯询《娘难见》写到清道光辛亥至壬子年（1851—1852），徐、淮发生河决事件，饥民满路。一个母亲将八岁女儿送给诗人收养作婢，也是希望女儿能不饿死，活下来，"穷无一椽，饥饿难并存。低首语儿……儿饱矣，娘涕泪涟涟"。这在女儿的心中无疑是一个巨大的痛苦："鬓翠衣青，侍侧兢兢。仰视贵人，貂蝉何荣。貂蝉虽荣，不如我父母鹄面鸠形。"⑤ 侍奉人的日子，虽衣食无忧，总不如在父母身边踏实安稳。

灾荒年间还出现了儿子要求主动卖与别人而希望家庭成员存活下来的悲惨故事。王雨春《鬻儿行》说："儿告阿母，儿在母饥，鬻儿母生，畜儿何为。濈濈原兽，顾犊而嘶。翩翩林鸟，引雏共飞。椎心仰天，谁不伤悲。"⑥ 在草根与树皮都没得吃的情况下，儿子提出"儿在母饥，鬻儿母

---

① （明）杨爵：《杨忠介集》卷9，《文渊阁四库全书》，第1276册，第86页。
② （明）高出：《镜山庵集·初删稿》卷4，第30册，第639页。
③ （清）张应昌编：《清诗铎》卷17，第573页。
④ （清）张应昌编：《清诗铎》卷17，第569页。
⑤ （清）冯询：《子良诗存》卷12，第193页。
⑥ （清）张应昌编：《清诗铎》卷17，第570页。

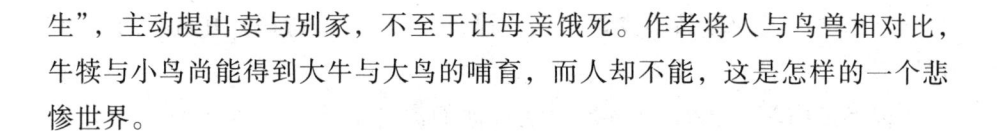

生",主动提出卖与别家,不至于让母亲饿死。作者将人与鸟兽相对比,牛犊与小鸟尚能得到大牛与大鸟的哺育,而人却不能,这是怎样的一个悲惨世界。

第三节 流民

灾害造成的一个直接后果是产生了大量流民。《现代汉语词典》解释流民为:"因遭遇灾害而流亡外地,生活没有着落的人。"[1] 他们的田园土地被毁,庄稼无收,只能逃亡外地,成为流民,又受到当地人的排斥。流民的生活多灾多难,他们无衣无食、无钱无物,挣扎在死亡边缘。他们靠乞讨或救济过日子,有冻饿而死者,有求生无望而自尽者,有卖掉子女者,有走上抢夺之路者。流民的存在对社会而言是一个极大的不安定因素。

古代文学里很早便有书写流民的。《诗经·小雅·鸿雁》便借鸿雁写流民:

> 鸿雁于飞,肃肃其羽。之子于征,劬劳于野。爰及矜人,哀此鳏寡。
> 鸿雁于飞,集于中泽。之子于垣,百堵皆作。虽则劬劳,其究安宅?
> 鸿雁于飞,哀鸣嗷嗷。维此哲人,谓我劬劳。维彼愚人,谓我宣骄。[2]

他们四处奔波,靠筑城垣勉强度日,居无定所。流民还被人误解,受人歧视。鸿雁成为一个写流民的典型意象,悲鸿、哀鸿、哀雁常常成为流民的代名词。北宋王安石变法,出现了诸多社会问题。郑侠上《流民图》,反映百姓流离失所的悲惨境遇,成为人们关注流民的典型事件。此后,历

---

[1] 中国社会科学院语言研究所词典编辑室编:《现代汉语词典》(第6版),商务印书馆2012年版,第832页。
[2] (汉)毛亨传,(汉)郑玄笺,(唐)孔颖达疏:《毛诗正义》卷11,第661—663页。

代文学里写流民的作品不少,清朝流民诗更多,《清诗铎》中出现了"流民"一类。

很多诗描写了流民的痛苦生活:他们离开家乡,无衣无食,无依无靠,贫病交加,疲于奔命,过着异常艰辛、朝不保夕的日子。张养浩《哀流民操》是一首全面反映流民生活的诗:

> 哀哉流民,为鬼非鬼,为人非人。哀哉流民,男子无缊袍,妇女无完裙。哀哉流民,剥树食其皮,掘草食其根。哀哉流民,昼行绝烟火,夜宿依星辰。哀哉流民,父不子厥子,子不亲厥亲。哀哉流民,言辞不忍听,号泣不忍闻。哀哉流民,朝不敢保夕,暮不敢保晨。哀哉流民,欲回不能复,欲前不能奔。哀哉流民,死者已满路,生者鬼与邻。哀哉流民,一女易斗米,一儿钱数文。哀哉流民,甚至不得将,割爱委路尘。哀哉流民,何时大雨粟,使汝俱生存。哀哉流民!①

全诗用了13句"哀哉流民",把流民的痛苦淋漓尽致地写了出来。

有的诗记录了流民物资上的贫乏。吴慈鹤《流民谣》说:"车上何有一束稿,破缶长罂亦家宝。腹中久无麦与菽,何怪形容尽枯槁。"②李銮宣《推车谣》写到流民穷得几乎一无所有,极度饥饿:"车上何所有?破毡裹敝帛。车中何所施?草根兼树皮。欲行不行行蹒跚,累日并无粒米餐。"③陈声和《逃荒行》展示流民全部家当:"担头何所有?一釜生尘一瓦缶。一儿牙牙尚黄口,坐以败絮一尺厚。"④

更多的诗写了流民流亡生活的苦难。王禹偁《感流亡》写了宋淳化二年(991),关中遭遇旱灾,一家人流亡他乡的悲剧:"老翁与病妪,头鬓皆皤然。呱呱三儿泣,茕茕一夫鳏。遗粮无斗粟,路费无百钱。聚头未有食,颜色颇饥寒。……襁负且乞丐,冻馁复险难。唯愁天雨雪,僵死山谷间。"⑤儿媳埋在异乡,老头、老太太、儿子与三个小孙子相依为命。三代

---

① 李鸣、马振奎校点:《张养浩集》卷23,第199页。
② (清)张应昌编:《清诗铎》卷17,第559页。
③ (清)张应昌编:《清诗铎》卷17,第557页。
④ (清)张应昌编:《清诗铎》卷17,第556页。
⑤ (宋)王禹偁:《小畜集》卷3,《文渊阁四库全书》,第1086册,第23页。

人以乞讨为生，饱受饥寒之苦。流民生活之苦，让人痛心伤臆。

陈文述《减坝初开周工再溃淮浦以东流民载道感而赋之》是为由于河流溃决而造成的大量流民而作，诗篇描写了这些流民流亡路上的苦难：

> 余者四出走踉跄，翁携孙子儿负娘。少妇褓褓女携筐，杂置破甑折脚铛。大堤四顾魂惶惶，中夜露宿星月光。兼以风雨来披猖，枵腹雷动鸣饥肠。四肢瑟缩绨绤凉，老弱道殣瘦腊尫。蝼蚁食肉鸦啄疮，灾区何异古战场。①

姚燮《哀鸿篇》对流亡给灾民造成的损害有更切实、细致的刻画：

> 流民尔奚辜，集泽遭沛颠。讵不念家室，且昧行路艰。耄稚苦扶襁，壮者肢拘挛。血茧遍肤髅，碎袷不蔽肩。枯瘠绝人形，蒙垢无丑妍。……昨自吾邑来，蹒跚盈百千。遗矢杂腥秽，白昼闭闾廛。逡巡冀苟活，过者无一怜。……曀日杂星斗，野色含凄酸。暮行厕磷鬼，朝行随饿鸢。父母共妻子，痛哭呼后先。中道多病丧，弃与荒草缘。万难达一境，哀词鸣上官。偏遭里胥叱，拦道索路钱。含泪不敢怒，狼狈向市阛。十缗卖一男，一女金百镮。肝肠忍离割，争如沟壑填。②

江淮百姓遭遇洪水，家园被毁，很多人被淹死，存活的人只能流亡他乡，挣扎在死亡边缘。

魏燮均《流民行盖平道中作》以细腻的笔触描写了一家人一天的流亡生活：

> 担挑黄口儿，肩负白发亲。稚子与弱女，前后相追奔。少妇惨无色，蓬鬓扬风尘。娇弱缓无力，不胜长途辛。雪泞黄泥路，冰开黑水津。颓桥行不得，徒涉褰裳裙。水深寒刺骨，风悲日又曛。前途有村

---

① （清）陈文述：《颐道堂诗选》卷7，第1504册，第630页。
② （清）姚燮著，周劭标点：《复庄诗问》，上海古籍出版社1988年版，第10—11页。

店,腹馁心如焚。无资觅投宿,露卧人家门。天明强登路,儿女哭相闻。阴云西北来,风吹雪纷纷。冒雪奋前进,踉跄投荒村。荒村无舍粥,冻体何由温。饥饿无人色,羸病行且呻。辗转卖儿女,骨肉生离分。非不惜骨肉,残命危难存。茫茫渺无家,痛哭谁怜冤。①

流民就是这样在饥寒交迫与多病多难中茫然前行的。

白天相比晚上较温暖、安全,容易度过,而黑夜对流民来说就显得更为漫长难挨。陶誉相《逃荒行》主要写的是流民逃荒路上的苦难,尤其是露宿野外的苦难:

黄泥深浅没髁寒,十步九步行蹒跚。少妇负儿肩背折,老亲含涕心肝酸。无钱旅店不肯歇,且向山凹宿明月。背风敲火支破锅,汲水和泥炊落叶。夜深恐惹虎豹猜,几次儿啼惊梦回。凉飔刺骨屡伸蹜,妻呻母嗽良可哀。②

造成大量流民的主要原因是自然灾害。元代李存《流民歌》说:"邳徐二州皆凶灾,流民如云过江来。"③《丁巳再饥四首》其一说:"秋至还祈雨,田空又见蝗。疗饥人啖鬼,劝赈肉医疮。沟瘠填难尽,流离满路旁。"④毕沅《东行经安会道中感时述事寄兰省诸公十首》其二说:"解渴争泥水,充饥尽草根。四年三遇旱,十室九关门。流徙子孙绝,萧条坟墓存。"⑤张际亮《哀流民序》曰:"癸未,东南诸省大水,楚灾尤剧。其流民丐入吾闽者,日至百人。饥寒困顿,或死于道。"⑥水灾和旱灾是造成大量流民出现的两种主要灾害。刘青藜《乞儿行》曰:"频岁遭水旱,田亩

---

① (清)魏燮均:《九梅村诗集》卷5《海上集》,第53页。
② (清)张应昌编:《清诗铎》卷17,第558页。
③ (元)李存:《俟庵集》卷1,第606页。
④ (明)范景文撰,(清)范毓秀、王孙锡编:《文忠集》卷9,《文渊阁四库全书》,第1295册,第586页。
⑤ 杨焄点校:《毕沅诗集》卷26,第602页。
⑥ (清)张际亮著,王飚校点:《思伯子堂诗文集·诗集》卷6,上海古籍出版社2007年版,第190页。

少所收。忍饥宽正赋,不肯辞故丘。有司借名目,无艺日诛求。"① 官吏在灾荒时期不仅不减租税,反而巧立名目、大肆搜刮。申颋《哀流民》曰:"频年遭旱魃,原野尽焦枯。"② 刘人熙《哀鸿篇》记述了丁戊奇荒中山西百姓流亡之事:"老弱转沟壑,壮者散四方。虽则散四方,亦有爷与娘。子饱母长饥,何忍离故乡。"③ 丁戊奇荒是华北地区发生于清朝光绪元年至四年(1875—1878)的一场罕见的特大旱灾饥荒。1877年为丁丑年,1878年为戊寅年,因此史称"丁戊奇荒"。曾国荃称之为"二百余年未有之灾"。这场灾害波及山西、直隶、陕西、河南、山东等省,造成一千余万人饿死,另有两千余万灾民逃荒到外地。接连两年(光绪二年、三年)的旱灾,使山西几乎没有粮食,而官吏还在拼命催租,这样的境况逼得百姓只能去流亡。

而在淮河流域与黄河中下游,黄河夺淮入水,水患频发,遂使这两个地区产生了大量流民。淮北流民近代以来全国闻名,逃荒甚至变成了一种习惯,"淮北人即便是平年、丰年,农暇也要散之四方去逃荒——实为备荒,以防可怕的饥荒不期而至"④。淮北是重要的泄洪区,为保江南地区安宁作出了巨大贡献。曹楙坚《哀流民八月二十一日作》曰:"坝开欲杀黄水势,流民又见来安东。黄水甚大,闻以八月十三日开王营减坝。河官自有堤防责,谁令尔乡为泽国,莫怨河官怨河伯。"⑤ 此地流民的出现与官府治水不力有莫大关系。清翁心存《渡江书所见》指出淮河发大水、官府救治不善是流民大量出现的原因:"今年淮水大,湖泛堤崩裂。田庐漂没尽,如雨灌蛾垤。存者各逃生,死者便永诀。舍之不复顾,家乡长决绝。纵教委蒿莱,幸免葬鱼鳖。命薄当被灾,生理焉可说。至尊今御宇,宵衣望治切。庙堂计已周,抚字理无缺。胡为淮阳郡,岁岁告河决。宣房宫乍筑,瓠子口仍啮。国帑百万縻,累尔民力竭。"⑥

---

① (清)张应昌编:《清诗铎》卷8,第215页。
② (清)张应昌编:《清诗铎》卷17,第553页。
③ 周寅宾编:《刘人熙集·蔚庐刘子诗集·补过精舍诗草》,湖南人民出版社2009年版,第4页。
④ 池子华:《中国流民史》(近代卷),安徽人民出版社2001年版,第255页。
⑤ (清)曹楙坚:《昙云阁集·昙云阁诗集》卷4,《清代诗文集汇编》,影印清同治十二年刻光绪十一年增修本,第552册,第345页。
⑥ (清)翁心存:《知止斋诗集》卷1,《清代诗文集汇编》,影印清光绪三年常熟毛文彬刻本,第571册,第427页。

疾疫是造成流民出现的又一重要原因。"今年灾虐及陈颍,疫毒四起民流离。连村比屋相枕藉,纵有药石难扶治。一家十口不三日,稿束席卷埋荒陂。"①(《颍州老翁歌》)描写的是元至正四年(1344)河南发生的大旱灾进而引发瘟疫,百姓大量死亡,剩余者不得不远走他乡的景况。

灾害出现后,官府不但不减赋减税,反而巧立名目,催逼交纳,这更让灾民无力承受,促使他们不得不离开故土。申颋《哀流民》言"官司笞瘦肤"②。刘青藜《乞儿行》说:"忍饥宽正赋,不肯辞故丘。有司借名目,无艺日诛求。"③刘仪恕《流民行》云:"况是军兴役赋急,都长里正穷纷拿。破船何处堪停泊,已拼饥饿填沟壑。呜呼!纵使饥饿填沟壑,不敢归农受吏索。"④

流民生活主要靠的是官府救济与乞讨。官府为了保证本地的安宁,也本着仁爱精神,会对流民进行一些救助。彭孙贻《流民谣》写上千的乞儿领粥而不得之事:"千百相牵叫乞儿,远携小口逐铺糜。城西施粥争门出,釜尽空归血泪垂。"⑤郭仪霄《哀鸿叹》写施粥中存在的问题:"恶胥浇粥添白水,今日饱餐明日死。城中得粥犹可全,穷乡僻壤安得前。"⑥不良官吏往粥中添加有害物质,而穷乡僻壤则得不到赈济。陈作霖《戊戌夏日感述四首》其三提到南京粥厂吸引大量江北人来就食。由于撤厂后遇雨雪,导致很多流民饿死:

> 建业古大都,襟带江与淮。大府好施济,粥厂每岁开。遂令徐凤人,就食纷然来。今年撤厂后,雨雪连阴霾。流民多饿死,大道横尸骸。⑦

---

① (元)廼贤著,叶爱欣校注:《廼贤集校注》卷1,河南大学出版社2011年版,第142—143页。
② (清)张应昌编:《清诗铎》卷17,第553页。
③ (清)张应昌编:《清诗铎》卷8,第215页。
④ (清)张应昌编:《清诗铎》卷17,第554页。
⑤ (清)彭孙贻:《茗斋集》卷17,《清代诗文集汇编》,影印民国涵芬楼影印海盐张氏涉园藏手稿刻本写本,第52册,第385页。
⑥ (清)张应昌编:《清诗铎》卷14,第459页。
⑦ (清)陈作霖:《可园诗存》卷21,《清代诗文集汇编》,影印清宣统元年至二年刻本,第736册,第265页。

这从反面说明施粥对流民的重要性。陈章《赈粥行》说："闻道扬州粥厂开，匍匐就食聊尔来。官清商义得一饱，幸可百日支残骸。"① 流民靠着官吏与商人的救助，才能吃一顿饱饭，维持生命。

乞讨是流民活下去的另一重要途径。刘仪恕《流民行》说："问民何所资，道旁野菜路人钱。"② 姚镇《流民叹》说："远行可乞食，宁惮筋力疲。"③ 刘嗣绾《赈丐行》写的是上千名乞丐堵在寺门外乞钱之事："寺门千人堵墙立，鹄面鸠形相对泣。一人出门给百钱，丐之欢声行动天。丐兮免流亡，丐兮觅栖止。叩头谢官敢言耻，丐之妻孥父母子。扶老携幼归故墟，愿丐常作良民居。他年丐亦施钱者，感泣还闻遍四野。"④ 李銮宣《推车谣》说："长跽乞怜，求施一钱，一钱不救君饥寒。"⑤ 有人愿意帮助流民，但自己极少的钱不过是杯水车薪，解决不了根本问题："所愧书生囊，能得几青蚨。人各给数文，聊为一食需。食已还复饥，更将之何都。"⑥（申颋《哀流民》）

乞讨之路充满艰辛与耻辱，有的人有钱不愿意给。吴金蕙《即目书感》说："任尔朱门臭粱肉，一钱不舍待如何。富儿饱饭门前看，但道今朝饿死多。"⑦ 有的人是害怕流民，大门紧闭："行乞来高壤，十室九扃扉。"⑧（谢元淮《余荒叹》）张学仁《流民叹》亦说："突闻流民来，闭户皆不出。"⑨ 因为他们视流民如虎，怕给自己带来灾难。《流民行》其五真切地道出了乞者的见闻与感受："昔人重高节，不食嗟来食。今我蒙头嗟去来，冷炙残羹那能得。朝乞行不归，暮乞行不归。爷娘望儿肝肠烂，纵有石面谁堪饭。君不见，朱门昨夜酣歌舞，酒肉狼藉纷如土。"⑩

单靠官府救济与乞讨并不能保证得到必要的食物，流民整天饥肠辘

---

① （清）张应昌编：《清诗铎》卷17，第555页。
② （清）张应昌编：《清诗铎》卷17，第554页。
③ （清）张应昌编：《清诗铎》卷17，第560页。
④ （清）张应昌编：《清诗铎》卷16，第545页。
⑤ （清）张应昌编：《清诗铎》卷17，第557页。
⑥ （清）张应昌编：《清诗铎》卷17，第553页。
⑦ （清）张应昌编：《清诗铎》卷17，第557页。
⑧ （清）谢元淮：《养默山房诗稿》卷6《鹭园集》，第1511册，第646页。
⑨ （清）张应昌编：《清诗铎》卷17，第558页。
⑩ （清）吴世杰：《甓湖草堂近集·庚申杂诗》，《清代诗文集汇编》，影印清嘉庆壬申年重校殖学堂藏板，第157册，第367页。

辘，"腹中久无麦与菽"①（吴慈鹤《流民谣》），想办法解决吃的问题。有吃草根树皮者，如张养浩《哀流民操》所言"剥树食其皮，掘草食其根"②。又如申颋《哀流民》说"白日食草根"③。有吃野菜者，"虽异首阳士，聊采西山薇"④（谢元淮《余荒叹》）。刘仪恕《流民行》说："问民何所资，道旁野菜路人钱。"⑤ 更有饥不择食，什么都吃。清王汝璧《当来日大难鹿城道中作》说："来日大难，田枯井干。嗟我妇子，终宵永叹。食土而病，食榆则瞑。杨柳依依，苜蓿阑干。掘土既空，剥树亦残。行乞邻邑，邻邑灾患。"⑥

因为食物缺乏，很多人营养不良，挣扎在死亡边缘，病死饿死的不在少数。褚逢椿《鸿雁篇》说："他乡虽云乐，道路死亡相继续。"⑦ 谢元淮《余荒叹》言"流离入今年，半为春寒死"⑧。最先死掉的是老人与小孩，他们体质弱，经不起折腾。申颋《哀流民》说："老稚不耐苦，沿途死沟渠。到此十余一，充肠半粟无。"⑨ 陈章《赈粥行》说："怀中儿死随地埋，哭向青天泪如雨。"⑩ 许乃谷《乞儿行》说："来时五口，驱骥相负。旬日之间，仅存老母。母兮道旁卧欲僵，提篮入市求壶浆。归来视母母不起，求食不得母先死。"⑪ 十天之间，五口人剩了两口，出去乞食的工夫，母亲又饿死了。朱绶《悲流民》则写一个抱病者没死即被人们抛弃不顾的悲剧："昨有抱病者，呼号惨难闻。病亦未即死，委弃荒江滨。岂不共悲叹，急难先顾身。"⑫ 为了能活下去，有的人被迫卖掉儿女。《哀流民操》说"一女易斗米，一儿钱数文"⑬。明代戴澳《河间道中哀流民乙卯年》

---

① （清）张应昌编：《清诗铎》卷17，第559页。
② 李鸣、马振奎校点：《张养浩集》卷23，第199页。
③ （清）张应昌编：《清诗铎》卷17，第553页。
④ （清）谢元淮：《养默山房诗稿》卷6，第647页。
⑤ （清）张应昌编：《清诗铎》卷17，第554页。
⑥ （清）王汝璧：《铜梁山人诗集》卷10，《清代诗文集汇编》，影印清光绪二十年京师刻本，第412册，第74页。
⑦ （清）张应昌编：《清诗铎》卷17，第561页。
⑧ （清）谢元淮：《养默山房诗稿》卷6，第647页。
⑨ （清）张应昌编：《清诗铎》卷17，第553页。
⑩ （清）张应昌编：《清诗铎》卷17，第555页。
⑪ （清）张应昌编：《清诗铎》卷17，第560页。
⑫ （清）朱绶：《知止堂诗录》卷7，第62页。
⑬ 李鸣、马振奎校点：《张养浩集》卷23，第199页。

说:"卖妻易斗粟,得活能几时。鬻子易一饭,再餐已无资。"① 谢元淮《余荒叹》说:"昨闻父鬻儿,今见夫卖妇。妇儿一时别,泪下各如浏。哭声上重霄,人怜天独否。悠悠竟何心,仰问空翘首。"② 魏燮均《流民行盖平道中作》云:"辗转卖儿女,骨肉生离分。非不惜骨肉,残命危难存。茫茫渺无家,痛哭谁怜冤。"③ 朱绶《悲流民》写一个老翁被迫卖掉自己的幼子:"聚则两死饿,卖之冀稍延。晨到京口驿,插标官路边。莫遇山西贾,得价千铜钱。去当为人奴,即受笞与鞭。况我断血系,心若针刺毡。我身不自保,我后安能怜。"④ 灾荒年间,儿女能卖掉还算幸运的,而有时竟无人买。申颋《哀流民》说:"即欲鬻男女,无人能养奴。"⑤ 陶誉相《逃荒行》说:"报说江南逃荒多,斗米换儿人不顾。"⑥

　　流民想自由流动并不容易。古代有严格的户籍制度,它关系到地方的财政收入及社会治安管理,所以一般地方不准百姓流出,而外地也限制他们流入。这种限制也让流民的生活变得更加困难。《旱船谣》说:"州县苦憧扰,讼牒多衰延。风俗轻去乡,弃若敝屣焉。长吏下飞檄,木榜令甲刊。图版限唇齿,盘诘同阴奸。红篆验官符,不许舴艋牵。旅食遂无所……圣朝重户口,乃以尺籍编。譬如十二野,卯酉判度躔。血脉不联络,手足成拘挛。何仇复何亲,视若吴越然。"⑦ 地方政府采用严厉盘查、编制户籍、发放官府文书等各种办法禁止居民流动。杨铸《流民叹》写淮河下游的灾民到了扬州地区,当地官吏将他们安排在船上,"给钱逐一列名册,迫之使近江南程"⑧。江南也给钱让他们赶快离开,但再往前则被关卡挡住,"晓发丹阳暮无锡,浒关不许流民通"⑨。申颋《哀流民》说:"年荒禁令严,不许入城郭。"⑩ 很多地方不准流民进城。贝青乔《流民

---

① (明)戴澳:《杜曲集》卷1,第61页。
② (清)谢元淮:《养默山房诗稿》卷6,第647页。
③ (清)魏燮均:《九梅村诗集》卷5,第53页。
④ (清)朱绶:《知止堂诗录》卷7,第62页。
⑤ (清)张应昌编:《清诗铎》卷17,第553页。
⑥ (清)张应昌编:《清诗铎》卷17,第558页。
⑦ (清)张应昌编:《清诗铎》卷17,第554页。
⑧ (清)张应昌编:《清诗铎》卷17,第561页。
⑨ (清)张应昌编:《清诗铎》卷17,第561页。
⑩ (清)张应昌编:《清诗铎》卷17,第553页。

谣》亦言："城中煌煌宪谕出，禁止流民不许入。"① 有的地方甚至强迫他们回到故乡。清代陆嵩《饥民船》说："如何飞檄来，驱之还故土。"② 官府下发加急文书强迫他们返回故乡。赵翼《押蝗回歌》则讽刺了这种押送流民出境、以邻为壑的不负责任行为：

  宋人小说米芾知某县，其邻县有蝗起，县令诿为芾所驱来。芾判其牒曰："蝗虫生本是天灾，人力如何可挽回。敝县若能驱使去，即烦贵县押回来。"谰语可发一笑。今下河逃荒之民不减飞蝗，地方官具舟给钱，押送出疆，谓可以邻为壑矣，而下游诸县亦不许入境，仍押送回，此真所谓押蝗回也，爰为作歌。

  人如蝗，阵阵来，人蝗不比天蝗灾。索钱乞米声喧阗，大家小户门不开。有司欲以邻为壑，具舟押送向前推。谓可拔眼中钉，息耳边雷。岂知前途善用倒戈法，出尔返尔何难哉。舟才出疆有拦截，明朝仍泊城墙隈。人之蝗，良可哀。朝东暮西将安归？米芾押蝗只谰语，如今真见押蝗回。③

人们都不愿收留灾民，此地才将流民押送走，彼地又将灾民押回来。许多地方不让流民进入，将流民推向死亡境地。施闰章《皇天篇》说："皇天眷万物，雨师宁不然？神州辇毂地，高阜成山川。萧条何所有，饥兽窜颓垣。严冬边雪至，朔吹先苦寒。分与藜藿绝，敝缊复不完。遗黎伏路侧，声出不能言。矫首望乐土，重关限我前。眼前一步地，艰于太行山。逝者葬鱼腹，生为豺狼餐。嗷嗷泽中雁，飞飞云汉间。饮啄虽失所，天地何其宽！感物一抚膺，泪下如奔湍！"自序："悯饥民也。都城外数百里，积霖成壑，民匍匐转徙。时逃人法重，州邑闭关不敢纳，死者相枕，哀声动天，故为之吁天云尔。"④

---

① 马卫中、陈国安点校：《贝青乔集·半行庵诗存稿》卷1，上海古籍出版社2013年版，第22页。
② （清）陆嵩：《意苕山馆诗稿》卷9，《清代诗文集汇编》，影印清光绪十八年京师刻本，第570册，第657页。
③ （清）赵翼著，李学颖、曹光甫点校：《瓯北集》卷48，第1244—1245页。
④ （清）施闰章撰，何庆善、杨应芹点校：《施愚山集·诗集》卷4，黄山书社1992年版，第2册，第70—71页。

各地政府与百姓敌视流民，也与流民自身的行为有关。许多流民身无分文，为了活下去，完全抛弃了道德观念和法律规定，偷盗、抢夺、杀人，无所不为。流民为了生存，开始可能只是做一些危害不大的事。朱绶《悲流民》记述了这些人的不良行为：

支灶扳岸石，或拔墙上砖。刈薪及坟树，松柏多摧残。有时结成队，手挈壶与箪。入市强求索，非理横相干。人多势易张，弹压事实难。矧今流民中，桀黠非一端。而此桀黠徒，兹日皆饥寒。既为饥寒迫，等作哀鸿看。吾郡号殷赈，眼热百货廛。官私急赒恤，忿戾庶一蠲。毋俾舍躯命，横决如溃川。敬告司牧者，患来防未然。①

他们扒掉岸上的石头与墙上的砖来支灶，拔草并砍掉坟树上的松柏来烧火。他们进入市场，不过是要一些钱和吃的。作者希望流入地的官府与百姓，能救助这些灾民，安抚他们，不让他们作出非法举动。

赵翼《逃荒叹》则描写了流民的强要行为：

其来渐多胆渐壮，十百结队担箩筐。先瞰高闳金屈戍，次及市阛木仓琅。就中岂无良家子，亦复相逐为披猖。索米不劳书帖乞，求钱似责左券偿。居人被扰竟罢市，大街可射箭穿杨。有司不敢下令逐，稍给资斧遣出疆。②

这些下河流民，从水灾中死里逃生，成十上百结队逃荒。给流入地带来极大的社会恐慌。另一首《逃荒叹》所写之事与此相似："初犹倚门可怜色，结队渐众势渐强。麾之不去似吠犬，取非其有或攘羊。死法死饥等死耳，垂死宁复顾禁防。遂令市阛白昼闭，饿气翻作凶焰张。黔敖纵欲具路食，口众我寡恐召殃。侧闻有司下令逐，具舟押送归故乡。"③ 如果流民中有人煽风点火、乘机闹事的话，很容易引起大的骚动。范来宗《逃荒

---

① （清）朱绶：《知止堂诗录》卷7，第62页。
② （清）赵翼著，李学颖、曹光甫点校：《瓯北集》卷48，第1243—1244页。
③ （清）赵翼著，李学颖、曹光甫点校：《瓯北集》卷47，第1225页。

民》便指出这种可怕的情形：

> 老少结为队，男妇杂作群。或集日中市，或叩富儿门。应之肆贪索，却之动怒嗔。其初穷无告，其继凶莫驯。似有导引者，当前骇见闻。居人畏如虎，掩关日未曛。①

尤兴诗《流民叹》写了一呼百应的流民很容易酿成不可控制的动乱："流民来，势喧阗，十室九闭门弗开。东索物，西索财。一口詈，百口哈。一臂奋，百臂推，其情汹涌锋莫摧。"在作者看来，这些流民命运悲惨，"性命苦被鬼伯催"。作者希望官府能很好地处理这类事件，宽严适度，"束湿固忧急召变，养痈亦恐终成灾"。②

在这些闹事的百姓中，有的是被胁迫的。吴世涵《流丐》说："其中有良家，逢人掩面泣。自云不愿来，无奈众迫胁。流离诚可悯，男女何冗杂。尤多黠猾徒，犷悍不知法。借兹逃荒众，遂以逞奸侠。荒野及穷村，往往肆行劫。"③一些奸诈之人，明显是在利用逃荒者的力量，达到自己抢劫的目的。

流民到最后，便公然抢夺财物，为非作歹。清代祁寯藻《哀流民》说到流民抢劫之事："邠郊石佛寺，老衲向我言。近者九江民，劫夺僧寺钱。"④清陆嵩《饥民船》说："饥民虽可怜，岂无不逞徒。传闻苏常间，官道成畏途。有船便争夺，不顾啼与呼。居人尽惊恐，老幼各自扶。相戒早闭门，毋待日已晡。"⑤这些流民公然抢夺船只，导致流入地百姓天不黑便关门，给治安带来很大影响。但作者认为这些人并非罪大恶极，他们其实是因为饥饿，这些行为不过是为了满足最基本的活下去的愿望而已。祁寯藻《哀流民》以为"使尔饥驱且为盗"⑥，陆嵩《饥民船》说饥民"一

---

① （清）范来宗：《洽园诗稿》卷16，《清代诗文集汇编》，影印叶昌炽抄本，第393册，第131页。
② （清）张应昌编：《清诗铎》卷17，第557页。
③ （清）张应昌编：《清诗铎》卷17，第563页。
④ （清）祁寯藻著，阎凤梧等主编：《馤䖅亭集》卷31，《祁寯藻集》，三晋出版社2011年版，第2册，第279页。
⑤ （清）陆嵩：《意苕山馆诗稿》卷9，第657页。
⑥ （清）祁寯藻著，阎凤梧等主编：《馤䖅亭集》卷31，《祁寯藻集》，第2册，第279页。

饱无他图"①。如果不是灾害饥荒的话，这些人可能是安分守己的好百姓。对于这些为乱的饥民，很多人并不赞成简单的严酷镇压，这样可能会造成一些人铤而走险，甚至逼一些人造反，"束湿固忧急召变"（尤兴诗《流民叹》)②。陆嵩《饥民船》亦言："不然恣强悍，所至成萑苻。"③朱绶《悲流民》说："毋俾舍躯命，横决如溃川。"④他们都希望官吏有一颗仁爱之心，好好地安顿这些饥民，让他们能够活下去。陆嵩《饥民船》说："要赖贤司牧，绥定先通都。毋使失巢雁，哀嗷遍江湖。"⑤吴世涵《流丐》说："寄语长民者，勤心善抚辑。速为遣之去，留我烝民粒。"⑥刘汝器《流丐行》写县吏镇压一些"拦街夺市"的流丐，其实他们只是"裳囊无糇粮，饥饿弗能忍，昧死来殊方"⑦的没有任何武装的流丐。县吏应当做的是报告上司、给他们粮食返回家乡。

　　流民并不是乐于在外流荡，他们整日处于风雨飘摇之中，深受颠沛流离之苦。俞樾的《流民谣》道出了他们找不到安身立命所在的愁苦："不生不死流民来，流民既来何时回。欲归不可田污莱，欲留不得官吏催。今日州，明日府。千风万雨，不借一庑。生者前行，死者臭腐。吁嗟乎流民，何处是乐土！"⑧故乡田园不复存在，外乡又不让停留，他们只能在风雨中漫无目的地前行。他们渴望回到家乡，那里有他们熟悉的环境，有他们的家园与亲人。他们何尝不想回去，但他们之所以不能回到故乡，一方面是怕严重的租赋，另一方面则确实是无家可归。刘仪恕《流民行》写了家乡的赋税让他们不敢回家："至今水去已无家，尽室漂流逐白沙。况是军兴役赋急，都长里正穷纷拿。破船何处堪停泊，已拼饥饿填沟壑。呜呼！纵使饥饿填沟壑，不敢归农受吏索。"⑨水灾冲走了他们的家园，官吏

---

① （清）陆嵩：《意苕山馆诗稿》卷9，第657页。
② （清）张应昌编：《清诗铎》卷17，第557页。
③ （清）陆嵩：《意苕山馆诗稿》卷9，第657页。
④ （清）朱绶：《知止堂诗录》卷7，第62页。
⑤ （清）陆嵩：《意苕山馆诗稿》卷9，第657页。
⑥ （清）张应昌编：《清诗铎》卷17，第564页。
⑦ （清）张应昌编：《清诗铎》卷17，第556页。
⑧ （清）俞樾：《春在堂诗编·乙巳编》，凤凰出版社2010年影印光绪末增订重刊本，《春在堂全书》，第5册，第29页。
⑨ （清）张应昌编：《清诗铎》卷17，第554页。

不断催租催债,使他们没有活路,即使在外流浪而死也不愿回家受盘剥。陈章《赈粥行》写流民的家园仍处于一片汪洋之中:"残骸略支愁转多,田庐犹是在洪波。劝尔不须回首望,人家多少喂鼋鼍。"① 范来宗《逃荒民》说到官府要送流民回家,但要回到哪里,流民自己也不知道:"榆枌在何所,微茫辨荒村。虽无生还乐,犹胜客死魂。"② 对于那些在一个地方稍微稳定的流民而言,他们更不愿踏上前途未卜的返乡路。宝廷《遣流民》则写了被遣返流民不愿千里回家的呼求:

> 清江收流民,闻风归如水。官绅重帤项,善终弗若始。春来急资遣,驱遣不容止。给资二百钱,遣归一千里。民聚哭向官,长跽不肯起。道民蒙收养,幸生已半载。一朝何不谅,促迫返桑梓。老母饥已亡,五岁尚有子。迢迢望山东,空腹艰步履。积雪况载途,冲寒冻将死。纵使幸还乡,无家亦长馁。与其殣中道,宁作异乡鬼。去住同难活,暂尔免转徙。但得宽遣期,不敢望赈米。流民哭不住,县役叱不已。愿风吹此声,送入使相耳。③

官府给的路费非常少,返乡路上情况险恶,可能会死于途中,即使到了家,也要忍受饥饿之苦。流民宁可死在异乡,亦不愿路途颠簸而死。

许多文人还疾呼富人救济流民。"豪门一日酒肉费,可救万姓疮痍苏。盍不为粥拯饿者,莫使监门绘作图。"④(张学仁《流民叹》)希望富人伸出援助之手。朱绶《悲流民》劝富人将举办圣寿节的钱捐给灾民,官吏、富人、乡绅都要给灾民捐款,不要逼得灾民铤而走险:"八月圣寿节,彩棚排画仗。初七至十五,歌吹溢衢巷。曷不辍此费,义赈资以放。皇仁轸饥溺,益体恩浩荡。阽危属同类,易地足感怆。我愿乡搢绅,劝谕言闿亮。勿偷目前安,而谓姑无妨。彼亦平世民,所遭可矜谅。一日子幸全,造福即无量。"⑤

---

① (清)张应昌编:《清诗铎》卷17,第555页。
② (清)张应昌编:《清诗铎》卷17,第556页。
③ (清)宝廷著,聂世美校点:《偶斋诗草·内集》卷5,第77页。
④ (清)张应昌编:《清诗铎》卷17,第558页。
⑤ (清)朱绶:《知止堂诗录》卷7,第62页。

但仅靠富人救助解决不了根本问题,最要紧的是消除流民产生的源头。水灾造成的大量流民,需要根治河流。张云璈《流民叹》曰:"君不见,安澜之庆诚为多,若要治民先治河,不尔其奈哀鸿何!横流谁使年年甚,此咎须知水不任。呜呼!水不任咎竟谁任。"① 杨伦《流民叹》曰:"近闻明诏下,发帑修金堤。赈恤务实惠,守令不敢稽。伫见水患退,春田得锄犁。流亡尽复业,鸿雁期安栖。"② 流民之所以流亡,是因为灾后得不到有效救助,官府没有丰富的粮食储备。重农是解决问题的根本。冯询《汉江舟中书所见》说:"商贾日逐利,末重本必废。敬告守土者,亟务农桑计。"③ 申颋《哀流民》说:"圣人握至治,备荒足仓储。赈济行天仁,诏下万汇苏。请为歌帝德,相劝返乡间。"④

第四节　灾民的其他苦难生活

灾害对人们的生命及财产造成了重大危害,导致物资奇缺、物价飞涨。为了能暂时活下来,人们不惜典当或卖掉土地、房屋、耕牛、衣服等基本生活资料,有的还抛弃了儿女。即使如此,仍有大量百姓在灾荒中丧生,为了不在灾荒中等死,一些人铤而走险,走上为盗为匪之路。

一

灾害损毁了大量物资,粮食、衣物、水、柴及其他生活必需品十分匮乏。旱灾造成粮食减产或绝收,而水灾则把人们的家园、房屋及所有的一切都冲毁,蝗灾则使农民的庄稼毁于一旦,地震更是毁坏了人们的房屋家具与其他生活资料。灾害让人们生活困顿异常,缺衣少食。明代耿定向《悯时谣》说:"穷檐瓶既罄,巨室困亦倾。家栖畜种绝,村犬吠无声。茅茹且枯槁,蕨薇何所寻。林树无完肤,粒米抵陏珍。"⑤ 杨端本《岁饥行》

---

① (清)张云璈:《简松草堂诗集》卷20,《续修四库全书》,影印清道光《三影阁丛书》刻本,第1471册,第554页。
② (清)张应昌编:《清诗铎》卷17,第557页。
③ (清)冯询:《子良诗存》卷2,第24页。
④ (清)张应昌编:《清诗铎》卷17,第553页。
⑤ (明)耿定向:《耿天台先生文集》卷1,第16页。

说:"山村六百户,旱荒皆困穷。吾巷五十家,数家藜藿充。余者室县罄,朝夕绝飧饔。"① 郭仪宵《哀鸿叹》说:"炊无粒米寒无衣,黄瘦老弱挟女妻。"② 吴慈鹤《救荒新乐府五首·医药》说:"我民苦无食,有食亦糠秕。我民苦无衣,有衣亦营枲。"③

物资缺乏导致物价飞涨。米珠薪桂是经常用来描述物价奇高的词语。张景阳《杂诗十首》其十说:"尺烬重寻桂,红粒贵瑶琼。"④ 唐代林宽《苦雨》说:"尺薪功比桂,寸粒价高琼。"⑤ 戴复古《庚子荐饥》说:"连岁遭饥馑,民间气索然。十家九不爨,升米百余钱";"去岁未为歉,今年始是凶。谷高三倍价,人到十分穷"。⑥ 方回《种秭叹》说秭子的价格已高得吓人:"一斗秭子价几何,已直去年三斗米。"⑦ 元代李存《流民诗》说其时物价更是高得离谱:"至今一贯一升米,不去坐死何为哉。"⑧ 王冕《喜雨歌赠姚炼师》说:"今年大旱值丙子,赤土不止一万里。米珠薪桂水如汞,天下苍生半游鬼。"⑨ 明代李流芳《苦雨行纪戊申五月事》说:"斗米如斗珠,束薪如束缣。瓶中蓄已罄,爨下寒无烟。"⑩ 清代魏象枢《怀仁县于生怀汉出家谷千石赈济饥民曹秋岳兵宪赋诗美之属余同作》说当时物价奇高,"糠秕值珠玉,万灶绝炊烟"⑪。夏之盛《纪灾行》说:"米肆屡增值,粝一升,钱半百。侩居奇,广屯积。"⑫ 胡隽年《谷贵叹》说:"何为谷价日腾涌,一斗五百青铜钱。"⑬ 俞樾《乐府体四章记江浙大水·米贵歌》说:"钱六千,米一石;米一斗,钱六百。借问穷檐民,何以度朝夕?

---

① (清)张应昌编:《清诗铎》卷14,第443页。
② (清)张应昌编:《清诗铎》卷14,第459页。
③ (清)张应昌编:《清诗铎》卷14,第458页。
④ (梁)萧统编,(唐)李善注:《文选》卷29,上海古籍出版社1986年版,第1384页。
⑤ (清)彭定求等编:《全唐诗》卷606,第18册,第7005页。
⑥ 吴茂云校注:《戴复古全集校注》卷3,第82页。
⑦ (元)方回:《桐江续集》卷13,《文渊阁四库全书》,第1193册,第371页。
⑧ (元)蒋易辑:《皇元风雅》卷22,《续修四库全书》,影印元建阳张氏梅溪书院刻本,第1622册,第161页。
⑨ (明)王冕撰,(明)王周编:《竹斋集》卷下,《文渊阁四库全书》,第1233册,第86页。
⑩ 陶继明、王光乾校注:《嘉定李流芳全集·檀园集》卷1,上海古籍出版社2013年版,第8页。
⑪ (清)魏象枢撰,陈金陵点校:《寒松堂全集》卷6,第252页。
⑫ (清)张应昌编:《清诗铎》卷14,第470页。
⑬ (清)张应昌编:《清诗铎》卷2,第44页。

市中米价日日增，米不论斗止论升。"① 米价飞涨的一个重要推手是奸商。他们囤积居奇，哄抬物价。"商贾每居奇，乃益倍其直。"② 范来宗《米商叹》说："子年大水没陇亩，米商居奇金满斗。"③ 金醴《米贵谣》说"咸丰春逢丁巳年，全椒斗米钱三千"。这场旱灾导致的米价飞涨、百姓大量饿死事件在很大程度上源于人祸。酷吏为了获得个人私利，与商人勾结，不让百姓丰年储蓄粮食而强迫他们出卖殆尽，致使荒年无粮可吃："回忆去年秋，吾乡救荒原可筹，石米巢价二千七，民间足谷何须忧。长官贪财申告诫，毋许积粮只许卖，户户仓囷尽检搜，不遗菽麦同蕡秤。驴驮舟载复身肩，渔利奸商多市廛，谷尽长官翻借口，奇灾本自降从天。"④

　　旱灾时，水稀缺昂贵。《城南老父行》通过老者之口讲述明嘉靖四十一年（1562）的旱情："自春抵夏已四月，旱风炎日朝朝同。石烂泉枯田欲裂，十里远汲泥滓穴。一点水如一颗珠，望雨何似眼中血。"⑤ 《水车行》言"一寸霖，一斛金"，"天惜一滴如珍珠"，百姓为车水付出"朝典衣，夕质屋"⑥ 的沉重代价。其他生活必需品也很贵。戴复古《庚子荐饥》说："休言谷价贵，菜亦贵如金。"⑦ 唐孙华《薪贵》说："秸稿漂沉蓷苇无，今年生计太疏芜。尺薪便足当寻桂，如玉真堪比束刍。"⑧ 王敬之《卖薪谣》说："野人卖薪晓入城，半担百钱买者争。今年入夏三尺雨，芦洲没尽湖波平。穷檐乞米谋熟食，一日一度炊烟生。束薪比桂忽为怪，岁暮还愁无桂卖。君不见，村村拆屋偿前债！"⑨ 杜濬《扬州草》说："扬州草，不青复不黄。百钱买一束，难热釜中汤。有米之家亦无饭，客子闻之

---

① （清）俞樾：《春在堂诗编·乙巳编》，《春在堂全书》，第 5 册，第 29 页。
② （清）魏燮均：《九梅村诗集》卷 5，第 51 页。
③ （清）张应昌编：《清诗铎》卷 25，第 923 页。
④ 同治续修《全椒县志》卷 9《艺文志》，转引自太平天国历史博物馆编《太平天国史料丛编简辑》，中华书局 1963 年版，第 6 册，第 440 页。
⑤ （明）王祖嫡：《师竹堂集》卷 4，《四库未收书辑刊》，影印明天启刻本，第 5 辑，第 23 册，第 54 页。
⑥ （清）桂超万：《养浩斋诗稿》卷 3，《清代诗文集汇编》，影印清同治五年刻《惇裕堂全集》本，第 547 册，第 351 页。
⑦ 吴茂云校注：《戴复古全集校注》卷 3，第 82 页。
⑧ （清）唐孙华：《东江诗钞》卷 12，上海古籍出版社 1979 年影印清康熙刻本，第 513 页。
⑨ （清）张应昌编：《清诗铎》卷 25，第 933 页。

仰天叹。将薪比桂桂不如，琪花瑶草诚有诸。"① 汤国泰《道光癸巳书事八劝歌·卖薪儿》说薪草贵，"果然百钱沽一束"，"十钱一斤薪不卖"。②《卖席儿》说："一张席，钱三百。"③ 曹德馨《纪灾诗·干柴贵》说"稻秸无获柴价贵"④。

二

年成的好坏，与社会治安稳定与否有直接关系。《嘉熙己亥大旱荒庚子夏麦熟》说："谁知岁丰歉，实系国安危。"⑤《管子·牧民》云"仓廪实则知礼节，衣食足则知荣辱"⑥；反之，当百姓缺衣少食、生存面临危机时，与其坐以待毙，不如自救。马懋才《备陈大饥疏》记述了一个被捕强盗之言："死于饥与死于盗等耳，与其坐而饥死，何不为盗而死，犹得为饱死鬼也。"⑦ 道出被迫为盗者的共同心理。他们抛弃道德、廉耻、纲常、法律，走入违法乱纪的歧途，沦为强盗。孟子云："丰岁，子弟多赖；凶岁，子弟多暴。"⑧ 赵岐注曰："赖，善。暴，恶也。非天降下才性与之异也，以饥寒之厄，陷溺其心，使为恶者也。"《周礼·地官·大司徒》荒政12条最后一条是"除盗贼"，郑玄注云"饥馑则盗贼多"⑨。吴芾《有感》说："疗饥已无食，卒岁还无衣。民穷聚为盗，自古诚有之。"⑩ 元人朱德润《水深围》说："东南民力日渐穷，不愿为农愿为盗。人生盗贼岂愿为，天生衣食官迫之。"⑪ 陈作霖《苦雨感赋三首》其三说："饥岁盗易炽，奈

---

① （清）张应昌编：《清诗铎》卷14，第442页。
② （清）张应昌编：《清诗铎》卷14，第465页。
③ （清）张应昌编：《清诗铎》卷14，第466页。
④ （清）张应昌编：《清诗铎》卷14，第467页。
⑤ 吴茂云校注：《戴复古全集校注》卷3，第81页。
⑥ 黎翔凤撰，梁运华整理：《管子校注》卷1，第2页。
⑦ （清）计六奇汇辑：《明季北略》卷5，《续修四库全书》，影印清都城琉璃厂半松居士活字印本，史部，杂史类，第440册，第72页。
⑧ （汉）赵岐注，（宋）孙奭疏：《孟子注疏》卷11上《告子上》，《十三经注疏》（标点本），第302页。
⑨ （汉）郑玄注，（唐）贾公彦疏：《周礼注疏》，《十三经注疏》（标点本），第259页。
⑩ （宋）吴芾：《湖山集》卷2，第460页。
⑪ （元）朱德润：《存复斋文集》卷10，《续修四库全书》，影印明刻本，第1324册，第342页。

此燎原何。"① 王国宁《莫控歌明末奇荒》说："饥寒迫身，人心生变。斩揭郊关，不可胜算。"② 程瑞祊《海陵水灾纪事》其三说："水涨鱼虾贱，民穷盗贼多。"③ 沈德潜《哀愚民效白太傅体》说："腹枵轻国法，燕雀化鹰鹯。"④ 这些作家都注意到，是穷困潦倒与饥饿让老百姓变成了强盗。明人程敏政《道中有感》云："图存归盗贼，忍爱鬻婴孩。"⑤ 宋王质《论镇盗疏》曰：

> 臣尝论之曰：盗贼之所出者有三：一曰饥民，二曰愚民，三曰奸民。饥民求生，愚民求福，奸民求利。……可返者饥民，不可返者愚民、奸民也。何者？饥民之为盗，非有所大欲也，无可生之计，是以为冒死之策，而其心未尝不好生恶死也。至于情之所迫而势之所切，以为生者必死，而为盗者犹介乎可生可死之间。当是之时，苟非忠信廉耻之人，其谁能安坐而待必死也。故岁凶则不得不为无耻之谋，攻掠攘夺，以济一旦之命；岁丰则逡巡销缩，返而顾其有可生之路，幡然动其欲生之心，其势不得不返田亩。故饥民可闵而不可疾，可济而不可杀，有所甚扰，亦有所甚不必畏也。⑥

饥民成为强盗，在作者看来不过是一般人求生的必然选择，而一旦年成变好，有粮食吃，他们会由强盗变成百姓，所以饥民对社会的危害并不是很大。冯询《客馆杂诗》亦言："昔者歉仓箱，颇闻事刀兵。民饥性易暴，民饱气则平。"⑦ 宝廷《朔州贼》写一个良民变成贼人的原因不过是想有口饭吃：

---

① （清）陈作霖：《可园诗存》卷22《旷观草下》，《清代诗文集汇编》，影印清宣统元年至二年刻本，第736册，第272页。
② 顺治《卫辉府志》卷18《艺文志下》，《河南历代方志集成·新乡卷》，大象出版社2017年版，第1册，第510页。
③ （清）程瑞祊：《槐江诗钞》卷3，《清代诗文集汇编》，影印清乾隆二年赐书堂刻本，第217册，第558页。
④ 潘务正、李言点校：《沈德潜诗文集·归愚诗钞》卷7，人民文学出版社2011年版，第120页。
⑤ （明）程敏政：《篁墩文集》卷68，第474页。
⑥ （宋）王质：《雪山集》卷3，《文渊阁四库全书》，第1149册，第368页。
⑦ （清）冯询：《子良诗存》卷6，第97页。

有客从南来，道逢北来贼。见人不敢杀，捉臂但索食。自言良家子，世代同力耕。苟得分赈粮，孰乐从贼行？从贼已经旬，未尝获一饱。岂不忍剽掠，村镇无遗稿。官军追袭急，就擒在尺咫。惟愿速诛戮，免得终饥死。病妻饥未死，已遭邻人噉。纵为官军诛，幸逃割烹惨。哀哉此良民，何辜逢岁凶。但闻边塞将，屡报歼贼功。①

蒲松龄《离乱》写荒年强盗众多，而官府却随意拿难民充数："村舍逃亡空四邻，纵横寇盗乱如尘！公庭亦有严明宰，短绠惟将曳饿人！"②而盗寇也可能是一群饿人。清代陈作霖《戊戌夏日感述四首》其三说一些流民先是抢一些生活必需品，后来就变成盗贼，甚至杀人越货：

流民多饿死，大道横尸骸。黠者恃强力，掠米复夺柴。甚或为盗贼，黑夜劫人财。暴横固可恶，饥寒亦堪哀。③

林寿春《饥民》强调是饥寒让饥民走上了以身抗法的不归路："盗贼盈州里，纷纷半饥民。庐舍既荡析，漂泊剩一身。饥寒无所归，顿作穿窬行。皇仁非不广，按口给帑银。焉能如春草，常沐雨露恩。为盗固当死，为良岂能生。生死不自保，何惮国法尊。"④

有的诗反映了饥民小规模的骚乱。清代盛大士《中秋夜有怀黄茂才鉴》便记录了几千饥民在不逞之徒的带领下挑起事端："乡农日数千，擅击县庭鼓。口称饥欲死，速造赈荒簿。官言且少缓，我当吁大府。中有不逞徒，弁髦视其主。谓以饿而生，不若死之愈。搏膺而狂呼，汹汹肆詈侮。虽欲绳以法，莫敢犯其怒。"⑤ 吴世涵《闹荒》写无赖借机闹荒之事：

闭粜乃恶富，闹荒亦奸民。奸民何为者，一二无赖人。平时既横恣，睚眦在乡邻。一旦遇岁歉，乘势煽诸贫。号召百十辈，徒侣来侁

---

① （清）宝廷著，聂世美校点：《偶斋诗草·内集》卷3，第46页。
② 路大荒整理：《蒲松龄集·聊斋诗集》卷4，第591页。
③ （清）陈作霖：《可园诗存》卷21《旷观草上》，第265页。
④ （清）张应昌编：《清诗铎》卷14，第470页。
⑤ （清）盛大士：《蕴愫阁诗续集》卷2，第611页。

佽。武断市上价，搜索人家囷。既以泄其忿，兼可肥厥身。众人米未籴，奸人已千缗。众人腹未饱，奸民酒肴陈。事势偶相激，抢夺遂纷纭。救荒在安众，贫富情皆均。闭粜贫民惧，禁闭令宜申。闹荒富民恐，止闹非无因。此辈弗惩创，酿祸岂为仁。①

闹荒的结果是某些人乱中取利，损害的是多数贫民和富人的利益。
赵翼诗描写了江南的抢米风潮，其中还特意提到女子用内衣偷米者。其题目详细交代了抢米的始末：

> 甲子夏，梅雨过多，苏州以下多被水，不能插秧，米价顿长，贫民遂蜂起抢掠，直入省城，一日劫案数十百起，城门昼闭，三日稍定。吾常地势高，幸免淹浸而粮价亦贵，群不逞，闻风将效尤。余家有米一囷，计一百二十石，亟减价平粜，市价每升三十五文，余仅以二十四文定价，于是万众毕集。有无赖子突起抢米，众皆随之。少年女亦脱其裙中袴作囊，盛得升斗。呜呼，饥窘之迫人，以至无忌惮，亡廉耻如此。自惟小惠招尤，固自贻之戚，而民气嚣然不靖，大可虑也

其诗曰：

> 嘉庆九年夏，梅雨淋不止。苏松杭嘉湖，水涨及千里。有秧不得插，粮价顿倍蓰。贫民遂哗然，抢劫以救死。掠入姑苏城，一日数百起。大吏禁不得，阛阓尽罢市。城门闭三日，搜捕始稍弭。吾常地势高，被浸亩无几。亦以粮价昂，闻风动奸宄。余家米一囷，亟粜慰桑梓。非以种德殷，亦岂邀誉美。但散区区积，冀免眈眈视。谁知价过廉，先声播远迩。熙熙为利来，将我春台比。或腰悬囊橐，或手挈箩筐。万众如涌潮，轰阗声沸耳。有黠者一呼，无钱可得米。竞作跃冶金，搬运捷五鬼。强者负肩背，弱者伤股髀。恨不手一双，多生百十

---

① （清）张应昌编：《清诗铎》卷14，第464页。

指。更有红颜妇,脱袴布裙底。但贪裹粮多,弗顾失裈耻。斯须百廿石,攘夺净如洗。呜呼为善难,利人反害己。方惭涓滴微,忍傅讼狱理。所虑民气骄,目已无法纪。兹事关隐忧,苍茫向天呎。①

释本照《买米谣》记录了因灾民买米不得而引发的抢米风潮:

我作买米谣,时维岁辛酉。记得去年秋,粳稻遍垅亩。蝗灾与旱潦,损耗亦罕有。胡为今年春,石米四两九。盖缘仓储空,军饷方掣肘。富户利盖藏,红朽苦积守。商贾操牢盆,大力负之走。争籴价遂昂,居奇日益厚。负贩及佣工,经营不糊口。辛苦得微值,千人买升斗。沿途如乞丐,腼颜向豪右。趑趄甫及门,豪奴但摇手。归来闻号咷,合室仰空缶。婴婗及老弱,枯瘠似衰柳。秋熟望尚遥,欲活焉能久。所以无知民,痛心而疾首。纠众索强籴,开仓发罂甀。遂成抢攘风,盗贼如林薮。官吏申法严,差拘不胜数。里魁及博徒,一一加械杻。嗟尔蚩蚩顽,作孽实自受。贫富各有命,岂可妄劫掊。我作买米谣,以俟采风后。牧养实有徒,谁当执其咎。②

邓显鹤《沅湘耆旧集》按语曰:

嘉庆辛酉,有长沙奸民喻次三倡众强籴抢劫之案。湖以南郡县村落间,里魁博徒闻风而起。当事惩以重法,始稍稍敛戢。道光辛、壬间,吾县及益阳此风犹炽。近武、攸溪峒间,假阻米为名,至于聚众戕官,愍不畏死。窃以为治乱国,用重典,非武健严酷不为功。邦人君子莫肯念乱,盖不胜悠悠我里之惧也。③

---

① (清)赵翼著,李学颖、曹光甫点校:《瓯北集》卷46,第1189—1190页。
② (清)邓显鹤编纂,沈道宽、毛国翰等校订,欧阳楠点校:《沅湘耆旧集》卷198,岳麓书社2007年版,第6册,第629页。
③ (清)邓显鹤编纂,沈道宽、毛国翰等校订,欧阳楠点校:《沅湘耆旧集》卷198,岳麓书社2007年版,第6册,第629页。

1801年春天，米价暴涨，缘于积粮少，富户商人囤积居奇。百姓买不到米，开始强籴，进而形成抢米风潮。

抢米属严重社会事件，官府会严惩不贷。《履园丛话》卷14《祥异》记清代嘉庆甲子年（1804）五月，吴郡"乡民结党成群，抢夺富家仓粟及衣箱物件之类。九邑同日而起，抢至初六日。不知其故。共计一千七百五十七案，真异事也。其时抚军汪公稼门仅杀余长春一人，草草完结"①。钱泳认为汪志伊处理过于宽大了。邓显鹤则以为当用重法、重典。

很多人看到，灾荒年间若很多小乱处理不当可能有引发动乱的风险。朱熹《上宰相书》曰："明公试观自古国家倾覆之由，何尝不起于盗贼？盗贼窃发之端，何尝不生于饥饿？"②董煟《救荒活民书》说："自古盗贼之起，未尝不始于饥馑。上之人不惜财用，知所以赈救之，则庶几其少安；不然，鲜有不殃及社稷者。"③中国历史上许多朝代的灭亡与灾荒引起的动乱、起义相关，如隋末农民大起义、元末农民大起义、明末李自成起义等。明代曹于汴《久旱祷雨有应》说："君不见从来大乱兴，每自荒年起。民饥则流流则聚，一夫揭竿大事矣。迩来景象亦如此，不有甘霖胡恃矣？"④清代陈文述《将归吴门以吴淞水涸改由黄浦闻粮艘亦议改道书以志事》说旱灾会引发社会动乱，水灾若发生，将会带来更大的问题："矧此三江委，蓄泄尤先务。往年忧云汉，膏血耗车斧。揭竿几酿患，只以艰食故。富室半内徙，屯兵尚久戍。旱灾已足鉴，水潦尤可虑。民劳亦孔亟，国帑亦有数。顾虑成因循，此错未可铸。"⑤范鹤年《戊辰盛夏米价腾贵民情汹汹惧不及秋予发所藏米减价粜而力有不继作此诗以示同志》说："春霖腐菽麦，哀此民食艰。粟贵倍往价，百钱谋一餐。"春雨连绵造成粮价上涨，若处理不好，就会造成社会动乱："饥民投袂起，请贷向巨室。厥势日蔓延，汹汹正未毕。"他对陈太守先行赈济的做法非常欣赏："卓哉陈太史，平值议赈恤。未雨蚤绸缪，囷廪倾所出。施惠贵当可，

---

① （清）钱泳撰；孟斐校点：《履园丛话》（下），上海古籍出版社2012年版，第255页。
② 朱杰人等主编：《朱子全书·晦庵先生朱文公文集》卷26，上海古籍出版社、安徽教育出版社2002年版，第21册，第1179页。
③ （宋）董煟：《救荒活民书·拾遗》，第298页。
④ （明）曹于汴撰，李蹊点校：《仰节堂集》卷12，上海古籍出版社2018年版，第202页。
⑤ （清）陈文述：《颐道堂诗选》卷12，《续修四库全书》，第1505册，第34页。

仁声溢蓬荜。"① 邵长蘅《苦旱行辛丑年作》追述明末旱蝗并至，社会异常动乱，"健儿劫人割肉啖"。30 年后又出现大旱，社会治安更为混乱："北人气竞易作逆，饥寒往往为盗贼。走马落日苍山空，弯弓便向行人射。"②

沈德潜《哀愚民效白太傅体》写了吴地因灾民请求平粜而引起的骚乱："吾吴礼让俗，胡然逞凶覤。无食诉长官，面缚乞平粜。长官怒赫然，敲扑如贼盗。愚民忘分义，乌鸦乱叫噪。千百为一群，厥势同聚啸。大吏捕曹恶，草疏上陈告。"③ 老百姓把自己绑上到官府请求平粜，官吏加以镇压，百姓聚在一起，群情激昂。吴地的粮食主要来自楚地与蜀地。有人建议将商人的粮食都聚集到常平仓里。百姓没了米吃，便会到官府闹事，"腹枵轻国法，燕雀化鹰鹞"。在诗人看来，只要放开市场粮食价格，老百姓自然会有粮吃。

对于灾荒期间饥民只是为了获得粮食而并未危害社会的行为，人们一般主张采用宽容安抚的措施。林希元主张采取三步措施，先赈济，次招抚，后斩捕，强调惩治之前"预先禁革"④，这样可有效防止攘盗事件的发生。王翃《忧旱》对官府征重税、行酷法提出了批评："闾阎日中长罢市，尽弃家室同遁逃。流民啸聚易倡乱，理势必至当弭销。有司置之莫以告，犹严法令烦征徭。"⑤ 但对于那些严重危害社会的犯罪，很多人赞同严厉镇压。清代赵翼《秋帆开府移抚豫省赈荒靖变勋绩特异作诗寄颂》赞颂平定地方骚乱的官员："柘城有乞活，蚁聚犹剽攻。骞驴当马骑，汹汹声交讧。沿村掠鸡豕，不饱一顿供。摸金破复壁，搜粟窥高墉。公又亟提兵，迅发霜蹄骢。群啸眉未赤，骈戮颈已红。不出旬日内，诛渠散胁从。贼皆化为民，投刀潜归农。向使不早珍，燎原将安穷。扑火于始燃，乃真曲突功。惠既苏疮痍，威更消兵戎。"⑥

---

① （清）阮元辑：《两浙輶轩录》卷27，《续修四库全书》，影印清嘉庆仁和朱氏碧溪草堂钱塘陈氏种榆仙馆刻本，第1684册，第118页。
② （清）邵长蘅：《邵子湘全集·青门簏稿》卷3，第171—172页。
③ 潘务正、李言点校：《沈德潜诗文集·归愚诗钞》卷7，第120页。
④ （明）林希元撰，（清）俞森辑，夏明方、黄玉琴点校：《荒政丛言》，《中国荒政书集成》，第1册，第99页。
⑤ （清）李稻塍、李集辑：《梅会诗选二集》卷3，《四库禁毁书丛刊》，影印清乾隆三十二年寸碧山堂刻本，集部，第100册，第341页。
⑥ （清）赵翼著，李学颖、曹光甫点校：《瓯北集》卷29，第648页。

三

灾民生活非常艰苦,他们无衣无食、无屋无地,或因缺衣、少柴、少食冻饿而死,或因得病而死。为了生活,他们卖儿女、卖土地、卖牛、卖房屋、卖生产工具。

中国古代是农耕社会,牛有着无可取代的作用,耕地、拉车、车水、打粮都要用到它,极大地减轻了人们的劳动强度,是家庭的重要一员。人和牛之间形成了生死与共的亲密关系,"田家养牛如养子"①(《养牛叹》)。灾荒期间人们为了活下去,也不得不忍痛卖掉。唐代诗人殷尧藩《关中伤乱后》说:"去岁干戈险,今年蝗旱忧。关西归战马,海内卖耕牛。"② 元人萨都剌《漫兴》有同样的诗句③。清代王柏心《苦雨叹》说:"残黎性命才如丝,卖牛质衣无不为。"④ 褚逢椿《鸿雁篇》曰:"市中二升粟,三百青铜钱。今日卖犊,明日卖屋。卖牛卖屋不得数日饱,不如他乡乐土乐。"⑤ 物价飞涨,只能卖掉耕牛与房屋去逃荒。明代刘遵宪《冬日过山庄有感》其二说:"老翁衣食薄,况在子与孙。室庐如悬磬,雀鼠寂不喧。更苦春税急,里正夜敲门。黄犊市不售,还家谋鸡豚。剜肉难医疮,凄恻不堪论。掩涕弃之去,策马过前村。"⑥ 家里一无所有,为交春税,卖不掉牛犊,只得卖鸡卖猪。明代孙承恩《题画牛》言因交租而卖牛:"迩来年荒民缺食,况复征科令行急。卖牛与犊输官租,能有几家犹似昔。"⑦ 别说牛,连子女有时也免不了被卖的命运。李东阳《偶成四绝》其四说:"三日不食卖牛犊,十日不食兼卖屋。惟有怀中数岁儿,明朝各自东西哭。"⑧ 清代王鏊《卖女》说:"田荒赋税苦诛求,去岁官粮已卖牛。今日无钱又

---

① (明)刘嵩:《槎翁诗集》卷4,《文渊阁四库全书》,第1227册,第335页。
② (清)彭定求等编:《全唐诗》卷492,第15册,第5574页。
③ (元)萨都剌撰,殷孟伦、朱广祁整理:《雁门集》卷2,第63页。
④ (清)王柏心:《百柱堂全集》卷12,《清代诗文集汇编》,影印清光绪十九年刻本,第603册,第232页。
⑤ (清)张应昌编:《清诗铎》卷17,第561页。
⑥ (明)刘遵宪:《来鹤楼集》卷1,《四库禁毁书丛刊》,影印明天启刻本,第108册,第662页。
⑦ (明)孙承恩:《文简集》卷21,《文渊阁四库全书》,第1271册,第266—267页。
⑧ 周寅宾校点:《李东阳集》卷19,岳麓书社2008年版,第1册,第348页。

卖女，不知卖到几时休。"①

牛对农民一家生活太重要了，所以他们愿意把自己卖掉而留下牛。孙原湘《牧歌》说："牛能养人识人意，一牛全家命所寄。阿耶牵牛去输租，劝耶卖牛宁卖吾。"②袁承福《老翁卖牛行》描写了老翁卖牛时拿着饼抱着牛颈而迟迟不愿分开的场景，道出了二者生死与共的深情：

> 老翁卖牛手持饼，持饼食牛抱牛颈。念牛力作多年功，洒泪别牛心不忍。今年有牛无田耕，明年有田无牛耕。今年牛贱人皆卖，明年牛贵人皆争。此牛卖去田难种，恨不与牛同死生。洪水滔滔四宇逼，人兮牛兮两无食。劝翁努力活荒年，卖儿卖女尤堪惜。回首视牛牛眼红，吐饼不食心恋翁。买牛人自鞭牛去，老翁泪湿东西路。③

牛被卖掉之后，多数会被杀掉。曹楙坚《愍灾诗六首·卖牛行》云："牧童面色如死灰，十牛五牛觳觫来。今宵牵向城外宿，城里明朝吃牛肉。"④清人张澍《卖牛行》写出了齐鲁灾民无奈卖牛的内心痛苦：

> 飞蝗蔽天齐鲁都，禾苗尽秃草亦无。农家乏食男女死，那有豆粒为牛刍。牵去邻乡各斥卖，朝饔尚可借青蚨。随之哽哭不能语，踟蹰四顾临交衢。牛亦垂头泪与俱，我行见之深惨恻，愍牛一去遭烹屠。罄囊思欲赎性命，顾此失彼心难愉。为语农人且稍待，万一皇恩蠲赋租。农人不言挥鞭走，满目村墟炊烟孤。⑤

汤国泰《道光癸巳书事八劝歌·卖牛农 劝勿宰杀耕牛也》从卖牛农的视角描写了牛被卖时的凄惨景象，其实写出的乃是人内心的痛苦与

---

① （清）王鑨：《大愚集》卷27，《四库未收书辑刊》，影印清康熙四年王允明刻本，第7辑，第24册，第324页。
② 王培军点校：《孙原湘集·天真阁集》卷5，人民文学出版社2019年版，第159页。
③ （清）张应昌编：《清诗铎》卷6，第166页。
④ （清）曹楙坚：《昙云阁集·昙云阁诗集》卷4，第345页。
⑤ （清）张澍：《养素堂诗集·南征后集》卷12，《清代诗文集汇编》，影印道光二十二年枣华书屋刻本，第536册，第125页。

第三章 灾民苦难生活书写

羞惭：

> 去秋水浸田家陇，嘉禾不足来春种。十家农人九家饥，禾淹草亦无草茸。今日卖牛牛莫悲，无草何以救牛饥。牛多价贱市屠悦，市屠牵牛牛不活。可怜力尽余年老，恩全一命难祈保。知他恋主心痛酸，一步一声一头掉。农人得钱哭声高，来年麦地滋蓬蒿。有田无牛耕坐废，安得麦长齐牛腰。不如买牛且称贷，秋收再偿富豪债。①

灾民有时是被迫卖掉土地。白居易《杜陵叟》写杜陵百姓半年接连遭遇旱灾与霜灾，被逼着交租纳税，只好"典桑卖地纳官租"②。冯惟敏《胡十八·刈麦有感》说："穿和吃不索愁，愁的是遭官棒。五月半间便开仓，里正哥过堂，花户每比粮。卖田宅无买的，典儿女陪不上。"③ 老百姓怕被责打，只好去卖田卖宅，典押儿女。有灾民因逃荒而卖地，"故乡不可恋，逃往北荒陲。田园贱售主，家具担相随"④。（《金州杂感十二首》其十）

毕沅《归售田并引》指出了乾隆五十一年（1786）前后河南农民卖地的普遍性，富户低价买进，再高价卖出，大发其财。毕沅看出如任其蔓延，将会对百姓的正常生活造成危害，他鼓励百姓赎回自己的田地，富户不得拦阻：

> 中州比岁歉收，间阎生理，未免艰劬。在贫民，急在补疮，宁辞剜肉。而富户工于乘便偏巧、居奇垄断者，利市奚止三倍。鬻产者形情实出万难。兔死未见狐悲，鹊巢公然鸠居。若不代为区画，济以变通，将清时有失业之人，乐岁多断炊之室，势必颠沛流离，伊于胡底？以故遍谕民间，自乾隆四十九年后售出田产，须任回赎，无许留难，仍以三岁为率。

> 村农数亩田，全家命依倚。一朝忍割舍，万非事得已。豪富乐凶

---

① （清）张应昌编：《清诗铎》卷14，第466页。
② 顾学颉点校：《白居易集》卷1，第79页。
③ （明）冯惟敏：《海浮山堂词稿》卷2上，第84页。
④ （清）魏燮均：《九梅村诗集》卷5，第52页。

灾，挟利巧吞舐。毕生糊口资，仅换石余米。不惟河北民，河南亦若是。予闻深愀然，权宜为经理。明谕榜通衢，旧业赎可耳。倘故强据者，有司究所以。①

严格来说，能卖土地的人不算很穷的人，至少他们还有土地可卖。《田家》其三说："富者卖田庐，贫者鬻妻女。"② 明代欧大任《残岁行丙午十二月作》说："连年荒歉困征求，富者卖田贫卖子。"③ 何大复说："一年征求不少蠲，贫家卖男富卖田。"④（《岁晏行》）

四

灾年，老百姓会把仅有的物品甚至人典押给质库，获得一点生活费，但要付出高昂的利息。蒋士铨《典牛歌》便讲述灾民把牛典当给富家之事：

> 卖牛图就延牛命，富家忽下收牛令。牛来便给典牛钱，有钱来赎牛便还。长者之门万牛托，穷鸟投林水归壑。可怜觳觫得全生，牛侩眈眈不能夺。天心转处雨旸时，农夫称贷争赎之。离妻归室逐臣返，再服犁耙游东菑。一家典牛万家笑，积谷如山不肯粜。宁将剩饭饲鸡豚，未许饥鸿乞粱稻。吁嗟乎！尔曹自作多牛翁，岂识铜山转眼空？从来水牯能成佛，何苦轮回牛角中？⑤

老百姓把牛典押给富人，到农耕的时候再贷款赎牛，富人从中能挣一大笔钱。富人家里即使有堆积如山的谷物，也不愿卖给百姓，他们宁可将

---

① 杨焄点校：《毕沅诗集》卷35，第842页。
② （明）朱芾煜：《文嘻堂诗集》卷上，《四库全书存目丛书》，影印清康熙三十七年紫阳书院刻本，第194册，第22页。
③ （明）欧大任：《欧虞部集·思玄堂集》卷3，《北京图书馆古籍珍本丛刊》，书目文献出版社1988年影印清刻本，子部，丛书类，第81册，第76页。
④ （明）赵彦复辑：《梁园风雅》卷7，《续修四库全书》，影印清康熙四十三年陆廷灿刻本，第1680册，第452页。
⑤ （清）蒋士铨撰，邵海清校，李梦生笺：《忠雅堂集校笺·忠雅堂诗集》卷22，上海古籍出版社1993年版，第1466页。

粮食喂鸡喂猪，也不愿给饥民。曹德馨《纪灾诗·质锄犁》写一个老农被迫去质押锄犁，因质铺无钱不得质的遭遇："质锄犁，无异质我身。身老犹可鬻，锄犁一质何以生。饥肠隆隆，卖尽儿子，他无长物只有此。质库钱空不复质，归荷锄犁泪如水。"① 在质押锄犁之前，他已经因为饥饿卖掉了儿子。

  灾荒年间，为了能得到食物，灾民不惜将衣服典当。皮日休《苦雨杂言寄鲁望》说："儿饥仆病漏空厨，无人肯典破衣裾。"② 破衣裙想典当却无人愿意接受，也说明典当衣物是较普遍的一种做法。刘开《悲哉甲戌行》说："禾苗枯死衣典尽，十户九户无朝餐。"③ 方夔《灯下书怀二首》其一说："瘦地年年旱，贫家种种难。儿因废学懒，妻为典衣寒。"④ 清人李骥《典衣籴米行》写灾民为了吃饭将单衣与棉衣都典当给别人："萧萧木落凉风吹，绨衣典尽典寒衣。八百当缗日息十，得钱即喜他何恤。"⑤ 虽然能暂时有饭吃，但要付出高昂的利息，还要忍受寒冷之苦。清人董元度《苦旱行》写灾民在柴米价格飞涨的情况下典衣买粮："薪米朝朝乍涌腾，素封讵识贫家苦？耒耜高悬农事歇，典尽衣襦供粥歠。"⑥ 程赞和《典衣行》写作者在吃与穿之间只能选其一的情况下，被迫典当衣服的无奈之举："出门苦无衣，到家苦无食。四壁悄无声，妻孥探消息。无衣一身寒，无食一家饥。充我一家饥，典我一身衣。呜呼此衣如故人，寒能衣我饥能飧。衣兮衣兮与我别，一夜寒风吹急雪。"⑦ 黄钺《吞棉妇》写一个农妇在十日没有粮食吃的情况下来典当衣服："木渎有民妇，持衣赴质库。十日不谷食，入门便僵仆。"⑧ 甚至还有拿别人衣服典当的。清代董元度《苦

---

① （清）张应昌编：《清诗铎》卷14，第468页。
② （唐）皮日休著，萧涤非、郑庆笃整理：《皮子文薮·附录一》，第222页。
③ （清）刘开：《刘孟涂集·后集》卷7，第432页。
④ （宋）方夔：《富山遗稿》卷6，《文渊阁四库全书》，第1189册，第413页。
⑤ （清）李骥：《虹峰文集》卷5，《泰州文献》，凤凰出版社2015年影印清康熙刻本，第4辑，第60册，第125页。
⑥ （清）董元度：《旧雨草堂诗》卷1，《清代诗文集汇编》，影印清乾隆四十三年刻本，第316册，第5页。
⑦ （清）张应昌编：《清诗铎》卷19，第655页。
⑧ （清）黄钺：《一斋集》卷34，《续修四库全书》，影印咸丰九年许文深刻本，第1475册，第435页。

旱行》说："今朝借得邻妇裙，且从质库输官银。"①

又有典押孩子的。明代郑以伟《纪灾戊子》说："州县发棠空有名，半菽不到饥民腹。郊原冷日风凄凄，东家典男西哭妻。"②冯惟敏《胡十八·刈麦有感》说："穿和吃不索愁，愁的是遭官棒。五月半间便开仓，里正哥过堂，花户每比粮。卖田宅无买的，典儿女陪不上。"③

五

灾荒时由于缺乏粮食，很多人都饿死了，饿殍遍野、饿殍盈路，死者枕藉，道殣相枕、道殣相属、道殣相望这样的表述比比皆是。蔡襄《鄠阳行》说："殍亡与疫死，颠倒投官坑。坑满弃道傍，腐肉犬豕争。往往互食噉，欲语心魂惊。"④强至《闻杭饥皇祐二年》说："饿殍相枕藉，亿口尽虚颔。"⑤宋代诗人钱时《闻里中蚕饥不肯食山桑成长句》说："山中连遭岁事恶，饿羸颠倒填沟壑。草根拔尽不能充，往往珍羞视藜藿。"⑥戴复古《庚子荐饥》云："饿走抛家舍，纵横死路歧。有天不雨粟，无地可埋尸。"⑦吴师道《后苦旱行》说："荒村十空减八九，斯人化作沟中枯。田庐尽入兼并室，妻子存者今为奴。"⑧

明程敏政《道中有感》言其一路上所见情景："饿殍填途卧，浮尸蔽水来。"⑨饿死的、淹死的尸体遍地都是。朱绶《道殣篇》说："腹中无饭昏复晨，巷南巷北多死人。篷篨一肩弃荒野，啄肉乌鸢飞欲下。"⑩谢元淮《哀道殣》写他看到路上饿死者的情形："道殣谁家儿，狼藉残沟壑。饿死肉不肥，空肠见藜藿。"⑪黄燮清《灾民叹》说："客从兖州来，野殣纷相

---

① （清）董元度：《旧雨草堂诗》卷1，第5页。
② （明）郑以伟：《灵山藏·鹦鹉车》卷2，《四库禁毁书丛刊》，影印明崇祯刻本，集部，第175册，第555页。
③ （明）冯惟敏：《海浮山堂词稿》卷2上，第84页。
④ （宋）蔡襄：《端明集》卷3，《文渊阁四库全书》，第1090册，第364页。
⑤ （宋）强至：《祠部集》卷1，《文渊阁四库全书》，第1091册，第5页。
⑥ 傅璇琮等主编：《全宋诗》2876，第55册，第34350页。
⑦ 吴茂云校注：《戴复古全集校注》卷3，第82页。
⑧ 邱居里、邢新欣校点：《吴师道集》卷4，第58页。
⑨ （明）程敏政：《篁墩文集》卷68，第474页。
⑩ （清）朱绶：《知止堂诗录》卷9，第74页。
⑪ （清）谢元淮：《养默山房诗稿》卷14《圯上集》，《续修四库全书》，第1512册，第19页。

属。徐泗更萧条,道路不忍目。白骨浩纵横,零残手与足。村荒狗龁饥,矫尾食人肉。"① 清人陆应谷《饥民辞》说饿死的惨状,令人感到不寒而栗:"老者衰且病,宛转毙路旁。髑髅塞山陬,无人为收藏。乌鸢饱人肉,群飞相颉颃。"②

六

灾荒年间,有不少父母抛弃儿女的。小孩要消耗粮食,又需要大人照顾,会成为渡过灾难的累赘。有的父母选择了抛弃小孩。林希元《荒政丛言》说:"盖大饥之年,民父子不相保,往往弃子而不顾。"③ 历朝各地都建有不少育婴堂之类的机构,说明抛弃儿女者为数不少。毛师柱《由长安抵蓝田界途中即事》说:"险道愁商洛,荒年弃子孙。"④ 王粲《七哀诗》有"抱子弃草间"⑤之语。母子连心,母亲竟然忍心把婴儿抛弃,一定是遭受了难以渡过之境遇。皮日休《三羞诗三首》其三序说:"丙戌岁,淮右蝗旱。日休寓小墅于州东,下第后,归之。见颍民转徙者,盈途塞陌。至有父舍其子,夫捐其妻,行哭立丐,朝去夕死。"诗说:"夫妇相顾亡,弃却抱中儿。兄弟各自散,出门如大痴。……儿童啮草根,倚桑空羸羸。斑白死路傍,枕土皆离离。方知圣人教,于民良在斯。疠能去人爱,荒能夺人慈。"⑥ 颍民到处流浪,父亲抛弃儿子的,丈夫抛弃妻子的,兄弟离散的,儿子不顾父亲的,比比皆是。这确实有些不近人性,但也是为灾难所逼,所谓"疠能去人爱,荒能夺人慈"。陈文述《哀饥民》说:"骨肉不相顾,彼此成弃捐。"⑦ 戈陆明《逃亡屋》说:"老儿得死翻为福,抱子频来弃草间。"⑧ 传统的尊老爱幼观念已被人们弃置一旁。李商隐《行次西郊

---

① (清)张应昌编:《清诗铎》卷14,第463页。
② (清)陆应谷:《抱真书屋诗钞》卷2,《清代诗文集汇编》,影印清道光二十四年刻本,第616册,第17页。
③ 李文海、夏明方主编:《中国荒政全书》第1辑,北京古籍出版社2003年版,第165页。
④ (清)毛师柱:《端峰诗选·五言律》,《四库未收书辑刊》,影印清康熙三十三年王吉武刻本,第8辑,第22册,第666页。
⑤ 逯钦立辑校:《先秦汉魏晋南北朝诗·魏诗卷二·王粲》,第365页。
⑥ (唐)皮日休著,萧涤非、郑庆笃整理:《皮子文薮》卷10,第103页。
⑦ (清)陈文述:《颐道堂诗选》卷29,第346页。
⑧ (清)张应昌编:《清诗铎》卷14,第440页。

作一百韵》说："农具弃道旁，饥牛死空墩。依依过村落，十室无一存。……儿孙生未孩，弃之无惨颜。"① "传闻闾里间，赤子弃渠沟。"②（韩愈《赴江陵途中寄赠王二十补阙李十一拾遗李二十六员外翰林三学士》）

虽然父母狠心抛弃了儿女，但他们内心还是非常痛苦的。明代刘遵宪《冬日过山庄有感》其四说："负担苦无力，娇儿弃道傍。去去复返顾，行路为悲伤。"③父母因为无力抚养孩子，只能将孩子扔在路边，仍然放心不下，一步一回头，内心的不舍与痛苦催人泪下。明代刘嵩《凶年民有弃子于江者诗以寄哀》写一个母亲弃子于江的悲剧："骨肉岂不亲，无食难为恩。抱子弃水中，哭声吐复吞。母饥骨髓枯，儿饥眼眶出。终然两存难，何以共忧恤。岁月不相贷，恩爱从此分。我死尚可忍，儿啼那复闻。儿啼那复闻，江水流浩浩。不忍回视之，衔悲入秋草。"④母亲并非不爱儿子，但她确实无力养活，只能狠心将儿子投入江中。听着儿子撕心裂肺的哭声，心如刀割。曾燠《哀鸿诗二首》其一描写了父母抛弃儿女的心路历程：

> 哀鸿不得食，逝彼天一方。努力将其雏，终焉弃道傍。岂无顾复意，自念就死伤。同死不忍见，见之摧心肠。不如姑弃置，万一生可望。其雏宛转鸣，四野为凄怆。⑤

开始想努力养活孩子，终于不得不忍痛放弃，不愿看着孩子跟着自己一同饿死，或许抛弃他可能还有一丝活下来的希望。蔡邦煊《弃儿行》则从弃儿的角度写出了他们的痛苦与无助："父母携我，知儿寒饥。父母弃我，哀鸣谁知。父母携我，父母亦死。父母弃我，父母亦死。父母弃我，父母亦死。何如不弃，死尚相倚。谁无父母？谁有父母？谁非父母？谁为父母？"其自序云："凶年饥馑，转死沟壑者不可数计，幼弱遗弃，枕藉道

---

① （唐）李商隐著，（清）冯浩笺注，蒋凡标点整理：《玉溪生诗集笺注》卷1，第96—98页。
② （清）方世举著，郝润华、丁俊丽整理：《韩昌黎诗集编年笺注》卷3，第159页。
③ （明）刘遵宪：《来鹤楼集》卷1，第662—663页。
④ （明）刘嵩：《槎翁诗集》卷2，《文渊阁四库全书》，第1227册，第256页。
⑤ （清）张应昌编：《清诗铎》卷14，第450页。

路,尤为可悯,爰作此哀之。"①

小儿被抛弃后,毫无生存能力,面临的是不可避免的死亡结局。一些作品描写了小儿被抛弃后的惨状。清武亿《道旁儿》云:"道旁有弃儿,声嘶啼无号。连蜷皮一束,郁律骨为高。尚能勤反侧,莫救腹内枵。"② 小儿已经哭不出声了,缩成一团,瘦得只剩皮包骨头,饿得奄奄一息。《谁家七岁儿》曰:"谁家七岁儿,弃置墟墓旁。昨见好白皙,一夕肌肤黄。干号若蚕咽,血色围两眶。伏地啮枯草,根劲牙不强。野犬过频嗅,跳跃求其僵。蠕蠕尔何活,早死还匪伤。连村什佰户,迭岁遭疫荒。东邻颇安饱,尚忧三日粮。收鬻往犹易,自顾今不遑。行人问乡里,南北指渺茫。爷死弃厓谷,有娘非我娘。昨从丐人去,流落知何方?"③

又有儿女抛下父母不管的。陆求可《饥民》写老人被儿孙扔下,无粮食可吃:"何人最可怜,老翁并老妪。衰颜兼困惫,曳踵似欲仆。向人说苦辛,哽咽终难诉。举室尽逃亡,儿孙不我顾。行将沟壑填,半菽无所措。"④ 还有不念兄弟之情的。郑世元《郁郁词二首》针对"年荒,有兄不顾其弟者"而作,希望唤醒人们的兄弟之情:

郁郁紫荆,枝条纷纷。枝条虽分,其本则均。父母生子,惟我弟昆。弟昆分形,血气一源。予手若创,予足不伸。予体不伸,予心烦冤。兄兮不关,谁知予之饥寒。

相彼鸣雁,犹同其群。胡今之人,不知有弟昆。我视之弟,亲视之子。念我父母兮,心热而颡泚。呼父母告之,辞弥朴声弥哀矣。近并有不顾父母之饥寒者,更当作何语以感之!⑤

令沈德潜感慨的是,同胞之情尚能以诗感动,可当如何感化人的孝敬

---

① 钱仲联主编:《清诗纪事·乾隆朝卷》,第11册,第7278页。
② (清)武亿:《授堂诗钞》卷7,《清代诗文集汇编》,影印清道光二十三年武氏刻《授堂遗书》本,第410册,第266页。
③ (清)姚燮著,周劭标点:《复庄诗问》卷1,第9—10页。
④ (清)魏宪辑:《百名家诗选》卷40,《续修四库全书》,影印清康熙魏氏枕江堂刻本,第1625册,第110页。
⑤ (清)沈德潜等编,袁世硕标点:《清诗别裁集》卷24,上海古籍出版社2013年版,第967页。

之心呢？

　　灾害损毁了灾民的土地、房屋、财物，使他们生活陷入困顿与绝境中。灾民寻找一切可以填塞肚子、消除饥饿感的东西，不可消化的土甚至同类都成为吞食的对象。为了活命，灾民被迫卖掉仅存的赖以生存的生活资料。为了能让儿女活下来，有人忍受生离死别之苦，卖掉儿女。许多人逃离灾区，变成无家可归的游民。他们居无片瓦，食不果腹，走上违法犯罪之路。

第四章 人神并重除灾害

古代生产力低下，人们认识水平不高，他们绝大多数是有神论者，相信灾害是神掌控的。有了灾害，就要向神祈求消灾去害，因而巫术大行其道。但古人也没有完全将希望寄托在神的身上，他们也努力自救。统治者也会积极行仁政，自我检讨，期望得到上天的宽恕，尽快消除灾害。

第一节 巫术除灾

在灾害面前，古人往往显得弱小无助，只能求助于神。他们相信神掌管着灾害，只要虔诚向神祷告、悔过，神就会大发慈悲免除灾害。巫术在古代救灾中占据着主导地位。

一

巫术在中国古代除灾活动中具有重要地位。胡适说："天旱了，只会求雨；河决了，只会拜金龙大王；风浪大了，只会祷告观音菩萨或天后娘娘。荒年了，只好逃荒去；瘟疫来了，只好闭门等死；病上身了，只好求神许愿。"①《诗经·大雅·云汉》说"靡神不举，靡爱斯牲"，"自郊徂宫，上下奠瘗，靡神不宗"，"祈年孔夙，方社不莫"②。《周礼·地官·大司徒》荒政12条，其第11条便是"索鬼神"，郑玄注曰："索鬼神，

---

① 胡适：《介绍我自己的思想》，洪治纲主编《胡适经典文存》，上海大学出版社2004年版，第294页。
② （汉）毛亨传，（汉）郑玄笺，（唐）孔颖达疏：《毛诗正义》卷18，第1194—1201页。

求废祀而修之,《云汉》之诗所谓'靡神不举,靡爱斯牲'者也。"① 即使在后世的荒政专著中,人们也都将巫术作为一个重要的除灾手段。董煟《救荒杂说》云:"宰执救荒所当行,一曰以燮调为己责……县令救荒所当行,一曰闻旱则诚心祈祷。"② 《筹济编》卷20《祷神序》说:"夫灾祲之来,多由人事阙失。在上者克谨天戒,恐惧修省,实行补救之政,而后精白一心,虔祷于神以为民请命,则灾沴消而阜成有庆矣。"③ 古人认为宇宙万物包括人都是由神来掌管的,当灾害降临时,人们便向这些掌管灾害的神灵乞求。《左传·昭公元年》子产说:"山川之神,则水旱疠疫之灾,于是乎禜之。日月星辰之神,则雪霜风雨之不时,于是乎禜之。"④

"国之大事,在祀与戎"⑤(《左传·成公十三年》)。祀主要是祭祀祖先与神灵。祭祀神灵主要是祈求风调雨顺,不降灾害。《礼记·郊特牲》所记《蜡辞》说:"土反其宅,水归其壑,昆虫毋作,草木归其泽。"⑥ 这首诗据说是神农时代的作品,反映人们希望地质灾害、水害、虫灾不要发生,野草不要妨害庄稼。同篇中还提到人们祭猫神、虎神,因为它们吃老鼠与野猪。蜡祭是在每年的十二月举行的祭祀诸神的大祭,不仅限于先啬等八个神,这个传统一直被保留下来。古代交通神与人的主要是巫。《殷契征文·天象四十五》说:"贞舞允从雨。"⑦ 即遇旱灾时巫向神求雨。商汤便承担巫的角色,不惜自焚以祈雨。《荀子·大略》记其向神的反省之词:"政不节与?使民疾与?何以不雨至斯极也?宫室荣与?妇谒盛与?何以不雨至斯极也?苞苴行与?谗夫兴与?何以不雨至斯极也?"⑧ 这可以说是罪己诏的滥觞。周时向神祷告的主角依然是巫。《周礼·春官

---

① (汉)郑玄注,(唐)贾公彦疏:《周礼注疏》卷10,第259—260页。
② (宋)董煟:《救荒活民书》卷下,第273—274页。
③ 李文海、夏明方主编:《中国荒政全书》第2辑,第4卷,北京古籍出版社2004年版,第271页。
④ (战国)左丘明传,(晋)杜预注,(唐)孔颖达正义:《春秋左传正义》卷41,第1160—1161页。
⑤ (战国)左丘明传,(晋)杜预注,(唐)孔颖达正义:《春秋左传正义》卷27,第755页。
⑥ (汉)郑玄注,(唐)孔颖达疏:《礼记正义》,《十三经注疏》(标点本),第804页。
⑦ 唐石父、王巨儒整理:《王襄著作选集》,天津古籍出版社2005年版,上册,第334页。
⑧ (清)王先谦撰,沈啸寰、王星贤点校:《荀子集解》卷19,中华书局1988年版,第504页。

宗伯·大祝》言："国有大故、天灾，弥祀社稷，祷祠。"①《周礼·春官宗伯·司巫》言："司巫掌群巫之政令。若国大旱，则帅巫而舞雩。国有大灾，则帅巫而造巫恒。"②《周礼·春官宗伯·小祝》言："掌小祭祀，将事侯禳祷祠之祝号，以祈福祥，顺丰年，逆时雨，宁风旱，弥灾兵，远罪疾。"③《周礼·春官宗伯·司巫》言："女巫掌岁时祓除、衅浴。旱暵，则舞雩。若王后吊，则与祝前。凡邦之大灾，歌哭而请。"④《周礼·地官·地官司徒》言舞师"教皇舞，帅而舞旱暵之事"。郑玄注曰："旱暵之事，谓雩也。暵，热气也。"⑤当国家有天灾时，大祝负责祭祀祷告，小祝负责迎雨，消除风灾、旱灾，司巫率领群巫行雩礼祈雨，女巫则跳舞行雩礼，舞师负责旱灾时领舞。有人以为巫多由残疾人担当。《左传·僖公二十一年》云："夏，大旱，公欲焚巫尪。"晋杜预注："巫尪，女巫也，主祈祷请雨者。或以为尪非巫也，瘠病之人，其面上向，俗谓天哀其病，恐雨入其鼻，故为之旱，是以公欲焚之。"⑥

雩礼是天子的求雨礼。《礼记·月令》说：

> 命有司为民祈祀山川百源。大雩帝，用盛乐。乃命百县雩祀百辟卿士有益于民者，以祈谷实。
>
> 注：雩，吁嗟求雨之祭也。雩帝，谓为坛南郊之旁，雩五精之帝，配以先帝也。自"鼗鞞"至"柷敔"皆作曰盛乐，凡他雩用歌舞而已。百辟卿士，古者上公，若句龙、后稷之类也。《春秋传》曰："龙见而雩。"雩之正，常以四月。凡周之秋三月之中而旱，亦修雩礼以求雨，因著正雩，此月失之矣。天子雩上帝，诸侯以下雩上公，周冬及春夏虽旱，礼有祷无雩。⑦

---

① （汉）郑玄注，（唐）贾公彦疏：《周礼注疏》卷25，第672页。
② （汉）郑玄注，（唐）贾公彦疏：《周礼注疏》卷26，第687—688页。
③ （汉）郑玄注，（唐）贾公彦疏：《周礼注疏》卷25，第674页。
④ （汉）郑玄注，（唐）贾公彦疏：《周礼注疏》卷26，第691页。
⑤ （汉）郑玄注，（唐）贾公彦疏：《周礼注疏》卷12，第319页。
⑥ （战国）左丘明传，（晋）杜预注，（唐）孔颖达正义：《春秋左传正义》卷14，第398页。
⑦ （汉）郑玄注，（唐）孔颖达疏：《礼记正义》卷16，第501页。

以后历代皆有雩礼。《清史稿·礼志二》所载乾隆七年（1742）御史徐以升所奏有关雩礼的问题，很好地说明了有关雩礼的来龙去脉及历代演变。《旧唐书·乐志》有《孟夏雩祀上帝于南郊乐章八首》《雩祀乐章二首》。《清史稿·礼志二》记载乾隆二十四年（1759）常雩不雨，帝亲制祝文；道光十二年（1832）六月大雩，帝亲制祝文，省躬思过。

《诗经·大雅·云汉》则是周宣王向神祈雨的记录。在诗中，他说："靡神不举，靡爱斯牲。圭璧既卒，宁莫我听！"①"不殄禋祀，自郊徂宫。上下奠瘗，靡神不宗。后稷不克，上帝不临。"②"祈年孔夙，方社不莫。昊天上帝，则不我虞。敬恭明神，宜无悔怒。"③ 自己恭敬地祭祀所有的神，不吝惜牺牲，但还是没有得到神灵及祖先的保佑，结果降下大旱。《诗经》里不少诗篇写到春天祈求风调雨顺、秋天则报答五谷丰登之事。一些篇章写到祭祀田祖。《诗经·小雅·甫田》云："琴瑟击鼓，以御田祖，以祈甘雨。"④《诗经·小雅·大田》云："去其螟螣，及其蟊贼，无害我田稚。田祖有神，秉畀炎火。有渰萋萋，兴雨祈祈。"⑤ 祭祀田祖，求甘雨，去虫灾。

秦汉以后，虽然人们的理性认识逐步强化，巫的作用与地位在降低，但人们一旦遇到灾害，首先想到的还是求神。后世人们所求的神，主要有风神、日神、月神、雨神、雷神、电神、山神、河神、江神、湖神、海神、潮神、田祖、社稷、龙王、城隍、佛祖、菩萨、太上老君、刘猛将军、关公、地方神、祖先神，还包括前朝的圣贤、圣王，祈祷的地点多选择在寺庙、道观、城隍庙，祈祷主持者有皇帝、官员、僧人、道人，官员中亦有不少文人。灾时祈神是官员的一项主要使命，《后汉书·明帝纪》永平十八年（75）诏书说："二千石分祷五岳四渎。郡界有名山大川能兴云致雨者，长吏各洁斋祷请……"⑥《唐国史补》卷下云："每岁有司行祀典者，不可胜纪，一乡一里，必有祠庙焉。为人祸福，其弊甚矣。"⑦《宋

---

① （汉）毛亨传，（汉）郑玄笺，（唐）孔颖达疏：《毛诗正义》卷18，第1194页。
② （汉）毛亨传，（汉）郑玄笺，（唐）孔颖达疏：《毛诗正义》卷18，第1196页。
③ （汉）毛亨传，（汉）郑玄笺，（唐）孔颖达疏：《毛诗正义》卷18，第1201页。
④ （汉）毛亨传，（汉）郑玄笺，（唐）孔颖达疏：《毛诗正义》卷13，第838页。
⑤ （汉）毛亨传，（汉）郑玄笺，（唐）孔颖达疏：《毛诗正义》卷13，第849—851页。
⑥ （南朝宋）范晔：《后汉书》卷2，第123页。
⑦ （唐）李肇撰，曹中孚校点：《唐国史补》，上海古籍出版社编《唐五代笔记小说大观》，上海古籍出版社2000年版，第201页。

史·太宗纪》说："（至道二年）十二月，命宰相以下百官诣诸寺观祷雪。"①文人做官的主要使命之一，便是祈神消灾。苏轼诗中云："奇穷所向恶，岁岁祈晴雨。"②（《答郡中同僚贺雨》）"政拙年年祈水旱，民劳处处避嘲讴。"③（《次韵周开祖长官见寄》）这应是许多文人日常性的工作之一。《康济录》引王子融《息壤记》说："余以尚书郎莅荆州，自春至夏不雨，遍走群祀。"④

历代朝廷有雩礼，是求雨时的正礼。东汉安帝永初七年（113）五月庚子，京师大雩。"（顺帝阳嘉元年）京师旱。庚申，敕郡国二千石各祷名山岳渎，遣大夫、谒者诣嵩高、首阳山，并祠河、洛，请雨。戊辰，雩。以冀部比年水潦，民食不赡，诏案行禀贷，劝农功，赈乏绝。甲戌，诏曰：'政失厥和，阴阳隔并，冬鲜宿雪，春无澍雨，分祷祈请，靡神不荣。'"⑤（《后汉书·顺帝纪》）北宋皇祐三年（1051），"分遣朝臣诣天下名山大川祠庙祈雨"⑥。南宋淳熙七年（1180），"祷雨于天地、宗庙、社稷、山川群望"⑦（《宋史·五行志四》）。

文人们写了大量反映祈神的作品，有祈雨诗、祈雨文、青词、祭文、祝文、赛文、祷文、斋文、疏、告文、谢文等，《清诗铎》专门录有祷雨诗。

当有灾难的时候，他们向神祈求，当灾难消去时，他们会向神称谢。很多情况下，祈文与谢文往往会先后出现。《五百家播芳大全文粹》卷84《祝文》有大量的祈雨、祈晴的文字。在古代文人看来，祈神往往会得到神的佑护，神是非常灵验的。王守仁《答佟太守求雨书》曰："执事其但为民悉心以请……天道虽远，至诚而不动者，未之有也。"⑧真德秀《祷雨

---

① （元）脱脱等：《宋史》卷5，中华书局1985年版，第100页。
② （清）王文诰辑注，孔凡礼点校：《苏轼诗集》卷18，中华书局1982年版，第933页。
③ （清）王文诰辑注，孔凡礼点校：《苏轼诗集》卷19，第981页。
④ （清）陆曾禹：《钦定康济录》卷3《临事之政计》，《中国荒政全书》，第2辑，第1卷，第290页。
⑤ （南朝宋）范晔：《后汉书》卷6，第259页。
⑥ （元）脱脱等：《宋史》卷66，第1441页。
⑦ （元）脱脱等：《宋史》卷66，第1443页。
⑧ （明）王守仁著，王晓昕、赵平略点校：《王阳明集》卷21，中华书局2016年版，第703页。

说》云："故祷祈未效不可怠，怠则不诚矣；既效不可矜，矜则不诚矣；不效不可愠，愠则不诚尤甚焉。未效但当省己之未至，曰此吾之诚浅也，德薄也，于神乎奚尤！既效则感且惧，曰我何以得此也；不效则省己当弥甚，曰神将罪我矣，吾其能容身覆载间乎！"① 在他看来，祷告有无效果，主要在于自己的诚心与道德，不能因此怀疑神的能力。文人写了许多反映人们求神应验的作品，如宋代姚勉《赠黄道士思成祈雨感应》、林景熙《赠泰霞真士祈雨之验》，明代李流芳《祈晴得晴诗以志感》等。李商隐《所居永乐县久旱县宰祈祷得雨因赋诗》说："甘膏滴滴是精诚，昼夜如丝一尺盈。"② 韩琦《喜雨应祷》说："连月愆阳作旱灾，龙坛申祷洁三垓。至诚始惧卑高隔，嘉应俄如影响来。"③ 宋濂《芝园前集》卷7《故愚庵先生方公墓版文》所记方克勤的事迹很好地说明了只要祈祷者心诚，就一定能感动上苍消除灾祸的道理：

> 先是不雨，先生袒跣遍祷群祠，涕泣卧祠下，誓不雨不还。至是诏下，民欢呼而散，大雨如注，是岁五谷俱熟。民歌曰："孰罢我役？使君之力。孰成我黍？使君之雨。使君勿去，我民父母。"自是连二岁三祷，皆有年。五年秋，邻境尽蝗，先生省愆变食，稽首告天，夜闻空中薨薨声，烛之，乃飞蝗蔽天而过，郡独有年。④

曹于汴《宁公异政序》很好地证明了宁公祈祷的神奇："公为高密侯，祷雨雨至，忧雹雹止，忧蝗蝗去，夫非鬼神之所为欤？……公盖无不敬者，无不敬，则吾心之神凝。以吾心之神通鬼神，故随感随应也。"⑤ 贺甫《送郡守李公述职诗》亦称许其向神祈祷之灵验："名山大川躬自祷，不谋方士并缁流。精诚感假乃如许，祈晴辄晴雨即雨。从兹水旱不为灾，千村万落生禾黍。"⑥ 潘江《天不雨美虔祷辄应也》亦言："我侯独罪己，徒步

---

① （宋）真德秀：《西山文集》卷33，《文渊阁四库全书》，第1174册，第515页。
② （唐）李商隐著，（清）冯浩笺注，蒋凡标点整理：《玉溪生诗集笺注》卷1，第252页。
③ （宋）韩琦撰，李之亮、徐正英笺注：《安阳集》卷16，巴蜀书社2000年笺注本，第552页。
④ 罗月霞主编：《宋濂全集》，浙江古籍出版社1999年版，第2册，第1283页。
⑤ （明）曹于汴撰，李蹊点校：《仰节堂集》卷2，第52页。
⑥ （明）钱谷编：《吴都文粹续集》卷51，《文渊阁四库全书》，第1386册，第587页。

忧忡忡。一祷甘霖降，再祷时雨通。遂令人变愁为喜，仍将岁易歉为丰。"① 只要虔诚祷告，就一定能除去灾荒。

由于人们的宗教信仰，道士与僧人往往被赋予一些特异功能，其中便有祈福禳灾一项，描写道士或僧人祈求神仙得应的作品较多。元代马臻有《龙虎山彭法师祷雨感应六首》、明代胡奎有《祷雨歌赠杨炼师》、清代许宗彦有《不雨一月余官吏迎大士祷吴山设坛以祈立秋日得雨喜而有咏》等作品。元代杨宏道《武当山张真人》写道士张真人呼风唤雨，使枯木槁苗焕发生机的奇事："张公披发下山来，欲为神州救旱灾。感召上天垂雨露，指挥平地起风雷。槁苗再发还堪刈，枯木重荣不假栽。受诏即思归旧隐，琼楼玉殿绕崔嵬。"②

在整个社会中，人们遇到灾害做的第一件事，便是不假思索地求神。张世法《告朝那湫庙》说："土人愆雨泽，乃用致祷求。精诚严请命，载拜瞻云斿。愿神沛恩膏，惠兹民田畴。"③

有人对神主灾害提出了质疑。白居易《黑潭龙》说："黑潭水深色如墨，传有神龙人不识。潭上架屋官立祠，龙不能神人神之。丰凶水旱与疾疫，乡里皆言龙所为。家家养豚漉清酒，朝祈暮赛依巫口。神之来兮风飘飘，纸钱动兮锦伞摇。神之去兮风亦静，香火灭兮杯盘冷。肉堆潭岸石，酒泼庙前草。不知神龙享几多，林鼠山狐长醉饱。狐何幸？豚何辜？年年杀豚将喂狐！狐假龙神食豚尽，九重泉底龙知无？"④ 他认为"龙不能神人神之"，百姓上的祭品都被林间老鼠与山间狐狸吃掉了。《旧唐书》卷12载德宗诏曰："遍祈百神，曾不获应，方悟祷祠非救灾之术，言词非谢谴之诚。"⑤ 诚心即要有一颗真正爱民的心、为民生担忧的心、真诚认错改过的心。《尚书·君陈》云："至治馨香，感于神明。黍稷非馨，明德惟馨。"⑥ 神在乎的是君主的德，而不是他献祭的食物。雍正帝对祈祷鬼神的

---

① （清）潘江：《木厓集》卷3，《清代诗文集汇编》，影印清康熙刻本，第69册，第34页。
② （元）杨宏道：《小亨集》卷3，《文渊阁四库全书》，第1198册，第187页。
③ （清）邓显鹤编纂，沈道宽、毛国翰等校订，欧阳楠点校：《沅湘耆旧集》卷105，第4册，第461页。
④ 顾学颉点校：《白居易集》卷4，第88页。
⑤ （后晋）刘昫等：《旧唐书》，第350页。
⑥ （汉）孔安国传，（唐）孔颖达疏：《尚书正义》卷18，《十三经注疏》（标点本），第491页。

去灾之道提出了批评："盖惟以恐惧修省、诚敬感格为本，至于祈祷鬼神，不过借以达诚心耳。若专事祈祷以为消弭灾沴之方，而置恐惧修省、诚敬感格于不事，是未免浚流而舍其源，执末而遗其本矣。"①

也有一些文人看到了巫术求神并无什么作用，宋代于石《祈雨》认为修德自可弭灾，久旱降雨乃天数所在，与方士祈雨无一点联系，可谓一语中的：

> 六月不雨至七月，草木脆干石欲裂。方士画符如画鸦，呵叱风伯鞭雷车。九天云垂海水立，骄阳化为雨三日。万口竞夸方士灵，彼亦自谓吾符神。谁知水旱皆天数，贪天之功天所恶。吾心修德可弭灾，大抵雨从心上来。桑林自责天乃雨，岂在区区用方士。②

有的作品揭露某些人利用求神来诈骗的行为，如李绂《裕州观祷雨》揭露民间的淫祀："左道惑人禁当厉，密云渐散清风生。杲杲红日当空行，泥神不语马子醒。柳枝抛掷何纵横，对此炎炎使心痗。祷者罢坛观者退，驱车更向襄阳去，闻道南阳雨霡霂。"③ 作者将这些行为看成旁门左道，应当厉行禁止。《三遂平妖传》中奚仙姑采用斩旱魃的方法除旱灾，她要作法将孕妇肚中的旱魃杀死，把一个孕妇折腾得死去活来，天也没降一滴雨，又要换另一个孕妇，被人识破赶走。凌濛初《拍案惊奇》第39卷"乔势天师禳旱魃 秉诚县令召甘霖"提及郭天师与女巫本无什么道术，却来骗灾民钱财，又假借除旱魃，骗富人孕妇的钱，还用水浇穷人家孕妇，害得人死去活来。

当然，多数人对祈福消灾是深信不疑的，所以很多文人不仅努力去祈求神仙，而且写下了众多的作品。李商隐写过《赛北源神文》《赛白石神文》《赛海阳神文》《赛古槛神文》《赛莫神文》《祭兰麻神文》等多首求雨禳灾文。韩愈有《潮州祭神文》《鳄鱼文》《袁州祭神文》《祭竹林神文》《曲江祭龙文》《祭湘君夫人文》等。苏轼的祈福消灾类文章有《凤翔太白山祈雨祝文》《祷龙水祝文》《告封太白山明应公祝文》《祭勾芒神

---

① 《畿辅通志》卷3，《文渊阁四库全书》，第504册，第70页。
② （宋）于石撰，（元）吴师道选：《紫岩诗选》卷2，《文渊阁四库全书》，第1189册，第668页。
③ （清）张应昌编：《清诗铎》卷24，第882页。

祝文》《祷雨蟠溪祝文》《凤翔醮土火星青词》《祷雨天竺观音文》《祭常山祝文》《祭常山神祝文》《祷灵慧塔文》《告赐灵慧谥号塔文》《告谢灵慧塔文》《徐州祈雨青词》《祈雪雾猪泉祝文》《谢雪祝文》《谒诸庙祝文》《集禧观开启祈雪道场青词》《五岳四渎等处祈雨祝文》《集禧观开启祈雨道场青词》《集禧观洪福殿等处罢散谢雨道场青词》《大相国寺开启祈雨道场斋文》《郑州超化寺祈雨斋文》《五岳四渎等处祈雨祝文》《五岳四渎等处谢雨祝文》《诸宫观等处祈雨青词》《后苑瑶津亭开启祈雨道场斋文》《后苑瑶津亭开启谢雨道场斋文》《西岳庙开启祈雨道场青词》《显圣寺寿圣禅院开启太皇太后消灾集福粉坛道场斋文》《祈雨祝文》《祭英烈王祝文》《谢雨祝文》《祈晴祝文》《谢晴祝文》《祈晴吴山庙祝文》《谢晴祝文》《开湖祭祷吴山水仙五龙三庙祝文》《谢吴山水仙五龙三庙祝文》《上清宫成诏告诸庙祝文》《祈雨迎张龙公祝文》《送张龙公祝文》《立春祭土牛祝文》《谢晴祝文》《祈雨僧伽塔文》《谒诸庙祝文》《醮上帝青词》《祈雨龙祠祝文》《祈雨吴山祝文》《祭风伯雨师祝文》《祈晴风伯祝文》《祈晴雨师祝文》《祈晴吴山祝文》《祷观音祈晴祝文》《谢观音晴祝文》《祈雨祝文》《谢雨祝文》《祈雪祝文》《祭佛陀波利祝文》《祈晴祝文》《奉诏祷雨诸庙文》《祷雨社神祝文》《祷雨后土祝文》《祷雨稷神祝文》《祷雨后稷祝文》《祈晴文》《中太一宫真室殿开启天皇九曜消灾集福道场青词》《奏告天地社稷宗庙宫观寺院等处祈雨雪青词斋祝文》《五岳四渎等处祈雪祝文》《天地社稷宗庙神庙等处祈雨祝文》《西路阙雨于济渎河渎淮渎庙祈雨祝文》《设供禳灾集福疏》《告五岳祝文》《秋赛祝文》《立春祭土牛祝文》《春祈北岳祝文》《春祈诸庙祝文》《祈雨诸庙祝文》《北岳祈雨祝文》《起伏龙行》《次韵陈履常张公龙潭》《祷雨张龙公既应刘景文有诗次韵》。这些作品，有祈雨的，有祈雪的，有祈晴的，祈祷的对象有山神、水神、龙神、上帝、观音、佛陀、风神等，体裁有诗、祝文、斋文、青词、告文等，不一而足。

在很多祈福禳灾文中，文人都极力描绘灾害的可怕景象、百姓的苦难、自己的深刻反省以及对神灵的虔诚祈祷。这里仅以苏轼《凤翔太白山祈雨祝文》为例加以说明：

> 维西方挺特英伟之气，结而为此山。惟山之阴威润泽之气，又聚

而为湫潭。瓶罂罐勺，可以雨天下，而况于一方乎？乃者自冬徂春，雨雪不至，西民之所恃以为生者，麦禾而已。今旬不雨，即为凶岁，民食不继，盗贼且起。岂惟守土之臣所任以为忧，亦非神之所当安坐而熟视也。圣天子在上，凡所以怀柔之礼，莫不备至。下至于愚夫小民，奔走畏事者，亦岂有他哉！凡皆以为今日也。神其盍亦鉴之。上以无负圣天子之意，下以无失愚夫小民之望。尚飨。①

文章先说华山是天地英气所钟，本可滋润天下，而今凤翔干旱数月，老百姓没有充足的粮食，将会引发社会动乱，祈求太白山神可以体谅举国上下的一片苦心，速速降下甘霖。

二

旱灾是中国最常发生的灾害，持续时间长，造成的危害大，所以出现了各种各样的祈雨术。

明代周之夔《忧旱》是各种求雨巫术的集中呈现：

天灾固流行，人事或有缺。吁雩吐精诚，步祷秉斋洁。羽衲日登坛，呗唪口流血。土龙鞭已碎，深潭遍投铁。石瓮囚蜥蜴，搜捕穷窟穴。燔鸡及烧虾，百法分更迭。木郎之神咒，白玉蟾口诀。赤鸹紫鹅符，缚祟与摄雪。试之并不验，丹箓抑何谲。至如董仲舒，汉儒称人杰。春秋明灾异，繁露著成说。大旱而求雨，纵阴阳以闭。其理实精微，其术亦空设。将无年代殊，用之有巧拙。暴尫徒增虐，焚巫太刻锲。行见金石流，忧心何惙惙。或言及星变，天象最昭晰。荧惑犯南斗，赤熛怒如爇。……荧惑执法官，煌煌司明察。先宜诛蛮夷，次宜锄奸猾。胡乃自焚和，委权于旱魃。……吾甘身为牺，此意未得彻。作诗继云汉，泪尽更呜咽。②

帝王、宗教信徒、巫师、儒生粉墨登场，雩礼、步祷、鞭龙、投铁、

---

① 孔凡礼点校：《苏轼文集》卷62，中华书局1986年版，第1913—1914页。
② （明）周之夔：《弃草诗集》卷2，《四库禁毁书丛刊》，影印明崇祯木犀馆刻本，集部，第112册，第468—469页。

暴尪等应有尽有。古代文学作品里提到的祈雨术主要有以下几种。

1. 暴巫与焚巫

暴巫与焚巫都是上古时代的遗留。在上古人们看来，巫能够交通神人，焚巫能让巫到天上去告知天帝人间的旱情。甲骨文中的"炆"字，像人立足于火之上。甲骨文中有"其炆高，又雨"，"今日炆，从雨"的焚巫记录。商汤还亲自作为人牲求雨，《吕氏春秋·顺民》载："昔者汤克夏而正天下，天大旱，五年不收，汤乃以身祷于桑林，曰：'余一人有罪，无及万夫。万夫有罪，在余一人。无以一人之不敏，使上帝鬼神伤民之命。'于是剪其发，𩑠其手，以身为牺牲，用祈福于上帝。民乃甚说，雨乃大至。"① 同样以身为牺牲的还有宋景公："宋景公时，大旱三年，卜云以人祀乃雨。公下堂顿首曰：'吾所求雨者为人，今杀人不可，将自当之。'言未卒，天大雨，方千里。"② 以后，帝王自焚祈雨者绝迹了，倒是一些小官吏偶见有以此法求雨者。谢承《后汉书》记戴封为西华令，县内遇旱，欲自焚时，天降大雨。范晔《后汉书》载谅辅在太守祈雨无果，自己作为属官欲自焚时，天降澍雨。《古谣谚》卷27引《一统志》卷250说："《邛州名宦》：明安郁，临潼人。正德中蒲江县典史。岁大旱，郁斋沐吁天，积柴于紫极观，誓不雨，即自焚。至期大雨，民谣曰：'安从周，积柴楼。感天雨，民有秋。昔无衣，今有裘。'"③ 随着社会的进步与人类理性的自觉，焚巫的风俗逐渐为人所弃，而暴巫成为求雨的一种主要巫术。巫一般都由残疾人担当，尪便是一种仰面朝天、不能俯身的残疾人。天帝怕下雨危及其身体，故不雨，现在暴巫，让其干渴难忍，意在感动天帝降雨解除其难。《礼记·檀弓下》载："岁旱，穆公召县子而问然。曰：'天久不雨，吾欲暴尪而奚若？'"④ 鲁穆公之言证明当时暴巫求雨是一种普遍的做法。帝王亦有自暴野外求雨者。《晏子春秋·内篇·谏上》记齐景公时大旱，齐景公欲增加赋税祭山神，晏子劝其"避宫殿暴露，与灵山、河伯共忧"⑤，三日果大雨。《春秋繁露·求雨》有春秋暴巫求雨之

---

① 许维遹撰，梁运华整理：《吕氏春秋集释》卷9，中华书局2009年版，第200—201页。
② （宋）李昉等：《太平御览》卷10，中华书局1960年版，第51页。
③ （清）杜文澜辑，周绍良校：《古谣谚》卷27，中华书局1958年版，第412页。
④ （汉）郑玄注，（唐）孔颖达疏：《礼记正义》卷10，第328页。
⑤ 张纯一：《晏子春秋校注》，《诸子集成》，上海书店出版社1986年影印版，第4册，第22页。

法。唐高宗永徽二年（651），鄜州旱。田仁会"自暴以祈，而雨大至，谷遂登。人歌曰：'父母育我兮田使君，挺精诚兮上天闻，中田致雨兮山出云，仓廪实兮礼义申，愿君常在兮不患贫'"①。

之后也偶有用此法者，但不是在烈日下暴晒，而是在野外露宿。《明会要·礼三·大雩》载朱元璋洪武三年（1370）以久旱祷雨，徒步至山川坛露宿三日。明代朱长春《步祷》说京师遭遇旱灾，人们饮水都成了问题，草木枯死，物价暴涨，很多人没有粮食吃，皇帝亲自步祷祈雨："自宫徂郊十二里，步步君王玉趾亲。不施行帐不张盖，赤汗触热不自爱。天子亲看黄布袍，群臣齐束乌角带。三日斋宫进白蔬，半夜婴茅燔素书。口称罪己身请代，为天暴露仰天呼。"②除了祷告，他还实行仁政，天降沛雨。明代陈懿典《吴郡伯祷雨辄应》亦说太守"弥旬步祷遍蒿莱，不惮重茧蠲民灾"③，解除了旱情。后世作品提到焚巫，只是作为古代一个习俗而已。岳珂《六月二日乙丑滥溪大雷雨》说："农夫恸哭眼滴血，郡邑奔走焚巫尪。"④吴震方《悯旱》说："禁咒术已穷，几欲焚巫尪。"⑤人们在所有求雨术都用尽的时候，甚至想到了上古的焚巫之术。即便有这种方法，人们也不相信其真的灵验。沈名荪《悯旱》说："咒龙禁蟆法未得，焚尪斩魃方徒传。"⑥

2. 打旱魃

旱魃是旱神，《山海经·大荒北经》载旱魃到哪里，哪里便有旱灾。《诗经·大雅·云汉》云："旱魃为虐，如惔如焚。"⑦孔颖达疏："《神异经》曰：'南方有人，长二三尺，祖身而目在顶上，走行如风，名曰魃。所见之国大旱，赤地千里。一名旱母。'"⑧人们以水淹、虎食、日晒等方式来对付它。唐杜甫《七月三日亭午已后校热退晚加小凉稳睡有诗因论壮

---

① （宋）欧阳修、宋祁：《新唐书》卷197，中华书局1975年版，第5623页。
② （明）朱长春：《朱太复文集》卷5，《续修四库全书》，第1361册，第231页。
③ （明）陈懿典：《陈学士先生初集》卷36，《四库禁毁书丛刊》，影印明万历刻本，集部，第79册，第662页。
④ 傅璇琮等主编：《全宋诗》卷2972，第56册，第35393页。
⑤ （清）张应昌编：《清诗铎》卷15，第492页。
⑥ （清）张应昌编：《清诗铎》卷15，第492页。
⑦ （汉）毛亨传，（汉）郑玄笺，（唐）孔颖达疏：《毛诗正义》卷18，第1200页。
⑧ （汉）毛亨传，（汉）郑玄笺，（唐）孔颖达疏：《毛诗正义》卷18，第1201页。

年乐事戏呈元二十一曹长》称旱灾由旱魃引起："退藏恨雨师，健步闻旱魃。"① 旱魃开始是一个青衣女子的形象，汉代至明初变为小鬼的形象，明代中期以后，小鬼形象被僵尸形象所取代。《阅微草堂笔记》卷 7 说："近世所云旱魃，则皆僵尸。掘而焚之，亦往往致雨。"② 古代历来有驱旱魃的风俗。人们会将各种各样的人和物附会为旱魃，《子不语·孛星女身》载施道士善祈雨，让抚军捐锦被一条，白金百两，自己捐阳寿十年，摄孛星入妇人体内，雷雨齐下。同书《旱魃》又记载了焚旱魃的祈雨方法。《平妖传》第 17 回奚仙姑采用斩旱魃的方法，以为旱魃是孛星下凡，托生为婴儿。她欲作法将孕妇肚中的旱魃杀死，把一个孕妇折腾得死去活来，天也没降一滴雨，又要换另一个孕妇，被人识破赶走。顾景星《攻魃》叙述了河北一带打旱魃的恶俗，其序曰："大名八里庄民郭虎报称本月十九日不知何村人打旱骨，将本庄新葬黄长运尸首开坟登时打烂。按西域有尸僵，辄杀一黑驴，取头、蹄分击。近北俗遇旱，或指野冢是魃，考鼓聚众，发而戮之，谓之'打旱骨'。虽冢主子孙不得问。将毋椎埋报怨，骋兹借口人痌诋言夜妖备矣。诗以纪异。"诗曰："椎埋攻旱魃，欢击鼓声哑。异俗本西羌，何时入中夏。凶奸动无赖，扇乱惊四野。朝闻开封劫，夜伏南塘马。"③

蒲松龄《击魃行》反映了山东打旱骨的陋习：

> 旱民忧旱讹言起，造言魃鬼殃群农。坟中死者瘗三载，云此枯骼能为凶。十二村人缁属至，纷操矛弧声汹汹。蚁屯蜂集满四野，墓主饮泣排心胸。既不敢言岂敢怒，坐听百锸环相攻。宿土飞扬迷道路，穴隧直下抵幽宫。破棺碎骸髑髅挂，惨祸地下犹遭逢。旱鬼已除旱逾甚，朽骨何罪尔何凶！投状立奉严牒出，逋逃追逮如卷蓬。捉者被笞胫股断，释者赂隶田园空。邹梁仿此尤奇特，发柩苍鼠窜禾丛。逐鼠不获逢野叟，群疑魃鼠化老翁。目瞠口吃噞不合，一梃踣地群戈椿。齐鲁被灾八十处，岂有百鬼盈山东？旱魃尚能格雨露，帝天高居亦聩

---

① （清）仇兆鳌注：《杜诗详注》卷 15，第 1317 页。
② （清）纪昀著，汪贤度校点：《阅微草堂笔记》，第 124 页。
③ （清）顾景星：《白茅堂集》卷 20，第 334 页。

聋。莫挽天行陷殊死，哀哉滥听真愚蒙！①

人们把已死去三年的尸体从坟墓中拉出来，拿着矛弧、锸等工具，把骷髅打得稀烂。作者指斥了这些人的愚昧无知。

民间有斩旱魃的戏，大概情节是有人在戏中扮演旱魃，旱魃被斩，甘霖降下。

3. 鞭石

这是一种石头崇拜的产物。人们以为神的魂灵附着于石头，只要鞭打石头，便可促使神灵降雨。《太平御览》卷11引盛弘之《荆山记》云："伢山县有一山，独立峻绝。西北有石穴，北行百步许，二大石，其间相去一丈许，俗名其一为阳石，一为阴石。水旱为灾，鞭阳石则雨，鞭阴石则晴。"②《太平御览》卷52引《荆州图》曰："宜都有穴，穴有二大石，相去一丈。俗云其一为阳石，一为阴石。水旱为灾，鞭阳石则雨，鞭阴石则晴，即廪君石是也。但鞭者不寿，人颇畏之，不肯治也。"③《水经注·夷水》所记留城的祈雨风俗亦是鞭阴石。鞭石求雨有阴石与阳石的区分，只不过是传说的不同而已。这种风俗持续到清代。曹榠坚《祈雨行》曰："青龙不斗白额虎，千家万家守焦土。打石牛，问石姥，吁嗟求兮雩之舞。街东街西走击鼓，鼓皮裂，太阳热，晒出老农眼中血。"④当地人认为形状怪异的石牛、石姥有神性，故鞭打神牛、祈祷石姥求雨，可谓恩威并用。清代朱黼《久旱十首乙巳夏作》其九说："鞭石诚无益，焚山总少灵。长看日杲杲，略见雨冥冥。蒿目嗟何及，庞眉叹未经。祈求误童稚，伐鼓走郊坰。"⑤批评鞭石无益。

4. 禁屠

禁屠大概与佛教传入中国后禁杀生的观念有关。人们为了表达对佛祖的虔敬，不吃肉食。禁屠的习俗大约始于北朝。隋代求雨制度云："初请

---

① 路大荒整理：《蒲松龄集·聊斋诗集》卷4，第619—620页。
② （宋）李昉等：《太平御览》，第56页。
③ （宋）李昉等：《太平御览》，第252页。
④ （清）曹榠坚：《昙云阁集·昙云阁诗集》卷3，第316页。
⑤ （清）朱黼：《画亭诗草》卷17，《清代诗文集汇编》，影印清乾隆四十三年太岳山房刻本，第368册，第558页。

后二旬不雨者，即徙市禁屠。"① 唐代亦规定"初祈后一旬不雨，即徙市，禁屠杀"②。朱熹在南康军祈雨时，规定"严禁屠宰"③。至清代，禁屠仍成为祈雨时的主要方法；至近代，此风不改。如辽宁海城祈雨时"禁屠宰"④，凤城"屠场禁宰杀"⑤。直到民国时，禁屠依然是祈雨的重要方法。《申报》1934 年 7 月 14 日长沙专电说："长沙酷热……全省遭旱。省政府主席定十四晨赴城隍庙祀神祭雨，并禁屠宰三天。"申佳胤《忧旱》说："竭兹斋祷心，敕罢屠酤肆。"⑥ 沈名荪《悯旱》说："今朝朱金大告谕，禁断屠宰明斋虔。"⑦ 吴雯《祷雨叹》说："六月不雨禾将枯，大官祷雨特禁屠。"⑧ 柳树芳《苦旱吟五首·断屠》说："断屠有明文，反中吏奸猾。"⑨ 官府有明确规定，不许屠宰，而一些小吏却以此敲诈屠户。黄钊《潮郡缺雨八月十九日霁青太守甫出示断屠为坛致祷至宵分甘雨如注喜赋一诗呈霁翁》写太守断屠祷告而甘霖如注之事：

朝一盂黄鸡粥，午一顿花猪肉。官厨例食镇肥脓，已变当时苋藜腹。忽闻禁帖悬通衢，太守祈雨朝断屠。农人饥肠作牛吼，腐儒此腹亦何有。正愁五日不雨至十日，坐使菜根咬尽百无盍。不知天公怜我怜农人，宵来倾盆一雨几达晨。农人失喜蹋破瓮，腐儒吟诗递急送。遥知屋角响淋浪，斋阁先成喜雨颂。⑩

5. 与龙有关的巫术

上古人比较早地将龙和雨联系起来。古语有"云从龙，风从虎"之

---

① （唐）魏征、令狐德棻：《隋书》卷 7《礼仪志二》，中华书局 1973 年版，第 128 页。
② （后晋）刘昫等：《旧唐书》卷 24《礼仪志四》，第 912 页。
③ 朱杰人等主编：《朱子全书·晦庵先生朱文公文集》卷 16《奏南康军旱伤状》，第 20 册，第 738 页。
④ 丁世良、赵放编：《中国地方志民俗资料汇编》（东北卷），书目文献出版社 1989 年版，第 83 页。
⑤ 丁世良、赵放编：《中国地方志民俗资料汇编》（东北卷），第 179 页。
⑥ （明）申佳胤：《申忠愍诗集》卷 1，《文渊阁四库全书》，第 1297 册，第 474 页。
⑦ （清）张应昌编：《清诗铎》卷 15，第 492 页。
⑧ （清）张应昌编：《清诗铎》卷 15，第 494 页。
⑨ （清）张应昌编：《清诗铎》卷 15，第 497 页。
⑩ （清）黄钊：《读白华草堂诗集·读白华草堂诗二集》卷 5，《清代诗文集汇编》，影印清道光刻本，第 555 册，第 689 页。

说。《吕氏春秋·有始览》云"龙致雨"①。《山海经·大荒东经》说："（应龙）杀蚩尤与夸父，不得复上。故下数旱，旱而为应龙之状，乃得大雨。"② 郭璞注曰："今之土龙本此；气应自然冥感，非人所能为者。"③ 因为龙不能飞到天上，故天下大旱。所以在董仲舒的求雨巫术中，便以舞龙为中心。及佛教传入中国后，龙主雨的观念得到了进一步强化，以后道教亦将龙视为主雨的灵物，故水与龙有了紧密关联，俗语有"大水冲了龙王庙，一家人不认一家人"的说法。凡有水的地方，不管是江河湖海，还是池塘湫潭，无不有龙的存在，所以，中国古代的求雨术是和龙紧密相连的。

（1）杀狗。即将龙讨厌的死狗放入其所居的深潭中，激怒龙，让其纵云降雨。紫金旧时求雨，有县官率众打龙潭的风俗，"燃着火炭，烧红铁犁头。插进已杀死的小狗喉部，把犁头和小狗一齐投入'龙潭'中"④，此为投物激龙法。《尚书故实》引张延赏的话说："舒州灊山下有九井，其实九眼泉也。旱即煞一犬投其中，大雨必降，犬亦流出。"⑤ 范钦《苦旱叹》说"暴巫磔狗徒可怜"⑥。朱珊元《鞭龙行》云："其雨其雨雨何有？明日龙潭又杀狗。"⑦

（2）龙虎斗。民间认为龙与虎是天敌。在道家观念中，龙为水，虎为火，二者难以相处，互相争斗，便能激发龙的怒气，使其降雨。此求雨风俗起自唐朝。《尚书故实》云："又南中久旱，即以长绳系虎头骨投有龙处。入水，即数人牵制不定。俄顷云起潭中，雨亦随降。龙虎敌也，虽枯骨犹激动如此。"⑧ 宋代苏轼《起伏龙行并叙》记录了此种法术。其叙云："徐州城东二十里，有石潭。……或云置虎头潭中，可以致雷雨。"其诗曰："赤龙白虎战明日，倒卷黄河作飞雨。嗟我岂乐斗两雄，有事径须烦

---

① 许维遹撰，梁运华整理：《吕氏春秋集释》卷13，第286页。
② 袁珂校注：《山海经校注·山海经海经新释》卷9，第359页。
③ 袁珂校注：《山海经校注·山海经海经新释》卷9，第361页。
④ 刘志文主编：《广东民俗大观》，广东旅游出版社2007年版，上卷，第685页。
⑤ （唐）李绰撰，萧逸校点：《尚书故实》，《唐五代笔记小说大观》，第1165页。
⑥ （明）范钦：《天一阁集》卷4，《续修四库全书》，影印明万历刻本，第1341册，第427页。
⑦ （清）张应昌编：《清诗铎》卷15，第497页。
⑧ （唐）李绰撰，萧逸校点：《尚书故实》，第1165页。

一怒。"① 苏辙《久旱府中取虎头骨投邢山潭水得雨戏作》亦有记录："邢山潭中黑色龙，经年懒卧泥沙中。嵩阳山中白额虎，何年一箭肉为土。龙虽生，虎虽死，天然猛气略相似。生不益人死何负？虎头枯骨金石坚，投骨潭中潭水旋。龙知虎猛心已愧，虎知龙懒自增气。山前一战风雨交，父老晓起看麦苗。君不见岐山死诸葛，真能奔走生仲达。"② 明人卢若腾《岛居随录》说："龙潜水中，以虎头投之，则必惊怒簸腾，淘出之乃已。"③ 范钦《苦旱叹》说："虎头裹符三尺铁，诘朝犹闻触龙穴。"④ 清人曹楙坚《祈雨行》说："青龙不斗白额虎，千家万家守焦土。"⑤ 这是认为龙虎不相斗，故天不降雨。

（3）鞭龙。人们认为龙掌管着降雨的权力，当天不降雨时，人们认为是龙懒惰，于是便有鞭龙的举动，迫使其降雨。杜甫《喜雨》提出："安得鞭雷公，滂沱洗吴越。"⑥《江南通志》卷15云："龙山在太湖县西北三里，蜿蜒如龙，磅礴多石，下有龙湫。王安石诗'吾欲鞭龙起，为霖遍九州'，此山是也。"⑦《天中记》卷3引《周史》言五代周李元懿为青州北海县令时，以泥龙求雨无应，"李令笞龙责之，即日雨足"⑧。石介《五月十日雨明道二年作》说："鞭石不见血，顽石云不蒸。鞭龙不至痛，六合雷不胜。"⑨ 后来鞭龙的巫术又为道士所用。明人朱友谅《周尊师祷雨歌》说："道人鞭龙出潭底，黑云一片山头起。"⑩ 清人朱珊元《鞭龙行》具体描写了鞭龙的仪式："入秋不雨六十日，官吏皆言龙旷职。……缚刍绘纸龙体具，鳞甲离披廓然巨。手持柳条三尺来，神物忽遘无妄灾。一鞭雷声起，再鞭雷声止。三鞭云黑聚复散，但有愁风吼残纸。"⑪ 吴震方《悯旱》

---

① （清）王文诰辑注，孔凡礼点校：《苏轼诗集》卷16，第814—815页。
② 陈宏天、高秀芳点校：《苏辙集·栾城三集》卷1，第1163页。
③ （明）卢若腾：《岛居随录》，《笔记小说大观》，江苏广陵古籍刻印社1983年影印上海进步书局版，第13册，第89页。
④ （明）范钦：《天一阁集》卷4，第427页。
⑤ （清）曹楙坚：《昙云阁集·昙云阁诗集》卷3，第316页。
⑥ （清）仇兆鳌注：《杜诗详注》卷12，1020页。
⑦ 乾隆《江南通志》卷15，《文渊阁四库全书》，第507册，第499页。
⑧ （明）陈耀文：《天中记》卷3，《文渊阁四库全书》，第965册，第122页。
⑨ （宋）石介著，陈植锷点校：《徂徕石先生文集》卷3，第33页。
⑩ （清）朱彝尊编：《明诗综》卷17，《文渊阁四库全书》，第1459册，第511页。
⑪ （清）张应昌编：《清诗铎》卷15，第497页。

更多记录了道士鞭龙的作法场景:"符师层台峙,桃梗列五方。逢逢雷鼓鸣,灵文持木郎。敕借江湖水,鞭起眠龙双。"①

(4)鞭蛇医(蜥蜴)。蜥蜴与龙关系密切,被称为龙子或蛇医。鞭蛇医应是鞭龙的变通形式。以此法求雨,始自唐朝。《酉阳杂俎·前集·广知》云:"王彦威尚书在汴州之二年,夏旱,时袁王傅季玘寓汴,因宴,王以旱为言。季醉曰:'欲雨甚易耳,可求蛇医四头,十石瓮二枚,每瓮实以水,浮二蛇医,以木盖密泥之,分置于闹处,瓮前后设席烧香,选小儿十岁以下十余,令执小青竹,昼夜更击其瓮,不得少辍。'王如言试之,一日两夜,雨大注。旧说龙与蛇师为亲家焉。"②小儿昼夜不停用竹枝抽打大瓮,大约用的是惩罚巫术。《全唐诗》卷874记录了当时小童所唱的《蜥蜴求雨歌》:"蜥蜴蜥蜴,兴云吐雾。雨若滂沱,放汝归去。"注云:"唐时求雨法,以土实巨瓮,作木蜥蜴。小童操青竹,衣青衣以舞,歌云云。"③此法至宋时犹存。《宋史·礼志五》载:"(熙宁)十年四月,以夏旱,内出《蜥蜴祈雨法》:捕蜥蜴数十纳瓮中,渍之以杂木叶,择童男十三岁下、十岁上者二十八人,分两番,衣青衣,以青饰面及手足,人持柳枝沾水散洒,昼夜环绕,诵咒曰:'蜥蜴蜥蜴,兴云吐雾,雨令滂沱,令汝归去!'雨足。"④人们亦有以壁虎代蜥蜴者。《墨客挥犀》卷3"京师久旱"条云:"熙宁中,京师久旱。按古法,令坊巷各以大瓮贮水,插柳枝,泛蜥蜴,使青衣小儿环绕呼曰……开封府准堂札,责坊巷、寺观,祈雨甚急,而不能尽得蜥蜴,以蝎虎代之。蝎虎入水即死,无能神变者也。小儿更其语曰:'冤苦冤苦,我是蝎虎。似恁昏昏,怎得甘雨。'"⑤小儿环绕歌呼的即为《蜥蜴求雨歌》。苏轼《蝎虎》说:"今年岁旱号蜥蜴,狂走儿童闹歌舞。能衔渠水作冰雹,便向蛟龙觅云雨。守宫努力搏苍蝇,明年

---

① (清)张应昌编:《清诗铎》卷15,第492页。
② (唐)段成式撰,曹中孚校点:《酉阳杂俎》,《唐五代笔记小说大观》,第640页。
③ (清)彭定求等编:《全唐诗》,第25册,第9899页。
④ (元)脱脱等:《宋史》卷102,第2502页。
⑤ (宋)赵令畤、彭□、彭□辑撰,孔凡礼点校:《侯鲭录 墨客挥犀 续墨客挥犀》,中华书局2002年版,第313页。

岁旱当求汝。"① 清代还保留着这种风俗："童男十十鞭蛇医，蛇医欲死童男疲。"②（李銮宣《祷雨谣》）

（5）咒龙。此法术应来自域外，用咒语役使龙来降雨。初期谙此道者多为僧人。《太平御览》卷11引《抱朴子》曰："使者甘宗所奏西域事云：方士能神祝者，临泉禹步吹气，龙即浮出，长十数丈，更吹，龙辄缩至长数寸，乃掇取著壶中。壶中或有四五龙，以少水养之。闻有旱处，便赍龙往，卖一龙，直数十金。发壶出一龙，著潭中，复禹步吹之，长十数丈，须臾而云雨四集。"③ 佛图澄可敕龙取水："乃与弟子法首等数人至故泉源上，坐绳床，烧安息香，咒愿数百言。如此三日，水泫然微流，有一小龙长五六寸许，随水而来，诸道士竞往视之。有顷，水大至，隍堑皆满。"④ 后来，道士亦将咒术作为祈雨的主要仪式，咒龙又是其中重要的一种，《太上元始天尊说大雨龙王经》所咒龙王有68种。李銮宣《祷雨谣》云："又闻道家祷雨恃符咒，龙虎真人术相受。"⑤ 咒龙术所用咒语相对简单，一般百姓亦能掌握，甚至连小儿亦会吟唱："小儿手执青杨枝，拦街齐唱咒龙词。"⑥（徐倬《祷雨词》）然而，咒龙术的效果并不能让人满意，沈名荪《悯旱》说："咒龙禁蟆法未得，焚尪斩魃方徒传。"⑦

（6）以舞龙为中心的综合求雨仪式。舞龙是通过歌舞娱龙，从而达到让其降雨的目的。这种法术由来已久。《春秋繁露·求雨》记载四季由不同年龄段的人舞龙，春求雨，"小童八人，皆斋三日，服青衣而舞之"⑧；夏求雨，"壮者七人，皆斋三日，服赤衣而舞之"⑨；季夏求雨，"丈夫五人，皆斋三日，服黄衣而舞之"⑩；秋求雨，"鳏者九人，皆斋三日，服白

---

① （清）王文诰辑注，孔凡礼点校：《苏轼诗集》卷15，第745页。
② （清）张应昌编：《清诗铎》卷15，第495页。
③ （宋）李昉等：《太平御览》，第56页。
④ （唐）房玄龄等：《晋书》卷95，中华书局1974年版，第2486页。
⑤ （清）张应昌编：《清诗铎》卷15，第495页。
⑥ （清）张应昌编：《清诗铎》卷15，第491页。
⑦ （清）张应昌编：《清诗铎》卷15，第492页。
⑧ 苏舆撰，钟哲点校：《春秋繁露义证》卷16，中华书局1992年版，第429页。
⑨ 苏舆撰，钟哲点校：《春秋繁露义证》卷16，第432页。
⑩ 苏舆撰，钟哲点校：《春秋繁露义证》卷16，第433页。

衣而舞之"①；冬求雨，"老者六人，皆斋三日，衣黑衣而舞之"②。所穿衣服颜色与五方及季节的颜色相应。董仲舒的求雨巫术后为朝廷采用。《后汉书·礼仪志中》云："其旱也，公卿官长以次行雩礼求雨。闭诸阳，衣皂，兴土龙，立土人舞僮二佾，七日一变如故事。"③自汉代以后，求雨舞龙成为一个重要的习俗。《神农求雨书》是假托神农所作之书，详尽描述了不同时间、不同方位、不同年龄的人所舞不同颜色的龙，完全按照五行的排序："春夏雨日而不雨，甲乙命为青龙，又为火龙，东方小童舞之；丙丁不雨，命为赤龙南方，壮者舞之；戊己不雨，命为黄龙，壮者舞之；庚辛不雨，命为白龙，又为火龙，西方老人舞之；壬癸不雨，命为黑龙，北方老人舞之。"④但以后随着道教的兴起与佛教的传入，祈龙求雨成为巫师、道士、僧人、地方官与百姓共同参与的一种仪式，他们或用咒语，或用歌舞，乞求或迫使龙王降水，场面宏大，法术多样，每个人都在极力扮演好自己在求雨大戏中的角色。

孙衣言作为一个外乡人，看到台州土人祠龙取水的拜水仪式特别怪异，故写《拜水行》以作记录：

> 今年台州旱魃虐，土人祷雨兼戏嬉。万人齐出从土偶，镯铙钲鼓十丈旗。兵械杂沓矜与戟，亦有披发行麻衣。山僧道士口嗫咿，小儿圈头杨柳枝。云假神力取龙子，龙王熟睡呼不知。深林幽暗窟穴露，坐列瓴罍苦死祈。灵物变化不可得，或致蛙蛤兼蛇医。捧归舞蹈谓神降，五步一拜声嘻嘻。遂呼太守来屈膝，令丞汗背纷奔驰。⑤

整个场面记录颇为详细、真实、生动。作者对这种近乎儿戏甚至可能演化为骚乱的求雨方式极为不满。抬神像、佛像、龙王像在许多地方都能

---

① 苏舆撰，钟哲点校：《春秋繁露义证》卷16，第435页。
② 苏舆撰，钟哲点校：《春秋繁露义证》卷16，第436页。
③ （南朝宋）范晔：《后汉书·志第五》，第3117页。
④ （唐）欧阳询撰，汪绍楹校：《艺文类聚》卷100，上海古籍出版社1999年版，第1723页。
⑤ （清）张应昌编：《清诗铎》卷15，第499页。

见到，这样的风俗一直持续到民国。《青岛市志·风俗志》第7篇《陋俗禁忌》记载了新中国成立前的求雨巫术："一般是抬着神像出巡，祈雨者头戴柳枝帽，手持柳枝，口念佛号随后而行。神像多是龙王、关公、观音菩萨。"① 柳枝在求雨巫术中占有非常重要的地位，因为柳喜水，多长于河边，用柳枝求雨属于模仿巫术。在佛教中，有柳枝观音，手拿柳枝与水瓶，向人间普洒甘霖。清朝各地的祈雨术中，柳枝与水瓶通常是不可少的道具。② 徐倬《祷雨词》有翔实描述："小儿手执青杨枝，拦路齐唱咒龙词。门前瓶甒贮清水，借与天工作雨施。吹螺击鼓声冬冬，大令传呼拜社公。白袷麻鞋走烈日，缁衲黄冠满路中。"③

（7）画龙祈雨法。宋祁《仲夏愆雨稚苗告悴辄按先帝诏书绘龙请雨兼祷霍山淮渎二祠戊寅蒇祀己卯获雨谨成喜雨诗呈官属》说："先帝隐民瘠，致和格灵变。图龙著绘法，令甲布州县。愚计不知出，奉行安敢慢。"④

也有人看到巫师巫婆不过是借着祈福、禳灾来骗人钱财。凌濛初《拍案惊奇》卷39"乔势天师禳旱魃　秉诚县令召甘霖"记述郭天师与女巫本无什么道术，却来骗灾民钱财，又假借除旱魃，骗富人孕妇的钱，还用水浇穷人家孕妇，害得人死去活来。《平妖传》第17回奚道姑以为旱魃是孛星下凡，托生为婴儿，欲作法将孕妇肚中的旱魃杀死，把一个孕妇折腾得死去活来，天也没降一滴雨，又要换另一个孕妇，被人识破赶走。一些文人认为政治清明而非法术才是解除旱灾的根本途径。徐倬《祷雨词》云："有司不能扬帝泽，禁宰屠沽亦何益。"⑤ 更有一些文人抛弃了法术求雨，强调以人力解除旱灾，兴修水利，未雨绸缪。《苦旱行》曰："吾思备旱之策先导水，疏通沟洫江湖平。白渠溉田决为雨，苏堤卫水湖澄清。纵有灾沴不为害，天定每以人力争。"⑥ 朱锦琮教庐江当地人打井取水，有效抗旱："天时有亢旱，地脉无变迁。源泉用不竭，旱魃虐无权。"⑦

---

① 青岛市史志办公室编：《青岛市志·文化志/风俗志》，新华出版社1998年版，第373—374页。
② 何星亮：《中国自然崇拜》，江苏人民出版社2008年版，第251—252页。
③ （清）张应昌编：《清诗铎》卷15，第491页。
④ （宋）宋祁：《景文集》卷5，《文渊阁四库全书》，第1088册，第44页。
⑤ （清）张应昌编：《清诗铎》卷15，第491页。
⑥ （清）张应昌编：《清诗铎》卷5，第142页。
⑦ （清）张应昌编：《清诗铎》卷5，第143页。

旱灾常伴随着蝗灾，在科技不发达的古代，人们治蝗能力相当有限，将蝗虫当成神虫来对待，恳请它们显灵不食庄稼。各地修建了不少八蜡庙与刘猛将军庙，希望通过祭蝗神与刘猛将军来驱蝗。清代顾禄的《清嘉录》记载了苏州一带正月与七月分别"祭猛将"与"烧青苗"的仪式。顾文渊《驱蝗词》绘声绘色地描写了巫术驱蝗的详细经过：

  山田旱稻忧残暑，蝗飞阵阵来何许。丛祠老巫欺里氓，伴以坏坯身伛偻。曰此虫神能主舆，神弭灾，非漫举。东塍西垄请遍巡，急整旗伞动箫鼓。神之灵，威且武，献纸钱，陈酒脯，老巫歌，小巫舞。岂知赛罢神进祠，蔽天蝗又如风雨。里氓望稻空顿足，烂醉老巫无一语。①

巫师举着旗子，吹箫击鼓，抬着蝗神像游行于田间，载歌载舞，进献酒食。但这终究不过是一场闹剧，于事无补。

《列异传·栾侯》则记录了栾侯化作鸟灭蝗的神奇故事：

  汉中有鬼神栾侯，常在承尘上，喜食鲊菜，能知吉凶。甘露中，大蝗起，所经处禾稼辄尽。太守遣使告栾侯，祀以鲊菜。侯谓吏曰："蝗虫小事，辄当除之。"言讫，翕然飞出。吏仿佛其状类鸠，声如水鸟。吏还，具白太守。即果有众鸟亿万，来食蝗虫，须臾皆尽。②

第二节　人力抗灾

中国古代科技落后，巫术救灾扮演着重要角色。人们以为灾害是由于人的行为不良而引起的神的惩罚。只要向神忏悔祈祷，神就会收回惩罚，灾害便会停止。虽然如此，人们从来就没有停止过同灾害的抗争，从女娲补天、后羿射日、大禹治水等神话就可以看出。很多时候，往往巫术与人力并举。陈芳生《捕蝗考》曰："蝗未作，修德以弭之；蝗既作，必捕杀

---

① （清）张应昌编：《清诗铎》卷16，第518页。
② （宋）李昉等编：《太平广记》卷292，人民文学出版社1959年版，第2320页。

以殄之。"① 柳树芳《苦旱行》说："纵有灾沴不为害，天定每以人力争。"②

一 抗击旱灾

水旱都由水引发，调节水量在一定程度上可抗击水旱。旱灾持续时间长，不像水灾、地震、蝗灾来时那样势不可当，人们毫无还手之力。后羿射日是反映人们同旱灾斗争的神话。《淮南子·本经训》说："逮至尧之时，十日并出，焦禾稼，杀草木，而民无所食。猰貐、凿齿、九婴、大风、封豨、修蛇，皆为民害。尧乃使羿诛凿齿于畴华之野，杀九婴于凶水之上，缴大风于青丘之泽，上射十日而下杀猰貐，断修蛇于洞庭，禽封豨于桑林。"③ 尧帝时，十个太阳一起出现，庄稼、草木都被晒死了。后羿奉尧帝之命射下了九个太阳，免除了旱灾。中国人发明了不少抗击旱灾的工具，如水车、轳辘、井等。水车是古代抗旱的主要工具。中国在东汉已发明了水车。南宋张孝祥《湖湘以竹车激水，粳稻如云，书此能仁院壁》说："象龙唤不应，竹龙起行雨。联绵十车辐，伊轧百舟橹。转此大法轮，救汝旱岁苦。横江锁巨石，溅瀑叠城鼓。神机日夜运，甘泽高下普。老农用不知，瞬息了千亩。抱孙带黄犊，但看翠浪舞。余波及井臼，春玉饮酡乳。江吴夸七蹋，足茧腰背偻。此乐殊未知，吾归当教汝。"④ 此诗写湖湘地区用竹车汲水，以水为动力，将人从繁重的体力劳动中解放出来，很好地解决了灌溉问题。宋代赵蕃《八月八日发潭州后得绝句四十首》其二三说："两岸多为激水轮，创由人力用如神。山田枯旱湖田涝，惟此丰凶岁岁均。"⑤ 其所言激水轮应是旱时引水入田、涝时排水出田的工具。两人所云大概是同一种工具。童冀《水车行》说零陵水车以风为动力，将水引入高地保证高田灌溉："大江日夜东北流，高岸低圻开深沟。轮盘引水入沟

---

① 李文海、夏明方主编：《中国荒政全书》，第2辑，第1卷，第30页。
② （清）张应昌编：《清诗铎》卷5，第142页。
③ （汉）刘安等著，（汉）高诱注，陈广忠校点：《淮南子》卷8，上海古籍出版社2016年版，第182页。
④ （宋）张孝祥著，徐鹏校点：《于湖居士文集》卷4，上海古籍出版社1980年版，第30页。
⑤ （宋）赵蕃：《淳熙稿》卷19，中华书局1985年影印《丛书集成初编》本，第2259册，第418页。

去，分送高田种禾黍。盘盘自转不用人，年年只用修车轮。……官租不阙足家食，家家复借水田力。一车之力食十家，十家不惮勤修车。但愿人长在家车在轴，不忧禾黍秋不熟。"① 以风为动力的水车使用并不普遍。程敏政《踏车行》写出了踏车抗旱的辛苦："田夫踏车如踏弩，田妇踏车心更苦。老天不雨将奈何，稻垄看看作焦土。"② 一直到清代，还有人单纯使用人力踏车。周倬《浏阳水车歌》说："我闻江南戽水用人力，赤足踏车声转急。夫妻子女同一车，雨淋日炙色作霞。我车较彼分逸劳，引来不怕田塍高。"③ 人力踏车极其辛苦。

踏车是古代民间抗击水旱的主要工具。旱时可用来浇灌，涝时可用来排水。陈均《踏车叹》说："雨少踏水入，雨多踏水出。"④ 赵俞《踏车曲》说："旱年掘窝转水入，潦年筑堤翻水出。"⑤ 但人工抗灾的力量毕竟有限。一些作品记录了人们虽然日夜踏车，但力气用尽灾情也不见好转的无奈。毛秀惠《戽水谣》说："绿杨深沉塘水浅，辘辘车声满疆圳。倒挽河流上陇飞，渴乌衔尾回环转。今夏旱久农心劳，西风刮地黄尘高。原田迸裂龟兆圻（按：疑作'坼'），引水灌之如沃焦。男妇足茧更流血，鞭牛日夜牛蹄脱。田中黄秧料难活，村村尽呼力已竭。"⑥ 方薰《踏塘车》云："踏车一日，雨落一尺，水深转车足无力。雨不止，车不休，眼中泪，车上流。子鬻去，妻难留。妻难留，道旁哭，来日何人共车轴。"⑦ 陈裴之《水车谣》说："年年车水夏初毕，今年车水秋未歇。官河日浅几寸余，博得农田土微湿。土微湿，日正高，高田苗槁低田焦。朝车暮车苦不足，硗土炎蒸坼龟腹。忍饥往叩田主人，为言车水多苦辛。穷家父子乏长力，数缗雇得农家邻。欲向主人贷工本，主人睨之发微晒（按：疑作'哂'）。"⑧ 农民自己车水忙不过来，还要花钱雇人，但又没钱，只好找田主去借。王嘉福《田车谣》更是感同身受地描写了农民踏车的辛苦："自从五月天不

---

① （清）朱彝尊编：《明诗综》卷8，第1459册，第311—312页。
② （明）程敏政：《篁墩文集》卷84，第647页。
③ （清）张应昌编：《清诗铎》卷6，第171页。
④ （清）张应昌编：《清诗铎》卷6，第167页。
⑤ （清）张应昌编：《清诗铎》卷6，第158页。
⑥ （清）张应昌编：《清诗铎》卷6，第172页。
⑦ （清）张应昌编：《清诗铎》卷6，第166页。
⑧ （清）张应昌编：《清诗铎》卷6，第169页。

雨,大河小河断鱼罟。中田日见稻秧焦,疲尽耕牛人力苦。骄阳炙背火云热,手足胼胝筋骨折。农夫滴泪不成泉,河水干于眼中血。"①

水井亦是解决人们生活用水与农业用水的重要设施。朱锦综《穿井谣》说:"一井溉亩十,百井溉亩千。占地较塘少,兴工尤省便。山顶泉轻清,九仞莫弃捐。"② 井水灌溉,占地少,打井容易,不需要耗费太多的时间、人力、物力,效果明显。

二 抗击水灾

中国上古便有治水的神话,比较著名的是女娲补天与大禹治水。《淮南子·览冥训》说:"往古之时,四极废,九州裂,天不兼覆,地不周载;火爁炎而不灭,水浩洋而不息;猛兽食颛民,鸷鸟攫老弱。于是女娲炼五色石以补苍天,断鳌足以立四极,杀黑龙以济冀州,积芦灰以止淫水。苍天补,四极正;淫水涸,冀州平;狡虫死,颛民生……"③ 共工怒触不周山后,将天柱撞折,天塌地陷,地上都是大火与洪水,猛兽猖獗。女娲炼五色石补天,用芦灰止住大水,老百姓得以平安生活。《山海经·海内经》记述了鲧治水的神话:"洪水滔天。鲧窃帝之息壤以堙洪水,不待帝命。帝令祝融杀鲧于羽郊。鲧复生禹。帝乃命禹卒布土以定九州。"④ 其儿子禹接着治水,改堵为疏,并得到河伯、黄龙、玄龟、伏羲的帮助,给他河图洛书,打败了很多凶神妖怪。大禹治水的神话散见于《山海经》《楚辞·天问》《河图》《洛书》等多种文献。《太平广记》卷467"李汤"条便记述了他治服无支祁的故事:

  禹理水,三至桐栢山,惊风走雷,石号木鸣,五伯拥川,天老肃兵,不能兴。禹怒,召集百灵,搜命夔、龙,桐栢千君长稽首请命。禹因囚鸿蒙氏、章商氏、兜卢氏、犁娄氏,乃获淮涡水神,名无支祁,善应对言语,辨江淮之浅深,原隰之远近,形若猿猴,缩鼻高额,青躯白首,金目雪牙,颈伸百尺,力逾九象,搏击腾踔疾奔,轻

---

① (清) 张应昌编:《清诗铎》卷6,第170页。
② (清) 张应昌编:《清诗铎》卷5,第143页。
③ (汉) 刘安等著,(汉) 高诱注,陈广忠校点:《淮南子》卷6,第145页。
④ 袁珂校注:《山海经校注·山海经海经新释》卷13,第472页。

利倏忽，闻视不可久。禹授之章律，不能制；授之鸟木由，不能制；授之庚辰，能制。鸱脾桓木魅水灵山妖石怪，奔号聚绕，以数千载，庚辰以战逐去，颈锁大索，鼻穿金铃，徙淮阴之龟山之足下，俾淮水永安流注海也。①

公元前109年，汉武帝动用4万人治河。《瓠子歌》其二写了治河的艰难：

> 河汤汤兮激潺湲，北渡回兮迅流难。搴长茭兮湛美玉，河公许兮薪不属。薪不属兮卫人罪，烧萧条兮噫乎何以御水！隤林竹兮揵石菑，宣防塞兮万福来。②

人们用柴草塞河，但柴草严重匮乏，只好砍倒竹林，做成柱子，再和石块混在一起筑坝御水，最终堵住了瓠子决口，解除了百姓的灾害。

苏轼为官一任，造福一方。他在徐州时，正赶上大水包围城池。他带领军民经过殊死奋战，终让徐州转危为安。其弟苏辙《黄楼赋序》翔实地记录了熙宁十年（1077）苏轼徐州抗洪的壮举：

> 熙宁十年秋七月乙丑，河决于澶渊，东流入巨野，北溢于济南，溢于泗。八月戊戌，水及彭城下，余兄子瞻适为彭城守。水未至，使民具畚锸，畜土石，积刍茭，完室隙穴，以为水备。故水至而民不恐。自戊戌至九月戊申，水及城下者二丈八尺，塞东西北门，水皆自城际山。雨昼夜不止，子瞻衣制履屦，庐于城上，调急夫发禁卒以从事，令民无得窃出避水，以身帅之，与城存亡。故水大至而民不溃。方水之淫也，汗漫千余里，漂庐舍，败冢墓，老弱蔽川而下，壮者狂走无所得食，槁死于丘陵林木之上。子瞻使习水者浮舟楫载糗饵以济之，得脱者无数。水既涸，朝廷方塞澶渊，未暇及徐。子瞻曰："澶渊诚塞，徐则无害，塞不塞天也，不可使徐人重被其患。"乃请增筑

---

① （宋）李昉等编：《太平广记》，第3845—3846页。
② （汉）班固：《汉书》卷29，第1683页。

徐城，相水之冲，以木堤捍之，水虽复至，不能以病徐也。故水既去，而民益亲。于是即城之东门为大楼焉，垩以黄土，曰："土实胜水。"徐人相劝成之。①

他身先士卒，住在城墙上，带领军民不分昼夜地筑起一座长九百八十四丈、高一丈、宽两丈的大堤，阻止大水流入城内。他还派水性好的人驾船给水中的百姓运送粮食，救活了大量的灾民。苏轼采纳僧人应言的意见，在徐州城北低洼处开凿清泠口，将积水导入古废河，向东北流入大海，到10月13日，水患的威胁终于解除了。次年，为了防止河水再来侵袭，在朝廷拨来钱粮、招来役夫的情况下，苏轼改筑了外小城，建了4座木岸，填平了城内的15个大坑。

林则徐《邹钟泉以〈开封守城先后记略〉见示，因题其后》写邹钟泉拼死与水争斗，视百姓利益高于一切，"亿兆命重身家轻"，亲临治水第一线："公亲蓉鼓喧军钲，衣不解带严巡更。始焉搴茭刘榛荆，继下砖石声甸訇。连旬苦雨不肯晴，上淋下潦沟浍盈。万难之际弥专精，焚香告天心自盟。峭坡斜堰高峥嵘，逼走急溜开中泓。历伏秋汛及霜清，寝食于城城可嬰。渡民避水舟筏迎，济饥馎饦兼粥饧，全活老稚苏鳏茕。"②他吃住在城墙上，严阵以待，同百姓一起堵洪水，又用小筏救出百姓，接济他们食物。《老残游记》以老残治水开篇，他给黄瑞和治病，这个病非常奇怪，"浑身溃烂，每年总要溃几个窟窿。今年治好这个，明年别处又溃几个窟窿，经历多年，没有人能治得。这病每发都在夏天，一过秋分，就不紧要了"；他用大禹与王景传下来的办法，基本上治住了病："这年虽然小有溃烂，却是一个窟窿也没有出过"，"看看秋分已过，病势今年是不要紧的了。大家因为黄大户不出窟窿，是十多年来没有的事，异常快活"。③明眼人一眼便能看出，"黄瑞和"谐音黄水河，而所言病状，明显是黄河的水患问题。将治河比喻成治病，构思奇特。刘鹗是一个治黄专家，他在这里鲜明地表达了自己的治河思想。

---

① 陈宏天、高秀芳点校：《苏辙集·栾城集》卷17，第334—335页。
② 林则徐全集编辑委员会编：《林则徐全集·诗词卷》，海峡文艺出版社2002年版，第6册，第2954页。
③ （清）刘鹗：《老残游记》第1回，第2页。

三 捕蝗

在消除蝗灾中，虽然存在修德弭灾与人力捕蝗的争论，但现实中往往两种方法并用。

陈芳生《捕蝗考》曰："蝗未作，修德以弭之；蝗既作，必捕杀以殄之。"① 但上层统治者似更偏重于人事。康熙说："捕蝗弭灾，全在人事。"② 雍正《六年八月十七日上谕》说："蝗蝻最为田禾之害，然迅加扑灭，犹可以人力胜之。"③ 清吴元炜《赈略·蝗蝻说》曰："虽属天灾，亦可胜以人力而捕除之。"④

文人对人们不敢捕蝗提出了批评。欧阳修《答朱寀捕蝗诗》列举了当时两种反对的声音："或云丰凶岁有数，天孽未可人力支。或言蝗多不易捕，驱民入野践其畦。因之奸吏恣贪扰，户到头敛无一遗。蝗灾食苗民自苦，吏虐民苗皆被之。"在作者看来，他们看问题只看皮毛，因而明确提出："驱虽不尽胜养患，昔人固已决不疑。秉蟊投火况旧法，古之去恶犹如斯。"⑤ 苏轼《和赵郎中捕蝗见寄次韵》对老百姓不敢捕蝗虫提出批评："驱攘著令典，［王注］唐开元四年，山东大蝗，民祭且拜，不敢捕。姚崇曰：《诗·大田》云：去其螟螣，及其蟊贼，秉畀炎火。光武诏曰：勉顺时政，去彼螟蜮。此除蝗证也。农事安可忽。""苟无百篇诗，何以醒睡兀。"《诗经》与光武帝诏书中有明确的捕蝗记载，如果不捕，只能对农事造成更大的破坏。苏轼以自己的亲身经历为例，证明至少可用人力减轻蝗虫灾害："我仆既胼胝，我马亦款矻。飞腾渐云少，筋力亦已竭。"⑥ 李纲《次韵和王尧明四旱诗四首·酺祭》也批评了人们祭祀神灵消灾的荒唐："畀火见《周雅》，捕瘞闻唐庭。人力自足胜，何须诘冥冥？聪明实依人，正直神所听。区区觞豆间，厥德安足铭？"⑦ 尤侗《杀蝗》列举了蝗虫的十大罪后，坚信

---

① 李文海、夏明方主编：《中国荒政全书》，第2辑，第1卷，第30页。
② （清）鄂尔泰、张廷玉等撰，（清）董诰等补：《钦定授时通考》卷47，《文渊阁四库全书》，第732册，第651页。
③ （清）允禄，（清）弘昼续编：《世宗宪皇帝上谕内阁》卷72，第122页。
④ 李文海、夏明方主编：《中国荒政全书》，第2辑，第1卷，第718页。
⑤ 李逸安点校：《欧阳修全集》卷53，第751页。
⑥ （清）王文诰辑注，孔凡礼点校：《苏轼诗集》卷14，第685页。
⑦ 王瑞明点校：《李纲全集·梁溪集》卷15，岳麓书社2004年版，第185页。

"杀之不为诬"①。蒲松龄《捕蝻歌》讽刺了不敢捕蝗的荒唐:"听巫造诡言:蠕蠕皆神灵;况此悉生命,杀之罪欲增。贱者宣佛号,贵者或斩牲。登垄惟虔祝,冀蝻鉴丹诚。譬犹敌大至,临河读《孝经》。白刃已在头,犹望不我刑。瞪目任蚕食,相戒勿敢撄。苗尽方太息,委为命不亨。"②巫者与信佛的人相信蝻子也有生命,捕杀有罪,只能去祷告或祭祀,感动神灵。蒲松龄认为这些人过于愚昧,死到临头还希望杀戮会突然停止,坐视庄稼被吃光还感叹自己命不好。钱陈群《捕蝗谣》明确提出人定胜天:"若使人力竟不用,翅蝈成法安所施?……天事要以人事胜,百尔孰敢不敬听。"③

不少诗篇中写到人力捕蝗。《诗经·小雅·大田》有"去其螟螣,及其蟊贼,无害我田稚。田祖有神,秉畀炎火"④的诗句。陆玑疏以螣为蝗虫。周人以火攻的办法来消除蝗虫等病虫害,也成为后世消灭蝗虫的主要办法。元代世祖至元六年(1269),发生了大面积的蝗灾:"北自幽蓟,南抵淮汉,右太行,左东海,皆蝗。朝廷遣使四出掩捕……"⑤在全国掀起捕蝗的高潮。胡祗遹《捕蝗行》具体描绘了捕蝗的辛苦场面:"夐待里胥来督迫,长壕百里半夜撅。村村沟堑互相接,重围曲陷仍横截。女看席障男荷锸,如敌强贼须尽杀。鼓声攉扑声不绝,喝死岂容时暂歇。枯肠无水烟生舌,赤日烧空火云裂。汗土成泥尘满睫,上下杵声如捣帛。"⑥百姓半夜起来挖壕沟,村村相通,尽力扑杀蝗虫。虽然口干舌燥,头顶烈日,满身泥灰,但人们没有时间休息。《后捕蝗行》记述了人们除灭蝗虫的情景:"深堑百里中有坑,投躯一落不可升。亿万锸杵敌汝勋,肝脑涂地如丘陵。行人两月增臭腥,咄哉妖虫竟何能,火云赤日劳群氓。"⑦蝗虫来时数量惊人,吃庄稼的速度亦惊人,捕蝗时必须动用最多的人,用最短的时间,将蝗虫迅速消灭。官、民、军齐上阵,男、女、老、幼全出动,争分夺秒地

---

① 杨旭辉校点:《尤侗集·西堂剩稿》卷上,上海古籍出版社2015年版,第451页。
② 路大荒整理:《蒲松龄集·聊斋诗集》卷2,第531页。
③ (清)钱陈群:《香树斋诗续集》卷3,《清代诗文集汇编》,影印清乾隆刻同治、光绪间递修本,第261册,第260页。
④ (汉)毛亨传,(汉)郑玄笺,(唐)孔颖达疏:《毛诗正义》卷14,第849页。
⑤ 魏崇武、周思成校点:《胡祗遹集》卷4,第66—67页。
⑥ 魏崇武、周思成校点:《胡祗遹集》卷4,第67页。
⑦ 魏崇武、周思成校点:《胡祗遹集》卷4,第67页。

奋力消灭蝗虫在许多诗中都有生动呈现。郑獬《捕蝗》说："翁妪妇子相催行，官遣捕蝗赤日里。"① 颜士璋《捕蝗行》说："家人子妇扑打忙，恨不吞尽无遗类。……或界炎火祝田神，或盛囊橐赴官理。官督民捕镇日忙，胼手胝足殊未已。"②

顾汧《捕蝗歌》记述了官员召集各种力量，运用各种手段积极除蝗："遂从省会及旁邑，呼噪贾勇村千群。浅沟子井界炎火，三驱扫荡阡陌均。更劝老弱各努力，囊橐易米开仓囷。"③ 郝懿行《捕蝗行》记述了人们使用各种工具，积极捕蝗的热情："长锹短棒寻权杷，殷殷訇訇欢且哗。兵丁捕蝗如捕虏，父老捕蝗如捕虎；儿童捕蝗如捕马，妇女捕蝗如捕鼠。"④ 连用四个形象的比喻，把不同人对蝗虫的情感与神态写得活灵活现。

很多人顾不上吃饭，夜以继日地捕蝗。元代王结《捕蝗叹》说"扫除扑击连朝昏"⑤。詹应甲《捕蝗词》说："朝捕蝗，晚捕蝗，腹无饱饭身郎当。黄云过处蚀已尽，禾根掘起埋蝗阱。千埋未抵一夜生，县符催捕不许停。大家扑打须用力，来朝多炙蝗蝻食。"⑥ 戴宽《捕蝗行》云："荷锸秉炬汗如雨，焚烧埋瘗相撑拄。可怜日暮饥肠鸣，食尽吞蝗兼吞土。"⑦ 老百姓挥汗如雨，到晚上还吃不上饭，只能吞食蝗虫。

文学作品中还提到了形形色色的消灭蝗虫的方法。从周朝开始，人们就用火攻灭蝗。到了清朝，更是总结出了一整套从防蝗到治蝗的办法。捕蝗的程序是先掘蝗种，再捕蝻子，最后捕飞蝗，难度越来越大，蝗虫的危害也越来越大。康熙《捕蝗说》云："盖是物也，除之于遗种之时则易，除之于生息之后则难；除之于稚弱之时则易，除之于长壮之后则难；除之于跳跃之时则易，除之于飞扬之后则难。当冬而预掘蝗种，所谓去恶务绝

---

① （宋）郑獬：《郧溪集》卷26，第345页。
② 民国《曲阜县志》卷7《艺文志》，台湾成文出版社1968年版，第813页。
③ （清）顾汧：《凤池园诗集》卷2，《四库未收书辑刊》，影印清康熙刻本，第7辑，第26册，第232页。
④ （清）郝懿行：《晒书堂诗钞》卷上，第523页。
⑤ （元）王结：《文忠集》卷2，《文渊阁四库全书》，第1206册，第218页。
⑥ （清）詹应甲：《赐绮堂集》卷1，《清代诗文集汇编》，影印清道光止园刻本，第465册，第245页。
⑦ 戴其润：《沧州戴氏族人钩沉》，人民日报出版社2005年版，第231页。

其本也。"① 捕蝗的原则是越早越好。雍正《六年八月十七日上谕》说："蝗蝻最为田禾之害，然迅加扑灭，犹可以人力胜之。……不知蝻子初生，就地扑灭，易于驱除。一或稍懈，听其生翅飞扬，则人力难施，且至蔓延他境，为害不可言矣。"② 何纶锦《捕蝗谣》说："介虫败谷世有之，防之不早捕已迟。"③ 赵万里《捕蝗行》说："捕蝻不早捕蝗难，民捕不了官捕攒。"④ 裘曰修《捕蝗行》说："大抵捕蝗应及早，奋飞之后难施巧。"⑤

掘蝗种是根除蝗害的关键步骤，也最为省力。从宋代淳熙年间开始，便有了掘蝗种的法令。元代亦有除蝗种的定规。《农政全书·荒政》亦云："故冬月掘除，尤为急务。"⑥ 周焘《敬筹除蝻灭种疏》说："捕蝗不如除蝻，除蝻不如灭种。"⑦ 康熙《捕蝗说》云："每于岁冬即布令民间，令于陇亩之际，先掘蝗种。……当冬而预掘蝗种，所谓去恶务绝其本也。"⑧ 刘青藜《斸蝗子》细致地描写了蝗穴的形状，蝗种的数目、色泽，抒发了食之而后快的愉悦：

    蝗虫一产九十九，穴深三寸形如臼。上有白虫当其口，十八日出子随后。老蝗来，谷苗秃。老蝗去，蕃尔族。斸盈斛，聊作粥。尔食谷，我食肉。⑨

此诗所写，有较强的科学性。周焘《敬筹除蝻灭种疏》说："逮至蝗老身重，不能飞翔，则又群集种子。其种子也，以尾深插坚土，遗卵入地，形如小囊，内包九十九子，色如松子仁，较脂麻加小。"⑩

---

① （清）鄂尔泰、张廷玉等撰，（清）董诰等补：《钦定授时通考》卷50，《文渊阁四库全书》，第732册，第699页。
② （清）允禄编，（清）弘昼续编：《世宗宪皇帝上谕内阁》卷72，第122页。
③ （清）张应昌编：《清诗铎》卷16，第520页。
④ （清）张应昌编：《清诗铎》卷16，第520页。
⑤ （清）张应昌编：《清诗铎》卷16，第519页。
⑥ （明）徐光启著，石声汉校注：《农政全书校注》卷44，上海古籍出版社1979年版，第1306页。
⑦ （清）贺长龄、魏源编：《清经世文编》卷45《户政二十》，中华书局1992年版，第1079页。
⑧ （清）鄂尔泰、张廷玉等撰，（清）董诰等补：《钦定授时通考》卷50，第699页。
⑨ （清）张应昌编：《清诗铎》卷16，第518页。
⑩ （清）贺长龄、魏源编：《清经世文编》卷45，第1079页。

掘蝗种之后是捕蝻子，捕蝻子要比捕蝗容易得多。赵万里《捕蝗行》说"捕蝻不早捕蝗难"①。诗中介绍了具体的方法："初时见蝻便疾捉，齐坎田塍曳长索。风驰云卷纳深沟，水渍土埋大剪扑。"②裘曰修《捕蝗行》详细描绘了捕蝗子的生动画面：

> 捕蝗先须捕蝻子，出土成团黑于蚁。清晨露下尤分明，蠕蠕欲动从兹起。稍至跳踊名搭鞍，散走十步五步间。是当下风掘长堑，势同却月微弯环。广场四面人夫集，三面驱之勿太急。渐行渐进分数层，呼声殷地围方密。须臾尽逼入堑中，实之以土加杵舂。还防健者或逸出，外围巡徼烦儿童。大抵捕蝗应及早，奋飞之后难施巧。飞蛾赴焰蠢蠢同，未着惟余火攻好。今年入夏天久晴，河边鱼子化未成。更兼蒲深苇草盛，往往此物时萌生。圣人勤民默致祷，北至大祀昭精诚。甘雨已沛远近足，农夫额庆堪深耕。豆谷应候齐下种，蝨贼何得仍交横。除恶务尽古有训，我共长吏宜关情。③

此诗可与吴震方《谕蝗》诗后载"预灭蝗种法"相对照。后者曰：

> 蝻子又名鱼子，生低湿水草芦荡中。若冬雪春雨沾足，则不生。冬少寒雪，春雨愆期，最易生发。其生发时，聚在一片，初时细如蚊蚋，滚聚成团，色皆纯黑，不数日成形，左右跳动。是时，宜急捕，须于坚芜湿土或芦苇中，逐细寻觅，如见蚊蚋黑团及跳动之虫，急就其处掘成长沟，用响竹、扫帚之类敲扑震惊，逐入沟中，加土筑埋，用火烧灭，为力甚易。此虫自生发之日至十八日生翅，又十八日成蝗。倘不早除，羽翼长成，数亩之蝻，散为一县之蝗，一顷之蝻，散为一郡之蝗，为害不小，故捕蝗不如捕蝻之力省功倍也。④

"预灭蝗种法"是当时普遍使用的灭蝗方法。裘诗记述的捕蝗方法相

---

① （清）张应昌编：《清诗铎》卷16，第520页。
② （清）张应昌编：《清诗铎》卷16，第520页。
③ （清）张应昌编：《清诗铎》卷16，第519页。
④ （清）张应昌编：《清诗铎》卷16，第517页。

当细致,包括蝻子的形貌、捕杀的时辰,掘沟的方位、形状,捕杀时所用的层层包围、三面推进的具体技巧,以及最后所用的掩埋方式,整个流程完整、无遗漏,非亲历者所不能道。

毕沅《捕蝗》说:"前人有成法,条理若掌指。圩岸出闲田,掘坑倍尺咫。土厚急覆压,火烈恣焚毁。"① 当蝗蝻变为蝗虫后,扑灭起来相对比较困难。火攻是一种主要的方法,在《诗经》中便已出现。吴师道《陈教授捕蝗宝坻》说:"我闻开元相姚崇,按稽古法畀火攻。"② 不管是在庄稼草丛中还是在野地上捕杀蝗虫,因其顽强的生命力,人们都须将其赶入沟中采用火烧的办法。因此法特别重要,《救荒活民书》还专门辟为一法,以后历代沿用之。不少诗篇中都涉及这两种方法。郑獬《捕蝗》说:"凿坑篝火齐声驱,腹饱翅短飞不起。"③ 元代王结《捕蝗叹》说"夜深然火更焚瘗"④。裘曰修《捕蝗行》亦说:"飞蛾赴焰蠢蠢同,末着惟余火攻好。"⑤ 曹溶《庚申六月初七日见飞蝗志叹二首》其一明确记述了捕蝗的方法:"烧田烈火埋深坎,击鼓灵风拜野祠。捕蝗法:掘地成坎,夜置火坎中,蝗争飞入,俟满而掩之。又民家祀神以祈免。"⑥

有的诗歌中还描写了生物捕蝗之法。生物捕蝗的历史由来已久。《康济录》记载元顺帝时,武陟县黑鹰食蝗虫;明成祖时,鸟数万食蝗虫。依古人的解释,这些鸟是因为感受到地方官的仁德而来的。《广事类赋·飞禽部·鹳鸲》云"吞蝗更可嘉",注曰:"《五代史》乾祐五年,鹳鸲食蝗,乃禁捕鹳鸲。"⑦ 明代陈世元《治蝗传习录》、陈世仪《捕蝗记》、李源《捕蝗图册》都提到了可用鸭食蝗。陈梓《鸭捕蝗》记述了鸭捕蝗的神奇效果,并为人们不礼敬鸭而鸣不平。其序曰:

---

① 杨焄点校:《毕沅诗集》卷35,第831页。
② 邱居里、邢新欣校点:《吴师道集》卷5,第79页。
③ (宋)郑獬:《郧溪集》卷26,第345页。
④ (元)王结:《文忠集》卷2,第218页。
⑤ (清)张应昌编:《清诗铎》卷16,第519页。
⑥ (明)曹溶:《静惕堂诗集》卷37,《清代诗文集汇编》,影印清雍正刻本,第45册,第522页。
⑦ (清)华希闵:《广事类赋》卷35,《续修四库全书》,影印清乾隆二十九年华希闵刻本,第1248册,第474页。

三月，上元县沿江产蝗，或献策，募捕坊鸭百千，食之殆尽，鸭亦随死，作《鸭捕蝗》。

诗曰：

江头产蝗地无缝，老农披蓑惊晓梦。谋夫孔多策谁贡，鸭来鸭来百千哄。五日腹半果，十日蝗尽喽。鸭肥田亦肥，捕蝗此良法。绿头能言笑而谑，周公制礼礼不周，迎虎迎猫不迎鸭。①

钱维乔《驱蝗行》也提到了鸭吃蝗虫、啄蝗子的功劳："君不见城濠边，水干鹅鸭飞在田。鸭能搜蝗啄蝗子，鸭肥可食相公喜。"②朱仕玠《驱螣词》写到了野鸭捕蝗："编竹梳虫虫满田，驱凫食虫老凫先。虫行蠕蠕凫喽喽，虫头呷尽禾舒叶。底用低头拜田祖，炎火之焚笑前古。"③一些诗作还提到了其他物种捕蝗虫。晁补之《莎鸡食蝗》说莎鸡可以吃掉蝗虫："莎鸡可怜尔吻利，驱蝗逐螂群披分。岂惟秋蝉畏螳斧，蝗亦为尔森跳奔。天下灾蝗凡几郡，安得尔辈盈千群。扬眉振羽如屯云，尔虽强聒谁烦闻。"④莎鸡就是俗称的"纺织娘"。刘敞诗中亦提到上千只形如鹳的大鸟吃掉了蝗虫。《栾城官舍纪事十首》其七曰："巧女从天来，啄肤剖其肠。"注曰："去秋飞蝗过境，有坠南宫、安乐两村者，正扑捕间，有黑虫似飞马蚁而大，食蝗殆尽，乡人名为巧女。"⑤冯兰《鹜食蝗》提到秃鹜捕蝗，其序曰："扬州属县蝗，在地为鹜所食，飞者以翼击死，诏禁捕鹜。"诗云："秃鹜秃鹜，胡不食鱼，胡不食蚁，念我民穷击蝗死。死蝗食尽苗复苏，慎勿捕尔长□□（按：万历本缺字作'尔雏'）。"⑥

蝗喜旱畏雨，雨能灭蝗。张锡爵《蝗自灭行》就有喜雨灭蝗的场景："夏月亢旱民心忙，属吏四出纷捕蝗。诏书恻怛迈前古，甘雨既雨凉风凉。

---

① （清）陈梓：《删后诗存》卷1，第236页。
② （清）张应昌编：《清诗铎》卷16，第519页。
③ （清）张应昌编：《清诗铎》卷16，第515页。
④ 傅璇琮等主编：《全宋诗》卷1129，第19册，第12811页。
⑤ （清）桂超万：《养浩斋诗稿》卷9，第385页。
⑥ 康熙《扬州府志》卷26《古乐府》，第1页，清康熙三年刻本。

吏归复命中丞喜，抱草蝗虫今自死。"① 张维屏《建昌捕蝗诗》云："捕蝗捕蝗，于野之西。崇朝其雨，化蝗为泥。"注曰："蝗性畏雨。"②

为了激发百姓的积极性，清政府还推行以粟易蝗法。周焘《敬筹除蝻灭种疏》引乾隆皇帝语曰："小民既可除害，复得糊口，自必踊跃从事。"③ 百姓既可除害，又可获得粮食，一举两得。此法运用较早。白居易《捕蝗》说："是时粟斗钱三百，蝗虫之价与粟同。"④ 诗人认为雇人捕蝗加重了百姓负担。郑獬《捕蝗》云："囊提籯负输入官，换官仓粟能得几。"⑤ 清代规定了以粟易蝗的具体标准："每打蚂蚱一升，给大制钱十文。"⑥ 清诗中多处提到此法。钱陈群《捕蝗谣》认为以粟易蝗要比鞭打更能激起百姓捕蝗的热情："不如捕蝗一斗易斗粟，长官何事烦敲扑。出粟不多蝗捕尽，秋书大熟登嘉谷。"⑦ 不少诗歌谈到以蝗易粟：

官司仓皇无良策，下令捕蝗较斗石。斗蝗斗粟何人为，我闻其事良嗟咨。⑧（严我斯《捕蝗谣》）

捕得但来献，捐粟赏格立。斗粟易斗蝗，庶几捕之力。⑨（周正《捕蝗代作》）

升斗积丘山，秉畀炎火功。⑩（郭起元《纪蝗行》）

出俸钱以收买，祷神祇于乡傩。⑪（陶誉相《蝗不食禾谣呈徐稚兰太守》）

乾隆十七八两年，直隶大蝗，严旨督捕，复准州县以米易蝗，作

---

① （清）张应昌编：《清诗铎》卷16，第518页。
② （清）张维屏：《松心诗录》卷7，（清）张维屏撰，关步勋等标点《张南山全集》，广东高等教育出版社1994年版，第3册，第131页。
③ （清）贺长龄、魏源编：《清经世文编》卷45，1079页。
④ 顾学颉点校：《白居易集》，第65页。
⑤ （宋）郑獬：《郧溪集》卷26，第345页。
⑥ 李文海、夏明方主编：《中国荒政全书》，第2辑，第1卷，第720页。
⑦ （清）钱陈群：《香树斋诗续集》卷3，第260页。
⑧ （清）严我斯：《尺五堂诗删初刻》卷4，第389页。
⑨ （清）张应昌编：《清诗铎》卷16，第517页。
⑩ （清）张应昌编：《清诗铎》卷16，第519页。
⑪ （清）张应昌编：《清诗铎》卷16，第521页。

正报销，蝗积如山，禾无大损，附记于此。①（颜光敏《驱蝗》诗注）

有的诗歌还写到官府以钱收购蝗虫。《建昌捕蝗诗》曰："捕蝗捕蝗，购蝗以钱。穷民趋利，走捕争先。老者一筐，幼者一肩。沽之沽之，价十百千。但愿无食民之苗，无害民之田，吁嗟乎！官敢惜钱！"②

官民一心，整个社会积极捕蝗，当然会减少损失，有利于社会稳定与发展。但官吏若一心只想着政绩，不关心百姓的利益，也会给百姓带来极大的危害。这种危害表现在官吏向百姓强行摊派勒索，肆意践踏庄稼。乾隆皇帝深知其害，官吏捕蝗时，"然若携带多人，需索供应，则农民转受滋扰。捕蝗之害，更甚于蝗，此尤其大不可者"③。

赵良澍《捕蝗行》写官府借治蝗加重百姓的负担：

尔富出钱贫出力，不则盛怒加鞭笞。十人九人往从役，鸡犬不得安茅茨。霜风一夜蝗虫死，县吏又来掘蝗子。累累蝮蜟入地伏，哀哀野老向天哭。共看秋成节序过，草枯沙白无遗禾，蝗之为害诚无多。待得冬来三尺雪，冻且僵矣如我何。眼前之人无处避，呜乎蝗乎贤于吏。④

治蝗灾，富人出钱，穷人出力，十人中九人服劳役，官吏之害甚于蝗虫之害。蝗灾只持续一段时间，官吏的残害则无时不在。盛大士《捕蝗行》描写了捕蝗者对土地的肆意践踏："勤者受赏惰者罚，戟手相奋肩相摩。践踏秧田若土芥，道旁醉尉烦驰诃。"⑤沈兆沄《捕蝗行》写捕蝗者随意践踏庄稼："率以伍伯若追逋，践踏青苗萎鳞隰。我田已蹂蝗未泯，官捕不如民捕真。"⑥

---

① （清）张应昌编：《清诗铎》卷16，第516页。
② （清）张维屏：《松心诗录》卷7，《张南山全集》，第3册，第131页。
③ 《钦定大清会典则例》卷118，《文渊阁四库全书》，第623册，第541页。
④ （清）赵良澍：《肖岩诗钞》卷2，《续修四库全书》，影印清嘉庆五年泾城双桂斋刻本，第1464册，第156页。
⑤ （清）盛大士：《蕴愫阁诗续集》卷2，《续修四库全书》，影印清道光四年刻本，第1493册，第607页。
⑥ （清）沈兆沄：《织帘书屋诗钞》卷5，《清代诗文集汇编》，影印清咸丰二年刻本，第546册，第41页。

梁道燮的《高阳捕蝗曲》详细描写了高阳县令假捕蝗之名对百姓的危害：

> 鸣锣轿马纷成行，高阳县令出捕蝗。传令村中起夫役，地保乡约走且僵。有夫出夫无夫钱，一夫百钱例有常。父老闻声竟来迓，大呼爷爷跪路旁。愿求爷爷别地捕，蝻蝗不到我村庄。黑鞭前导叱之起，恣意蹂躏足踏将。愈捕愈有有且多，群蝗之势何猖狂。官去蝗死十二三，周视田稼成空场。小民吞声不敢言，归敛夫价缴公堂。十日五日钱已齐，文书捏报上官忙。宰猪杀羊谢蝗神，糜费演戏乐洋洋。呜呼！蝗神蝗神如有灵，胡为享县令之牲醴而不食县令之肺肠。①

县令下去捕蝗，要求百姓"有夫出夫无夫钱，一夫百钱例有常"。老百姓宁可蝗虫来也不愿官吏来，如果说蝗虫只是吃掉部分庄稼的话，官吏则会毁掉绝大部分庄稼，"黑鞭前导叱之起，恣意蹂躏足踏将。愈捕愈有有且多，群蝗之势何猖狂。官去蝗死十二三，周视田稼成空场"。官吏向百姓摊派勒索非常残酷："小民吞声不敢言，归敛夫价缴公堂。十日五日钱已齐，文书捏报上官忙。"他们用百姓的钱来请戏。所以百姓希望蝗神吃掉这些贪官，才能解心头之恨。"呜呼！蝗神蝗神如有灵，胡为享县令之牲醴而不食县令之肺肠。"百姓遭遇蝗灾，再加上官吏的剥掠，生活更是雪上加霜。官吏捕蝗本来是为民除害，结果却变成了为民添害。何纶锦的《捕蝗谣》亦对官吏危害百姓的行为进行了揭露：

> 东村西舍奔走忙，喧传县吏来捕蝗。杀鸡置酒款县吏，醉饱之后行披猖。驱民入野供役使，踏遍田头及田尾。蝗孽未除十二三，蝗食余禾尽践死。蝗惊起向他处飞，县吏怒逐如合围。……父老殷勤重致词，为君醵钱作酒资。家科户敛入囊橐，按籍征收无一遗。县吏笑入城中去，父老回首捕蝗处。仰天太息不忍归，又见飞蝗下如雨。②

---

① （清）张应昌编：《清诗铎》卷16，第521页。
② （清）张应昌编：《清诗铎》卷16，第520页。

捕蝗官吏到农村田间后，目的并不是捕蝗，而是攫取私利、大肆吃喝。在驱蝗时，他们根本不顾及百姓的庄稼，踩踏的庄稼比蝗虫吃掉的要多得多，临走时还不忘再捞一把。百姓宁可遭蝗灾也不愿受官吏盘剥，真可谓"苛政猛于蝗"。"官符捕蝗下村落，捕蝗之人胜蝗毒。蝗食民田民无谷，官食民膏民日蹙。"①"只恐人蝗多，蛊毒尤难防。"② 如果说蝗害出现有时的话，则官吏的危害无时无刻不在。"吁嗟乎！蝗灾食民苗，吏酷食民膏。蝗食民苗诚可忧，吏食民膏何时瘳。捕蝗不如捕虐吏，宽租停扑蝗何尤。"③ 如果没有了官吏的盘剥，即使有蝗虫也并不可怕。

第三节　仁政除灾

依照灾异谴告说，灾害的出现是上天对统治者道德亏损、治理不力的告诫。统治者若能及时修德悔改，可感动上天停止灾害，重归社会安宁。

一

修德是一种重人事的消灾方法。陆世楷《虫异有序》说："上天休咎岂易知，勤修人事灾应弭。"④ 在古人看来，灾害的出现都源于政治问题，这从商汤祈雨的自我反省便可看得很清楚："政不节与？使民疾与？何以不雨至斯极也！宫室荣与？妇谒盛与？何以不雨至斯极也！苞苴行与？谗夫兴与？何以不雨至斯极也！"⑤ 这可以说是罪己诏的滥觞。此传统为后世帝王所继承。《春秋公羊传·桓公五年》曰："大雩者何？旱祭也。"何休注云："君亲之南郊，以六事谢过，自责曰：政不一与？民失职与？宫室荣与？妇谒盛与？苞苴行与？谗夫倡与？使童男女各八人，舞而呼雩，故谓之雩。"⑥ 可见，先秦的君主已经意识到灾害的出现是自己统治不善造成

---

① （清）张应昌编：《清诗铎》卷16，第523页。
② （清）张应昌编：《清诗铎》卷16，第523页。
③ （清）严我斯：《尺五堂诗删初刻》卷4，第389页。
④ （清）沈季友编：《槜李诗系》卷25，《文渊阁四库全书》，第1475册，第575页。
⑤ （清）王先谦撰，沈啸寰、王星贤点校：《荀子集解》卷19，第504页。
⑥ （汉）公羊寿传，（汉）何休解诂，（唐）徐彦疏：《春秋公羊传注疏》，《十三经注疏》（标点本），第84页。

的。到了董仲舒，提出了著名的灾异谴告说："凡灾异之本，尽生于国家之失。国家之失乃始萌芽，而天出灾害以谴告之；谴告之而不知变，乃见怪异以惊骇之；惊骇之尚不知畏恐，其殃咎乃至。以此见天意之仁而不欲陷人也。"① 国家政治黑暗，君臣无道会导致灾害出现，这是上天在警告统治者。此时君臣改过从善，灾害便会消失。但若一意孤行，执迷不悟，小灾酿成大祸，甚者会有亡国之祸。自此以后，睹灾省政则成了人们的思维定式，这在纬书中体现得更为明显。《春秋感精符》说："贪扰生蝗。""国大旱，冤狱结。旱者，阳气移精不施，君上失制，奢侈僭差，气乱感天，则旱征见。"②"阴盛臣逆，民悲情发，则水出河决也。"③ 雍正帝说："凡水旱蝗蝻之灾，或朝廷有失政，则天示此以警之，或一方之大吏不能公正宣猷，或郡县守令不能循良敷化，又或一郡一邑之中，风俗浇漓，人心险伪，以致阴阳沴戾，灾祲荐臻。所谓人事失于下，则天道变于上也。"④ 所以每当灾祸来临时，皇帝下罪己诏。大臣作为皇帝的辅佐，也要承担相应的责任，检讨自己的过失，上疏批评朝政的弊病，希望皇帝有针对性地采取措施，如释罪囚、减赋税、放佞臣、举贤良、出宫女、节支出等。

天子集所有权力于一身，当然要为天下所有的事负责。皇帝个人的品格与作为，关系天下人的安危祸福。当灾害来临时，皇帝要表现出足够的担当，及时改善政治，以德消灾。王十朋《太白昼见》说："吾皇修德应彼苍，去谗远佞任忠良。推诚纳谏正纪纲，内修政事仍外攘。誓雪国耻还封疆，强虏当弱吾当强。《天文志》：太白与日争明，强国弱，弱国强。天戒为福非为殃，愿勿徒以虚文禳。"⑤ 孙承恩《修德应天赋》说得非常清楚："臣闻皇者遇灾则增修其道，帝者遇灾则增修其德，王者遇灾则增修其政。盖自古帝王，虽已明圣，无可瑕疵，然其遇天变也，未尝敢谓不由己致，益加修省。此其所以益明益圣，天心慰悦，转灾为祥。伏愿陛下以古帝王为师，恪谨天灾，增修德政，求所未尽者，而必尽之，以仰塞天心，则灾变

---

① 苏舆撰，钟哲点校：《春秋繁露义证》卷8《必仁且智》，第259页。
② ［日］安居香山、中村璋八辑：《纬书集成》，河北人民出版社1994年版，第743页。
③ ［日］安居香山、中村璋八辑：《纬书集成》，第744页。
④ （清）允禄编，（清）弘昼续编：《世宗宪皇帝上谕内阁》卷34，第414册，第302页。
⑤ （宋）王十朋撰，（宋）王闻诗、王闻礼编：《梅溪集·梅溪后集》卷7，第370页。

之弭，可不旋踵矣。"① 又提到具体做法："恐惧修省，秉诚心于渊默；消伏感召，达精意于昊穹。留神于万几之烦，致勉乎五事之德。事有所当举，断之以必行；义有所当从，主之以不惑。用舍刑赏，一毫不徇乎私；号令政教，百事必责乎实。究民隐而俾无壅蔽，沛德意而务无阻厄。"②

颂扬皇帝行仁政而消除灾害的作品为数不少。白居易《贺雨》写当朝皇帝为消弭旱灾而采取的一系列仁政：

> 皇帝嗣宝历，元和三年冬。自冬及春暮，不雨旱爁爁。上心念下民，惧岁成灾凶。遂下罪己诏，殷勤告万邦。帝曰予一人，继天承祖宗。忧勤不遑宁，夙夜心忡忡。元年诛刘辟，一举靖巴邛。二年戮李锜，不战安江东。顾惟眇眇德，遽有巍巍功。或者天降沴，无乃儆予躬。上思答天戒，下思致时邕。莫如率其身，慈和与俭恭。乃命罢进献，乃命赈饥穷。宥死降五刑，已责宽三农。宫女出宣徽，厩马减飞龙。庶政靡不举，皆出自宸衷。奔腾道路人，伛偻田野翁。欢呼相告报，感泣涕沾胸。顺人人心悦，先天天意从。诏下才七日，和气生冲融。凝为悠悠云，散作习习风。昼夜三日雨，凄凄复蒙蒙。万心春熙熙，百谷青芃芃。人变愁为喜，岁易俭为丰。乃知王者心，忧乐与众同。皇天与后土，所感无不通。③

皇帝目睹旱灾，寝食不安，忧心忡忡，连下罪己诏，赈灾、减刑、出宫女、减少马匹，终于感动得天降大雨，歉年转为丰年。杨士奇《恤旱有序五首》的序将朝廷为消除灾害所采取的措施记录得非常清楚："亢旱数月，加之蝗灾，畿内盖甚。诏选廷臣，清理两京及四方刑狱，疏其滞而辨其枉。不及半月，北京之狱疏辨过半，传颂载道，甘霈凡再，耕者大悦。于是台宪言致旱之由概，劾朝臣而洁秽渚焉。皇上仁明，诏悉宽贷，惟严贪者之戒。"④ 清理问题案件，探讨执政过失，皇帝对百姓施以仁爱，对问题官员宽大处理，对贪官严厉查处。诗说：

---

① （明）孙承恩：《文简集》卷8，《文渊阁四库全书》，第1271册，第129—130页。
② （明）孙承恩：《文简集》卷8，第131页。
③ 顾学颉点校：《白居易集》卷1，第1页。
④ （明）杨士奇：《东里集·东里续集》卷60，《文渊阁四库全书》，第1239册，第512页。

> 亢阳三月余，诏下宽刑狱。囹圄半空虚，甘霖稍沾足。
> 台章论致旱，概斥政事臣。泾渭无分别，包容荷帝仁。
> 圣主勤恤民，贪夫昧罪己。天听岂不近，骎骎未知止。

作者也对自己的素餐无能表达了愧疚之意："官廪之所储，农力苦不易。燮理无寸能，素餐重忧愧。"① 李振裕作为奉命勘荒的官员，对朝廷内外的弭灾措施都很明了，其《奉命勘荒畿辅感赋十首》其八记录了帝王所采用的仁政举措：

> 恤荒载周礼，祭肺古所谏。二谷偶不登，尚方撤凫雁。一从畿辅灾，宫中罢欢宴。吾皇重民瘼，斋心屡减膳。咨儆日临轩，温语出三殿。寒冱曾几时，伫待阳春转。②

当全国发生大旱时，康熙暗想："朕登九五，海晏河清，年丰岁稔，为何这等亢旱，缺雨苦民？莫非朕有失德之处，上帝震怒，警诫于朕。"③ 自然地将旱灾归结为自己统治不力。

旱灾通常被认为由法律过严引发，所以就有作品希望帝王减轻刑罚而消除旱灾。明代申佳胤《清狱》便是这样一首诗：

> 下车泣囚心，千载生生意。顾兹缧绁场，惨烈魂为悸。旱魃煽炎威，能无冤气积？斋沐虔以清，涤扫周为视。爰筑好生房，庶广犴狴嗣。入狱疫自除，生子吴为字。善气满悭囊，慈航渡法地。虐吏何为者，竟以杀为媚。④

明代吴宽《送陈、何两郎中分行南北虑囚》是写因天下大旱，陈、何两郎中领帝王旨意力避冤狱之出现：

---

① （明）杨士奇：《东里集·东里续集》卷60，第513页。
② （清）张应昌编：《清诗铎》卷16，第529页。
③ （清）无名氏撰，谢振东校订：《施公案》第94回，宝文堂书店1982年版，第221页。
④ （明）申佳胤：《申忠愍诗集》卷1，《文渊阁四库全书》，第1297册，第473页。

迩来旱灾及千里，宸衷恻恻忧吾氓。谓兹感召必有自，玺书早谕秋官卿。死囚已释十五六，尚恐枉抑连神京。遥遥甸服隔南北，一朝妙选令分行。行哉星象动贯城，此事付托殊不轻。亦知仰副九重意，轩车所至无冤声。他时狱案总驰奏，覆视何用烦廷评。①

大臣享有天子赐给的权力，也要承担相应的责任，为一方的安危负责。一旦灾害来临，大臣要检讨过失，作品中不乏这样的题材。元稹因823年同州旱灾而对自己的统治政策进行了全方位的反思：

团团囹圄中，无乃冤不申。扰扰食廪内，无乃奸有因。轧轧输送车，无乃使不伦。遥遥负担卒，无乃役不均。今年无大麦，计与珠玉滨。村胥与里吏，无乃求取繁。符下敛钱急，值官因酒嗔。诛求与挞罚，无乃不逡巡。生小下俚住，不曾州县门。诉词千万恨，无乃不得闻。强豪富酒肉，穷独无刍薪。俱由案牍吏，无乃移祸屯。官分市井户，迭配水陆珍。未蒙所偿直，无乃不敢言。有一于此事，安可尤苍旻。借使漏刑宪，得不虞鬼神。自顾顽滞牧，坐贻灾沴臻。上羞朝廷寄，下愧闾里民。岂无神明宰，为我同苦辛？共布慈惠语，慰此衢客尘。（《旱灾自咎贻七县宰同州》）②

明代孙绪《甘霖谣序》提及地方官以为天旱不雨乃因治地有冤案而起，故"急移牒高位，乞为豁除，天乃大雨，远近沾洽，岁谷用登，民欣欣以相告"。诗曰："却恐民心百冤控无地，和风乖戾高阳愆。君不见，东海湄，冤孝妇，三月亢旱成焦土。又不见，政不节，祷桑林，自责片语天为霖。急寻案牒理故事，眼底纷纷拂人意。强将征役代他邦，忍胺膏脂媚大位。"③当自己的治地发生大水灾后，梅尧臣萌生了很强的自责意识："不如无道国，而水冒城郭，岂敢问天灾，但惭为政恶。湍回万瓦裂，槎向千林阁，独此怀百忧，思归卧云壑。"④谢廷柱《涿郡张守四咏·夏祷甘

---

① （明）吴宽：《家藏集》卷18，《文渊阁四库全书》，第1255册，第133—134页。
② 冀勤点校：《元稹集》卷4，第37—38页。
③ （明）孙绪：《沙溪集》卷18，《文渊阁四库全书》，第1264册，第689页。
④ 朱东润编年校注：《梅尧臣集编年校注》卷10，上海古籍出版社1980年版，第159页。

霖》说:"望霓民皇皇,桔槔力已竭。太守视四境,忧恫如就爇。祈天深自咎,臣职无乃缺。至诚乃回天,大雨漫原垤。焦然就槁苗,勃尔生意苗。"① 其美政善举也会消除当地灾害。明代诗人童佩《雨后陇上作》写了大旱时太守行仁政而甘霖降下之事:"太守重民命,斋心日为祷。宴会止酒浆,舆服却华藻。特牲不轻荐,公庭榜掠少。回天信人力,甘霖忽倾倒。旱魃方漫空,倏焉尽驱扫。"② 面对境内旱灾,涿郡太守深刻自省:"祈天深自咎,臣职无乃缺。"③ 他感动了上天降雨,解除了旱情。杨士奇《恤旱有序五首》也对自己的素餐无能表达了愧疚之意:"官廪之所储,农力苦不易。燮理无寸能,素餐重忧愧。"④

李振裕《奉命勘荒畿辅感赋十首》其九记述了地方官吏应当恪尽职守,关爱百姓:

圣皇勤宵旰,群工宜战栗。狱讼关民生,毋令紊法律。征敛有科条,毋令诛求亟。豪家贱牢醴,毋令骄且溢。贫民易长偷,毋令陷盗贼。数者一不平,天灾何由息?敢告百有位,敬慎忧厥职。⑤

有时帝王为了转嫁责任,要找到替罪羊,东汉时便有策免三公的行为。以后历朝就有逢灾考核吏治、罢免官员的做法,一些官员也会自动提交辞呈,承揽责任。明代吴宽便以旱灾为由请求罢归还乡,而皇帝不允许,因此作《乞归不遂时第三疏以旱灾避位为词蒙御批勉起供职等语》以明此意:"银台投疏列三回,批答频惊御笔来。过料残生蒙帝力,误居高位召天灾。老身况复加多病,明主何曾弃不才。恩旨下临当勉起,就令供职已衰颓。"⑥ 诗中称自己乃平庸之辈,谬居高位,再加上年老多病,招致旱灾,请求引咎辞职。

在朝政黑暗、灾害四起时,一些权臣奸臣需要为此负责,这也成为忠

---

① (明)曹学佺编:《石仓历代诗选》卷450,《文渊阁四库全书》,第1393册,第74页。
② (明)童佩:《童子鸣集》卷1,第405页。
③ (明)曹学佺编:《石仓历代诗选》卷450,第74页。
④ (明)杨士奇:《东里集·东里续集》卷60,第513页。
⑤ (清)张应昌编:《清诗铎》卷16,第529页。
⑥ (明)吴宽:《家藏集》卷30,第233页。

臣反击奸臣的一个重要理由。《梼杌闲评》第40回写到水灾、旱灾、火灾、地震接连不断的原因是："魏忠贤残害扬州，又攘夺他人之功，将侄子分茅列土，忽把个村夫牧竖，平白的与元勋世爵同列朝班，不独人心不服，天道也是恶盈的。于是四方生出许多灾异来，各处告灾的文书，纷纷似雪，报到各衙门。"① 大家把批判的矛头对准魏忠贤，希望处置他，以消天怒人怨。

二

修德亦是消除蝗虫的一种重要方法。陈芳生《捕蝗考》曰："蝗未作，修德以弭之。"② 《康济录》卷4《捕蝗必览》云："故有牧民之责者，果能以生民为己任，省刑罚，薄税敛，直冤枉，急赈济，洗心涤虑，虽或有蝗，亦将归于乌有而不为害矣。如卓茂、宋均、鲁恭诸君子载在前集，皆班班可考也。"③ 同书又记卓茂之事："汉平帝时，卓茂为密令。天下大蝗，河南二十余县皆被其灾，独不入密县界。"④ 这一事件成为修德除蝗的经典案例。很多人以为，只要官员品德足够高尚，即使蝗虫来了也不会为灾。另外一件为人称道的事是唐太宗吞蝗。《贞观政要·务农》载：

> 贞观二年，京师旱，蝗虫大起。太宗入苑视禾，见蝗虫，掇数枚而咒曰："人以谷为命，而汝食之，是害于百姓。百姓有过，在予一人，尔其有灵，但当蚀我心，无害百姓。"将吞之，左右遽谏曰："恐成疾，不可。"太宗曰："所冀移灾朕躬，何疾之避！"遂吞之。自是蝗不复为灾。⑤

唐太宗为了百姓的利益，宁可牺牲自己的身体健康，吞吃蝗虫，感动了上天，从而使蝗不成灾。元人戈直甚至把唐太宗吞蝗与汤以身代祷相提并论。

---

① （明）佚名撰，刘文忠点校：《梼杌闲评》，第446页。
② 李文海、夏明方主编：《中国荒政全书》，第2辑，第1卷，第30页。
③ （清）陆曾禹：《钦定康济录》卷4，《中国荒政全书》，第2辑，第1卷，第440页。
④ （清）陆曾禹：《钦定康济录》卷3，《中国荒政全书》，第2辑，第1卷，第370页。
⑤ （唐）吴兢编著：《贞观政要》卷8，上海古籍出版社1978年版，第237页。

有人将官吏有德视为除蝗最重要的手段：

或曰："然则治蝗有术乎？"余应之曰："史传称蝗不入境，蝗不为灾，如鲁恭、宋均、马援、谢夷吾之属，班班可考，是在良有司而已。次则斋宿虔祷于八蜡、刘猛诸神，冀其驱而远之。又其次，用古捕蝗法，杀之、坑之。若欲以食蝗已蝗，真策之下也。"①

夏筌将除蝗之法分为四等：修德最上，其次巫术，再次捕杀，最后食蝗。

在古人看来，蝗灾是能以德去之的。白居易便深信能以德去蝗，其《捕蝗》说："我闻古之良吏有善政，以政驱蝗蝗出境。又闻贞观之初道欲昌，文皇仰天吞一蝗。一人有庆兆民赖，是岁虽蝗不为害。"② 有的作品还歌颂了那些蝗不入境或蝗入境不为灾的地方官。《明诗综》记："博兴韩珝令太康，多异政，蝗不入境。民谣曰：'欲蝗不复堕，须是韩公过。欲蝗不为灾，须是韩公来。'"③ 谢廷柱《涿郡张守四咏·飞蝗避境》曰："涿人夸神奇，往事耳曾习。飞蝗方蔽空，涿境独不入。匪物为驱除，如避不敢集。么么亦何知，厥柄宜有执。民曰侯之功，太守谢不及。"④

杨琄《驱蝗》曰："名邦独仗使君力，飞蝗不敢来神州。"⑤ 严我斯《捕蝗谣》说"君不见昔日中牟鲁恭化，飞蝗不敢伤禾稼"⑥。诗人希望出现像鲁恭那样的清官，感动蝗虫不为害成灾。陶誉相《蝗不食禾谣呈徐稚兰太守》形象地记述了太守因行仁政而蝗不食禾的神奇事件出现，再一次印证了"蝗避良吏"的传统观念：

蝗之神，人不敢侮；蝗之食，人不能阻。奇哉道光丙申秋，蝗不

---

① （清）夏筌：《退庵笔记》卷12，《近代中国史料丛刊》，影印《海陵丛刻》本，台湾文海出版社1966年版，第965册，第382—383页。
② 顾学颉点校：《白居易集》卷3，第65页。
③ （清）朱彝尊编：《明诗综》卷100，第1460册，第926页。
④ （明）曹学佺编：《石仓历代诗选》卷450，第74页。
⑤ （清）张应昌编：《清诗铎》卷16，第520页。
⑥ （清）严我斯：《尺五堂诗删初刻》卷4，第389页。

食禾,滁州真乐土。一解

官尽心,民尽力。仁者之疆,禾不敢食。过山则停,遇冈斯集,绕却田塍抱榛棘。君不见昨日尺深今日无,东飞入海苍波黑。五解

公曰嘻,吾民淳良天佑之。民曰嘻,吾官清廉天佑之。是乃至圣在位,大贤为治。一人有庆,万姓恬熙。蝗不曰蝗,而乃盛世之螽斯。六解①

统治者若有一颗为百姓不计个人得失甚至甘愿捐躯的诚心,自会感动上天,使蝗虫不至成灾。张锡爵《蝗自灭行》写蝗虫由于降雨而死亡,"诏书恻怛迈前古,甘雨既雨凉风凉。吏归复命中丞喜,抱草蝗虫今自死",诗人归之为"惟德召和民所荷"。②希望出现好的官员而让百姓免于蝗灾是文人的理想。《鹊捕蝗》则写安东飞蝗遍野,百十只乌鹊捕杀蝗虫。诗人以为此乃地方官贤德所致:"乌鹊岂有凤凰德,凤不食蝗鹊竟食。飞蝗畏鹊不畏人,鹊见蝗喜人悲辛。邻邑报蝗不害稼,人言贤尹德政化。我愿盛德修贤尹,早禁飞蝗莫入境。"③《上云汀中丞一百二十八韵即以介五十寿》则颂美陶澍德至禽物,"飞蝗不损稼",注曰:"凤、颍蝗,公率属祷于刘猛神庙。宿州青蛙尢数食蝗,怀远有鸟雀数万啄蝗,俱一日而尽。"④

反之,若一个人无德,则可能招致蝗灾。《诗林广记·后集》卷10录刘攽《寄荆公》云:"青苗助役两妨农,天下嗷嗷怨相公。惟有蝗虫偏感德,又随车骑过江东。"下引《泊宅编》云:

荆公罢相,出镇金陵,时飞蝗自北而南,江东诸郡皆有之。百官饯荆公于城外,刘贡父后至,追之不及,见其行榻上有一书屏,因书一绝以寄之。⑤

---

① (清)张应昌编:《清诗铎》卷16,第521—522页。
② (清)张应昌编:《清诗铎》卷16,第518页。
③ (清)谢元淮:《养默山房诗稿》卷30《云台集》,第1512册,第180页。
④ (清)谢元淮:《养默山房诗稿》卷19《苏台集》,第1512册,第86页。
⑤ (宋)蔡正孙撰,常振国、降云点校:《诗林广记·后集》卷10,中华书局1982年版,第430页。

古人认为神掌管着灾害的降临与除灭，灾害降临时，他们向神祈祷、祭祀，希望神能怜悯百姓、消除灾害。同时，古人也没有坐以待毙，他们积极同灾害抗争，力争减轻灾害的影响。在抗灾救灾上，古人先靠神再靠己，呈现人神并用的态势。

第五章 双管齐下赈灾黎

赈灾是解决灾民生活、稳定社会秩序、降低灾害的危害、完成灾区重建的重要工程，是救灾的中心环节。赈济有官赈与私赈，两者互为补充。官赈是官方组织的赈济行为，私赈是民间的赈济行为。古代文学中记录了丰富的赈灾措施，有的沿用至今。

第一节 官方赈灾

古代的财富主要集中在各级政府中，灾荒期间，只有官府才能调动大批的人力、物力、财力，对灾民进行有效的救济。官方是赈灾主体，在很大程度上决定着灾情的走向与救灾效果。但因为制度的影响，一些官吏不及时上报灾情、隐瞒或虚报灾情，救灾中弄虚作假，徇私舞弊，加重了灾情。官府所采取的赈灾措施主要有以下几种。

一 移粟

移粟是将别地的粮食运到灾区，以救灾民燃眉之急，是解决粮食匮乏的重要方法。最早提出移粟思想的是孟子：

> 梁惠王曰："寡人之于国也，尽心焉耳矣。河内凶，则移其民于河东，移其粟于河内。河东凶亦然。"（《孟子·梁惠王上》）①

这里有移民与移粟两种策略。文学作品中提到移粟的，为数不少。宋

---

① （汉）赵岐注，（宋）孙奭疏：《孟子注疏》卷1，第9页。

代王之道《和徐季功舒蕲道中二十首》其一三说："欲识吾君圣与仁，泽流寰海众熙春。两淮饥馑方移粟，六辔驰驱不惮勤。"① 两淮地区饥馑，朝廷采用移粟的办法来救济，让很多灾民渡过了危难。王越《王都宪经纶治化》赞美王都宪"救荒善政知多少，尽在经纶两字间"。其所言善政，便是移粟，"救荒曾为民移粟，执法不容官要钱"②。明代吴国伦《马大参行赈下邑赋赠》亦言马大参奉命赈灾："橄下纷移粟，恩均陋发棠。万民争蚁附，群盗敢鸱张。"③ 其采用移粟的方法，深得民心，既避免了拥挤，也避免了强盗作乱，比发仓赈饥效果好得多。明代林希元《去泗州柬诸同志二首》其二告诫同僚要做好赈饥与剿贼的工作："移粟赈饿殍，单车驯剧贼。"④ 贺甫《送刘绣衣还朝》言吴中水旱交替，粮食缺乏，最好的救灾方法是移粟，"无过移粟救饥馁"。这样做好处多多："损上益下终成益，天地不交非是泰。民不饥兮盗不生，赤子亦得免于罪，君臣上下安其位。"⑤ 国家虽经济上有损失，但百姓得到粮食，不会去为非作歹，保证了社会安定。

当发生大面积灾荒时，灾民无衣无食，移民会增加他们死在路上的风险，而移粟可保证将灾民伤害降至最小。清代胡凤丹《宜昌水灾篇》提出采用移粟的长处："救灾恤邻本古道，夏潦淫霖况秋潦。河内河东频告凶，移民何如移粟好。"⑥ 移民会带来二次伤害，移粟效果会更好。焦循《虎鲨吟》以实例说明了移粟相对移民的好处所在："忆昔值荒岁，有田无能耕。农夫率妻子，就食梁与荆。荆梁远复远，途路嗟难行。制府川中来，巨舰移新粳。居者不饿死，散者归乡闬。"⑦ 官府运来大量粮食，保证了灾民的

---

① （宋）王之道撰，沈怀玉、凌波点校：《相山集点校》卷14，北京图书馆出版社2006年版，第177页。
② （明）王越：《黎阳王太傅诗文集》卷上，《四库全书存目丛书》，影印明嘉靖九年刻本，集部，第36册，第481页。
③ （明）吴国伦：《甔甀洞续稿》卷7，《续修四库全书》，影印明万历刻本，第1350册，第755页。
④ （明）林希元：《同安林次崖先生文集》卷17，《四库全书存目丛书》，影印清乾隆十八年陈胪声诒燕堂刻本，集部，第75册，第733页。
⑤ （明）钱谷编：《吴都文粹续集》卷51，第587页。
⑥ （清）胡凤丹：《退补斋诗存》卷6，《清代诗文集汇编》，影印清同治十二年退补斋鄂州刻本，第693册，第50页。
⑦ 刘建臻点校：《焦循诗文集·雕菰集》卷2，第23页。

吃饭问题，避免了灾民再受颠沛流离之苦。黄遵宪《福州大水行同张樵野丈荫桓龚霭人丈易图作》提到光绪二年（1876）福州大水，当地政府到江浙采购米："况闻移粟苏喘息，自雍及绛来千艘。"①钱仲联注引《福建通志》说："遣轮船赴江、浙等处运米。"又引《左传》曰："晋荐饥。秦于是输粟于晋，自雍及绛相继，命之曰泛舟之役。"②

移粟是朝廷将未受灾地区的粮食运到受灾地区，但如果未受灾地区粮食产量不足的话，移粟就会成为一个大难题。汪光燨《川米来》写了由于江淮奉命移粟江右所带来的巨大压力："去年楚北饥，今年江右旱。诏发江淮粟，亟往拯其难。江淮雨少非有秋，江淮谷贵民心忧。忽闻川米来上游，悬知蜀氛近已休。四川米来米价折，江淮谷贱大吏悦。大吏且莫悦，小民纷纷更求雪。"③江淮遭遇旱灾，收成不好，粮食价格高，还要给江右供粮，多亏有四川米到，才抑制了本地粮价的增长。移粟需要将未受灾地区粮食运到灾区，要出人出粮，会给当地百姓带来沉重负担。查慎行《苦旱》说："可怜关中旱，移粟累晋楚。粮船从东来，挽送方接武。时方挽运入楚漕艘。家家募丁壮，日日候江浒。宁知馈运人，自迫忍饥苦。天心莽难测，含痛向谁语。"④何绍基《闻浙东大荒本省亦受其波累感事一首乙亥》便写了由于浙江大荒而连累湖南之事：

> 石门早闭日未夕，一方大歉已足惜。何堪复作余波及，藩金十万下湘国。白衣往返米未得，时以银十万，于本省买籴未得。可怜先年澧水溢。去岁澧州大水。民间不免有菜色，那堪又效移粟策？容得江淮来就食，钦惟圣主长太息。农坛默祷求神力，庶几待刘王官麦。我辈何劳忧劝籴？⑤

移粟通常要长距离、大批量地运输粮食，需要大量的人力与财力，还

---

① （清）黄遵宪著，钱仲联笺注：《人境庐诗草笺注》卷2，上海古籍出版社1981年版，第170页。
② （清）黄遵宪著，钱仲联笺注：《人境庐诗草笺注》卷2，第172页。
③ 钱仲联主编：《清诗纪事·乾隆朝卷》，第11册，第7598页。
④ （清）查慎行著，周劭标点：《敬业堂诗集》卷14，上海古籍出版社1986年版，第399页。
⑤ （清）何绍基著，曹旭校点：《东洲草堂诗集》卷1，上海古籍出版社2006年版，第3页。

需要非受灾地区的配合与支援,才能得以实现。仅凭官府一方,受多种因素制约,很难做好。如能调动商人与富民参与,给他们政策支持,既让他们有钱可赚,又让灾民有粮可吃,可谓双赢。沈德潜《哀愚民效白太傅体》说:"转粟楚蜀间,屯积遍涯隩。商利权奇赢,民利实釜灶。彼此两相须,歉岁补润耗。不知何人斯?建议与众拗。常平博虚名,商屯竟一扫。""安民在通商,利倍商远到。粟多价自平,赈荒有成效。"① 在作者看来,移粟既让商人得到了利润,又让百姓有了粮食,一举两得。如果单纯强调平价售粮,打击商人积极性,实则加剧缺粮危机。王阮《代胡仓进圣德惠民诗一首并序》提倡各地粮食互通有无,尤其鼓励商人向灾区运送粮食:

蔑问秦输闭,专稽稷懋迁。陆资流马运,水作泛舟连。凡属灾伤事,深将利害研。兼并勤告谕,商旅渐喧阗。市直虽翔踊,官收却痛蠲。北来因鼎粟,南至出渠船。分路招籴,广米自灵渠出。稍稍收成廪,纷纷出著鞭。起于衡岳趾,环厥洞庭舷。湖北疆参错,江西境接联。②

陆嵩《米船谣》写长江沿岸七省在遭受水灾的情况下,很难有条件再向其他地方运米,官方的移粟难以实现。诗人给地方官出了一计:"招徕商贩,得免关税皇仁宽。我更有一言,欲告我大官。河南山东麦大熟,何不并免麦税使麦满市廛。民即无米亦足饱一餐,焉用朝朝暮暮望米船。"③ 吴地由于人多地少,又要承受很重的赋税,所余粮食不多,粮食大多靠洞庭商人转运四川、湖北等地的米而来,歉年更需采买外地粮食。吴慈鹤《救荒新乐府五首·采买》赞扬当地官员为鼓励商人贩米而采取的各种开明政策:"相公贤且仁,飞檄江与湖。复募富民往,携资行转输。关津无讥禁,万里皆坦途。不复平其值,但求通粟储。昨过浒墅头,大艑若鲸呿。风涛接尾至,晷刻曾不逾。"④ 不禁关津,不压低粮价,只求能将粮食快快运来。

---

① 潘务正、李言点校:《沈德潜诗文集·归愚诗钞》卷7,第120页。
② (宋)王阮:《义丰集》,第541页。
③ (清)陆嵩:《意苕山馆诗稿》卷9,第660页。
④ (清)张应昌编:《清诗铎》卷14,第457页。

郝懿行《和王幼海员外荐饥八首》其八则以对比手法写出了移粟对于灾民的重要性。"梓桑偏动微臣念，梁菽均关圣主忧。近因盛京二麦丰收，诏以所存高粱三十余万石之半，招集商贩运至登、莱，以资接济。"① 皇帝指令商贩运十五余万石高粱至山东救济。而此前，由于奉天歉收，山东逃荒到奉天的流民增多，为了清朝龙兴之地考虑，统治者禁止向关东移民，向山东移粟。"海北旧容民占籍，关东新断客输粮。登、莱向资海运。辛未秋，奉天歉收，将军奏暂停商贩。又以山东流民至盛京者多，奏禁出关。蠲租诏下人先死，煮粥官多户已亡。村落可怜鸡犬尽，无家何处辨沧桑。"② 移民、移粟两条路都被堵上了。朝廷的其他救济方法于事无补，导致灾民大量死亡，造成巨大损失。作者对移粟当中的地方保护主义提出了尖锐批评。清顾汧《塞外杂咏》其六亦批评朝廷在移粟中奉行关外高于关内的狭隘做法："旗民阡陌错皇庄，比岁丰登有积仓。移粟何分关内外，济时守法费平章。新令禁运粟入关。"③ 在作者看来，移粟不分关内、关外，应一视同仁。

二 平粜

平粜是指丰年官府用高于市场的价格来收购粮食，荒年用低于市场的价格来卖出粮食。其目的是平抑粮价，丰年不致粮价过低，以免谷贱伤农；荒年不致粮价过高，以免谷贵害农。最早提出此法者为战国李悝。这种方法在赈灾中至为重要。宋董煟《救荒活民书·救荒杂说》将"常平以赈粜"作为五种重要方法之一。其所定太守救荒所当行之一便是"稽考常平以赈粜"④，其所定县令救荒所当行之一是"申上司乞常平以赈粜"⑤。在宋代作品中，便有反映平粜救灾的。李潜《挽刘南溪》说："今年人苦旱蝗饥，正需平粜无南溪。……李悝不作虽堪伤，不过饥民雷转肠。"⑥ 冯楫《劝谕赈济诗》以自己救济灾民的实际情况为例来劝谕人们赈济，其中

---

① （清）郝懿行：《晒书堂诗钞》卷下，第545页。
② （清）郝懿行：《晒书堂诗钞》卷下，第544页。
③ （清）顾汧：《凤池园诗集》卷7，《四库未收书辑刊》，影印清康熙刻本，第7辑，第26册，第311页。
④ （宋）董煟：《救荒活民书》卷下，第274页。
⑤ （宋）董煟：《救荒活民书》卷下，第274页。
⑥ 傅璇琮等主编：《全宋诗》卷840，第14册，第9736页。

很重要的一个方法是平粜："今年又少歉，我适帅泸水。无户备饭食，所济俱用米。聊舍三百斛，十中活一二。又以一千石，减价平行市。每石减十钱，庶几无涌贵。更有不熟处，资简潼川类。计用减价粜，所祈均获济。我非财有余，但悯民不易。一时所施行，乐为之识记。"① 严廷珏《大关赈粜诗》写诗人在目睹米价高涨、百姓无钱买米之际，开仓平粜售米："先为振粟谋，长孺吾师资。常平六千斛，筹量众所知。四月至七月，民免歌孑遗。吾民即吾子，抚育何弗慈。而况握寸柄，事可听吾为。再为善后计，平粜堪主持。川南产米地，泛舟不问谁。铜去而米来，受载莫不宜。市价一以平，牙侩无居奇。民食幸粗足，力作戒废时。"② 项樟《南巡召对恭纪十二首》其七写朝廷拨七万两银子以备粜粮，平抑物价："格外恩加折口粮，畴咨生计值难偿。粜粮七万官储早，平价三春岁不荒。注曰：且去岁（乾隆二十一年）蒙皇上天恩，准抚臣之请，发银七万两预备粜粮，以平时价，民间买食便易，若不知荒。"③

一些作品当中也具体指出了平粜当中存在的诸多问题。平粜因为价格低于市场，再加上由官府主导，一些粮食质量大打折扣。方泽《买米谣》说："渔阳岁俭水灾被，青黄不接食翔贵。官仓出米取价廉，务要粜平贫民沾。年深廒底粟红腐，买来扬簸半灰土。米少灰多那忍说，此灰都是农夫血。"④ 一半都是灰土，应是常年积陈，米变成了灰。

平粜的米不仅质量没有保证，数量也满足不了百姓的需求。张瑞槎《米贵谣》说：

> 八口家无隔宿粮，忍饥惟待开官仓。民价八斗官一石，官价少得减其直。民斗小，官斗平；官米粗，民米精。三日民得籴三升，家需数斗难为情。胥役乘机私橐饷，侵渔积米官宁晓。待哺不给终嗷嗷，此际哀鸣胡忍遭。市中贯钱弗盈斛，官仓已封乡民哭。⑤

---

① （宋）董煟：《救荒活民书》卷下，第294页。
② 钱仲联主编：《清诗纪事·道光朝卷》，第15册，第10640—10641页。
③ （清）项樟：《玉山诗钞》卷3，《清代诗文集汇编》，影印清乾隆二十七年刻本，第294册，第401页。
④ （清）张应昌编：《清诗铎》卷2，第41页。
⑤ 同治《铅山县志》卷27，《中国地方志集成·江西府县志辑》，凤凰出版社2013年版，第25册，第574页。

平粜能动用的官米有限，一些奸商囤积居奇，等官米粜完，商人便以更高的价格卖米。宋朝张耒《粜官粟有感》便是这种情况的反映："持钱粜官粟，日夕拥公门。官价虽不高，官仓常若贫。兼并闭困廪，一粒不肯分。伺待官粟空，腾价邀吾民。坐视既不可，禁之益纷纭。扰扰田亩中，果腹才几人？我欲究其源，宏阔未易陈。哀哉天地间，生民常苦辛！"① 王梦篆《粜官米》亦揭示了类似情况："官府开仓粜官米，吏胥仓皇市估喜。贫民日籴米五升，贩夫夜载如流水。官价平，市米藏；官米尽，估价昂。官仓米少粜三日，大户私仓齐遏籴。侵晨匍匐向市门，亭午依然垂橐入。赤脚赪肩日力穷，断荠作羹无粒食。"② 官府平粜时，商人都不向外粜米。官府无米可粜时，米价更高，百姓更无米可吃。

指望通过降价的方式而让百姓买到粮食并不太现实，相反可能造成粮食更为紧缺。吴世涵《平粜》便指出了其中原因：

> 乡民请平粜，百十登公堂。县官从其请，方谓此法良。讵知四邻邑，今岁尽凶荒。处处米腾贵，平价策非长。富民既不乐，闭粜匿糇粮。用威强出之，又以利奸商。粜贱入私橐，贩贵向他方。不及数月间，家家空仓箱。噫嘻粜尽后，饥黎复何望。独荒粜可平，众荒不同量。寄语贤牧令，平粜且勿忙。③

百姓请求官府施行平粜，但盲目去做效果不好，甚至适得其反。作者指出趋利是人的天性，平粜虽然可以让米价暂时降下来，但富民不会跟进，他们会囤粮不卖；若强逼他们出卖，粮食则大量进入奸商之手，再以高价卖往其他地方。当本地粮食短缺后，粮价会更高，老百姓更没指望。所以官府应当区分具体情况，在大面积灾荒时，想通过平粜而降下米价是不现实的。一味平抑粮价，也不利于外地米的流入。赵允怀《水灾纪事》说："米市居奇货，无非垄断情。但闻三倍利，自有众商争。卷雪帆俱落，量珠价必平。毋为强平粜，转觉弊丛生。"④

---

① 李逸安等点校：《张耒集》卷10，中华书局1990年版，第161页。
② （清）张应昌编：《清诗铎》卷16，第543页。
③ （清）张应昌编：《清诗铎》卷16，第548页。
④ 钱仲联主编：《清诗纪事·道光朝卷》，第14册，第9538页。

平粜的粮食，不少都被有权势的人侵吞了，百姓很难得到。周京《贵米谣》说："往往争买满常平，常平今悉无糠秕。……又云官买吏亦买，彼此牟利结不解。平粜空劳大吏心，饥魂骨折犹惊骇。"① 官吏勾结，粮食都被他们买去了，转而又将粮食倒卖给那些有关系的人。姚世钰《籴官米》揭露了老百姓的救命粮食都被官员的关系户所攫取的现象："北里霍家奴，瓜葛多结连。指挥市儿辈，转运如循环。谷贱即腾粜，白粲惟红鲜。余粮到赊贷，子母生绵绵。少已变丹砂，富将铸铜山。问渠那敢尔，乃吏虿其间。平时雀鼠耗，一朝豺狼蟠。朝廷沛德泽，赈恤哀穷鳏。忍教绝人命，资汝生财源。百姓无噍类，问汝何利焉。何当尸诸市，使民不逢旃。"② 在平粜的时候，一些官吏向百姓索贿："持筹县小吏，工数青铜钱。十十与五五，先取肥腰缠。孰敢致剖析，应手提掷还。百呼不领头，垂橐路旁边。归来今日暮，覆釜仍空然。"③ 一些无钱百姓得不到米。

若平粜管理不善，还会发生二次伤害。人们为了能够得到有限的平粜米，拼命争抢，往往会出现踩踏伤亡事故。周京《贵米谣》提道："平粜空劳大吏心，饥魂骨折犹惊骇。"注曰："买官米，男妇杂沓拥挤，有终日不得升合者，有孕妇踏出胎死者，有妇出买米合，中小儿被猪食尽，留一头者，每日各传死伤者不一。"④ 黎简《过渡书事》说："传闻平粜开四厂，践踏饥人死中路。"⑤《黎简年谱（简编）》说："乾隆五十二年丁未，四十一岁。寓佛山。是年旱，广东大饥，斗米五百钱，民多饿殍……七月，佛山开厂平粜，践死饥民。有诗纪事。"⑥

三 减轻赋税

灾荒时，老百姓粮食产量减少，生活困难，为了让百姓能渡过灾难，官府要适当减租赋。《救荒活民书·救荒杂说》言监司救荒所当行有"宽

---

① （清）周京：《无悔斋集》卷15，第81页。
② （清）张应昌编：《清诗铎》卷2，第42页。
③ （清）张应昌编：《清诗铎》卷2，第42页。
④ （清）周京：《无悔斋集》卷15，第81页。
⑤ 周锡馥选注：《黎简诗选》，广东人民出版社1983年版，第173页。
⑥ 周锡馥选注：《黎简诗选》，第302页。

州县之财赋"，县令救荒所当行有"宽征催"。① 陈奕禧《丙子春日燕台杂诗》说："蠲赈年年降旨频，而今又奉诏书新。复租并及羁愁者，应见熙熙四海春。"自注："累年以来，各省俱蒙免赋之恩，积累顿清。而水旱之地，又加开仓赈济，民无流离之苦。今将用兵，复奉大赦，宽其旧逋。盗犯及小罪，其内外官非以赃私系狱者，悉行超宥。"② 说明蠲免赋税是经常性的。

韩愈《赴江陵途中寄赠王二十补阙李十一拾遗李二十六员外翰林三学士》便提到皇帝减免赋税："是年京师旱，田亩少所收。上怜民无食，征赋半已休。有司恤经费，未免烦征求。"③ 朝廷免了京师一半的税赋，但下面的官吏却拼命讨要。宋代韩维《奉和象之夜饮之什》写崔象之在治地遭遇水灾的情形下采取了宽税征的办法："上天作阴沴，降水灾吾氓。芒芒郊野外，浩若翻沧溟。垣庐随波尽，稼穑安有成。所闻此害广，郡国多所更。吾君急病民，定见宽税征。困廪无盖藏，何以活鳏嫠。"④ 明代王圻《张太府蠲赈有方作歌以记》赞美张太府在吴地遭遇大水灾之际，奉朝廷之命减租赋之善政："上承德意□田租，下檄裔邑置公逋。"⑤ 明代申佳胤《赈饥》谈到减租是让灾民痊愈、起死回生的重要手段："缓征白骨起，减租菜色瘳。"⑥

在清朝的作品中，反映朝廷减租赋的作品数量不少。魏裔鲁《和徐子惺赈饥即事诗》说："侧耳哀鸿日夜呼，救荒奇策至今无。蠲租其拜君王赐，发粟何辞雨雪涂。"⑦ 认为减租与开仓放粮是两种重要的手段。魏象枢《怀仁县于生怀汉出家谷千石赈济饥民曹秋岳兵宪赋诗美之属余同作》说怀仁地处偏远，连遭雨旱灾害，粮食匮乏："糠秕值珠玉，万灶绝炊烟。稚儿哭无力，老翁跽呼天。频年逋国赋，生聚已萧然。"有人将灾情反映给天子，朝廷免了所有租赋："云中有郑侠，绘图天子前。遣使赈诸郡，

---

① （宋）董煟：《救荒活民书》卷下，第274页。
② 邓之诚：《清诗纪事初编》卷7，第784页。
③ （清）方世举著，郝润华、丁俊丽整理：《韩昌黎诗集编年笺注》卷3，第159页。
④ （宋）韩维：《南阳集》卷2，《文渊阁四库全书》，第1101册，第523页。
⑤ （明）王圻：《王侍御类稿》卷14，《四库全书存目丛书》，影印明万历四十八年王思义刻本，集部，第140册，第444页。
⑥ （明）申佳胤：《申忠愍诗集》卷1，第474页。
⑦ （清）陶梁辑：《国朝畿辅诗传》卷17，第215页。

田租赐全蠲。"①

毕沅《蠲丁缗并引》写自己上奏请求蠲免地丁租赋并得皇帝允准一事：

> 卫辉一府水旱交侵，被灾尤甚。屡沐恩赈，元气未复。今复二麦全萎，万家县釜。现又敕给口粮，俾灾区不至否溺。第因其嗇而使之入者，断难复有余而可以出也。故黩奏彤庭，请蠲免今年地丁租赋，已蒙俞允。并询问比连疆界有须一概施行者，速以奏闻。圣主诚求保赤，无微不至，真出穷黎于水火，而加诸衽席矣。
>
> 汤有七年旱，尧有九年水。黎民每阻饥，圣世亦屯否。以豫州视之，不过偏灾耳。第今生齿繁，较昔相倍蓰。俾家给人足，未免难料理。食且仰上方，征输可知矣。傥复向征求，何殊促以死。贡税蠲地丁，封章奏天子。免百万金钱，凭数张麻纸。皇心仍拳拳，灾区讯连里。曰吁急民急，胡为迟待只。沅奏：将届开征时再行请旨蠲免。奉上谕："急民之急，何必迟待？"即有旨云云。尧典舜典中，嘉言未闻此。②

周龙藻《赐租行》记述的是康熙二十三年（1684）冬天，天子巡视三吴，看到此地水灾多发，赋税沉重，加上地方官汤斌上奏，遂决定蠲免赋税：

> 三吴一隅傍湖海，水潦间岁惊尧泽。涂泥厥土赋下上，其后百倍于域中。哀此泽国凋疲地，征求旁午烦大农。上供强半竭脑髓，督责返谓财赋充。是时持节有汤父，入告实与皇心同。度支经费关军国，不得骤免租调庸。丁卯建丑月初吉，恩纶浩荡颁紫宫。科徭累累许现放，白骨起肉流膏洪。叹声如雷喜气遍，吾皇犹欲哀其穷。常闻五载乃一狩，盛世盛事忽两逢。銮舆初入淮南境，蔀屋早已回宸聪。非常之泽古难再，至今独叹吴民蒙。旧逋新欠悉湔洗，覆冒直比天穹崇。尚憾汤父死未睹，喜极下泪双眼红。贱臣手捧黄纸诏，有口愿祝齐华

---

① （清）魏象枢撰，陈金陵点校：《寒松堂全集》卷6，第252页。
② 杨焄点校：《毕沅诗集》卷35，第837页。

封。矢诗岂敢备国雅，讴歌田野随儿童。①

旧账与新欠的一并免除，极大地减轻了百姓的负担。

灾荒时，朝廷有减免赋税的惯例，所以释居简在宣城圩田遭受水灾时请求免除水花苗钱：

> 宣城阡陌连当涂，山田瘦瘠圩田腴。筑塍作圩九十四，频年风水圩为湖。圩中饥氓水入户，私迫公催猛如虎。三分更索水花苗，名色创闻氓不谕。流移转徙道边泣，并日不能谋一食。有生谁弗惜天年，望望谁宽倒悬急。江东使者愁上眉，恝然轸怀若调饥。疾呼官吏访田里，蠲租除赋苏颠隮。劝果开仓赈寒饥，氓命垂垂出汤火。贪残俗吏漫窥覦，狡狯猾胥成懾憱。②（《谢江东丘少卿漕使宣州赵知录中罢三分水花苗》）

圩田居民遭受水灾，官府依然催租，逼得百姓只能逃亡。作者呼吁官吏要蠲除赋税，减掉三分水花苗钱，开仓赈饥。明代范凤翼《辛未长淮大浸所见饥民皆食浮萍可悯》为长淮遭遇大水不得蠲租而疾呼："尧水横行此再经，长淮大浸接沧溟。埋沉井灶风烟惨，排荡湖波天地腥。渔父遮身惟破网，田家寄命以浮萍。眼穿未下蠲租檄，痛哭荒原可忍听。"③ 政府对减免赋税有具体的规定，灾情轻重不同，减免的比例也不相同，要区别对待。杨景仁《筹济编·蠲恤》曰："被灾十分者蠲赋十分之七，九分者蠲赋十分之六，八分者蠲赋十分之四，七分者蠲赋十分之二，六分、五分者均蠲赋十分之一。"④ 谢启坤《台州勘灾纪事》说："今岁西成已失望，未可拘牵泥一律。方今圣人大泽施，勿使方隅一夫失。租赋屡荷蠲万亿，粟帛况又颁耄耋。太仓有积因陈陈，升斗何曾计屑屑。海堧地瘠鲜盖藏，民生苦窳谋竭蹶。上则下则有等差，民田荡田岂区别。我惭膏雨歌黍苗，忍

---

① 钱仲联主编：《清诗纪事·康熙朝卷》，第 6 册，第 3846—3847 页。
② （宋）释居简：《北涧诗集》卷 6，《四部丛刊四编》，中国书店 2016 年影印清抄本，集部，第 150 册，第 266—267 页。
③ （明）范凤翼：《范勋卿诗集》卷 11，第 157 页。
④ 李文海、夏明方主编：《中国荒政全书》，第 2 辑，第 4 卷，第 18 页。

令斥卤纳穏秸。"① 朝廷蠲免租赋，又给老年人粮食布帛，将太仓里的粮食赈济百姓。免税时要区分荡田与民田。

乾隆帝主张赈灾时不遗余力，宁厚勿薄，"一遇赈恤行，宁滥毋或遗"②（《河南得雨志喜》）。他经常下令减免或缓征灾民赋税："灾重乃蠲租，其轻则缓征。"③（《正月二日降旨免江浙积欠诗以喻志》）《啸亭杂录》卷10"纯皇爱民"条云："纯皇忧勤稼穑，体恤苍黎，每岁分命大吏报其水旱，无不见于翰墨。地方偶有偏灾，即命开启仓廪，蠲免租税，六十年如一日。"④ 其诗中有数量很多的反映减免赋税之作，如《命免天津府所属积欠诗以示直隶总督方观承》《命免甘省被灾州县明岁钱粮诗以志事》《正月二日降旨免江浙积欠诗以喻志》《降旨免经过州县赋十分之三诗以志事》《降旨免宿迁等四县本年正赋十分之五诗以志事》《降旨缓征晋省民间新旧欠项诗以志事》，表现了其宁可减少国家赋税、不让百姓穷寒困苦的仁者之情。

地方政府并不太愿意给灾民减税，因为这会减少地方财政收入，有时还会影响官吏的升迁。一些作品讽刺了官员故意推迟公布减税规定、损害灾民利益的行径。白居易《杜陵叟》便讽刺了由于官员的故意拖延，致使蠲免成为空文："不知何人奏皇帝，帝心恻隐知人弊；白麻纸上书德音，京畿尽放今年税。昨日里胥方到门，手持敕牒榜乡村。十家租税九家毕，虚受吾君蠲免恩。"⑤ 百姓百分之九十都已经缴了赋税。沈树本《大水叹》所揭示的现象更加令人感到震惊："吾皇仁如天，湛恩垂涣汗。旧税与新租，全蠲岂惟半。小民一岁间，县门踪迹断。奈何奉行者，天语敢轻玩。公然肆追呼，不顾人愁叹。况此遭凶荒，岂能免逋窜。长歌《春陵行》，千载思浪漫。〇详写被灾，同于呼吁矣。值圣朝爱民如子，而民尚不被泽，是谁之咎欤？乾隆二十年，水灾之后，继以虫灾、风霜灾，为祸更甚，使蘥翁见之，不知如何痛哭也。"⑥ 朝廷虽免了灾民的租税，但下面的官吏却公然讨要，丝毫不

---

① 钱仲联主编：《清诗纪事·乾隆朝卷》，第9册，第5937页。
② （清）爱新觉罗·弘历：《御制诗初集》卷40，《清代诗文集汇编》，第319册，第591页。
③ （清）爱新觉罗·弘历：《御制诗二集》卷66，321册，第334页。
④ （清）昭梿撰，何英芳点校：《啸亭杂录》，中华书局1980年版，第333页。
⑤ 顾学颉点校：《白居易集》，第79页。
⑥ （清）沈德潜等编，袁世硕标点：《清诗别裁集》卷23，第911页。

将圣旨当回事。更有甚者，百姓田地都没有了，还照样要缴税。多亏有敢言官吏出面直谏，才结束了这样的荒唐事。张云章《海坍谣为王明府赋》便为此而发："维疁作邑何自起，厥初斥卤濒海水。分疆筑城始宋代，千室鳞鳞渐宁止。具区东注由吴淞，万派朝宗一何驶。冯夷鼓浪海若骄，隤沙落岸何时已。室庐为潴田畴洿，沦入蛟宫百丈底。蓬莱清浅未可期，桑田沧海真有矣。征输有籍履亩无，积习相踵纷莫纪。贤侯奋迹对大廷，贾董渊云差可拟。宏词硕学老莫俦，力障狂澜起颓靡。下邑政庞赋调繁，诛求到骨多转徙。贤侯凫舃来翩翩，惠化仁声遍都鄙。按行尤恤海旁民，科粮水面何由抵。巫策难将圭璧投，精卫浪填木石尔。天门荡荡呼吁通，涣号施仁浃肌髓。"① 田地早已陷入水底，但却还要按登记土地缴税，逼得很多人去外地逃荒。

四　赈济粮食

灾荒时，人们最缺的是粮食。救灾的当务之急是开仓放粮，第一时间让灾民得到粮食，解除生活之忧。清代夏之蓉《水灾后发冈门》言赈粮对救助百姓的重要意义："发帑赈粟嘘其枯，沟中之瘠应重苏。"② 陈襄《通判国博命赋假山》说灾民"一饭才得一盂尔。出门未暇充喉咽，已有数十填沟水"③。钱作倅心有不忍，悲民如子，"日开官廪与之食，又令豪右发储峙。昨日驰书白转运，披陈肝肾献金矢。更乞兵储二万石，民之大命方有倚"④。既开官仓放粮，拿出军粮，又让富人拿出粮食，才算解决了灾民的吃饭问题。释文珦《大水后作》恳请朝廷在灾民遭遇大水、粮食房屋荡然无存的情况下，能够开仓放粮："田家望西成，弥月雨霖澎。流潦迷川泽，粳稻尽漂淤。牛犬奔崇丘，鸡亦栖高树。室庐毕沉没，野老无归处。大家还急租，官中未蠲赋。妻子多转徙，天高不可吁。但愿吾皇知，圣恩加咻噢。下诏发仓廪，赈恤散红腐。不唯赤子活，亦使根本固。八表皆归

---

① （清）张云章：《朴村诗集》卷3，《清代诗文集汇编》，影印清康熙华希闵等刻本，第175册，第191—192页。
② （清）夏之蓉：《半舫斋编年诗》卷3，第305页。
③ （宋）陈襄撰，（宋）陈绍夫编：《古灵集》卷22，《文渊阁四库全书》，第1093册，第682页。
④ （宋）陈襄撰，（宋）陈绍夫编：《古灵集》卷22，第682页。

仁，万岁永终誉。"① 这样可以保住灾民生命，也可以让国家更为稳定。元代刘时中《上高监司》则赞美了在江西放粮救活百姓的高昉："感谢这监司主张，似汲黯开仓。披星带月热中肠，济与桌亲临发放。见孤孀疾病无飯向，差医煮粥分厢巷。更把赃输钱分例米多般儿区处的最优长。众饥民共仰，似枯木逢春，萌芽再长。"② 明代郑以伟以史臣身份作《庚戌见邸报》来歌颂朝廷在大旱之年对灾民进行钱粮救济的善举：

兹岁胡不年，遗黎将仅仅。旱魃半天下，三辅及齐晋。无地不赤土，无方不道殣。探丸充道路，百人始发靷。野夫无世责，杞忧常额疢。明明我圣后，民僅日己僅。中夜起坐叹，十万曾不吝。仍赐汉文租，更发周家赈。仁与和风翔，泽并长河润。更谕奉德吏，当如雷雨迅。饥民汝缓死，立有米液进。盗贼汝立散，何忍负尧舜。珥笔本臣职，拜手纪鸿骏。③

朝廷给灾民治病，不吝惜国库的钱财赈灾，并且命令官吏火速将救灾钱物运送到位。明代周复元《畿南五政行》颂美朝廷赈粮是消除灾害的有力手段："中丞抚循日不倦，一疏抗奏承明殿。皇恩一湛乖气回，临德积贮发十万。陆凭飞挽水凭枻，闾阎四振欢声彻。"④

清代帝王亲自过问灾区赈济之事。《百名家诗选》载陆求可《水灾三载困苦已甚秦陲河堤未筑辛亥春水犹涨民之饥也殆云极矣皇上心焉念之捐漕米十万石遣户部侍郎田公赈济》云："流民勿嗟伤，朝廷能活汝。赈济遣亲臣，恩波及淮浦。流离数万家，家家沐膏雨。不作鸿雁哀，归来复安堵。圣恩起涸鳞，救荒直迈古。白叟与黄童，人人祝圣主。全此仁爱心，必能回天怒。"⑤ 严我斯《淮上行》亦记录了此次大水及朝廷救助："去年淮上河口决，奔涛压城城欲裂。风雨怒号霹雳垂，山崩海倒鬼神泣。可怜

---

① （宋）释文珦：《潜山集》卷1，《文渊阁四库全书》，第1186册，第302页。
② 隋树森编：《全元散曲》，第670—671页。
③ （明）郑以伟：《灵山藏·笨庵吟》卷4，第457页。
④ （明）周复元：《栾城稿》卷2，《四库未收书辑刊》，影印明万历刻本，第5辑，第22册，第54页。
⑤ （清）魏宪辑：《百名家诗选》卷40，第110页。

城中百万家，一朝尽化为鱼鳖。死沉波底生漂流，食无烟火居无穴。牵爷带娘哭不闻，但闻洪波声荡激。"①灾情极重，河流决口迟迟未能堵住。1671年，康熙皇帝拿出漕米十万石，遣户部侍郎田逢吉去赈济江淮之间灾民："诏发漕粮十万斛，简书特下天语促。单车就道戴星驰，庶几慰此沟中哭。"清人还主张采用灵活多样的赈济方式。乾隆《降旨加赈江南去岁被灾州县诗以志事》说："晚稼全无获，优恩可复迟。赈期增一再，淮、徐各所属及江宁、扬州等州县，前因夏、秋二熟失收，业经分别赈给，并截漕平粜，但今春正赈毕后，民食尚艰，再加恩将被灾较重之萧县、砀山二县展赈两月，其淮、海、徐、扬、江宁等五属展赈一月，至各府七分灾以下及勘不成灾地方，酌借口粮、籽种，俾民食有资，不至失所。灾况切嗟咨。"②他已经赈给淮、徐所属灾区，采用的是平粜和截漕的办法。正赈之后，再展赈一个月，还借给灾民口粮、种子。毕沅为河南巡抚时，河南连年旱灾，乾隆先是春天赈济，夏天时又赈济三个月。《豫州纪恩述政诗十首有序·给口粮并引》便叙述了皇帝这次赈济河南百姓的功绩：

  河北三府旱暵成灾，恩诏频颁，议蠲议赈，调剂周详，无微不至。第连年积歉之区，复又二麦颗粒无获，赈务将完，青黄不接。炎炎夏日，为候方长，蔀屋情形，实多竭蹶。乃皇仁优渥，复命展赈三月，不惜金钱数百万，众济博施。沅恐不肖吏胥从中染指，故于仲夏初旬亲往各乡村稽访，务令一粒一铢，俾灾黎均沾实惠，以仰副我皇上惠养元元，不使一夫或失其所之至意。

  圣主于灾黎，拯救若不足。万千颁帑金，再三恤蔀屋。犹虑届长赢，或又缺饘粥。更加三月赈，俾得待秋熟。温纶自责躬，城野共聆瞩。父老暨妇竖，感激继以哭。沅忝任兹土，职司在抚育。未转歉为丰，自问实惭恧。方当散给时，所恐遭胺剥。虚縻府库财，翻果豪滑腹。单车远近巡，敢惮炎歊酷。且喜村墅间，炊烟白相续。③

---

① （清）严我斯：《尺五堂诗删初刻》卷3，第369页。
② （清）爱新觉罗·弘历：《御制诗五集》卷19，第327册，第520页。
③ 杨焄点校：《毕沅诗集》卷35，第838页。

《借籽种并引》则写借给灾民种子：

  积歉诸区，得赈仅敷糊口；甘霖被野，翻犁难仗空拳。相看同病，欲告无门，惟在司牧者辅相之而已。圣天子方切民依，一切政莫先农事。沅用是遍谕属僚，凡得雨村坊，即速给其籽种，务令及时毕力田亩，以待西成，庶可转歉为丰，不致更呼庚癸也。

  烝哉吾圣皇，民瘼靡不烛。早知积歉家，籽粮必难足。谓方竭蒿藜，焉得余穜稑。未雨豫绸缪，敕沅善缉续。至仁格穹苍，暖风蒸霢霂。沟浍倏皆盈，山林净如沐。亟谕诸有司，开仓发粟菽。鼓舞徕农民，囊橐杂筐篘。小户何所言？一合即一斛。大户何所言？种稻胜种玉。虽有明月珠，肯易凶年谷。伫看鸿雁来，村村响碌碡。①

赈济需要大量粮食，当仓库储粮不足时，官府往往会请求截留漕米。夏之蓉《杂感四首》其四说："皇帝恩泽如天高，巡方暂止哀吾曹。江苏七十二郡县，仓廪尽发无屯膏。截漕数百艘，捐金万千两。"② 毕沅《豫州纪恩述政诗十首有序·截漕粮并引》说："中州三年缺雨，四季不登，恩赉频加。仓庾告罄，将需赈贷，当早经营。爰请截留漕粮二十万石，蒙恩增给三十万石。"诗曰："赈贷已频仍，仓廪乏粮粒。火速具封章，漕粮截邻邑。皇仁浩如天，廿万仍加十。敕降旬日间，舳舻若云集。麦秋虽不登，菜色幸免及。漫咏黍苗诗，请歌鸿雁什。"③ 截漕通常要朝廷审批。乾隆主张赈济时宁过勿缺，截漕之事不少。《江南潮灾叹》序云："乾隆丁卯七月望，苏、松罹海潮之患，崇明、南汇为最重，连延数州县，漂室庐，溺老幼，不可胜计。督抚奏报赈救之策，亦既殚力竭心，而下诏蠲税截漕，更复多方筹划，然遥顾灾黎，戚戚不能去诸怀。"④《闻浙省丰收志庆》说："两浙去年灾实甚，截漕通贾开仓廪。"⑤ 他还专门写了一首《截漕诗》，讲述截漕对于救荒平粜的意义：

---

① 杨焄点校：《毕沅诗集》卷35，第838—839页。
② （清）夏之蓉：《半舫斋编年诗》卷16，第406页。
③ 杨焄点校：《毕沅诗集》卷35，第836页。
④ （清）爱新觉罗·弘历：《御制诗初集》卷43，第319册，第632页。
⑤ （清）爱新觉罗·弘历：《御制诗二集》卷37，第320册，第641页。

截船济灾区，初偶今成例。匪灾仍截漕，自我排众议。持筹慎所思，论亦经远计。独是秋稔处，官籴辄翔贵。陈陈致红朽，孰与资博济。以此足常平，市价自平易。德流则何有，效颇速邮置。湖南报有秋，江右称乃积。二省听流通，天下可无事。补救殚我心，丰亨赖天赐。京庾实本根，储蓄贵有备。申命方伯臣，惠不可常试。①

许多人还指出了赈粮当中存在的诸多问题。由于朝廷与地方储粮有限，很难满足灾民的需求。俞樾《乐府体四章记江浙大水·赈饥行》说："小口三，大口六。六文钱，一合粟。炊之为糜，不盈一掬。何况小口又减半，虽易糠秕且未足。昔时富户今亦贫，何人为具黔敖粥。西风策策吹茅檐，大口小口同声哭。"② 在米紧缺的时候，官府以赈钱代替粮食，由于米价高涨，钱买到的米少得可怜，根本解决不了吃饭问题。

而数量不多的米，很多被有权有势者据为己有。刘珊《赈饥谣》说："商赈饥，县官肥。官米枭，胥吏饱。"③ 赈饥枭米，肥的是县官与胥吏。郑世元《官赈谣》说："饥民腹未饱，城中一月扰。饥民一箪粥，吏胥两石谷。"④ 姚镇《官振谣》说："饥民半死振始闻，县官运米县吏分。饥民如麏吏如虎，麏欲饱食虎大怒。红旗驱入圈牢中，分米点筹何匆匆。官中半石谷，吾民一箪粥。饥民腹未饱，县吏食不了。官曰父母民仰之，活我百姓良有司。有司不救填壑死，壑中亦有宦家子。"⑤ 后二者在描写官吏与饥民得米不均时，用的是相似的字词，它们很可能出于民间俗语，由此可看出这种现象的普遍。清代李骐《米麦谣》写百姓得到的是不能食用的黑麦，而胥吏得到的是白米：

朝赈饥，暮赈饥。白米大船归，里胥笑嘻嘻。

---

① （清）爱新觉罗·弘历：《御制诗二集》卷36，第320册，第638页。
② （清）俞樾：《春在堂全书》，第5册，第29页。
③ （清）刘珊：《亦政堂诗集》卷2，《清代诗文集汇编》，影印清嘉庆二十三年刻本，第527册，第445页。
④ （清）郑世元：《耕余居士诗集·射鞠集》卷11，第203页。
⑤ （清）潘衍桐辑：《两浙輶轩续录》卷25，第1685册，第719页。

朝赈饥，暮赈饥。黑麦不供炊，饥民哭啼啼。
匪饥民薄，匪里胥厚。里胥输官钱，饥民只空手。①

究其原因是官府接受了里胥的贿赂。

李骐《赈谷谣》就提到老百姓因要交重税，赈谷所得非常可怜：

官赈民谷，民乃频颠。花户七升，里胥十斛。
官赈民谷，民乃怨讟。寡妇无粮，里长百斛。
何薄花户，里长是饱。押差如虎，堂上点卯。
点卯伊何，计口纳钱。口一钱十，里凡十千。
钱六十万，里长是征。名曰料理，督催纵横。
谷散于民，钱入于官。迟则官怒，汝挞汝鞭。②

大量粮食则被基层官吏侵占。胥吏是赈粮政策的执行者，多数素质不高。阮元《行赈湖州示官士》说："天下有好官，决无好胥吏。政入胥吏手，必作害民事。"③他们伎俩多样。一是弄虚作假，骗取钱粮。明邵圭洁《官枭谷》曰："谁知官府深于城，不许农夫通姓名。豪强贪猾冒农籍，一日担归几十石，农夫不得沾升斗。……嗟乎，官枭谷，赢得胥徒厌粱肉，有司那闻万家哭。"④清施补华《发赈行》说："州县户口密编排，男女大小姓谁氏。发赈数少请赈多，虚名半入私囊里。"⑤虚构名单所得的粮食被他们冒领。顾寿开《发仓谷》说："不知册籍造如山，尽坐虚名混张李。发仓谷，赈饥民，多入私囊少济贫。千困万廪化乌有，穷黎粒粟难沾唇。"⑥二是在容器上做文章。斌良《阴平勘灾行》说："其中百弊胡不有，出以小斛还大斗。暮春出借秋便还，转眼催征复谁咎。然眉暂借策良

---

① （清）李骐：《虬峰文集》卷2，第43页。
② （清）李骐：《虬峰文集》卷2，第41页。
③ （清）阮元撰，邓经元点校：《揅经室集·揅经室四集》卷7，中华书局1993年版，第875页。
④ （明）邵圭洁：《北虞遗文》卷2，《四库全书存目丛书》，影印明万历刻本，集部，第119册，第449页。
⑤ 杨国成点校：《施补华集·泽雅堂诗二集》卷17，浙江古籍出版社2018年版，第547页。
⑥ （清）张应昌编：《清诗铎》卷16，第534页。

好，剜肉医疮终不了。"① 胥吏籴粮用的是小斗，百姓归还必须用大斗。借期很短，百姓承担的利息很重。胥吏大斛进，小斛出。查慎行《赈饥谣》云："官仓征去粒粒珠，两斛米充一斛输。官仓发来半粞谷，一石才舂五斗粟。然糠秕杂秕煮淖糜，役胥自饱民自饥。"② 三是在账目上作假。王嘉福《官米谣》说："昨日籴官米，市估吞声吏胥喜。今朝官米粜，饥民垂泪吏胥笑。长官中坐吏两边，东门验票西收钱。一升米入饥民手，册上开除报一斗。何来乡愚惨颜色，却道糠秕不堪食。吏怒告官官答民，吏言官听称官仁。日午官归吏分粟，运取公然论釜斛。年丰那得身家肥，但愿来年再赈饥。"③ 胥吏低价籴来官米，高价卖出。饥民买的米少，胥吏记的米多，多出的谷物就被胥吏收入囊中。四是克扣赈灾粮食。顾嗣立《关中民》说："长吏公私多扣克，一斗止合三升粮。"④

胥吏还借着赈灾敛钱。胥吏向灾民索贿，灾民若没有钱给他们，姓名就上不了登记册，不能列入赈救之列。施补华《发赈行》说："吏来得贿给钱米，无贿合家唯饿死。"⑤ 杨士凝《饥民谣》说："诏令减价更赈荒，里老奉行开户口。县令踏勘初入村，万户尽望天家恩。饥民无钱胥吏怒，有名不上官家簿。沈归愚曰：勘灾之弊，自昔已然。"⑥ 黄裳《赈饥》说："县胥里正各需勒，艰难得入饥民册。"⑦ 基层小吏都纷纷索贿。周宏《道旁叹》说："安得有钱买胥吏，赈籍无名长官詈。沈归愚曰：赈荒之弊，自昔而然。"⑧ 有的人深受报名费的盘剥，甚至宁可不受赈济："胥役如鬼蜮，保甲若蛇神。报名有定费，造册须丁缗。委吏下乡来，供应多膻荤。尔粮岂易食，坐索声纷纭。村翁叩头泣，老妇无完裙。三日未得食，昨夜嚼菜根。若待给粮时，皮骨知何存？愿言不食赈，请君勿上门！里长置不顾，

---

① （清）斌良：《抱冲斋诗集》卷7，《清代诗文集汇编》，影印清光绪五年湘南薇垣官署刻本，第544册，第357页。
② （清）查慎行著，周劭标点：《敬业堂诗集·续集》卷2，第1576页。
③ （清）张应昌编：《清诗铎》卷16，第547页。
④ （清）张应昌编：《清诗铎》卷16，第539页。
⑤ 杨国成点校：《施补华集·泽雅堂诗二集》卷17，第547页。
⑥ （清）张应昌编：《清诗铎》卷16，第540页。
⑦ （清）张应昌编：《清诗铎》卷16，第540页。
⑧ （清）张应昌编：《清诗铎》卷16，第536页。

入室搜鸡豚。"①（《灵璧查灾》）

一些人在米中掺杂糠秕等杂物。宋代王十朋《粜米行》说："诏书发廪周饥荒，使君减价粜黄粱。奉行上意固已良，小人用心胡不臧。斗米大半杂以糠，横索民钱名贴量。怨语嗷嗷盈道傍，我惭寸禄偷太仓。见之不言咎谁当，言之人指为轻狂，作诗聊语同舍郎。"② 在陈州赈济的赵皇亲，不仅高价出售粮食，而且在粮食中掺糠，害得百姓怨声载道，最后被包拯杀掉。景星杓《籴官米》说："始贪官米贱可食，何知浥烂掺糠秕。"③ 清代屠倬《苦雨叹》说："吏胥坐厂横索值，糠秕五升杂斗谷。"④ 粮食里一半掺的都是糠秕。

当然官吏在发灾难财时，往往多种伎俩并用。《包待制陈州粜米》写范仲淹因为陈州亢旱，请示皇帝，定五两白银一石细米。但刘衙内私自做主，将放粮作为发财的大好时机，遂吩咐儿子、女婿："如今你两个到陈州去，因公干私，将那学士定下的官价，五两白银一石细米，私下改做十两银子一石，米里面再插上些泥土、糠秕，则还他个数儿罢。斗是八升的斗，秤是加三的秤，随他有什么议论到学士根前，现放着我哩。"⑤ 他们私自提高米价，在米里掺上泥土、糠秕，用小斗放米，用大秤称银，二十两银子只有十四两，放的两石的粮食，只有一石六两。刘衙内还串通粮仓的胥吏，私分赃物，又用金锤打死要告状的百姓。

唐孙华《发粟行》把赈饥中的各种弊病非常详尽地写了出来："胥徒里长喜扬扬，挨户排门写饥册。青钱入手始书名，大半空名点鬼籍。官府火急催租忙，鞭笞流血尽成疮。大斛征收小斛出，强半已自归私囊。村民持票蹋城阙，扶携百里支官粮。十日五日不得发，忍饥垂橐仍还乡。……即有穷民沾斗粟，克减余存无好谷。官侵逾万吏累千，无限奸豪各满欲。尽夺饥民糊口餦，饱充若辈燃脐腹。可怜赈富不赈贫，官吏欢呼穷户

---

① （清）张应昌编：《清诗铎》卷16，第532页。
② （宋）王十朋撰，（宋）王闻诗、王闻礼编：《梅溪集·梅溪后集》卷3，第329页。
③ （清）张应昌编：《清诗铎》卷16，第538页。
④ （清）屠倬：《是程堂集》卷3，《清代诗文集汇编》，影印清嘉庆十九年真州官舍刻本，第535册，第32页。
⑤ （明）臧懋循辑：《元曲选·包待制陈州粜米杂剧》，文学古籍刊行社1955年版，第34页。

哭。"① 基层官吏登记灾民名录时，得到钱才肯写，很多人没钱便不能进入灾民录中。经过官吏的克扣，灾民得到的谷物既少又差。

开仓放粮的安排也不尽合理。其一，开仓的时间不合理。陈裴之《开仓谣》说："官因谷少难济众，欲拒来者愁无名。四更开仓五更闭，我来已及东方明。"② 一个老人半夜往城里赶，还是错过了放粮时间。景星杓《籴官米》说："鸡鸣风凄凄，饿夫悲语妻。侵星籴官米，归来鸡还栖。此去夕不返，应恐魂来归。"③ 天不亮就开仓，百姓得连夜奔波才有可能领到米。赈粮时间滞后，姚镇《官振谣》说"饥民半死振始闻"④。这也与放粮需要层层审批有直接关系，所以一些贤明官吏往往以汲黯为榜样，先放粮后报告。其二，仓库设置的地点不合理。官府赈济，为显示政绩与图方便，往往在城市中设赈济点，对灾民十分不利。《荒政考》说："盖从来有司之赈济，往往弥缝撫饰于城市之中为美观，而如穷乡僻野间横于道路填于沟壑者，则听其死亡而莫之肯顾。"⑤ 徐谦《官赈谣》说："走百里，领升米……婴儿死怀中，抛弃歧路旁。路旁儿死不足惜，喧传官仓闭明日。"⑥ 灾民走百十里路才能领到米。许多人甚至死于领米途中。魏禧《救荒策》说："一曰多置给米之地。给米须多设处所，派定某关某处给、某关某处给，则不至挨挤失序。"⑦

放粮时场面失控还会造成一些灾民的意外死亡。景星杓《籴官米》说："不见邻家老，头裂缘鞭笞。又闻寡妇儿，践成足下齑。"⑧ 夏之蓉《巢厂行》写了巢厂里出现踩踏致人死亡事件：

> 三百青铜钱，得米可盈斛。准诸市司贾，利仅赢一掬。县尹立程限，意在防奸鬻。但溢五升余，有令示节缩。清晨骑马至，环寺如蜂簇。马蹄不得前，从吏遭捽辱。前堂发号筹，后堂给官谷。汹汹势莫

---

① （清）唐孙华：《东江诗钞》卷10，第436页。
② （清）张应昌编：《清诗铎》卷16，第546页。
③ （清）张应昌编：《清诗铎》卷16，第538页。
④ （清）潘衍桐辑：《两浙輶轩续录》卷25，第719页。
⑤ 李文海、夏明方主编：《中国荒政全书》，第2辑，第1卷，第191页。
⑥ （清）张应昌编：《清诗铎》卷16，第546页。
⑦ 李文海、夏明方主编：《中国荒政全书》，第2辑，第1卷，第16页。
⑧ （清）张应昌编：《清诗铎》卷16，第538页。

当，纷拿指可掬。时有饥妇人，未识谁眷属。抱儿倒泥涂，气咽不闻哭。里长白之官，一棺委沟渎。明日复开仓，践踏无完肉。嗟哉利几何，得祸至此酷。疮痍苦未平，使我震心目。

情景曲尽，不堪卒读。长吏睹之，酸鼻洒颡，则仁人之言，其利溥矣。周石帆①

赈粮中还出现了一些作弊现象。钦琏《淮阳即事十绝句》其六说："丹诏传来天语温，穷檐个个许沾恩。全家八口安排定，还乞邻儿认作孙。闻有按口给赈之令，民间多借妻乞子，冒领赈粮。"②

很多时候国家粮食储备并不充足，甚至少得可怜，徒有虚名。这时需要民间的社仓、义仓发挥作用。吴世涵的《公米》便说出了社仓的重要价值：

昔人制井邑，安民有深意。比闾使保鹇，族党相拯济。善哉公米粜，犹能敦古谊。邻里遭凶年，市米日踊贵。村村自为保，减价以相畀。计口日给之，升合逮孩稚。仓箱苟不足，远籴以为继。富者既以安，贫者得所赖。救荒有常平，良法安敢议。开仓必上请，官吏多顾忌。社仓听之民，收放似无害。良莠不能齐，亦复滋流弊。唯此自周恤，厚意可遍逮。所虑穷僻乡，居人尽贫匮。不然通有无，安得饿殍辈。此事良可风，守之庶勿坠。③

中国自古有邻里互帮互助的美德。农民丰年将米存入社仓里，灾年可将米低价出粜，相比常平仓来说，手续较为简便，而且乡亲彼此熟悉，可避免冒领的情况。社仓加深了邻舍之间的情谊，保证了社会安宁。王庆勋《书贾丈云阶荒赈谣后》亦提到了类似办法："周官保富条，立意有深旨。元气藏于民，即以卫乡里。无已议捐输，于理未应訾。所虑立法疏，弊即从此起。立法意云何，其权不在官。即以各户捐，使博乡里欢。都鄙划然

---

① （清）夏之蓉：《半舫斋编年诗》卷3，第305页。
② （清）钦琏：《虚白斋诗集·匏系集下》，《四库未收书辑刊》，影印清乾隆刻本，第9辑，第22册，第677页。
③ （清）张应昌编：《清诗铎》卷16，第548—549页。

判，量力拯饥寒……更恐仓廪匮，掣肘多所难。计口施青蚨，俾自谋一餐。不滥亦不扰，彼此心尤安。"① 这其实是民间自救，各户平时捐一些粮食放入社仓，有灾的时候可以救济。社仓捐助自由灵活，不扰民，不会有假冒之事。

五 赈粥

荒年施粥，较早见于《礼记·檀弓下》："齐大饥，黔敖为食于路，以待饿者而食之。"② 最早赈粥明确之记录，为公叔文子赈卫国之饥者，此后历代赈粥者比比皆是。杨景仁非常重视赈粥："窃以为灾黎未赈之先，待哺孔迫，既赈之后，续命犹难，惟施粥以调剂其间，则费易办而事亦集。"③ 在赈济之前与赈济之后，施粥有着不可替代的作用。清代陈作霖《戊戌夏日感述四首》其三便谈到由于赈粥时间结束过早致使许多淮北流民饿死的惨痛事件："建业古大都，襟带江与淮。大府好施济，粥厂每岁开。遂令徐凤人，就食纷然来。今年撤厂后，雨雪连阴霾。流民多饿死，大道横尸骸。"④ 宋代蔡襄《鄢阳行》赞美天子的赈粥行为："天子忧元元，四郊扬使旌。朝暮给饘粥，军廪阙丰盈。"⑤ 刘时中《上高监司》夸赞高昉的分处煮粥："见孤孀疾病无皈向，差医煮粥分厢巷。"⑥ 明代王圻《张太府蠲赈有方作歌以记》称张太府蠲赈有方，其中一条便是亲尝粥的味道："饘粥亲尝屏行厨，一盂一勺均沾濡。"⑦ 明代方孝孺《次危纪善五十韵倍成千字献蜀王有序》赞扬危纪善施粥给那些老弱病残："分曹具饘粥，随处集羸尫。有喧群声沸，相携蹇步踉。"⑧

当灾民极度虚弱时，赈粥要比其他措施更为有效。李嘉乐《煮赈》说："已是人皆饿，何堪岁又寒。苍生环待命，红朽劝加餐。尔辈嗟来耻，

---

① （清）王庆勋：《诒安堂二集》卷8，《续修四库全书》，影印清咸丰三年刻五年增修本，第1544册，第653页。
② （汉）郑玄注，（唐）孔颖达疏：《礼记正义》卷10，第317页。
③ 李文海、夏明方主编：《中国荒政全书》，第2辑，第4卷，第132页。
④ （清）陈作霖：《可园诗存》卷21《旷观草上》，第265页。
⑤ （宋）蔡襄：《端明集》卷3，第364页。
⑥ 隋树森编：《全元散曲》，第670页。
⑦ （明）王圻：《王侍御类稿》卷14，第444页。
⑧ （明）方孝孺：《逊志斋集》卷24，《文渊阁四库全书》，第1235册，第711页。

他乡遁去难。吏胥无恻隐,窟宅恐丛奸。"① 尤其对老弱病残者更为有效:"救荒亦多策,莫如赈粥好。全活在须臾,半属羸与老。设厂分东西,招集在寅卯。远见匍匐来,形容正枯槁。伶仃苦无依,时亦负襁褓。瓦缶各有携,累累塞官道。就食矮檐下,入口何草草。……残喘冀苟延,亦足慰怀抱。"②(《粥厂行》)阮元《行赈湖州示官士》写了吴兴水灾后湖州士人与官员携手煮粥赈民之事:"吴兴水灾后,馈粥良不易。日聚数万人,煮糜以为食。士之任事者,致力不忍避。与官共手足,民乃受所赐。"③ 每天来粥厂打粥的有数万人之众。孙原湘《硖川煮赈纪事为华秋查司马赋》详写硖川煮粥赈济之事:

> 天灾流行水涝频,补偏救弊存乎人。施糜不载荒政列,行粥自可月令遵。岁在甲子与乙丑,浙中饥民万万口。天子已诏宽租逋,中丞更奏施升斗。三十里一厂,一厂列万筹。男子居左女子右,前者既退后者留。或老或幼或废疾,妥帖位置分其流。雨风飘淋既无苦,妇孺蹴踏其何忧。天明遥闻煮粥香,十里五里行浪仓。十人五人相扶将,主者冠带察视详。分司事者左右襄,唱筹而进排两廊。传呼行粥先上堂,分曹各为饥民尝。软如蒸酥洁如霜,有噉其馆万口忙。万腹已果神扬扬,欢喜不复知饥荒。此举未行议纷起,事后方知事可喜。妙笔真应继郑图,善政还堪补周礼。执事谁?部郎马。佐者谁?旧尹华。中丞上体天子仁,大书特书示后人。有人则治法不治,不见硖石镇头惠力寺。④

诗里描写了粥厂的布局、施粥的流程、饥民吃粥的热闹场景及其欣喜之情,如一幅图画展现在读者眼前。的确有人将施粥作为重要题材入画。顾宗泰看到彭城太守于沧来出示的《娄东施粥图》,在上面题诗一首,记述于成龙联合本地绅士赈粥济民之壮举:

---

① (清)李嘉乐:《仿潜斋诗钞》卷14《移济集》,第57页。
② (清)夏之蓉:《半舫斋编年诗》卷3,第305页。
③ (清)阮元撰,邓经元点校:《揅经室集·揅经室四集》卷7,第875页。
④ 王培军点校:《孙原湘集·天真阁集》卷16,第570—571页。

卷开满罏欢呼声，海隅万户胥回生。勤民不散仁者粟，西风曷慰哀鸿情。我吴娄江古泽国，秋水偶溢奔潮汐。田禾无获穷氓多，扬袂辑屦待膏泽。使君弭节心恻然，已饥已溺频忧煎。飞告已得缓征旨，孚惠十分谋万全。逢逢殷奏鸣寺鼓，乌鸦树头乍振羽。侵晨五马早先至，糜粥煮赈拯疾苦。相偕绅士特唱筹，口画手指齐其俦。林林蚁聚伸长喉，无不铺歠感噢咻。首捐斛米百六十，薪刍甑甗罔不给。佐食兼以资饵香，善后还为具粮粒。如设广厦庇万人，如挟温纩宁三军。流民无待介夫画，画出此日齯风春。试就图中一指点，转灾为乐安枕簟。灶烟炊处歌偕来，饭钟打后赋有喷。右者妇子左者男，趋门光景亦伍参。使君顾之生喜颜，春台庶几德普覃。使君芬烈名贤后，裹勤公曾孙。旧绩东南挂人口。①

赈粥中存在不少问题。汪志伊列举了反对赈粥者的理由："乃后世行之，而或无济于民者，良以胥吏乾没，徒托空名，撩以石灰，使其易熟，则是名为活人，其实杀之。又壮者得歠而不能及幼孤老病之人，近者得哺而不能遍鸾远穷荒之地，活者二三而死者十七八矣。且萃数千鸠形鹄面之人于一市之中，则气蒸渐成疠疫，而众聚必起奸偷。"② 其一是给胥吏掺假、贪污提供可能，其二是施粥不公平，其三是容易造成传染病。但赈粥本身并不是坏事，主要是执行者出了问题。以下具体论述之。

一是主持施粥者舞弊，在米中掺杂他物。释师范《偈颂一百四十一首》其一九说："和麸裹面，夹糠炊米。半夜三更，瞒神唬鬼。冷地有人觑见，直得左手掩鼻。"③ 面中掺麸，米中掺糠。《醒世姻缘传》中曹无晏以小人之心度君子之腹，诬陷晁书、晁凤高价卖谷，在谷里面掺秕子或糠。但这样的做法在别处应该是常见的。陈份《煮粥歌》说："初煮粥以米，再煮粥以白泥，三煮粥以树皮。"④ 阮葵生《赈粥谣》说："可怜一勺

---

① （清）顾宗泰：《月满楼诗集》卷39，《续修四库全书》，影印清嘉庆八年瞻园刻本，第1459册，第493—494页。
② 李文海、夏明方主编：《中国荒政全书》，第2辑，第2卷，第627页。
③ 傅璇琮等主编：《全宋诗》卷2916，第55册，第34767页。
④ （清）张应昌编：《清诗铎》卷16，第541页。

浆，泥沙杂糠秕。"① 王嘉福《粥厂谣》提到往粥里加入石灰："半勺石灰一勺粥，熬作泥浆果人腹。"② 郭仪宵《哀鸿叹》说："恶胥浇粥添白水，今日饱餐明日死。城中得粥犹可全，穷乡僻壤安得前。君不见老弱病剧不及顾，半死半生缚在树。"③ 陈文述《粥厂》更为具体地说出了粥中掺杂他物对身体的损害："惟闻当事愦，颇任胥役罔。锻石充楚糜，屑榆冒葛饷。滞腹刓肝胃，涩口扼咽吭。定致酿疫疠，行见毙尘块。实政颇有人，良法近可仿。"④

二是施粥胥吏索贿。王嘉福《粥厂谣》说："昨朝里正点村屋，老翁无钱名不录。今晨横被官刑酷，忍饥归医杖疮毒。"⑤

三是粥厂布置不合理。由于粥厂离百姓居处甚远，许多人忙于奔走，饱受饥寒之苦，甚至死于途中，老幼病残行动不便者得到粥更为困难。明代吕叔简言："广煮粥之地。饥民无定方，而煮粥有定处，若不多设处所，以粥就民，恐奔走于场，难宿于家，或朝食一来，暮食一来，十里之外不胜奔疲。不便一也。壮丁就粥，便可随在歇止，而老病之父母、幼弱之小儿、羞怯之妇女，饿死于家，其谁看管？不便二也。乞粥以归，道远难携，妄费难察。不便三也。不如十里之内，就近村落寺观，各设一场，庶于人情为便。"⑥ 魏禧说："施粥须因里设厂，若劳其远行，恐半途仆毙。"⑦ 杨泰《嗟来行》描写了百姓为得到一碗粥而历经艰辛甚至搭上性命的场景："老持幼，寡携孤，挈瓶担桶群将扶。酸风寒雨雪冻涂，手皲足裂无完肤。妇无裙布男无襦，推挤拉杂仆复苏。夜行早伺至日晡，辗转往往死路隅。吁嗟乎，城中两邑分赈设官厂，城西累累埋邱莽。"⑧ 阮葵生《赈粥谣》说一些人为了得到一碗粥，起早贪黑，完全荒废了正常的劳作："残月照芦栅，饿夫披衣起。持盂诣官仓，十街走迤逦。晨出暮告归，竟

---

① （清）阮葵生：《七录斋诗钞》卷2，《续修四库全书》，影印稿本，第1445册，第623页。
② （清）张应昌编：《清诗铎》卷16，第547页。
③ （清）张应昌编：《清诗铎》卷14，第459页。
④ （清）陈文述：《颐道堂诗选》卷12，第1505册，第33页。
⑤ （清）张应昌编：《清诗铎》卷16，第547页。
⑥ 李文海、夏明方主编：《中国荒政全书》，第2辑，第4卷，第124页。
⑦ （清）魏禧：《救荒策》，《中国荒政全书》，第2辑，第1卷，第18页。
⑧ （清）张应昌编：《清诗铎》卷16，第541页。

日废生理。"① 刘珊《赈饥谣》亦叙述了人们从早晨挤到晚上，才得到少得可怜的粥："男妇迤逦各襁负，侵晨拥挤直至西。垂死始得粥一箪，踏毙老稚十二三。"② 更有一些穷乡僻壤的灾民及老弱病患者根本不可能得到粥。郭仪宵《哀鸿叹》便描述了这样的情况："城中得粥犹可全，穷乡僻壤安得前。君不见，老弱病剧不及顾，半死半生缚在树。"③ 贝青乔《悲厂民》对乡村不设粥厂提出了批评：

振城不振野，何以补创痍。农民罹其困，惰民蒙其施。窃恐畎亩间，游惰日以滋。区区设厂心，耿耿良在兹。愿奢力弗继，坐卧成叹咨。从容遍抚恤，是在良有司。巨室竞捐助，胥吏皆仁慈。分彼饱者饱，惠此饥者饥。嗷嗷千万户，沾被庶无遗。④

无所事事的游民得到救助，真正贫乏的农民愈加贫困，赈粥应该惠及千家万户。

四是粥厂管理不善，导致一些人得不到粥，而一些强势者可多次打粥。"弱者趑趄遭詈辱，强者提筐往而复。"⑤ 谢元淮《官粥谣》说："道逢老叟吞声哭，穷老病足行不速。口不能言惟指腹，三日未得食官粥。"⑥ 查嗣瑮《嗟来》揭露了真正的饥民得不到粥的残酷现实："况闻计口须买碗，买碗无钱空缱绻。又闻验票防滥支，倩谁代写危苦词。贫家下户不识字，矢口姓氏谁能知。碗票两无空踯躅，七死一生拦路哭。高墙昨日有明文，真正饥民须斥逐。"⑦ 饥民无钱买碗，又不识字，不会写票据，领不到粥。管理不善导致赈粥时发生踩踏事故，造成伤亡。阮葵生《赈粥谣》云："俄闻邻家哭，争诉邻翁死。众足践为脔，肉血饱蝼蚁。又闻寡妇儿，

---

① （清）阮葵生：《七录斋诗钞》卷2，第623页。
② （清）刘珊：《亦政堂诗集》卷2，第445页。
③ （清）张应昌编：《清诗铎》卷14，第459页。
④ 马卫中、陈国安点校：《贝青乔集·半行庵诗存稿》卷1，第11页。
⑤ （清）张应昌编：《清诗铎》卷16，第547页。
⑥ （清）谢元淮：《养默山房诗稿》卷12《圮上集》，第1512册，第6页。
⑦ （清）查嗣瑮：《查浦诗钞》卷11，《清代诗文集汇编》，影印清康熙六十一年刻本，第186册，第604页。

头裂缘鞭棰。长官戒拥挤,杖下多新鬼。"① 更令人感到气愤的是,有的人竟然是被官府用鞭和杖打死的,这与其说是救人,不如说是害人。前文刘珊《赈饥谣》亦写了老幼被踩踏致死事件:"垂死始得粥一箪,踏毙老稚十二三。"赈粥时还出现假冒他人领赈米者。阮葵生《赈粥谣》说:"空文报上官,金钱化流水。户口梦无稽,斗石滥谁纪。"②

五是粥少饥民多,不少人得不到粥。陈文述《哀饥民》叙述不少饥民拿不到粥筹而得不到粥,继而冻饿而死的惨剧:"粥厂开已迟,粥筹制何少。待食逾万人,形容半枯槁。雨雪况兼旬,泥涂甚霖潦。灾黎清晨来,鹄立望参昴。所嗟甲逮乙,无异酉至卯。转筹若转饷,待久长官恼。一日无一周,深悔起不早。空羡得筹人,榾柮话温饱。天明转僵卧,冻骸恋枯草。昨日为饥民,今日为饿莩。"③

六是救济不及时。施粥对于极贫的灾民而言是最有效、最直接的办法,但如果拖延,很可能会将灾民推向死亡的境地。陈文述《哀饥民》便叙述了这样的悲剧:"北风吹雨雪,满耳鸣声哀。非鸿亦非雁,遍地饥民来。问尔来何为,云为粥厂开。县官报大府,告示张满街。岂知屡愆期,中道空徘徊。枵腹已数日,轮转饥肠摧。蹒跚行不前,坐毙空墙隈。苇席作桐棺,地仄无可埋。不解法外意,救灾转生灾。静夜闻嗷嗷,耿结伤中怀。"④ 粥厂赈粥时间屡次拖延,许多饥民得不到粥,被饿死,"救灾转生灾"。

六 赈钱及其他物品

相对赈粮与赈粥而言,赈钱来得更为简便,它不需要灾民往返奔波,能减少许多舞弊环节的出现。吴慈鹤《救荒新乐府五首·赈钱》提到赈粥存在的问题:"救荒积陈言,行糜本周令。所嫌冲寒人,劳饿转成病。闻之故老云,饥疫两相应。"由于饥寒交加,很多人染上了疾病。而赈钱既避免了灾民的奔波之苦,又避免了一些人从中渔利:"人日授数钱,月颁如俸请。数坊一场廪,近取非远竞。事简责耆年,法周绝渔横。所给虽不

---

① (清)阮葵生:《七录斋诗钞》卷2,第624页。
② (清)阮葵生:《七录斋诗钞》卷2,第624页。
③ (清)陈文述:《颐道堂诗选》卷29,第347页。
④ (清)陈文述:《颐道堂诗选》卷29,第346页。

多，聊堪佐佣倩。"① 但要杜绝官吏贪污赈灾款也很难做到，李续香《不死乐　刺胥吏也》讽刺小吏与保甲沆瀣一气侵吞赈灾款："良民亦何辜，横遭大水虐。黠吏亦何幸，竟得不死乐。黠吏岂独身不死，更向饥民恣搜索。民无全家，吏有饿壑，坐取赈钱饱囊橐。保甲为爪牙，散处村与郭。虽有好官人，安能遍土著，诛其尤者胆乃落。"②

清朝赈钱救济运用得较为普遍。项樟《南巡召对恭纪十二首》其六说：

> 臣樟又奏：凤阳府各属，乾隆十八年被灾，蒙皇上发赈银八十余万两；二十年，一百三十余万两；去年宿、灵、虹偏灾，抚赈毕，又蒙天恩加赈，已用银三十余万两。上问："可赈至五月么？"臣樟谨奏：定例，赈到四月止，五月麦熟，便可接济。恭纪一章。
>
> 承恩救患已三年，百万灾黎百万钱。更沛春膏犹注问，可能赈至麦秋天。③

乾隆皇帝三年三次赈钱240余万两银子。姚莹《盛雨》写山东遭旱，灾民流离关中，朝廷出钱赈济："赈钱已百万，稍觉司农匮。至人和阴阳，嘉德应天地。"④ 对官府而言，钱不像实物那样受灾害影响大，不会突然紧缺，赈钱很多时候不失为一种权宜之计。魏燮均《赈灾行》写官吏擅动制钱救济灾民之事：

> 正值朝廷办军饷，帑金难赈饥民肥。时粤逆未靖，军需孔亟。赈不能颁赐抚恤，准给口粮一月食。宪札动拨各城仓，将米折银便民力。大宪动拨铁、开、锦、义四城官仓米石散给，惟相距辽远，不便转运，饬各城折银关解。关文饬吏叠相催，千里不见米银来。灾黎忍饿待不得，拥衙乞命喧如雷。仓皇官吏殊无计，筹支库储先接济。擅动制钱三万余，为

---

① （清）张应昌编：《清诗铎》卷14，第457页。
② （清）王相辑：《友声集·堞影轩存稿》卷2，第111页。
③ （清）项樟：《玉山诗钞》卷3，第400—401页。
④ （清）姚莹：《后湘诗集》卷2，《清代诗文集汇编》，影印清同治六年姚浚昌安福县署刻《中复堂全集》本，第549册，第596页。

救民生破成例。不经胥吏经官手,期沾实惠均无负。按口先支二百钱,三十六万大小口。大口小口多虚名,五社编氓察不清。花户中有冒逃户,大领一斗小五升。一时沾恤各未足,暂救燃眉供馈粥。橐中有米囊有钱,归来妻喜儿不哭。"①

由于仓库距离灾区较远,官府用赈钱来代替口粮,但程序烦琐,于是百姓到官府闹事。官吏无计可施,只能预支库存,不经胥吏之手,暂时解了百姓燃眉之急。

在天寒的时候,给灾民衣物,能带给他们温暖;给他们医药,能治愈疾病,免受病痛之苦。王阮《代胡仓进圣德惠民诗一首并序》说:"寒给衾裯暖,给纸袄。春颁药剂煎。"②清屠倬《寒夜》说:"施衣虽小惠,少贷一日死。时余倡捐棉衣,绅士续捐者数千领。"③在作者来看,施衣可减缓死亡。作者带头捐衣,也带动众绅士一起来捐。吴昌硕《庚寅十一月奉檄赴粥厂给流丐绵衣》记述了给流丐赈棉衣之事:

  黄绵布袄称身裁,丐者胡卢笑口开。随意且游箫市去,有人曾食肉糜来。送穷韩愈翻多事,辟谷留侯太费才。呼尔一声听不得,嗷嗷肯作雁鸿哀。④

灾民在饥寒交迫、生活条件困苦的情况下,容易患病。官府会给他们必要的医药和治疗。《赠刘大尹册言代》赞美地方官员赈药济众:"贤令矜民瘼,移来肘后金。政成三折美,仁及七年深。麦垄芝为瑞,花封杏作林。崞阳登寿域,无复问呻吟。"⑤吴慈鹤将此作为当地官吏荒政的重要业绩予以记载:

---

① (清)魏燮均:《九梅村诗集》卷5,第54页。
② (宋)王阮:《义丰集》,第541页。
③ (清)屠倬:《是程堂集》卷14,第132页。
④ (清)吴俊卿:《缶庐诗》卷4,《清代诗文集汇编》,影印清光绪十九年安吉吴氏刻本,第757册,第620页。
⑤ (明)张凤翼:《句注山房集》卷5,《四库禁毁书丛刊》,北京出版社1996年影印明刻本,集部,第70册,第166页。

> 我民苦无食，有食亦糠秕。我民苦无衣，有衣亦菅枲。肝肠沸能裂，冰雪僵断指。可怜免死身，疾疠焉能已。温风斗余沴，六气伤腠理。户户有呻吟，家家苦鞭痁。邑侯心恻然，誓欲起羸敝。群医毕关召，百药亲饬庀。疾轻就医来，重者医往视。匪独畀苓术，还将哺汤饵。行之两月余，民皆大欢喜。亿兆瘯蠡消，青词谢天祉。①

清代刘嗣绾《赈局诗》则是赈局对灾民全面救助的反映：

> 乡城四十厂，董事更煮粥。醵钱不留名，岂不给所欲。施衣及施药，料理到棺木。别筹八万余，陆续渐赡足。尚苦温疫盛，时闻一路哭。村中菜色稀，行见麦将熟。即此辞赈风，当希让畔俗。聊充十日酺，胜积三年蓄。作诗告有司，一诚转诸福。②

他们煮粥、给衣、给药、给棺，尽可能给予灾民更多救助。

七 以工代赈

以工代赈就是灾荒年间兴修水利、城池等工程，从而给百姓工钱，帮助他们渡过灾荒。这种方法起源甚早。《晏子春秋·内篇杂上第五》记载晏子成功运用以工代赈法："景公之时饥，晏子请为民发粟，公不许。当为路寝之台，晏子令吏重其赁，远其兆，徐其日而不趣。三年，台成而民振。故上说乎游，民足乎食。"③ 晏子负责建路寝台时，故意提高工人工资，延长工期，很好地达到了救助百姓的目的。魏禧《救荒策》说明了此种方法的意义："一曰兴作利民之务。地方大饥，穷民多无生业。此时或修桥路，或浚水利，种种必不可已之务，当概为修理。穷民借力作以资生，而我又因以兴利，一举两得之道也。"④ 以工代赈既可兴利，又可救民，可谓一举两得。不少作品阐明了以工代赈的意义。陆奎勋《筑堤行》

---

① （清）张应昌编：《清诗铎》卷14，第458页。
② （清）刘嗣绾：《尚䌹堂集》卷48《怀南集》，《续修四库全书》，影印清道光大树园刻本，第1485册，第359页。
③ 张纯一：《晏子春秋校注》，第129页。
④ 李文海、夏明方主编：《中国荒政全书》，第2辑，第1卷，第14页。

说："救荒良策在兴役，百二十里环坡陀。"① 清代王庆勋《书贾丈云阶荒赈谣后》说："河道淤正多，挑浚功可督。使彼所得资，已堪谋菽粟。不但工代赈，水利效尤速。此法信堪行，何事愁局促。"② 乾隆帝《过河间郡城即事》记述了修河间城给百姓提供赈济："揽辔度武垣，民瘼随时咨。颓城既毕筑，河间府城久颓废，命以工代赈，发七万帑金筑之。今则雉堞严整，郁为雄郡矣。荒舍稍以治。"③ 河间城破败不堪，官府命以工代赈，城池修得非常整齐高大。项樟《河东勘灾纪事十首》其七亦提到筑城救荒："暂借城工救岁荒，还闻劝粟贮千仓。有人果效青州助，续命应歌远近乡。时上宪议修蒲州城以工代赈，并劝商运粜以济民食。"④ 皇帝让修蒲州城以工代赈，还让商人运粮粜米接济百姓，又劝人捐粟。汪学金《修城讴役夫乐也》赞美郡守于公以修城代赈之举：

役者讴，娄城修。娄城十八里，岁久多倾圮。长官用民在农隙，不敛门牌搜户籍。以工代赈救偏灾，畚锸无非为民食。栀子花儿开，州城始搬来。州城搬来四百载，中间修筑经几回。畴若我公恤民力，给发官钱禁侵蚀。朝城西隅暮北厢，高墉屹屹遥相望。役讴未已里讴继，里中保聚家平康。公专城，我开户，穿窬永息奸萌杜。岂惟穿窬永息奸萌杜，我公将以忠信为金汤，礼义为干橹。⑤（《新乐府十首为郡守于公赋并序》）

他选择在农闲时节直接将工钱交到农民手中，既让百姓有饭吃，又保证了城市安全，其仁政受到百姓的交口称赞。唐孙华《开河行》则是浚河代赈："当今圣主仁如天，浚河本为利农田。兴作兼存救荒计，鸠工尽发水衡钱。"⑥ 吴蔚光《开河谣》更是以翔实而具体的数字彰显出开河代赈

---

① （清）张应昌编：《清诗铎》卷5，第131页。
② （清）王庆勋：《诒安堂二集》卷8，第653页。
③ （清）爱新觉罗·弘历：《御制诗二集》卷2，第320册，第203页。
④ （清）项樟：《玉山诗钞》卷2，第390页。
⑤ （清）汪学金：《静厓诗后稿》卷4，《清代诗文集汇编》，影印清乾隆嘉庆间镇洋汪氏井福堂刻本，第422册，第535页。
⑥ （清）唐孙华：《东江诗钞》卷10，第452页。

的意义：

> 急开河，急开河。开河不第可防旱，救活饥民三十万。饥民争聚河上头，操畚持揭携锄锹。戽水三日事已毕，挑泥一月工始讫。三日二百四十钱，一月将近钱三千。三千钱换六斗米，得缓饥民两月死。东乡贵泾塘竟开，差牌官票日夜催。计工七千五百丈，肩摩踵接欢如雷。西乡六河开尚未，三支三干大阙费。费阙只须富户充，尽推田荒钱米空。富户一升粟，可作饥民谷两斛。富户一两银，可作饥民金半斤。青黄不接没生路，饥民仍旧吃富户。急开河，急开河。君不见捐金发赈无奈何，一赈两赈都已过，西乡饥民四十九图多。大口一赈得钱一百三十几，小口一赈才到七十耳。①

毕沅《豫州纪恩述政诗十首有序·疏汴河并引》记录自己请求皇帝以疏汴河代赈粮之举：

> 距汴城十余里，向有贾鲁河。考核舆图，即古汴水。发源大周山，会京、索间水，至颖州入淮。又贾鲁河自中牟西分支为惠济河，由祥符下至亳州，会涡水入淮。计长各四百余里。昔时商贩由此往来，自黄流汛溢，淤塞多年，舳舻不通，食货罕至。沅奏请疏浚，蒙旨允行。直兹岁歉民贫，本须出缗发粟，普给穷阎。因择其年力可用者，俾之以工代赈，是一举而两得。而旱涝蓄泄，攸关田畴，即水利亦至巨也。
>
> 食货切民依，河渠关国计。乘便利导之，功用实非细。中州有两河，贾鲁暨惠济。商贾每津逮，舟楫不时至。即偶逢偏灾，百谷亦储积。自被黄流冲，埋塞未疏治。陇亩失灌输，懋迁悉停滞。拟招失业人，计工使从事。具疏达九重，深惬吾皇意。曰此宜亟行，无更俟部议。遇当为则为，因所利而利。畚锸集饥氓，骧虞如乐岁。②

---

① （清）张应昌编：《清诗铎》卷16，第543页。
② 杨焄点校：《毕沅诗集》卷35，第839页。

也有雇灾民给工钱以渡灾荒者。阮元雇一些不懂拉船的人做纤夫,目的是给他们一口饭吃。《纤代赈》曰:

> 饥民尔勿死,为我牵舳舻。一船加廿人,数万抵飞刍。加夫不得力,不惯相曳娄。不惯鸣欸乃,不惯合步趋。虽不合步趋,聊使相挽扶。才牵闸河船,便得饭数盂。腹饱心且安,人分势自孤。何尝说相赈,与赈实无殊。①

这样做既救济了饥民,也稳定了人心。

以工代赈保证灾民有粮吃,有些百姓甚至希望多一些这样的工程。《破圩行》就提到希望风把所有的圩都摧毁,能让百姓获得更多的粮食:"大家保护半月功,寒天有米到腹中。但愿日日东南风,东风不来西风大,前圩后圩一齐破。"②

当然,赈灾时往往多管齐下,诸法齐用。清代石卓槐《江涨行》提到了多种赈济方法:

> 赈粟开仓起枯颜,停征免赋余残血。九重着意念群生,宵旰忧劳感圣明。吾邑自为谋食计,流人又唱打堤行。打堤工力从何出,照亩随粮征什一。③

开仓赈粟、停征、免赋、以工代赈,工钱从征粮里抽取十分之一,都是赈济灾民的方法。

第二节　民间赈济

仅靠官府救济是远远不够的。官府所备粮食有限,需要发动民间力量

---

① (清)阮元撰,邓经元点校:《研经室集·研经室四集》卷10,第929页。
② (清)曹楙坚:《昙云阁集·昙云阁诗集》卷4,第344—345页。
③ (清)石卓槐:《留剑山庄初稿》卷8,《清代诗文集汇编》,影印清乾隆四十年刻本,第392册,第567页。

来救灾,官员、富人、绅士、商人是救灾的主体。为官一任,造福一方。不少官员带头拿出自己的俸禄,救助任地的百姓。《于太保忠萃传》里的于谦首先以身作则,带头捐银2500两,下属几个官员有捐500两者。《醒世姻缘传》里的守道副使李粹然把他的赎银与衙内的银器都煎化了赈济贫民,立了4个保婴局,在13个州县设保婴局,救了千名弃儿。按院杨无山捐出自己的公费,让裁掉的20名承差每人纳银50两,共凑了3500两银子,籴了500石米,赈粥5个月,后来又向抚院借了200石谷子,再赈一个月。王圻《张太府蠲赈有方作歌以记》赞美张太守拿出俸禄来赈济灾民:"官镪散尽心郁纡,归搜月俸市青铁。计口手给先鳏孤,悯穷尤急章句儒。"①

宋荦在淮扬任职四年整,免掉百姓租赋200万石,拿出皇室的钱150万两救济百姓,他屡次请求免征灾田田租,又积极治水,争取了10万石漕米平粜给灾民。在用尽了官方的赈济方法后,他又筹划民间救灾。《淮扬赈饥示官吏》说:"薄俸分已尽,仓廪更荡然。何以答任使,俯仰忧怀煎。……众商方戴德,粳稻来委囷。时盐商方蒙减课,特恩输米五万助赈。群公竞欲助,各官皆有赈米。稍稍给粥馆。余家幸接壤,致禾三百廛。余倡捐米麦。眼底饥溺俦,庶几免播迁。"②自己的俸禄都用完了,粮仓里的粮也放尽了。除了皇帝移粟,作者又倡议捐粮食,许多官员也都加入赈米的行列。冯景《和前韵》对宋荦的救助深表敬意:"公首捐乡麦,运致何囷囷。盐策恤诸商,五万佐施馆。"③黄任不忍看到百姓走向死亡边缘,自费赈粥。《赈粥行》有详细描写:

今年米价高,乃自二月始。其时东作人,尚未及耘耔。绠短井水深,辘轳接不起。展转七八旬,十室滨九死。苟活始自今,登场十日耳。相传此十日,艰苦更无比。譬彼行路人,九十半百里。一春发仓廪,贱价实倍蓰。奈今已悬罄,一钱亦坐视。苏我三阅月,难免须臾毙。此语痛至隐,使我抱愧鄙。急令煮馆粥,欢呼遍村市。其日正赤

---

① (明)王圻:《王侍御类稿》卷14,第444页。
② (清)宋荦:《西陂类稿》卷15,《清代诗文集汇编》,影印民国六年宋恪宋重刻本,第135册,第181页。
③ (清)宋荦:《西陂类稿》卷15,第181页。

午,千百若聚蚁。大半老赢多,肩摩足跛倚。叟叟与浮浮,津津干颊齿。长吏未朝餐,先汝尝旨否。次乃恣蚕食,流歠等波靡。痴姬强其儿,不肯辍箸匕。老翁不量腹,哽咽颡有泚。佥曰伤饥肠,徐徐乃可尔。明发当复来,渐渐平疥痞。挥之不即去,不去察其旨。问官赈几日,好共妻儿止。官卑俸钱薄,能办几斛米。官云汝无虑,瓶罍罄之耻。计较两岁禄,兼旬供食指。亦有懿德士,告乏助为理。待汝刈获声,此举我乃已。东郊一以眺,坚好惟糜芑。望岁如望梅,额蹙变色喜。归衙持箪瓢,余沥饱稚子。①

作者在春天最缺粮食、最危难的时候拿出俸禄买米赈粥。诗歌描写了灾民吃粥的场面,让人心酸不已。

有的官员还给流民捐俸。杨铸《流民叹》云:"县官捐俸施困穷,给钱差与扬州同。"②

皇帝有时候还会发动官员捐俸赈灾。清代尤侗《捐俸》说:"诏以诸臣俸,赈兹百姓饥。可怜五斗米,能饱几家脾?奴仆忧烟火,儿童望枣梨。老夫方啸傲,采菊且支颐。"③ 在饥荒年代,官员的收入不丰,于救灾意义不大。

在广大农村,救助主要靠乡里乡亲。我国自古有乡里相助的传统。常言说"远亲不如近邻",乡里人多有血缘关系,经常来往,情感深厚,灾难时互相帮助,更为便捷有效。乡绅是赈济的主体,他们有知识,在经济上与政治上都有特权,家境富裕。赈济乡人,不但能维护他们的名声与地位,也可保证他们的财产与人身安全。人们赈济的顺序是由近及远。他们首先考虑的是自己的亲人与族人。唐孙华《分所食米饷遗亲族》记述了自己对族人的救助,批评那些对族人不施援手者:

去年遭大水,禾稼皆漂沦。我廪无赢余,庶接秋谷新。顾视里中人,谋食常艰辛。米价幸未高,颗粒已如珍。来牟方铚艾,淫雨复连

---

① (清)黄任等撰,陈名实、黄曦点校:《黄任集·秋江集》(外四种)卷3,方志出版社2011年版,第69—70页。
② (清)张应昌编:《清诗铎》卷17,第561页。
③ 杨旭辉校点:《尤侗集·西堂诗集·右北平集》,第552页。

旬。苟无升斗米，何以活枯鳞。及物非我事，且先急所亲。所亲惟数家，拙生同一伦。罕闻烟火通，《陶渊明集》：烟火裁通。赢卧风雨辰。常念子桑饿，苦无子敬困。分饷各数斗，餐粥支夕晨。我观多藏室，陈陈自相因。亲戚任颠踣，邈若越与秦。谷飞象为蛊，岁久化灰尘。吝者常多财，造物胡不均。安得百万斛，散施遍饥贫。熙然各安饱，同为鼓腹民。我老且无力，此志何由伸？①

作者财力有限，"且先急所亲"，批评那些有钱而不救助亲戚者，进而批评那些为富不仁者，他们宁可粮食堆积如山烂掉，对亲友的穷困也视而不见，不愿拿出一粒粮食来救助。作者希望普天之下穷人都能得救。张大受《书蒋孝廉赈济歌谣后》能清楚看出受蒋孝廉赈济的对象：

睢一饥而设粥厂若干，躬亲视之，老幼多寡先后皆有度，再饥而发仓米若干斗石，视其所需，睢人赖以活者无算。其他施药焚券，行善好施，宗族朋友邻里见恤于先生者，皆感激不忘。②

赈济对象主要是宗族邻里。人们有浓重的乡情意识，愿意救助家乡的人。《客有自郢中来者备言荆鄂诸郡邑被水情状令人惨不忍闻余不日将归经其地既悯天灾复忧道梗唏然成咏》说："汛舟争请邻封籴，解囊分沾显宦恩。时中外大吏捐资，各振其乡。"③ 官员们都捐钱赈济自己的家乡。宋代诗人吴芾的侄儿平常热心公益事业，见义勇为，修路筑桥都积极参与。灾荒时官府救济有限，吴芾的侄子拿出钱与粮食来帮助乡亲：

闻人急难如在己，见义踊跃无不为。造桥砌路未为德，折券释逋未足奇。究其存心用意处，尤在邑人艰食时。此邑山多土田少，民贫自昔难支持。其间岁收数百斛，已为富室他可知。况复今年苦亢旱，

---

① （清）唐孙华：《东江诗钞》卷12，第518—519页。
② （清）张大受：《匠门屋文集》卷22，《清代诗文集汇编》，影印清雍正七年顾诒禄刻本，第205册，第384页。
③ 马卫中、陈国安点校：《贝青乔集·半行庵诗存稿》卷4，第85页。

州里远近咸告饥。田畴弥望总如燎,细民未免俱流移。纵使人能保常产,亦复有甑无米炊。虽幸朝家行赈济,正恐未能遍群黎。往往倾村走山谷,荷锄掘地寻蕨其。取根为粉虽可饱,食之既久人亦羸。春来必至生疫疠,死填沟壑夫何疑。吾侄见之矜忧恻,首议倡率输家资。既捐青蚨二百万,犹恨籴贵难疗饥。庾中仅存二千石,一旦倾倒尽散之。此心但欲济邻里,身外浮名非所希。吁嗟薄俗务贪鄙,计较升斗争刀锥。徒知富有可润屋,岂虑人怨亲戚离。有如吾侄为此举,吾乡自古应亦稀。小惠所施固未博,风义自足洗浇漓。倘使人人皆若尔,千里岂复忧馁时。第愿吾侄广此意,所为尽从今日推。阴功在人天心报,会俾尔寿膺繁禧。梓里遗芳传未艾,世有子孙攀桂枝。岂惟同里共歆艳,亦使吾侄增光辉。老夫无以示旌劝,聊为吾侄题此诗。(《癸巳岁邑中大歉三七侄捐金散谷以济艰食因成三十韵以纪之》)①

吴芾家乡癸巳岁发生大旱,很多人逃荒在外,不少人掘蕨根粉为食。其侄儿拿出二百万钱,又拿出二千石米,不图名,不图利。倘世人都能效法他,人们再不用担心灾荒的降临。作者又以阴功相勉,相信上天必将佑助好人。冯楫积极救助乡里,也写诗劝勉大家都来赈济,其《劝谕赈济诗》说:

我昔未第日,乡间逢岁饥。两率闾里人,相共行赈济。饥民仅得食,免困饿而毙。及我登第后,被罪归田里。寻复拜召命,迤逦治行计。忽见道途间,小儿有遗弃。复自劝乡邦,割己用施惠。日饭八千人,八旬乃休止。于时已麦熟,粮食相接济。我始趋行朝,蒙恩长宗寺。初本不望报,人以为能事。制司具切奏,还官不容避。②

作者写自己未做官时,便率领乡里人赈济。作者二次为官上任前,又劝乡邻拿出自己钱财救济乡亲。其赈济之事得到朝廷的认可,又被委以官职。《醒世姻缘传》中也有各地乡宦救助本地人的描写:"或是乡宦举监里

---

① (宋)吴芾:《湖山集》卷4,第475页。
② (宋)董煟:《救荒活民书》卷下,第294页。

边银子成几百两拿出来赈济,米谷几百石拿出来煮粥;乡宦们肯上公本,求圣恩浩荡,将钱粮或是蠲免,或暂停征;还有发了内帑救济灾黎;即乡宦不肯上本,百姓们也有上公疏的;就是乡宦们自己不肯上本,也还到两院府道上个公呈,求他代奏。"①

晁老太本来要等当地官府与乡宦富室来救助百姓,看到没有动静,只好拿出多年积攒的粮食出粜,仅收取市场价的四分之一,每日每人一升。又开设东西两个粥厂,一日一顿,每人一大勺。另一个乡宦武乡云也一边煮粥,一边赈米。后来晁老太与武乡云两个人分工,晁老太粜米,武乡云煮粥。此后别的乡宦富家大姓也都捐米捐柴,赈济了七个月,渡过了难关。

晁老太是小说当中的人物,而现实中的救济乡人的举动更让人动容。石门马国棠在当地发生大水灾时,用一万石粮食救济了当地灾民,其行为得到朝廷的褒奖,其精神必将流芳百世,与那些追逐蝇头小利者相比,不啻天壤之别。姚清华《石门马氏蠲粟赈饥纪事》由衷地表达了作者的敬佩之情:

> 太岁在癸未,一雨逮三月。时当夏秋交,田禾尽淹灭。漂溺跨数郡,遍地泥滑滑。嘉湖为尤甚,水深没过膝。斗米五百钱,炊烟渐渐歇。卒岁已大难,入春定不活。可怜十万户,骈死波涛窟。马君英雄姿,许身比稷契。大启新仓储,一罄旧廪积。发粟一万石,赈饥六十日。苍生气稍苏,户户感肉骨。君心犹欲然,恨不遍两浙。人皆谓君愚,仓廪甘罄竭。我独服君勇,志气异凡质。下不顾子孙,中不谋家室。誓弃万钟粟,建此不刊烈。长官争嘉赏,九重颁显秩。嗟彼龌龊儿,眼孔细于蟻。喻利罔喻义,锥刀竞逐末。钟鸣漏尽时,犹计较屑屑。自谓亿万祀,永保可弗失。枯骨尚未朽,生机已渐绌。田园俄转移,庭户顿阒寂。谁无向善心,盛衰易改辙。视君天壤殊,不可相较洁。当其举念初,赴义如箭疾。人命苟可延,馀哺不妨辍。但得闾里存,敢惜甘旨缺。至于没世称,转若轻毫发。君名曰国棠,伏波其先

---

① (明)西周生辑著:《醒世姻缘传》第32回,第250页。

哲。结茅走马罔，高阜撑突兀。他年数义行，一指首先屈。①

鱼山陈太公的事迹，更让人感动。泽州饥荒时，陈太公捐粟百万石却不让百姓归还，且不愿让官府上报朝廷，接受奖励。王泽宏《捐粟行》记录了其事迹与品格：

> 泽州有巨族，奕叶盛蕃滋。系出太丘后，冠盖盈轩墀。我公真长者，乡党称仁慈。宁辞金紫贵，愿与松桂期。州郡忽岁祲，亿姓恒苦饥。捐粟百万斛，里间起疮痍。来年庆有秋，酬恩允在兹。公复再逊谢，脱赠宁自私。有司上其事，将奏天子知。市义非所为，褒名请固辞。三晋称我公，乐善且好施。利济非一端，隐德莫能窥。我闻三叹息，斯人实我师。我后敷爱养，所重在群黎。大吏剥民膏，小吏斫民脂。灾祲罔入告，疾苦谁复思。相将委沟壑，秦晋多流离。使公秉化权，赤子当含饴。宁烦圣主虑，蠲赈使屡驰。国赖良臣济，家仗善士持。复哉仰高风，永为后世规。②

作者还有意将太公的行为同贪官的盘剥百姓作对比，更突出其于国于民的重要价值。

有一些人，自己并不富裕，但仍坚持要救助别人。赵翼《哭洪稚存编修》诗云："和韵诗常推劲敌，卖文钱尚赈饥民。更从何处论阴德，救得苍生反殒身。丁卯捐赈，君独任其劳。"③洪亮吉拿卖文的钱赈济饥民。《下乡》云："颇闻县官贫，捐钱还散粟。"④

某些风俗淳厚之地，要发动富人乡绅救助本地人并不算太难。焦和生《均州行为捐赈绅士作》云："忆昨我到均州城，愁听鸿雁哀嗷声。称贷乞粮岂得已，卤莽未免太纷争。我睹此情心不忍，爰集绅民共汲引。金钱劝施五十千，人人踊跃各慨允。我爱此地人情好，患难扶持肯相保。从来厚

---

① 钱仲联主编：《清诗纪事·嘉庆朝卷》，第 13 册，第 9149—9150 页。
② （清）张应昌编：《清诗铎》卷 16，第 535 页。
③ （清）赵翼著，李学颖、曹光甫点校：《瓯北集》卷 51，第 1308 页。
④ （清）詹庆甲：《赐绮堂集》卷 6，《续修四库全书》，影印清道光止园刻本，第 1484 册，第 333 页。

德致休征,伫见麦丰稻熟早。远村士子亦健羡,闻风激励恤乡眷。"① 诗人联络乡绅捐钱,人人踊跃。他颂赞此地民风淳朴,能患难与共。孙枝蔚《哭顾斯澹》说:"一瘦岂堪同野鹤,千家曾免作枯鳞。己未岁,斯澹约同镇诸大户出粟赈饥,所全活甚众。"②

赈济乡人的方式多种多样。徐缙文让乡人用石头来换米。冯云鹏《题徐松皋缙文易石园》说:

> 叔绣遗封称善国,谁树仁声足矜式。徐公乃有易石园,善事阴行无德色。曾怜水患施绵衣,嘉庆九年,值衡工水灾,公捐输绵衣甚多。时铁冶亭先生巡抚山东,附折入告,得旨嘉奖。又为旱灾给口食。尔时粒米贵如珠,一闻易石皆奔趋。大者如轮小如斗,运向园中撰画图。③

附录《五弟作》亦云:"米粟当年易械器,以之易石无其事。滕阳佳话众人传,城北徐公开善地。曾逢歉岁民苦饥,指囷不用捐输议。负石来者负粟归,借此周艰非市义。"④ 徐缙文曾既捐棉衣,又捐粮食。他让乡里人用石头换米,是一种巧妙的赈济方式,让百姓没有白得粮食之感,又避免了市义之嫌,可谓用心良苦。

也有救助外地的。俞樾《光绪戊子乡试余于顺天江南浙江福建河南湖北六省闱题皆有拟作得文七篇诗四首合为一册每册卖洋钱十分之一集有成数寄上海赈局助直隶河南之赈赋此纪之》记述了自己卖文卖书救助灾民:

> 去岁写楹联,一挥五十幅。卖得百洋钱,聊以振茕独。去年秋冬间事。黄河决郑州,海内尽输粟。我亦效区区,杯水不自恧。今岁大比年,多士赋鸣鹿。山中一陈人,岂复名场逐。见猎心忽喜,弄丸手犹

---

① (清)焦和生:《连云书屋存稿》卷5,《清代诗文集汇编》,影印清嘉庆二十年刻本,第447册,第752—753页。
② (清)孙枝蔚:《溉堂集·溉堂后集》卷3,上海古籍出版社1979年影印清康熙刻六十年增刻本,第1353页。
③ (清)冯云鹏:《扫红亭吟稿》卷14,《清代诗文集汇编》,影印清道光十年自刻本,第479册,第811页。
④ (清)冯云鹏:《扫红亭吟稿》卷14,第811页。

熟。偶成文七篇，如踏棘闱六。东坡拟对策，直言畅所欲。我则游戏耳，文心斗场屋。遂令好事者，人人思寓目。传写疲钞胥，灾祸到梨木。老夫忽出奇，笑谓此可鬻。鬻此一千本，或比楹联速。千而取百焉，值比楹联薄。沪上诸君子，勇哉过贲育。集资累巨万，灾黎遍蒙福。以此小助之，或可供饘粥。亿万饥民中，一二得果腹。太仓粟一粒，沧海水一掬。勿笑此戋戋，勿厌再三渎。卖字又卖文，算我砚田沃。①

晚清兴起的义赈，"主要指由民间义士组织领导的较大规模的跨区域的赈济灾荒和灾难的活动"②。《二十年目睹之怪现状》就写到山西大灾，抚台委托申义甫、阎二先生捐一百万银子的事。

很多愿意捐助的人受到家族传统的影响。李嘉乐从小受到父亲扶弱济贫的教诲，遵从其父亲遗命捐千金助赈，其母亲也用首饰赈济灾民，地方官请求朝廷给其建牌坊。别的官吏也拿出俸禄给百姓买了上千件的衣服。其《遵先父遗命捐千金助赈家母继以簪珥亦如其数大吏请合建一坊得旨俞行赋此恭纪为家乘荣且以志余慕也》为此荣宗耀祖之事而作：

人子有善必归亲，此独陈言得其真。我父我母习勤苦，家仅中人志善人。一命官每思济物，八口无饥仰俸银。中馈灌园蔬自煮，廿年丞署冷于冰。贱子趋庭受亲诲，秀才事业在安贫。惟援天下为己任，义所当为勿逡巡。先人治命闻之熟，遇此灾区民求生。亟检家山租所入，吾母簪珥同时并。白镪累累二千两，藉酬素志非好名。上官披牍诧义举，为请天家绰楔荣。惜哉父已不及见，谒母归室双泪零。更因司牧出清俸，千袭絮衣施吾民。区区那足多全活，少免饥寒亦慰情。回看空囊母一笑，故乡坊表行峥嵘。③

李嘉乐不但自己赈济灾民，还写诗劝别人赈济免灾。其《劝分》说：

---

① （清）俞樾：《春在堂诗编·丁巳编》，《春在堂全书》，第5册，第166页。
② 薛毅：《中国华洋义赈救灾总会研究》，武汉大学出版社2008年版，第2页。
③ （清）李嘉乐：《仿潜斋诗钞》卷14，第58页。

"各有良知在,分财惠始真。毁家因仕楚,闭籴恐仇秦。岂望盘飧报,聊同社肉均。莫辞一钟粟,保富仗安贫。"① 富人赈贫既是行善,又是自保。

当然,乐意赈济的富人乡绅并非多数,为富不仁者亦不少。程直讱《荒政论》云:"富家之好施者,十中一二,悭吝者十居八九。"② 刘克庄《赵虡夫特授文林郎制》说:"世之为富者,率幸岁歉,闭籴以自丰殖,视乡邻损瘠终不肯拔一毛,不仁甚矣。"③ 元代杨载《题夏氏济饥诗卷》说:"往往富人心似铁,累累饿殍口生烟。"④《醒世姻缘传》第31回"县大夫沿门持钵 守钱虏闭户封财"写出劝捐的困难。绣江县令为筹够一百石米的钱,费了九牛二虎之力,方得了七八十两银子,离需要的钱数相去甚远。一个泼天大富,有十余万粮食,只答应捐两石。其余四位捐了些,剩下十几位一毛不拔。举人中只有一人捐了二两。生员中,教官捐了五两,其余两位富家子弟,每人捐了三钱。"那些百姓富豪,你除非锥子剜他的脊筋,他才肯把些与你。但你曾见化人的布施,有使锥子剜人肉筋的没有?所以百姓们又是成空。"⑤ 有的人宁可让粮食烂掉,把钱挥霍掉,也绝不给灾民一丝一毫。赵奎昌《癸未水灾杂感十首》其八云:"何不煮白粥,分给日一遭。巨室屹相望,有米如山高。平时贱黄金,挥霍斗富豪。谁知内悭吝,不肯拔一毛。广陈因果说,此念仍坚牢。古人不复作,那得齐黔敖。"⑥ 富人粮如山高,挥金如土,但就是一毛不拔。有的人花天酒地,对灾民的苦难视而不见。白居易《轻肥》讽刺文武大臣极尽饮食之奢华:"樽罍溢九酝,水陆罗八珍。果擘洞庭桔,脍切天池鳞。食饱心自若,酒酣气益振。是岁江南旱,衢州人食人。"⑦

尤其是一些商人,不顾百姓死活,囤粮不卖,希望粮食涨到天价。宋朝释怀深《拟寒山诗》其四五曰:"贫民饿欲倒,富汉米不粜。米烂化为

---

① (清)李嘉乐:《仿潜斋诗钞》卷14,第57页。
② 同治《鄱阳县志》卷18,《中国地方志集成·江西府县志辑》,凤凰出版社2013年版,第30册,第409页。
③ 曾枣庄、刘琳主编:《全宋文》卷7498,上海辞书出版社、安徽教育出版社2006年版,第326册,第237页。
④ (元)杨载:《杨仲弘集》卷7,《文渊阁四库全书》,第1208册,第52页。
⑤ (明)西周生辑著:《醒世姻缘传》,第248页。
⑥ (清)张应昌编:《清诗铎》卷15,第487页。
⑦ 顾学颉点校:《白居易集》卷1,第33页。

虫，犹嫌价利小。价利更若高，沟壑皆饿殍。"① 王迈《信手阅清溪诗一首依韵即事》说："富家太不仁，增价粜斗石。但爱囊橐丰，不忧狗鼠黠。甘为盗贮储，遑恤人饥渴。"② 戴复古《庚子荐饥》说："乘时皆闭粜，有谷贵如金。寒士糟糠腹，豪民铁石心。可怜饥欲死，那更病相侵。到处闻愁叹，伤时泪满襟。"③ 元代太和州耆儒王昭德《又绝句十二首》其八曰："为富从来多不仁，凶年遏籴最无情。纵令马畜伤禾稼，不恤农家苦力耕。"④

为了鼓励人们捐款，官府还大多采取奖励的办法。或给奖金，或给官职，或立牌坊，或减免某些赋税。真德秀《浦城劝粜》说："一闻平粜家，褒赏无不至。或与旌门闾，浦城沈氏。或与锡金币。"⑤《于谦全传》中于谦劝富豪捐款，减价卖粟米，收养弃儿，又劝富家巨族捐贷资粟以备仓廒。为了调动捐助者的积极性，他采用多种多样的奖赏办法。对低价粜米者，根据平粜数量的多少，给予冠带，免其差役，建坊旌表；对那些捐谷者，将其名字刻在仓前的石碑上。在丰年，他偿还那些捐钱粮者。

李嘉乐自己捐赈被赏花翎，弟一并捐同知衔，特作诗一组自勉，并表达内心无比的感激与荣耀之情：

> 濯缨才看换华簪，一羽凌霄喜又临。落帽孟嘉狂态减，输财卜式受恩深。迥殊聚鹬为身累，略似雄鸡见圣心。北海当年贤太守，未闻孔雀是家禽。

> 弹冠有弟庆相同，恰称冰衔五品崇。弟并捐同知衔。翠羽笑人艰一第，黑头望汝作三公。才疏鹅翼歌新什，时至鸿毛遇顺风。归伏田园须自晦，鸱鸮着后是英雄。

> 赏功战阵与围场，旷典荣颁本异常。盛世预防鸿集泽，微资仅比鹤分粮。何期锡宠容鳌戴，难得联辉到雁行。顾影怜他文采丽，愿为

---

① 傅璇琮等主编：《全宋诗》卷1400，第24册，第16102页。
② （宋）王迈：《臞轩集》卷12，《文渊阁四库全书》，第1178册，第618页。
③ 吴茂云校注：《戴复古全集校注》卷3，第82页。
④ （元）邓文原选：《编类运使复斋郭公敏行录》，《续修四库全书》，影印元至顺刻本，第550册，第693页。
⑤ （宋）真德秀：《西山文集》卷1，第14页。

鸣凤共朝阳。①

也有捐助不愿受赏赐的。元代陈旅便歌颂华氏赈粟不愿受官,其《无锡华氏散粟赈饥不受赏二首》曰:

> 泰伯当年处锡山,身辞大利远人安。至今邑里高风在,散粟千钟不受官。
> 汉法入粟得受爵,相如亦以资为郎。何人不官与侯等,卮茜千亩荻千章。②

前述王泽宏《捐粟行》提到的陈太公亦是捐粟百万石不受赏的典型。

有时候朝廷还会命令官员向乡绅与富豪进行劝捐活动。李嘉乐《奉札劝捐数月已得十万余金人心好善民困可苏非始愿所及喜纪以诗》便是奉札劝捐的:"财称十万本难供,挹注今朝快此胸。喜看蚨飞同一路,捐自本省官绅商富。远招鸿集过三冬。初心犹恐穷罗雀,大力真堪制毒龙。难得此邦风俗厚,挽回天意救年凶。"③诗人将劝捐十万视为畏途,没想到当地风俗淳厚,数月便完成任务。诗人开始之所以有畏难情绪,与劝捐难有很大关系。

劝捐需要地方官吏费一些心思。浦城百姓去年先是遭遇饥荒,今年又遇到富室闭籴,困顿至极。多亏有了陈子文减价粜米与开质库不收利息,才让灾民度过了最危难的时刻。真德秀以陈子文为榜样,作《浦城劝粜》,倡议富人粜米:

> 阳和二月春,草木皆生意。那知田野间,斯人极憔悴。殷勤问由来,父老各长喟。富室不怜贫,千仓尽封闭。只图价日高,弗念民已弊。去年值饥荒,自分无噍类。幸哉活至今,且复遇丰岁。庶几一饱乐,养育谢天地。岂期新春来,米谷更翔贵。况又绝市无,纵有湿且

---

① (清)李嘉乐:《仿潜斋诗钞》卷13《守青集》,第38页。
② (元)陈旅撰,(元)陈旴编:《安雅堂集》卷1,《文渊阁四库全书》,第1213册,第10页。
③ (清)李嘉乐:《仿潜斋诗钞》卷14,第58页。

碎。何由充饥肠？何由饱孥累？恨不死荒年，免复见忧畏。我闻父老言，痛切贯心肺。行行至平洲，景象顿殊异。白粲玉不如，一升才十四。问谁长者家，作此利益事。父老合掌言，子文姓陈氏。起家本儒生，畴昔乐赈施。忆昨艰食时，巨室争谋利。米斗三百余，独收七十二。三都数千口，受彼更生惠。开库质敝衣，假此周贫匮。取本不取息，所活岂胜计。我曹非此翁，久作沟中瘠。吁嗟薄俗中，乃有此高义。吾邦贤使君，爱民均幼稚。一闻平粜家，褒赏无不至。或与旌门间，浦城沈氏。或与锡金币。独有颍川翁，宠光未之被。故作行路谣，庶彻铃斋邃。且俾殖利徒，闻风默知愧。并生穹壤间，与我皆同气。富者盍怜贫，有如兄恤弟。恻隐仁之端，人人均有是。顽然铁石心，何异患风痹。不仁而多财，聚易散亦易。惟有种德家，福禄可长世。不闻眉山苏，盛美光传记。卖田救年荒，生子为国器。即三苏父子也。近世三山黄长者家，喜赈施，子朴为己丑大魁。不见南浦毛，一惟利是嗜。积谷幸年荒，生子遭黥隶。天道极昭明，勿作幽远视。谁欤为斯谣，西山真隐吏。①

灾年平价粜米是官府大力倡扬的，作者以眉山苏家与南浦毛家作正反对比，劝人积德行善，得上天护佑。杨殿梓《劝粜》亦以减价粜米有利于后世子孙及自保劝富人粜米：

人时有贫乏，岁不皆丰穰。今年雨泽愆，谷贵民转伤。昨经平市值，生计筹久长。而何告谕出，靳兹升斗粮。嗷嗷众赤子，典质罄衣装。携钱觅朝炊，四顾空皇皇。树皮与草根，岂充饥馁肠？恻隐苟同具，见此泣道旁。劝尔为富者，回心从善良。乘时急粜卖，勿谋价高昂。古者黄承事，积谷待饥荒。粜时不增价，其后遂蕃昌。抑闻连处士，平粜济一乡。二子陟科第，表述宜欧阳。利人实自利，专利怨无方。人饥已独饱，多藏必厚亡。行事判淳薄，居家余庆殃。况严闭粜禁，宪典尤彰彰。②

---

① （宋）真德秀：《西山文集》卷1，第14—15页。
② （清）张应昌编：《清诗铎》卷16，第542页。

吴慈鹤站在穷人与富人双方的角度，讲述了捐粮的重要意义："保富国有经，安贫乃良策。盗贼贫所为，钱刀富所惜。饥来思握粟，寒至将求帛。况值荐臻年，焉能守程尺？强者已可哀，弱者尤可恻。盗贼且不能，甘心死荆棘。人岂无仁术，对此讵能适？两府进吏民，不惜万言说。诚极动豚鱼，欣皆出私积。富家一颗粒，贫家终岁食。绸缪麦秋前，可以安保息。"① 人们饥寒交迫，会沦为盗贼，对富人造成极大的威胁。而富人拿出米来救济灾民，既体现出仁爱之心，又保证了社会的安定，一举两得。那些在灾荒中救助别人的人，会受到老天格外的照顾。古代很早就有了报应思想。《周易·坤》："积善之家，必有余庆；积不善之家，必有余殃。"② 到了宋代的《太上感应篇》，形成了系统的善恶报应理论，"祸福无门，唯人自召。善恶之报，如影随形"，奉劝人"诸恶莫作，众善皆行"③。佛教也有因果报应说，讲究有因必有果，有所为必有所报，又倡言"救人一命，胜造七级浮屠"。中国流传久远的报应观念，再加上佛、道二教的影响，使善恶报应思想根深蒂固，深入人心。清末《晋赈福报图》图绘了自宋至清的富弼、李文璧等八位善士。郑观应辑汉代至清代诸人修德而获福报者成《救灾福报》一书，分官吏、绅富、士庶、妇女、方外等几大类，"有因活饥民而及身富贵者，有因活饥民而克登上寿者，有因活饥民而子孙科甲累代簪缨者"④。小说中此类报应故事尤多。《夷坚志·夷坚支志》戊卷6《青田富室》言处州青田县发水灾，一富翁欲用船装生活用具，但看到水中挣扎的乡亲，于心不忍："吾家资正失之，容可复有，岂宜视人入鱼腹，置而不问哉？"于是让子弟驾船搭救百姓千人。而上天保佑富家财产几无损失："明日水退，邑屋无一存，但莽莽成大沙碛。富翁所居，沙突如堆阜。遣仆并力辇弃，则一区之宅，俨然不动，什器箱筥，按堵如初，惟书策衣衾，稍沾湿而已。"⑤ 同卷《天台士子》言天台遭遇两江水灾，百姓死于水灾者不计其数。有一个士子用船载了40箩谷，因船载重有限，"于是每载一人，则掷弃一箩谷，顷刻之间，登者五十辈，而谷尽

---

① （清）张应昌编：《清诗铎》卷14，第457页。
② （魏）王弼注，（唐）孔颖达疏：《周易正义》卷1，《十三经注疏》（标点本），第31页。
③ 冯国超主编：《太上感应篇》，吉林人民出版社2005年版，第18页。
④ （清）郑观应：《救灾福报》，《中国荒政书集成》，第8册，第5252页。
⑤ （宋）洪迈撰，何卓点校：《夷坚志》，中华书局1981年版，第1094页。

矣,乃与之还城。时尤延之袤为郡守,叹赏其仁,即治盛具延请,而饷以百千钱。处和观之,又畀以门客恩泽,遂补登仕郎"①。山西有一富人,老来唯有一子,其子与儿媳皆得重病,媳妇先死。老人曾梦大士告诉他:"汝本无后,以捐金助赈活千人,特予一孙送汝老。"② 于是给儿子娶亲,终使儿子留下一条血脉。若富人有粮不捐,可能给自己带来祸害。《夷坚志·夷坚甲志》卷8"闭籴震死"条讲的是有人在灾荒时见死不救,有粮不粜,惹天公发怒,被雷震死:"同村(饶州余干县桐口社)港西亦有段二十六者,即时震死。此人元储谷二仓,岁饥,闭不肯出,故天诛之。既死,谷皆为火焚,而桐口之段至今犹在。"③《樵史演义》第29回"李公子投闯逃祸"中李岩求杞县县令开仓放粮,县令以无粮推脱。李岩只好用自家二百多石粮食救济。有好事的人以李岩为证,强逼本甲的富人赈济,富人不应,又到县衙去告状,认为一切皆因李岩而起。县令听信富人的话,将李岩下在狱里。众百姓聚集起来,杀掉县令,抢了粮仓。

但劝捐并不容易。《醒世姻缘传》说"那些百姓富豪,你除非锥子剜他的脊筋,他才肯把些给你"④。县大夫劝捐时,一个大富豪,至少有十余万石粮,开始一粒不肯往外拿,后来勉强答应给两石。李续香《捐赈苦纪劝施也》写出了劝捐的艰难:"催租吏,猛于虎。劝捐吏,懦于鼠。丈人坐华堂,左右罗骰醑。吏来前致词,长官劝施与。云是同乡人,济困为美举。吏言未竟丈人笑,死者死矣,生者已安处。不欠粮米钱,安能奉官府?吏与丈人大龃龉,丈人那识饥寒苦。"⑤ 富人对穷人的死活不闻不问,官府也拿他们毫无办法。

劝捐不能变成硬性摊派,增加捐助者的负担。郑世元《私赈谣》说:

> 昨闻飞檄来幽燕,官家漕米都回船。吾乡急公且好善,富人大户群助钱。乐输执簿沿门走,点簿挨家米一斗。此虽善事何劳劝,多寡亦要随人愿。富家十石尔道多,贫家一斗将奈何。富家陈陈堆满屋,

---

① (宋)洪迈撰,何卓点校:《夷坚志》,第1095页。
② (清)纪昀著,汪贤度校点:《阅微草堂笔记》卷18,第469页。
③ (宋)洪迈撰,何卓点校:《夷坚志》,第70—71页。
④ (明)西周生辑著:《醒世姻缘传》第31回,第248页。
⑤ (清)王相辑:《友声集·堞影轩存稿》卷2,第111页。

贫家一斗剜其肉。①

每家拿出一斗，对富人来说无关痛痒，对贫家则是一个莫大的负担。官府应根据各家情况确定捐米数目。《劝捐叹》指出了官府强迫富人捐款、搜刮民脂而贪功的行为：

仓空噪饥雀，野旷鸣哀鸿。民食欲何赖，乡富颇急公。纷纷劝不足，鞭扑随其躬。青钱数十万，堆积官仓中。虽难待麦熟，已可备穷冬。有司沾沾喜，自谓此我功。哀矜岂尚存，公道久不容。嗟彼献谀子，称颂忘面红。岂知皇仁广，恫瘝抱无穷。不靳发棠请，焉致屯膏凶。民财尽搜括，此岂盛世风？世无郑监门，痛哭吾谁从？②

灾荒到来时，对国家和个人而言都是关乎生死存亡的大事。国家中的每个人，上至皇帝，下至平民百姓，都要尽心尽力，救助灾民，把危害降到最低。朝廷应运用那些卓有成效的救灾途径，诸如移粟、赈粥、赈粮、赈钱、赈物、以工代赈，尽可能及时地将款项、粮食及其他物资送到灾民手中，让他们能在灾荒中生存下来。百姓不能完全将希望寄托在官府身上，官府的救济不够及时、充分，需要民间救济参与其中。总之，只有人人参与，同舟共济，才能共克时艰，转危为安。

---

① （清）郑世元：《耕余居士诗集·射鞠集》卷11，第203页。
② （清）陆嵩：《意苕山馆诗稿》卷9，第660页。

第六章　有备无患防灾荒

古人早就意识到，临时救灾不如事先预防好，事先预防可以减少灾害发生概率，减轻危害程度，节省大量资源。钟化民《赈豫纪略·救荒图说》"劝务农桑"条云："臣惟救荒于已然，不若备荒于未然。救于已然者，时穷势迫而莫可谁何；备于未然者，事制曲防而可以无患。"① 王庆勋《壬辰春日书事》云："方信备荒在平日，临时措置原龃龉。"② 沈树本《大水叹》曰："救荒于既荒，所济何足论。"③ 胡凤丹《荆州大堤行》提到应防患于未然，临时补救于事无补："灾异先当防未然，力之所至人胜天。桃花春水寻常见，瓠子秋风捍卫坚。不然徒费黄金筑，旋筑旋决嗟颠覆。临变仓皇空补苴，百万生灵葬鱼腹。"④ 防灾主要包括农业防灾与水利防灾两大系统。农业防灾主要是重视农业生产，鼓励百姓开垦荒地，增加粮食储备，注意节约粮食。水利是农业的命脉，官员要有百年大计的意识，搞好水利建设，不应贪污治水钱款，更不能残害百姓，让兴利变成害民。

第一节　农业防灾

农业防灾的主要措施是重视农业生产，增加粮食储备，使荒年有粮可赈。

---

①　李文海、夏明方主编：《中国荒政全书》，第1辑，第1卷，第281页。
②　（清）王庆勋：《诒安堂诗初稿》卷1《曙海楼诗》上，《续修四库全书》，影印清咸丰三年刻五年增修本，第1544册，第514页。
③　（清）沈德潜等编，袁世硕标点：《清诗别裁集》卷23，第911页。
④　（清）胡凤丹：《退补斋诗存》卷6，第693册，第49页。

一

中国是一个以农业为主的国家，历来都有务农重本的思想。潘岳《籍田赋》说："高以下为基，民以食为天；正其末者端其本，善其后者慎其先。"①注引李善注曰："言治国之道以商为末，而农为本；以货为后，而食为先也。"②三国魏司马芝《奏请崇本抑末》说："王者之治，崇本抑末，务农重谷。"③白居易在《不夺人利》中说："臣闻：君之所以为国者，人也；人之所以为命者，衣食也；衣食之所从出者，农桑也。若不本于农桑而兴利者，虽圣人不能也。"④聂夷中《古兴》说："片玉一尘轻，粒粟山丘重。唐虞贵民食，只是勤播种。前圣后圣同，今人古人共。一岁如苦饥，金玉何所用。"⑤范仲淹《稼穑惟宝赋》将农业视为国家至宝：

资时者稼穑，务本者惟王。顾民食而可贵，为国宝而允臧。田畴播殖之时，岂惭种玉；仓廪丰登之际，宁让满堂。稽彼前贤，垂诸大雅。谓养民而可取，必重谷而无舍。惟农是务，诚天下之本欤；以宝为名，表物中之贵者。耒耜无废，黍稷是崇。每训耕耘之绩，如敦追琢之功。辟五土之时，披沙岂异；载千箱之处，照乘攸同。盖以顺彼天时，美兹政本。观艰难而有获，称瑰奇而何损。年多膏泽，连城之价可期；瑞有嘉禾，希代之姿奚远。是知宝金璧者，见弃于圣人；宝稼穑者，克济于生民。得之则九年利用，阙之则百姓食贫。多既如云，宁愧白虹之气；析于元日，似求赤水之珍。其或剖巨蚌以劳心，攻他山而竭力。在寒暑则非民之服，在饥馑则非民之食。徒闻贾祸之辱，莫见作甘之德。曷若我东作可嘉，西成不忒。既坚既好，亚父欲碎而何能；如京如坻，季子比多而莫得。念兹在兹，百王不移。此盈畴而是贵，彼韫椟而何为。见三时之有伦，如分三品；与四民之共给，胡畏四知。今国家崇后稷之功，广神农之道。既丰年以为瑞，盖

---

① 董志广校注：《潘岳集校注》，天津古籍出版社2005年修订版，第55页。
② 董志广校注：《潘岳集校注》，第61页。
③ （清）严可均辑：《全上古三代秦汉三国六朝文·全三国文》卷26，第1199页。
④ 顾学颉点校：《白居易集》卷63，第1316页。
⑤ （清）彭定求等编：《全唐诗》卷636，第19册，第7297页。

惟谷而是宝。故能富庶之风，告成穹昊。①

在作者来看，粮食是得民心、养百姓、强国力的重要保证。元代王旭《喜雨》说："白璧徒堪玩，黄金不救饥。民天唯五谷，岁计在三时。"② 沈德潜《百一诗》说："食为民所天，重谷本王政。"③ 钱琦《东郊劝农》说："与其荒年玉，不如荒年谷。"④

历代统治者特别重视农业，天子行籍田礼，亲自耕种田地以示重农。《礼记·月令》："乃择元辰，天子亲载耒耜，措之于参保介御之间，帅三公、九卿、诸侯、大夫躬耕帝藉。天子三推，三公五推，卿诸侯九推。"⑤ 据不完全统计，仅"藉田赋"就有晋潘岳《藉田赋》、唐阙名《藉田赋》、唐阙名《千亩望幸赋》、唐王棨《耕弄田赋》、唐李蒙《藉田赋》、唐石贯《藉田赋》、宋王禹偁《藉田赋》、明顾鼎臣《躬耕帝藉赋》、明马象乾《拟圣驾躬耕藉田赋》、清甘汝来《圣主躬耕藉田赋》、清何绍基《藉田赋》。皇帝亲耕，皇后亲蚕，以示重视农桑。元杨㧑《茧馆赋有序》说："古者天子躬耕以供粢盛，后亲蚕以为衣服，重祭祀也。汉之时，躬耕之典常行，亲蚕之礼亦具，则视以为劝农桑之本。藉田前有赋之者矣，则茧馆可不赋乎！"⑥《茧馆赋》还有曾策与刘闻的同名作。地方官关心地方农业生产，农业收成是考察地方官政绩的重要指标。地方官作劝农文、劝农诗，劝百姓勤勉生产，多种粮食，多养桑蚕，多织布，多修水利，向百姓传播先进的耕作技术与施肥技术，让他们学会种植多种粮食作物。总之，要极力提高农民的生产能力，让他们过得更好。

《诗经》中即有劝农的作品。《小雅·甫田》是比较早的劝农诗，是周成王赐给百姓饮食以劝勉之作。陶渊明有《劝农》六首。宋代出现了不少劝农文文体，包括劝农文、劝农诗等，比较典型的有苏轼《劝农》、真德

---

① 李勇先、王蓉贵校点：《范仲淹全集·范文正公别集》卷3，四川大学出版社2002年版，第500—501页。
② （元）王旭：《兰轩集》卷3，《文渊阁四库全书》，第1202册，第766页。
③ 潘务正、李言点校：《沈德潜诗文集·归愚诗钞》卷5，第85页。
④ （清）张应昌编：《清诗铎》卷5，第146页。
⑤ （汉）郑玄注，（唐）孔颖达疏：《礼记正义》卷14，第461页。
⑥ 韩格平主编、张相逢校注：《全元赋校注》卷9，吉林文史出版社2016年版，第9册，第6页。

秀《长沙劝耕》、许纶《劝农口号十首》、文天祥《劝农文》，元代有郝经《劝农》，明代有许国《拟御制劝农诗》、黄淳耀《和劝农》，清代有钱琦《东郊劝耕》与徐荣《岭南劝耕诗》等。这些诗作，有劝导百姓要及时耕作者。《长沙劝耕》说："田里工夫著得勤，翻锄须熟粪须均。插秧更要当时节，趁取阳和三月春。"① 文天祥《宣州劝农文》说："第一劝尔勤耕作，布种及时休落魄。惟有锄头不误人，饱食暖衣良快乐。"② 有劝导百姓利用水利者。宋真德秀《长沙劝耕》说："闻说陂塘处处多，并工修筑莫蹉跎。十分积取盈堤水，六月骄阳奈汝何。"③ 许纶《劝农口号十首》其七说："七劝农家趁雨时，陂塘蓄水是便宜。众人殖利还他殖，自饱须知别个饥。"④

要增加粮食产量，鼓励多开垦荒地是一个有效办法。两类地区尤须加强垦荒工作。一类是土地荒芜区。灾荒战乱后，人口大量逃亡，土地大面积撂荒，官府鼓励垦荒，以便让百姓迅速稳定下来，解决经济和社会问题。另一类是边境穷困区。这些地方百姓不重农业，有大量土地可以耕种但并未开垦。汪彦博《纪柳州杨太守劝民开垦荒地事》陈述了杨太守劝民垦荒的意义：

> 柳江地旷杂傜僮，菁林岩洞藏奸徒。首严保甲布条教，比闾族党同提扶。夜来且喜盗风息，警以守蘩宁停桴。又恐平民失业久，流为邪匪身罹辜。尔田尔宅尔自惰，盍募佣值开平芜。郊原弥望尽茅苇，官荒亦必官招租。粪田导水蓄牛种，勿辞四体勤沾涂。要识使君劝耕意，繇诗纤悉堪绘图。此事观成五年后，将使垆瘠皆膏腴。乃知本固外可御，治之有序和甘孚。试看渤海卖刀剑，请为叔度歌袴襦。⑤

老百姓有了土地，便会安心生活，有利于社会的稳定发展。

---

① （宋）真德秀：《西山文集》卷1，第18页。
② 《文天祥全集》卷12，第306页。
③ （宋）真德秀：《西山文集》卷1，第18页。
④ （宋）许纶：《涉斋集》卷15，《文渊阁四库全书》，第1154册，第509页。
⑤ （清）张应昌编：《清诗铎》卷5，第147页。

采用先进的农业技术与耕作方法是另一个提高粮食产量的重要方法。区种法是汉代人氾胜之发明的，注重提高单位面积产量。"区种法，因以挖区而种田，故又称'区田'法。区种法是综合运用精耕细作的原理，集中使用人力和物力，在小面积的土地上，加大农业投资，通过深耕、增肥、灌水、精细管理、合理密植等技术措施，达到高额丰产，大旱保收。"[①] 清人潘曾怡运用此方法栽种，取得了很好的效益，韩𫘧、林则徐、齐彦怀均有诗歌颂此事。齐彦怀《区田图为潘功甫舍人作》说以此法种地，产量惊人，若推广此法，可让天下人富足："去年娄门东，试种田一隅。茎生八九穗，穗结千百珠。三分亩之二，已得十石储。一亩三十钟，古人岂我诬。……安得天下农，奉此为楷模。廪高齐丘山，菜邑四海无。"[②] 韩𫘧《纪潘功甫区田种稻事》云："请看娄江东皋下，苗生弥望交青苍。一茎五穗得未有，高科峨峨六尺强。中间一穗实三百，颠倒撑拄头低昂。以此综核收敛数，亩十六石数倍偿。"[③]

人们不能一味追逐经济利益，放弃种植粮食而改种他物。光绪初年的丁戊大旱，导致中国1300万人死亡，受灾较重的为河南、山西、河北、山东等地区，山西、河南灾情最重，被称为晋豫大饥。山西死亡人口最多，与当地粮食产量严重不足有关系，而造成这一状况的原因与当地农民种植罂粟有关。张文虎《罂粟吟序》曰：

> 豫晋连荒，盖经三载，其农人狃罂粟之利，往往不事五谷，一家妇子，俱嗜鸦片，亢旱久饥，卒亦无以充粮，树皮草根无孑遗，遂致析骸之惨。苏松好义者百计恤邻，匍匐往救。云阶追咎其失，作《破荒论》见视。然江浙之区，盖亦有效尤者，可畏也，因作此篇寄之。

诗曰：

> 雨旸偶愆期，岁穑仍时莫。莠民窥利薮，投耜争鼓煽。弃彼稼穑

---

① 吴存浩：《中国农业史》，警官教育出版社1996年版，第390页。
② （清）张应昌编：《清诗铎》卷5，第148—149页。
③ （清）张应昌编：《清诗铎》卷5，第146页。

甘，种毒等藜苋。遂令麟凤囿，以育狼与㹠。贪财卒灭顶，人我同糜烂。黍稷成茨棘，饿死天不援。参参囊中米，何不恣饱饌。居然人食人，同类佷自剐。三晋皆雄区，溃败共一弗。死者诚无知，生者犹瘖瘖。转粟仗东南，恤邻勇无倦。要知祸所基，覆辙勿再玩。吾吴虽丰饶，此习久弥漫。比闻理旧章，奉行怙欺谩。穷乡地稍僻，亦有连畛畹。此非可盖藏，履亩剧易眴。涓涓汇江河，其源速宜断。永当绝根株，毋使得滋蔓。或言市之彝，未免银所换。何如艺中土，聊比衣补䘯。买刀苦费钱，乃令铁自锻。不知锻铁人，将以刀鼓乱。吾读贾生策，俯仰深叹惋。褒妲诚艳姿，而酿元黄战。寄语劝农司，毋遗养痈患。①

二

中国历来重视粮食储备。《礼记·王制》说："国无九年之蓄曰不足，无六年之蓄曰急，无三年之蓄曰国非其国也。三年耕，必有一年之食。九年耕，必有三年之食。以三十年之通，虽有凶旱水溢，民无菜色，然后天子食，日举以乐。"②贾谊《论积贮疏》联系当下的危急形势，陈述无积贮的危害："汉之为汉几四十年矣，公私之积犹可哀痛。失时不雨，民且狼顾；岁恶不入，请卖爵、子。既闻耳矣，安有为天下阽危者若是而上不惊者！世之有饥穰，天之行也，禹、汤被之矣。即不幸有方二三千里之旱，国胡以相恤？卒然边境有急，数十百万之众，国胡以馈之？兵旱相乘，天下大屈，有勇力者聚徒而衡击，罢夫羸老易子而咬其骨。政治未毕通也，远方之能疑者并举而争起矣，乃骇而图之，岂将有及乎？"③汉代几无抵御灾害的能力，如果战争加上灾害，很可能将汉朝推向灭亡边缘。贾谊提出若要改变这种局面，唯有积贮一途："夫积贮者，天下之大命也。苟粟多而财有余，何为而不成？"晁错《论贵粟疏》亦断言圣王之所以能历灾荒而百姓无损者，乃是储备丰富："故尧、禹有九年之水，汤有七年

---

① （清）张文虎：《舒艺室诗存》卷7，《续修四库全书》，影印清光绪刻本，第1535册，第433—434页。
② （汉）郑玄注，（唐）孔颖达疏：《礼记正义》卷12，第377页。
③ （汉）班固：《汉书》卷24上《食货志上》，第1128—1129页。

之旱，而国亡捐瘠者，以畜积多而备先具也。"① 要做到这一点，需要重视农业生产，增加粮食储备："明主知其然也，故务民于农桑，薄赋敛，广畜积，以实仓廪，备水旱，故民可得而有也。"② 姚合《庄居野行》说："客行野田间，比屋皆闭户。借问屋中人，尽去作商贾。官家不税商，税农服作苦。居人尽东西，道路侵垄亩。采玉上山颠，探珠入水府。边兵索衣食，此物同泥土。古来一人耕，三人食犹饥。如今千万家，无一把锄犁。我仓常空虚，我田生蒺藜。上天不雨粟，何由活烝黎。"③ 欧阳修《答杨辟喜雨长句》说："古之为政知若此，均节收敛勤人功。三年必有一年食，九岁常备三岁凶。纵令水旱或时遇，以多补少能相通。"④ 年成有好有坏，好年成的粮食要留一部分，这样才不会遇到荒年没粮食。这些言论都强调国家要有丰富的粮食储备。历代都注意建立各级粮仓储备粮食，主要有常平仓、义仓、社仓几大类。常平仓是国家设立的，在粮价便宜时以高于市场价籴进，在粮价高时以低于市场价粜出，是赈济百姓的主体。隋文帝开皇五年（585），长孙平"奏令民间每秋家出粟麦一石已下，贫富差等，储之闾巷，以备凶年，名曰义仓"⑤。到了南宋乾道年间，朱熹鉴于常平仓、义仓的不足，又立"社仓法"，创建了"春借秋还"、适当收取利息的救助灾民的社仓。这几类粮仓互为补助，在贮存粮食与救灾中起到了不可替代的作用。粮仓建设异常重要。钱陈群《北仓》提到国家建立粮仓的重要价值："国家设仓庾，截留寓深意。备荒非缓图，事豫庶能济。我皇遵良法，求宁切子惠。不期惟正供，实为生民计。陈陈既相因，储蓄奚有弊。损上而益下，其理乃一致。奈何见浅者，持筹参末议。"⑥

托浑布《义仓成诗以纪事丙申》强调了地方义仓的重要性：

闽中形胜少田庄，强半山谷与石梁。贫家不能储糇粮，嗷嗷海口望帆樯。帆樯载粟泛重洋，来自台湾入闽疆。不独会城足酒浆，数郡

---

① （汉）班固：《汉书》卷24，第1130页。
② （汉）班固：《汉书》卷24，第1131页。
③ （清）彭定求等编：《全唐诗》卷498，第15册，第5661页。
④ 李逸安点校：《欧阳修全集》卷53，第717页。
⑤ （唐）魏征、令狐德棻：《隋书》卷46，第1254页。
⑥ （清）钱陈群：《香树斋诗续集》卷32，第587—588页。

之民借充肠。偶然海面不可航，家乏朝舂空簸扬。或遇飓风送他乡，呼庚呼癸周城隍。前年台城贼扰攘，有如白粲长秕糠。道路不通走且僵，内地有秋亦如荒。次年水灾农事伤，空困何术请发棠。我执其政莫敢遑，以食为天仰金穰。又恐变生力堤防，此乡何可无义仓。义仓之设非寻常，独木之支徒跄跄。旁观纷纷议更张，谓地卑湿难为藏。我辟众论审精详，从善如登选端良。城之东北曰周章，建成廒舍置曲房。仓人庾人具橐囊，顷刻万斛升斗量。若虑粟红与粱黄，日以暄之风以扬。天灾流行诚莫当，有备庶期免遘亡。但愿彼苍降之祥，闾阎岁岁庆阜康。不须告籴用圭璋，礼义生于富庶乡。贤者谓我此谋臧，窃愿持以告四方。①

闽中耕地少，粮食产量低，粮食主要靠从台湾地区输入，一旦遭遇战争、骚乱或自然灾害，老百姓只有向神祷告，义仓的设立尤为重要。有了粮仓，可以有效抵挡灾害。

若粮食充裕，虽有灾害也未必就会成灾，如古人称道的尧、禹、汤之世虽有奇灾，但并未给百姓造成多大危害。后世由于国家粮食储备不足，百姓因缺粮而得病或饿死。王庆勋《书贾丈云阶荒赈谣后》说："所贵筹平时，备豫有可恃。自汉常平废，贻患久不止。金华社仓记，弊亦陈朱子。今但存其名，画饼徒满纸。一遇灾荒来，袖手惟相视。"②吴清鹏《綦仲复以水灾纪事诗索和》亦云：

凡事有备无缺失，今之财赋何从出？太平每想熙隆年，公私上下皆充实。讵闻国用乏帑藏，何至家储少儋石。歉岁难将糠粃求，贫民多以儿女质。朝廷虽有救荒政，劝助募输空议说。欲发仓廪无朽红，巧炊那复能为功。岂惟一省有如此，天下郡县莫不同。无事惟忧日不足，况遭水旱恒雨风。③

---

① （清）托浑布：《瑞榴堂诗》卷3，《清代诗文集汇编》，影印清道光十八年刻本，第600册，第517页。
② （清）王庆勋：《诒安堂二集》卷8，第653页。
③ （清）吴清鹏：《笏庵诗》卷18，《续修四库全书》，影印清咸丰五年刻《吴氏一家稿》本，第1514册，第387—388页。

灾荒既然会时时出现，平常就要有所积蓄。汤右曾《谷贱行》说："今夏小旱豆荚枯，皇皇闾井忧妻孥。幸天出雨困乃苏，丰乐慎勿忘饥劬。大瓮小甒粟谨储，今年要备明年须。君不见尧汤水旱古来有，劝农合在循良守。"① 社会要有居安思危的意识，不能因为丰年就大肆浪费，应有节俭的观念与习惯。严如熤《谕农词》也表达了相同的意识观念："先民崇淳朴，俭者福之基。仓箱虽盈积，服食无敢縻。余三至余九，旱潦能撑持。有丰必有啬，当安常念危。尔不勤与俭，酸心更怨谁。"② 吴振棫《麦贱》说："年运有往复，丰歉有转移。官仓鲜实贮，贮者或成灰。旱潦一不登，赈赡无所施。世无卢与扁，有疾当自治。吾侪谋盖藏，瓮盎皆可资。务禁丰岁奢，稍疗凶年饥。不见三年前，食尽槐榆皮。"③

要想更好地达到防灾目的，仓库必须有充足的粮食储备，但在现实中，往往不尽如此。很多时候，粮食储备不够，致使灾民不能得到及时、有效的赈济。顾景星《南信》说："敢问常平仓，储偫今有几？"④ 方中发《田家苦》云："常平仓谷年年入，农夫饿死无颗粒。"⑤ 此问题出现的原因有二：一方面，固然与当时生产不够发达、粮食产量不足有关；另一方面，也与粮仓粮食被侵吞有关。常平仓里的米控制在官府手里，时有被挪用、侵吞的现象。杨殿梓《光州劝民诗·裕储蓄》揭示了官员与商人的不法行为导致仓无储米："朝廷社仓法，为民权缓急。治法无治人，侵挪弊斯集。市贾又营利，负贩越他邑。今岁储已空，来岁计何及。"⑥ 赈济时，需要经过重重审批，赈灾效果不能令人满意。方中发《田家苦》说："常平仓谷年年入，农夫饿死无颗粒。"

为了弥补常平仓的不足，后来又有了社仓。吴世涵的《公米》便说出了社仓的重要价值：

---

① （清）汤右曾：《怀清堂集》卷12，《文渊阁四库全书》，第1325册，第554页。
② （清）张应昌编：《清诗铎》卷19，第634页。
③ （清）吴振棫：《花宜馆诗钞》卷5，《续修四库全书》，影印清同治四年刻本，第1521册，第49页。
④ （清）顾景星：《白茅堂集》卷20，第326页。
⑤ （清）张应昌编：《清诗铎》卷6，第154页。
⑥ （清）张应昌编：《清诗铎》卷19，第633页。

> 昔人制井邑，安民有深意。比闾使保赒，族党相拯济。善哉公米粜，犹能敦古谊。邻里遭凶年，市米日踊贵。村村自为保，减价以相畀。计口日给之，升合逮孩稚。仓箱苟不足，远籴以为继。富者既以安，贫者得所赖。救荒有常平，良法安敢议。开仓必上请，官吏多顾忌。社仓听之民，收放似无害。良莠不能齐，亦复滋流弊。唯此自周恤，厚意可遍逮。所虑穷僻乡，居人尽贫匮。不然通有无，安得饿殍辈。此事良可风，守之庶勿坠。①

中国自古有邻里互帮互助的美德。农民丰年将米存入社仓，灾年可将米低价出粜，相比常平仓来说，手续更为简便。而且乡亲彼此熟悉，可避免冒领的情况。社仓加深了邻舍之间的情谊，保证了社会安宁。王庆勋《书贾丈云阶荒赈谣后》亦提到了类似办法："周官保富条，立意有深旨。元气藏于民，即以卫乡里。无已议捐输，于理未应訾。所虑立法疏，弊即从此起。立法意云何，其权不在官。即以各户捐，使博乡里欢。都鄙划然判，量力拯饥寒……更恐仓廪匮，掣肘多所难。计口施青蚨，俾自谋一餐。不滥亦不扰，彼此心尤安。"② 各户平时捐一些粮食放入社仓，有灾的时候可以救济，这是一种民间自救的方式。社仓捐助自由灵活，不扰民，不会有假冒。但是社仓发展到后来也出现了一些问题，其粮食储备亦不能保证。张五典《示吏》说：

> 社仓遗规传紫阳，其人经画行其乡。出入不言属胥隶，此中意旨微而彰。后来侵渔自当局，壮哉鼠雀多耗亡。里党相推及大户，有借牧令为堤防。州邑案吏逞巧黠，就里公然持短长。里豪蠹吏共利薮，驱蛮狼狈相扶将。一二村者或自爱，刀笔立与生疣疮。展转托名恣惊扰，要输泉布罗酒浆。逼令私售满欲壑，岂劳破费开私囊。岁久沿袭俨成例，廪虚一扫无秕糠。汝曹伎俩类如是，即时指屈安可详。长官于人亦平易，须知便腹贮刚肠。③

---

① （清）张应昌编：《清诗铎》卷16，第548—549页。
② （清）王庆勋：《诒安堂二集》卷8，第653页。
③ （清）张应昌编：《清诗铎》卷2，第43页。

社仓本由乡人自己管理，后来受到当局的侵扰。一些地方豪强勾结小吏，狼狈为奸，将社仓里的粮食偷偷卖尽。

除重视农业生产与增加粮食储备，提高农业抗灾水平也可起到一定的防灾作用。中国历来多灾多难，种植庄稼时多有些防灾的意识，就会降低灾害的影响，比如在种植技术与农作物的选择上，如果用一些心思，就可在一定程度上抵御一些灾害。一些地区多涝，可以种一些抗涝的庄稼，比如河南陈留，经常遭遇水灾，粮食不能很好地生长。刘芾林将家乡黔阳的红稗带到陈留耕种，产量很高。红稗是一种能有效抵御旱涝的粮食作物。徐宝善《红稗吟序》说："抑《氾胜之书》曰：'稗既堪水旱，种无不熟之时，宜种之以备凶年。稗中有米，捣取炊食之，不减粟米，又可酿作酒。'稗之利，亦丰矣。顾世以其似蒉害稼屏之，明农者亦习为诟病。天下爱丝麻而弃菅蒯，类如此也。夫稗既宜于黔，复宜于豫，使广其传，俾山陬海澨之区，罔不咸殖，而享其利，仁人之心也，独陈留也哉！"① 在作者看来，如果能将红稗推广天下，那将会对抵御灾害起到积极作用。其诗曰：

有稗有稗，于黔之阳，其赤如粟兮，其实如粱。旱弗瘼兮涝弗襄，屡丰年兮家穰穰。一解朕朕莘野，汤汤大河。大河汤汤，汨我陵我阿。菐额犁镵，县罄而詹，畴降我康兮，嘉禾孔嘉。二解厥惟贤侯，我民我饥。贻我赤稗，匪粝伊粢。翼翼之稗，惟侯暨之。稗之翼翼，惟侯粒之。三解②

有的作物怕涝，有的怕旱，适当多种几种粮食作物在一定程度上可减轻灾害的影响，避免单种一种而绝收的情况出现。祁寯藻《采棉谣》说："高田种棉，下土种稻。种棉令人暖，种稻令人饱。金滩岸上多水田，九亩种稻一亩棉。今年不雨又一月，机轮挽河河水竭。稻苗无穗半黄朽，剩有棉花白似雪。采棉作布不作衣，布能易米疗人饥。但愁棉少布亦稀，家

---

① （清）徐宝善：《壶园诗钞选》卷6，《清代诗文集汇编》，影印清道光刻本，第567册，第35页。

② （清）徐宝善：《壶园诗钞选》卷6，第36页。

家络绎啼空机。前年苦旱苗尽槁，去年青苗化为草。早知种稻不逢年，决计有田惟种棉。老农见事例迟钝，来岁旱潦谁能问？"① 高处适合种棉，低处适合种稻。稻喜水，天旱收成不好。棉喜旱，旱灾也有收成。棉不仅能织布御旱，还能换米充饥。作者希望农民能分配好棉花与稻谷的种植比例，不要只盯着稻谷，以免增加遭受旱灾的概率。多种一些高产抗灾的作物，也可以有效地抵御灾荒。毕沅《种番薯并引》介绍了在豫州引种番薯之缘由："维我皇上轸念民依，睿思所及，以番薯向产闽省，可充糇粮，兼耐旱暵，傥移种之，是亦救荒一策。敕将藤苗及栽培之法传寄，命沅分谕各属，如式树艺。"诗具体讲述了其巨大的经济价值："将来广莳之，芋栗何足数。不择地肥硗，不忧时旱雨。恒副盈车望，免虑枵腹苦。从今河南北，永远为乐土。"②

提高种植技术，可以少受一些灾害的影响。王恽《劝农诗·粪田》强调施肥防水旱的重要作用："年深莳种薄田畴，粪壤频加自昔留。田果粪余根本壮，纵遭水旱亦丰收。"③ 其《劝农诗·勤锄》讲明锄地的防旱效果："锄头有雨润非常，此是田家耐旱方。果使锄头功绩到，结多得米更精良。"④ 潘功甫所用的区田法不仅能大幅提高粮食产粮，还有极强的抗灾效果。韩䨇《纪潘功甫区田种稻事》言"坐看瘠土皆丰穰，旱涝不忧沴戾绝"⑤。林则徐《区田歌为潘功甫舍人作》云："疾风不偃旱不槁，那有禾头生耳谷化螺？"⑥

第二节　兴修水利

中国季风气候显著，水灾、旱灾多，兴修水利、调节水量尤为重要。修水利可提高农业生产，增加社会财富，促进社会稳定。

---

① （清）祁寯藻著，阎凤梧等主编：《馤䊱亭集》卷5，《祁寯藻集》，第2册，第38页。
② 杨焄点校：《毕沅诗集》卷35，第841页。
③ 杨亮、钟彦飞点校：《王恽全集校注》卷62，第2693页。
④ 杨亮、钟彦飞点校：《王恽全集校注》卷62，第2693页。
⑤ （清）张应昌编：《清诗铎》卷5，第146页。
⑥ 林则徐全集编辑委员会编：《林则徐全集》（诗词卷），第6册，第2913页。

一

中国大部分地区位于季风气候区，夏季气温高、雨水多，冬季气温低、雨水少，所以夏季容易形成涝灾，冬季容易形成旱灾，对雨水进行人为调节就显得尤其重要，而水利兴修是最重要的一项措施。《辞海》对"水利"的解释为："采取人工措施控制、调节、治导、利用、管理和保护自然界的水，以减轻或免除水旱灾害，并开发利用水资源，适应人类生产、满足人类生活、改善生态和环境需要的活动。"① "水利"一词最早见于《吕氏春秋·孝行览·慎人》："舜……以其徒属，堀地财，取水利，地财，五谷。水利，灌灌。编蒲苇，结罘网，手足胼胝不居，然后免于冻馁之患。"② 就高诱注而言，水利主要指灌溉之利。《史记·河渠书》云："于蜀，蜀守冰凿离碓，辟沫水之害，穿二江成都之中。此渠皆可行舟，有余则用溉浸，百姓飨其利。"③ 这是就李冰父子开凿都江堰说的。至少到西汉武帝时期，人们已经认识到水利设施应当包括防灾、行舟、灌溉等诸多功能。

古代中国是以农耕为主的国家，对水的需要与调节更为迫切，水与社会的关系也更为密切。明代袁黄说："水利乃经世第一事。"④ 乾隆皇帝说："自古致治，以养民为本，而养民之道，必使兴利防患，水旱无虞，方能使盖藏充裕，缓急可资。是以川泽、陂塘、沟渠、堤岸，凡有关于农事，豫筹划于平时，斯蓄泄得宜，潦则有疏导之方，旱则资灌溉之利，非可诿之天时丰歉之适然，而以临时赈恤为可塞责也。"⑤ 水利是农业的命脉。宋代陈耆卿《奏请急水利疏》说："稼，民之命也；水，稼之命也。"⑥ 水利兴则农业兴，水利衰则农业衰。明代吴宽《送张都水》说："潴泄倘有策，

---

① 辞海编辑委员会编纂：《辞海》（缩印本）第6版，上海辞书出版社2010年版，第1757页。
② 许维遹撰，梁运华整理：《吕氏春秋集释》卷14，第336—337页。
③ （汉）司马迁：《史记》卷29，第1697页。
④ （明）袁黄：《皇都水利》，《四库全书存目丛书》，影印明万历三十三年建阳余氏刻《了凡杂著》本，史部，第222册，第681页。
⑤ （清）王先谦编，周蕃校：《东华续录·乾隆六》，上海广百宋斋光绪十七年校印，第1页。
⑥ （宋）陈耆卿：《筼窗集》卷4，《文渊阁四库全书》，第1178册，第36页。

旱涝何须怜。"① 清代胡季堂《劝民除水患以收水利歌》说："农民种植勤，全赖雨泽灌。"②"免涝又救旱，农民何不知。"③"须知沟池成，旱涝俱可蠲。"④ 有了完善的水利设施，便可旱涝保收。东南经济发达与水利发展至关紧密。谢元淮《从梁茞林方伯章钜勘吴淞江水利五十韵》说："东南称泽国，农田资水利。"⑤ 中原及西北的农业不发达，与水利不兴有很大关系。齐翀《磁州见水田》说中州："亦有溱与洧，不以资灌溉。弗潴而弗防，盈涸听其自。十仞潦既伤，五仞旱复炽。"⑥ 虽有河流，但并未充分利用，导致水旱频发。《河上纪事》说："西北苦无禾，因莫兴水利。"⑦ 修筑水利，可引淤灌田，增加土地肥力，提高粮食产量，繁荣当地经济。《郑白渠歌》曰："田于何所？池阳、谷口。郑国在前，白渠起后。举臿为云，决渠为雨。泾水一石，其泥数斗。且溉且粪，长我禾黍。衣食京师，亿万之口。"⑧ 郑国渠与白公渠引来泾水，促进了关中农业的繁荣，给长安提供了衣食。《西都赋》曾言关中农业之发达："源泉灌注，陂池交属。竹林果园，芳草甘木。郊野之富，号曰近蜀。……下有郑白之沃，衣食之源。提封五万，疆场绮分。沟塍刻镂，原隰龙鳞。决渠降雨，荷插成云。五谷垂颖，桑麻铺棻。"⑨ 这与源泉灌注、陂池交属、郑白两渠有直接关系。张永铨《河上纪事》说："尽地皆腴田，靡处非秉穗。"⑩ 中国自元代以后，定都北京，所需粮食需由南方经运河送来，若有了水利，北方粮食可以自足，自可节省漕运费用。张永铨《河上纪事》说："甸服粟米供，转漕可无费。"⑪

水利能够改善地方的农业环境，使其少受或免受灾害影响，成为一方乐土。彭汝砺《七门堰并序》说："我来舒城道三堰，行看利入东南遍。

---

① （明）吴宽：《家藏集》卷3，第24页。
② 李文海、夏明方主编：《中国荒政全书》，第2辑，第2卷，第177页。
③ 李文海、夏明方主编：《中国荒政全书》，第2辑，第2卷，第178页。
④ 李文海、夏明方主编：《中国荒政全书》，第2辑，第2卷，第179页。
⑤ （清）谢元淮：《养默山房诗稿》卷18《江头集》，第1512册，第73页。
⑥ （清）张应昌编：《清诗铎》卷5，第136页。
⑦ （清）张永铨：《闲存堂诗集》，第676页。
⑧ （汉）班固：《汉书》卷29，第1685页。
⑨ （梁）萧统编，（唐）李善注：《文选》卷1，第9—10页。
⑩ （清）张永铨：《闲存堂诗集》，第676页。
⑪ （清）张永铨：《闲存堂诗集》，第676页。

渔樵处处乐太平，稻粱岁岁收余羡。江淮旱涝相缀联，舒城独自为丰年。人知今日乐其土，不知古人为尔天。"①虽然江淮地区旱涝不断，但舒城却能独享丰年，七门堰起到至关重要的作用。在长江中下游一带，人们造出不少圩田，所种庄稼不受水旱影响。"圩田就是在浅水沼泽地带或河湖淤滩上围堤筑圩，把田围在中间，把水挡在堤外；围内开沟渠，设涵闸，有排有灌。"②杨万里《圩丁词十解》序及诗解释了圩田的形成原理，描写了圩田的壮观景象及人们对于能调控水量的欣喜之情：

　　江东水乡，堤河两涯，而田其中，谓之圩。农家云："圩者围也，内以围田，外以围水。"盖河高而田反在水下，沿堤通斗门，每门疏港以溉田，故有丰年而无水患。

　　圩田元是一平湖，凭仗儿郎筑作圩。万雉长城倩谁守？两堤杨柳当防夫。

　　上通建德下当涂，千里江湖缘一圩。本是阳侯水精国，天公敕赐上农夫。

　　儿郎辛苦莫呼天，一岁修圩一岁眠。六七月头无滴雨，试登高处望圩田。

　　河水还高港水低，千枝万派曲穿畦。斗门一闭君休笑，要看水从人指挥。③

山西干旱少雨，明代袁应泰凿开太行山，用沁水灌溉，康茂园又加以疏浚，让灌区百姓虽连遭旱灾却粮食收入不减。黄定文《沁渠行》抒发了灌区人丰收时的喜悦之情：

　　明袁应泰令河内，凿太行为五龙口，放沁水灌田，岁久湮塞。癸卯，康茂园观察浚复之，连岁旱暵，渠所溉五县无饥人。

　　去年春旱连千里，五县山田独平水。千畦百汊巧随人，行所当行

---

① （宋）彭汝砺：《鄱阳集》卷1，《文渊阁四库全书》，第1101册，第175—176页。
② 武汉水利电力学院、水利水电科学研究院《中国水利史稿》编写组编：《中国水利史稿》（中册），第144页。
③ 辛更儒校笺：《杨万里集笺校》卷32，中华书局2007年笺校本，第1643—1644页。

止当止。今年旱魃忧偏方，淇卫赤地人彷徨。覃怀老农笑且舞，我有万斛琼瑶浆。却忆前年断流咽，渠背坼如龟兆出。①

除了保证农作物产量，水利设施还有益于种植其他农作物。明代魏骥《咏湘湖》说："百里周围注渺茫，龟山遗爱许谁忘。水能蓄潦容千涧，旱足分流达九乡。荇带荷盘从取市，莼茎芡实任来尝。邑侯乡老休轻视，圩岸时须督有方。"②孙灏《汴城开渠浚壕纪事》记录清代雍正年间王士俊兴水利治水患之事，渠壕不仅使水流通畅，还可滋养丰富物产："红蕖绿芰杂蒲苇，鱼虾螺蛤随取资。其旁植以万条柳，其下拂拂风徐吹。"③

水利还可消除盗贼。张永铨《河上纪事》说："渠多走马艰，盗贼并难肆。"④因为田地里有许多沟渠，所以盗贼不能一马平川。其说法听来似有些迂阔，然而水利兴，灾害减少，百姓流亡或违法犯纪的确实会大大减少。蒋湘南《捻子》说："固始与息县，疆界连错绣。固境有水利，安静袭仁寿。息境沟渠湮，饥寒遑恤后。恒产自来无，恒心何处逗。请用赵广汉，钩距先塞窦。再用召信臣，农桑繁其畜。但教地泽腴，勿虑民气瘦。"⑤固始与息县毗邻，前者水利兴，百姓安居乐业。息县水利荒废，百姓生活艰难，铤而走险。作者给出的方法是先执法，再富民，就能很好地解决百姓骚乱问题。

很多作品还通过对比，很好地说明了兴修水利与不治水利的巨大区别。桂超万《娄水春谓林少穆中丞兴娄江水利也》指出林则徐兴娄江水利前后的不同："娄江泥，昔齐堤。娄江水，今成溪。昔愁霖，良亩沉，今有尾闾沧溟深。昔苦旱，嘉禾暵，今有巨泽水田满。洞开泻雨，洞闭屯云。河伯顺轨，潮神回轮。鸠工代赈，鹄面转温。成功者天，时旸三旬。谁实得天，公真天人。"⑥娄江在没有清理之前，到处是淤泥。现在娄江是一深

---

① （清）张应昌编：《清诗铎》卷5，第140页。
② （明）魏骥：《南斋先生魏文靖公摘稿》卷10，《四库全书存目丛书》，影印明弘治十一年洪钟刻本，集部，第30册，第487页。
③ （清）张应昌编：《清诗铎》卷5，第133页。
④ （清）张永铨：《闲存堂诗集》，第676页。
⑤ （清）张应昌编：《清诗铎》卷13，第428页。
⑥ （清）桂超万：《养浩斋诗稿》卷5，第363页。

水河，旱可浇灌，涝可排泄，解决了饥民的生活问题。

海塘是人们在海岸利用石块堆成的陡形墙，对防止潮水入侵，保护土地与百姓生命、财产安全，起着巨大作用。其主要分布在江苏、上海、浙江、福建、广东沿海地带，但重要地段是在江浙一带，险工段分布在杭州湾的北岸。这一带是富庶区域，为国家重要经济来源，受到元、明、清统治者的特别关注，也是重点修筑加固地段。潘耒《捍海塘》点出了海塘对于保障土地与国家安全的重大意义：

> 筑塘谁，汤信国，开国元戎秉成画。约束海若麾天吴，长堤如城捍潮汐。修塘谁，赵中丞，经天纬地帝股肱。预防崩岸悉筑塞，不许蛟鳄横凭陵。越民食海亦苦海，寇贼风涛时一骇。只今万里不扬波，障田况有兹塘在。我耕我耘，我稼我禾。鸣鸡吠狗，烟火桑麻。无风鱼灾，不见兵戈。绸缪桑杜功如何？海如杯，山如螺。中丞烈，不可磨。①

汤和与赵中丞修的海塘，控制了潮水，保障了耕地安全，有效地阻止了倭寇入侵，保证农民安居乐业。陈文述《议修海塘有感而作》提及了海塘的作用："列郡田庐资保障，万家衣食赖农桑。"② 汪仲洋《与王竹屿别驾陪抚军帅仙舟夫子履勘海盐县海塘作》云："赖此一线堤，九郡得生聚。"③ 张朝桂《海塘谣》亦云："胡侯创建石作塘，百万生灵全一壁。"④ 胡仁济建了宝山海塘，保护了百万人。

许多人意识到，兴修水利是苦在一时、功在万世的事业，虽然眼前耗费人力、物力多，经济利益不明显，但要看到其泽及后世之功。官员与百姓都要有这种意识。清齐召南《书吴鉴斋传后》提到兴修水利是苦在当下、利在千秋的事业："莫惜工费巨，底定复禹谟。虽殚目前劳，际海永

---

① （清）潘耒：《遂初堂诗集》卷16，《清代诗文集汇编》，影印清康熙刻本，第170册，第201页。
② （清）张应昌编：《清诗铎》卷4，第108页。
③ （清）汪仲洋：《心知堂诗稿》卷17《堤海集上》，《清代诗文集汇编》，影印清道光七年刻本，第523册，第719页。
④ （清）张应昌编：《清诗铎》卷4，第110页。

无虞。"① 清代胡季堂《劝民除水患以收水利歌》称兴水利其实是舍小得大："勿谓己地宽，池大工力繁。勿谓弃地惜，目下又费钱。须知沟池成，旱涝俱可蠲。广种多不收，不如少种安。眼前虽多费，日久利无边。"② 要看到水利的长久之功："劝尔开沟池，免尔受饥馑，勿谓浮言移，勿谓工力省。早早尽人事，岁岁丰仓廪。"③《江阴县志》卷27《开河谣》说：

> 从来人事代天工，前若倦勤后无及。方今农隙力尽饶，深疏广浚休辞劳。主伯亚旅互淬砺，合耦协助无相挠。俄顷事集厥功奏，江流活活河滔滔。平渠满川资灌溉，西成黍稷盈四郊。一劳永逸洵美矣，烦我董责空喧哓。我本为客尔为主，康功田功我无与。官如传舍有几时，不能挈河更东去。众聆予言咸感激，勤者弥奋惰者策。一锄两锄交手下，千担百担无停歇。行歌劝唱欢乐胥，经始子来戒勿亟。我观情形大悦怡，江俗好义公旬急。频年兴作亦孔劳，利民还当用民力。江乡溪港难悉数，疏瀹务尽罔淳淤。譬犹人身具百骸，血脉贯通靡有阻。扬州土壤本涂泥，教稼先从治水咨。自今以往岁其有，吹笙击鼓陈豳诗。④

劝告百姓疏浚河流是为自己谋福，是"一劳永逸洵美矣"之事，要"深疏广浚休辞劳"，以后将年年丰收。

二

更多的作品则表现了人们不修水利或疏于维护所造成的危害。无水利的害处，作品里说得非常明白。王原《吴中吟·沟洫》云："旱潦乖蓄泄，小灾成大荒。"⑤ 徐昂发《下田雨叹》云："沟防废不修，万姓罹凶荒。一言俟采风，吏责非天殃。"⑥ 没有水利，旱时无法浇灌，涝时无法排水，给

---

① （清）齐召南：《宝纶堂诗钞》卷3，《清代诗文集汇编》，影印清嘉庆刻本，第300册，第314页。
② 李文海、夏明方主编：《中国荒政全书》第2辑，第2卷，第179页。
③ 李文海、夏明方主编：《中国荒政全书》第2辑，第2卷，第180页。
④ 道光《江阴县志》卷27《艺文四》，台湾成文出版社1983年版，第3126—3127页。
⑤ （清）张应昌编：《清诗铎》卷5，第130页。
⑥ （清）张应昌编：《清诗铎》卷5，第131页。

百姓的生活带来重大危害。清代李嘉乐《至济阳境勘徒骇河》说："水利何时废，空教水患均。"① 荒废水利，加大了水灾的面积与危害。一个地方若不重视水利，会对当地发展造成严重影响。张永铨以为，许多地方农业不发达、灾害频发与水利不兴有莫大关系。其《河上纪事》说："秦人坏阡陌，沃土遂成弃。地宝既不登，黍稷终难继。西北苦无禾，因莫兴水利。东南患河冲，其弊亦所致。"② 齐翀《磁州见水田》将中州与磁州的情况作了对比："中州曰粤衍，阴阳之和萃。其蓻惟黍麦，其田等赤埴。谷汲而山居，讵无泉脉庇。亦有溱与洧，不以资灌溉。弗潴而弗防，盈涸听其自。十仞潦既伤，五仞旱复炽。……曷来磁州路，水声鸣沸沸。特书庆新渠，路旁碑贔屭。高下原隰间，龙鳞相栉比。沟塍历落开，界画分行位。一从而一衡，井井有经纬。禾稼方登场，陌上无遗穗。恍若在江乡，陂塘相郁蔚。"③ 中州由于不善用水，导致降水稍多便成水灾，降水少便成旱灾。而河北磁州有水田，无水旱之忧。

对于地处太湖流域的吴地而言，水利更是关系当地人生存与发展的头等大事。江湜明确指出由于不兴水利，吴地经济遭受了毁灭性的打击。《雨中感事》说："呜呼水利之不讲，吴其为沼吾其鱼！"④《淫雨连月吴田尽没马远林先生云速开刘家河及白茅河则积水易退尚可补种》说："三吴水利无人讲，一雨农田便作灾。"⑤ 赵奎昌《癸未水灾杂感十首》其六说出了水利不修的危害："水利久不讲，白茆浦已淤。宣泄失故道，冲激坏田庐。"⑥

不少作家在作品中通过对比，明确地指出了水利不修所带来的危害。陆游《丙午五月大雨五日不止镜湖渺然想见湖未废时有感而赋》说：

朝雨暮雨梅正黄，城南积潦入车箱。镜湖无复钓青秧，直浸山脚

---

① （清）李嘉乐：《仿潜斋诗钞》卷14，第58页。
② （清）张永铨：《闲存堂诗集》，第676页。
③ （清）张应昌编：《清诗铎》卷5，第136—137页。
④ （清）江湜著，左鹏军校点：《伏敔堂诗录》卷6《己酉》，上海古籍出版社2008年版，第118页。
⑤ （清）江湜著，左鹏军校点：《伏敔堂诗录》卷6，第118页。
⑥ （清）张应昌编：《清诗铎》卷15，第487页。

白茫茫。湖三百里汉讫唐，千载未尝废陂防。屹如长城限胡羌，啬夫有秩走且僵。旱年灌注水何伤，越民岁岁常丰穰。洴湖谁始谋不臧，使我妇子餍糟糠。陵迁谷变亦何常，会有妙手开湖光。蒲鱼自足被四方，烟艇满目菱歌长。①

绍兴会稽山的镜湖从汉至唐，一直维护得很好，所以附近农民水旱无忧。但到了宋代，鉴湖遭到人为破坏。绍兴农民饱受水旱灾害之苦，粮食产量大幅下降，只能吃糟糠而已。王十朋《民事堂赋》分析会稽水灾的成因是人们围湖造田："至若鉴湖利及九千顷兮，日侵削而就荒。"同赋注引王十朋《鉴湖说》云：

> 国朝之兴，人始盗湖为田。盗于祥符者才二十七户，至庆历间为田四顷而已。至治平、熙宁间，盗而田之者凡八千余户，为田七百余顷，而湖浸废矣。政和末，郡守专务应奉，遂建议废湖为田，而岁输其所入于京师。自是奸民豪族，公侵强据，无复忌惮，所谓鉴湖者，仅存其名，而水旱灾伤之患，无岁无之。今占湖为田盖二千三百余顷，岁得租米六万余石，为官吏者，徒见夫六万石之利于公家也，而不知九千顷之被其害也。②

豪强围湖造田，导致湖的面积越来越小，蓄水量大为减少，调节灾害的能力大大降低，可以说到了"小雨小灾，大雨大灾，无雨旱灾"的地步。

清代郭起元《舒邑复兴水利》通过包家古堰的兴衰，有力地证明了水利对农业的重要意义：

> 包家古堤堰，溉田二千顷。旱涝资蓄泄，如人喉在颈。岁久废不治，填淤成灾眚。其上有三荡，荒榛蔽断埂。其下为荡五，沮洳产蛙

---

① （宋）陆游：《陆游集·剑南诗稿》卷18，中华书局1976年版，第2册，第515页。
② （宋）王十朋撰，（宋）周世则注，（宋）史铸增注：《会稽三赋注》，中华书局1991年影印《丛书集成初编》本，第3173册，第44页。

毛。霡漉上流溢，横出淹田畛。偶熯下流涸，良畴叹枯井。哀鸿泽畔吟，漂摇去他境。丰予捧檄来，披图中夜省。相原周谘谋，跮踱觅踪影。更新惟由旧，所憝在顽梗。庶民欣子来，鼖鼓誓弗警。沟深而堤坚，不贻后日哽。霍然去症结，快若凌风隼。"①

一废一兴，结果有云泥之别。

很多水灾的出现并不单是受自然影响，也与水利不修或失修有极大关系。太湖地区水量大，下游围田多，水流入海不畅，往往造成堵塞，引起水灾。虽从宋代开始浚修，元、明、清历代都不断修治，但问题始终没有得到很好解决。清代的不少作品中表达了对这一地区水利状况的不满。顾梦麟《吴农叹》说："自从黄浦塞，奄至白茅瞑。刘河再见枯，如狂障其澜。雨潦为都居，一积遂莫散。嘉湖杭常润，更与助湍悍。分流剧奔注，众侮疑决灌。……须臾防守疏，千顷坠弥漫。譬城倏被陷，譬冰倏受泮。室庐蛙黾杂，妇子鱼鳖怨。空梁灶徒悬，晨坐午不爨。"黄浦江、白茅河与刘河等主要河道或堵塞，或干涸，致使当地洪灾出现概率大大增加。而以前不废水利时是另外一番情景："往时水利修，入海流汧汧。霹雳亦时遭，蓄泄凭昼旦。勤耕俭所食，输挽尚非难。"② 水可以顺利流入大海，雨多时不成水灾。李堂《大水行》亦将太湖水灾归为三江不修："全凭笠泽为尾闾，七二溇港成长渠。慨自三江失疏瀹，四万千顷多沙淤。东江故道宋堙灭，黄浦娄江须论列。一宜急洒一宜淘，叵耐吴淞先鲠噎。此乃苕霅之津门，瓜泾接吭青浦喷。下流弗泄上流塞，淫潦秋涨漫天吞。……问谁没溺贻之害，未修人事天难呼。吁请曾经具博议，千里郡民命所寄。空言无补唤奈何，是吾过也敢弗志。"③ 由于不修三江，导致河沙淤堵，河水泛滥成灾。清代石韫玉在《寒雨》中说，水灾的原因乃是刘河、白茆河堵塞与吴淞不畅："震泽波涛壮，三江是尾闾。绝潢横作篸，腐草积成淤。坐看桑田改，难求息壤居。试寻沟洫志，水利近何如。近年刘河、白茆河皆堙

---

① （清）郭起元：《介石堂诗集》卷8，《清代诗文集汇编》，影印清乾隆刻本，第266册，第415页。

② （清）汪学金辑：《娄东诗派》卷9，《四库未收书辑刊》，影印清嘉庆九年诗志斋刻本，第9辑，第30册，第137页。

③ 钱仲联主编：《清诗纪事·乾隆朝卷》，第8册，第5256页。

塞，吴淞亦不畅流，此水灾之所由来也。"① 刘河、白茆河堵塞，与人们不注重维护、只重视经济利益有很大关系。

吴淞江不畅，自宋代就开始了，但此后一直不畅则与明代夏元吉治理太湖水系留下的后遗症有关。他将太湖的入海水道改为以浏河与黄浦江为主，这就加重了吴淞江的堵塞，以后虽屡有修浚，局面仍难以改观。钦琏《舟行吴淞江》说五代时吴淞江治理成效明显，但自宋以来便治理失策，渐成不可收拾之势："荻芦丛生夹岸傍，洪涛变土惊沧桑。微波细水势力弱，岂能畅达流汤汤。江流既滞潮流溢，时伤室庐及阡陌。譬人满饮填胸腹，泄泻无由必上逆。吾闻钱氏据吴年，营田军卒岁数千。作渠导河更番至，水旱不虞民熙然。自宋迄明良法革，一任污泥随潮汐。直成平陆始仓皇，暂一开疏竟何益。"② 其另一首诗《舟行福山港》描述了吴淞江水浅而窄的可怕现状：

具区贯六州，汪洋众水腹。尾闾泄吴淞，一水去难速。古人忧国心，议论详简牍。分流杀奔溢，度土循地轴。袤延二百里，浚浦三十六。岁久大半湮，蒲苇长蓁蓁。尚闻海虞境，江海分茆福。吾来值严冬，浅涸仅盈掬。舟子告途穷，停桡且止宿。晓起问野老，叹息眉频蹙。前年曾疏浚，遗迹欣已复。其广极丈寻，其深没车辐。弃置今十载，沙积水仍缩。岂惟阻商旅，实乃病泄蓄。兹情屡上陈，县官屏勿录。吾闻重叹息，鄙哉徒食肉。咫尺近城闉，公余幸寓目。刍牧宜早求，慎勿效平陆。③

这是由于不能及时清理蒲苇而导致的河流堵塞。河里沙土淤积，水流不畅，不利于通航，也不利于蓄水排水。作者希望地方官能未雨绸缪，早日治理。

官吏兴修水利不力，工程质量不达标，未能达到防灾减灾的效果，是导致灾害频出的重要原因。萧抡《刘河行》便谈到了修刘河中存在的问

---

① （清）石韫玉：《独学庐四稿》卷3，《清代诗文集汇编》，影印清写刻《独学庐全稿》本，第447册，第438页。
② （清）钦琏：《虚白斋诗集·鲍系集上》，《四库未收书辑刊》，第9辑，第22册，第671页。
③ （清）钦琏：《虚白斋诗集·鲍系集上》，第670页。

题:"谁知通塞势无定,转眼大泽填泥沙。前于后康事疏凿,百姓疲曳遭拗诃。金钱十万委流水,旋开旋塞堪惊嗟。……我谓通商利犹小,水旱事关民痒疴。东江湮没淞浅隘,川谷往往成陂陀。……迩来如人塞其口,一遇淫雨忧将多。上流奔趋下流塞,具区泛溢可奈何。"① 于鳌图、康基田曾主持疏通刘河,花了"金钱十万",给百姓带来沉重的劳役,刚挖好又堵塞了,一下雨便泛滥成灾。钱虽然花了,但他们敷衍了事,完全是豆腐渣工程。在治河时,为防止河床过高,河水外溢,都会挖沙,但治河官员为了节省成本,大捞一笔,往往挖得很浅。朱绶《捉船行》说:"朝廷帑金费千亿,年年畚锸劳民力。可怜捞浅不捞深,仍使崩沙水中积。焦山海门近咫尺,担土何如投大泽。"② 彭兆荪《浚河渠》亦说:"近来官长多娴事,不论农桑论水利。吾昨扁舟苇岸过,沙深水浅奈胶何。舟人指点向予道,此是今年新浚河。"③ 汪志伊《湖北水利篇》所揭示的现象更加让人触目惊心:"凹顶躺腰弊显然,甚至冒高刨堤脚。"注曰:"偷工减料弊皆如此,甚有高处丈尺不足反将堤脚旁挖深以冒为高者。"④ 故意挖堤脚,与其说是兴利,不如说是作孽。

三

水可为利,也可为害,关键在于人的作为。人要合理利用水,而不能只贪图一时利益,否则将会人为地制造水灾。古代文学作品中写了不少由于人的贪欲而造成的灾害。

宋代,圩田之风盛行,许多豪族依仗权势,大面积造田,给农业生产带来极大危害。《围田叹四绝》提到围田造地导致的水旱灾害:

> 万夫堙水水干源,障断江湖极目天。秋潦灌河无泄处,眼看漂尽小家田。
>
> 山边百亩古民田,田外新围截半川。六七月间天不雨,若为车水到山边?

---

① (清)张应昌编:《清诗铎》卷5,第140—141页。
② (清)朱绶:《知止堂诗录》卷5,第43页。
③ (清)张应昌编:《清诗铎》卷5,第141页。
④ 汉阳县水利局编:《汉阳县水利志》,1990年印刷,第186页。

> 壑邻罔利一家优，水旱无妨众户愁。浪说新收若干税，不知逋失万新收。
>
> 台家水利有科条，膏润千年废一朝。安得能言两黄鹄，为君重唱《复陂谣》。①

由于豪族大姓围湖造田，湖泊面积不断缩小，大水无处排泄，四处横流，把小户人家田地都冲毁了。到天旱的时候，无法取水灌溉，只能到极远的地方车水。这种造田的方法，其实是少数人得利，多数人受损。正如卫泾《论围田札子》所言：

> 殊不思缘江并湖民间良田何啻数千百顷，皆异时之无水旱者。围田一兴，修筑塍岸，水所由出入之路顿至隔绝。稍觉旱干则占据上流，独擅灌溉之利，民田坐视，无从取水；逮至水溢，则顺流疏决，复以民田为壑。设若围田侥幸一稔，增租所入有几？而常岁倍收之田少有水旱，反为荒土。常赋所损，可胜计哉！②

有人为了一己私利，竟打起河流的主意，全然不顾可能带来的严重恶果。《度牤牛湖梁二河》云："如何写水地，郁郁桑榆稠。侵堧构茅屋，截墱开瓜畴。日与水争地，窄同田首沟。自然壅则决，横溢妨锄耰。刍茭稽月糈，羽书阻星邮。匪惟病农事，兼恐为国忧。"③

太湖流域是我国东南重要的粮食产区，水系发达。太湖水通过吴江、黄浦江、刘河等河流汇入长江，如果河流不畅，很容易造成水灾。但一些人为私利而不顾大局，在河中种植茭芦等植物。谢元淮《从梁苣林方伯章钜勘吴淞江水利五十韵》说："小民利目前，司牧忘远计。遵守互因循，坐令古法废。滋蔓茭芦侵，淤塞溇渎闭。淫雨偶为灾，泛滥竟莫制。"④ 叶舒璐亦说到同样问题，其《吴江长桥歌序》云："乃贪利者占为茭芦数百

---

① （宋）范成大撰，富寿荪标校：《范石湖集》，上海古籍出版社1981年版，第393页。
② （宋）卫泾：《后乐集》卷13，《文渊阁四库全书》，第1169册，第654页。
③ （清）翁心存：《知止斋诗集》卷15，《清代诗文集汇编》，影印清光绪三年常熟毛文彬刻本，第571册，第626页。
④ （清）谢元淮：《养默山房诗稿》卷18，第73页。

顷，渐填为平壤，架作市房，又数顷矣。湖水一涨，灌城而入，则全县之田荡然。是桥之设，关一邑大利害也。今夏淫雨倾圮数骴。"① 其诗曰："潮汐积淤淀，众脉何由宣。奚堪水故道，湮没菱芦边。涨滩剧痏瘵，妄冀成桑田。升科税重额，遗累非戈戈。豪家况分占，架构参差廛。湖身日就窄，壅噎莫甚焉。"② 柳树芳《苦旱行序》亦曰："己卯六七月大旱不雨。余维我乡号泽国，然近年菱芡芦苇梗塞。吴人只图目前微利，互相侵占，不思疏通水道，一遇旱涝，泄水无由，汲水莫继，此一大弊也。"③ 河中种植作物妨碍水流的事情在长江中游亦有。《阿桂奏报荆州被水缘窖金洲涨沙激水之故诗以志愧》曰："城南窖金洲，涨沙逼水势。萧姓薄纳租，种苇贪得利。苇结根益坚，护沙宽更致。江溜向北趋，长堤日浸渍。而堤复弗牢，决匪出不意。"④ 荆州大水，实与萧姓在窖金洲种植芦苇相关。在乾隆帝来看，私占河中及河边土地者，当为一普遍现象，须认真解决："江湖及河淀，岂无沙淤暨。永禁民占耕，并屏升科议。"注曰："因思各省如黄河外滩以及西湖淀河，各省滨临湖陂等处，似此私占耕种者甚多。"⑤

无序开垦带来了很多灾害。沈垚《七古一章用孙愈愚韵赠家柳桥》说："近日棚民垦山地，泥松和雨下山腹。填塞沟渠患非细，人尤凶悍性不淑。下流况又太湖淤，菱芦弥望包山足。山源不蓄湖复浅，泛滥将如痈溃肉。水盛啮塘桥久圮，阻断行途嗟蔀屋。"⑥ 流民开垦山地，破坏了植被，堵塞了河道，还造成更严重的淤堵，对农业造成很大危害。清人汪仲洋《山阴感事》指出由于过度垦田造成排水不畅从而导致水灾：

> 射退胥潮五百年，浙东沧海变桑田。煎盐地熟栽香稻，牧马场空种木棉。积潦西流成倒灌，长堤无用忽中穿。宣防越俎筹邻国，水利相关要万全。萧山新林塘外为灶地，灶地之外为牧场，皆潮涨沙壅所成。其势

---

① （清）张应昌编：《清诗铎》卷5，第134页。
② （清）张应昌编：《清诗铎》卷5，第134页。
③ （清）张应昌编：《清诗铎》卷5，第141页。
④ （清）爱新觉罗·弘历：《御制诗五集》卷42，第328册，第203—204页。
⑤ （清）爱新觉罗·弘历：《御制诗五集》卷42，第204页。
⑥ （清）潘衍桐辑：《两浙輏轩续录》卷35，第1686册，第324页。

外高内下，近既垦为田亩，而积水乃从塘脚私泄。今春中丞陈望坡先生、观察陈心畲先生檄同勘履情形。子曰：牧地之外不泄入海，则灶地有邻壑之忧；灶地之水不筹所潴，则官塘有决堤之患。堤决潮入，则山会当其下游，不惟萧邑一隅之灾也。①

江湜《雨中感事》亦说，如果不是当地过度垦殖，与水争地，本来不该出现如此多的水灾："人言此乡失水利，征我目见良有诸。江心生洲种芦苇，湖口插稻填泥淤。此皆与水争土地，坐令水溢无归墟。不然震泽一大浸，方五百里众派潴。播为三江入于海，输泄淫潦奚难欤？吾闻行水亦官责，所贵出手开沮洳。郑亶单锷有成说，奈不措意求诸书。呜呼水利之不讲，吴其为沼吾其鱼！"②桂超万《栾城官舍纪事十首》其九批评百姓在河流故道上耕种乃是见利忘灾的行为："左右寻双河，源泉安在哉。故道犁为田，见利忘其灾。"③

一些人贪图短期利益而造成很多灾害。贺甫《邵侯决防诗》说，吴地多水灾，与百姓筑堤堵水有关，实为人祸："吴为水国多大川，三江五湖遥相连。吴中之水虽浩大，罕曾淹没湖乡田。奈何连年雨为戾，多至旬月或半岁。下流居民无远图，筑堤障水为近利。遂令积水阻不通，一望百里波涛中。"邵侯看出了问题之所在，毅然舍小利，保大局："侯言积水亦可泄，所虑而今民力竭。不免役民数十辈，尽把诸堤一时决。诸堤一决水骏奔，奔流遥遥入海门。等闲水去露平壤，迅速桥成通远村。东村西村经几度，凄惨风烟随水去。舍边翳翳蔽桑麻，野外茫茫长禾黍。侯之惠政今已成，损一利百真足称。民无水患岁常稔，我侯多福如川增。"④《武定滨州杂咏》云："地广犹贪播种多，不容沟洫转流波。一时积涝无消路，徒叹天年唤奈何。"注曰："地宽种广，全无沟洫，道傍官沟，非耕种以塞之，即填筑土埂以便行车，遂致流水不通，岁多积涝。愚民只顾目前之小利，

---

① （清）汪仲洋：《心知堂诗稿》卷16《渡江集下》，第714—715页。
② （清）江湜著，左鹏军校点：《伏敔堂诗录》卷6，第118页。
③ （清）桂超万：《养浩斋诗稿》卷9，第385页。
④ （明）钱谷编：《吴都文粹续集》卷51，第586—587页。

而不虑常年之大患，诚可叹也，是在牧民者善以导之耳。"①

一些人为了自己的利益，人为破坏水利设施，造成了灾害。元代王恽《农里叹并序》说："每年秋涨赖横堤，水纵漫堤尚害微。近为鹿城偷堰破，放交潦流到柴扉。"② 清代华长卿《金陵水灾纪事诗用舅氏韵》说："元武湖堤偷掘开，堤外甘氏田最多，私令佃户掘堤，湖水俱泄于城里，制军已将佃户三人收禁。江流挟雨入城来。"③ 一些地方的人为自保，以邻为壑，全然不顾别地利益。《里人来青口述家乡连年水灾之惨怆然有作》云："今兹复异涨，南北难两遍。壑邻迈禹功，涴市竟偷掘。公安最当冲，江陵半犹活。松枝暨澧湘，上连洞庭阔。鼍鼋入市游，浮尸蔽江出。牛马亦淹死，树木尽偃折。粳稻实垂垂，沉波苔藻滑。"④ 由于涴市人偷偷掘开江堤，导致公安、江陵、松滋、枝江、澧州至洞庭的广大地区被洪水淹没，损失惨重。

四

河工自古为利薮，治河费用是明清财政开支的一个大项，款项多，事务多，做手脚容易，许多人把手伸向其间。《儿女英雄传》形象地道出了治河中的种种乱象："这河工更是个有名的虚报工段、侵冒钱粮、逢迎奔走、吃喝搅扰的地方，比地方官尤其难作。"⑤ 谎报治水费用，少花多报，套取治河费用是他们采用的主要方式。如安学海治水时师爷所说："我们这些河工衙门，这'据实'两个字是用不着、行不去的哪。"所以他空着各项费用不填，等学海批多少钱再填。这些费用就包括治水官员、差役的各处费用，诸如盘缠、差役开支、官员之间的应酬走动，还有验收时的勘工费、收工费以及科费、部费。治河费用成了一块人人盯着的肥肉，"那一个不是指望着开个口子弄些工程吃饭的？"安学海听了之

---

① （清）胡季堂：《培荫轩诗集》卷4，《续修四库全书》，影印清道光二年胡镳刻本，第1447册，第321页。
② 杨亮、钟彦飞点校：《王恽全集校注》卷34，第1692页。
③ （清）华长卿：《梅庄诗钞》卷15，《清代诗文集汇编》，影印清同治八年刻本，第620册，第692页。
④ （清）谢元淮：《养默山房诗稿》卷24《朐海集》，第1512册，第120页。
⑤ （清）文康著，松颐校注：《儿女英雄传》第1回，人民文学出版社1983年版，第21页。

后，非常震惊："这岂不是拿着国家有用的帑项钱粮，来供大家的养家肥己胡作非为么？"① 安学海坚决不按这些潜规则去做，结果遭到反对、迫害，最终被找了一个治河不力的借口治了罪，可见治水里面的腐败是多么严重。殚精竭虑治河的人，却被那些只知从治河中牟利的人所陷害。像他这样"尽心竭力，事事从实，慎重皇上家的钱粮，爱惜小民的性命"②的实干家，终究不为官场所容。此外，官员治水时还偷工减料，造成工程质量低劣，灾害频发。黄河高堰下游一带的工程，"都是偷工减料作的，断靠不住"③。

汪志伊《湖北水利篇》提到兴修水利当中的诸多贪污行为："最可恨者积弊久，人人视工为利薮。半侵公项入私囊，始则浮冒继克扣。滥委官多弊愈多，人地生疏更掣肘。臧获朋比惯为奸，其饥如鹰盗如狗。猾胥蠹役性贪污，攘窃凶于寇盗手。"④ 他们弄虚作假，克扣工人工资，侵吞治河款项。又云："通融挹注久相绐，百弊丛生填欲海。弊应全除值应加，半倍一倍至二倍。工员因例价不敷，辄虚报丈尺，浮估土方，以为通融挹注之计。上司明知之，亦姑容之，讵百弊丛生，侵肥日甚。"⑤ 一些官员虚报工程量，套取修河资金。朱炎《筑塘谣》提出筑塘当中的经济犯罪："然岁修不可不慎，移东掩西，虚内实外，工吏之奸，宜预防之也。"⑥ 清代桂超万《河兵谣三首》说黄河成为吸金的无底洞，治河经费都到了河吏手中：

> 莫望河吏洁，日汲河水啜。河水是贪泉，年年作金穴。（其一）
> 河水挟泥沙，泥沙多于泉。昔用金鈚刷，今用金钱填。（其二）⑦

孙原湘《河兵谣》揭露每年预防黄河灾害要消耗掉大量财力、人力、物力。"里河堤，外河堤。一分银，一筐泥"；"一条浊浪来天河，河身便

---

① （清）文康著，松颐校注：《儿女英雄传》第2回，第31页。
② （清）文康著，松颐校注：《儿女英雄传》第2回，第32页。
③ （清）文康著，松颐校注：《儿女英雄传》第2回，第34页。
④ （清）汪志伊：《稼门诗钞》卷4，《续修四库全书》，影印清嘉庆十五年刻后印本，第1464册，第463—464页。
⑤ （清）汪志伊：《稼门诗钞》卷4，第463页。
⑥ 钱仲联主编：《清诗纪事·乾隆朝卷》，第9册，第6165页。
⑦ （清）桂超万：《养浩斋诗稿》卷1，第341页。

是销金涡。今日才修明日补,十万金钱一方土";"河堤不开河库闭,安得金钱买歌舞?一声奔雷三坝坼,百万帑银如一掷,官府分段来兴修"。① 很多人盼着黄河发水灾,这样才能贪污治河费用。俞樾《丙辰二月初三日出棚考试大风渡黄河作》说:"百万金钱付水滨,不饱鱼龙饱官吏。"② 王士恒曾参与堵黄河缺口,对治河中的腐败现象多有了解,其《河工竹枝词》《河工后竹枝词》《后河工竹枝词》《新春河工竹枝词》等诗,全面揭露了治河中的多种弊端。《新春河工竹枝词》云:

甫入新春报合龙,缘何新埽又遭冲?只因渠引未通畅,多少人漂大溜中!

东坝偏教埽走多,平时工作定如何?暗藏火柱虚镶埽,人说因由太刻苛。

不谙河务误修防,岂任厮渠达宋梁。漫说引河工告竣,临时转致势仓皇。

土工夫价任开销,究竟穷民未裕饶。惹得众心齐抱恨,敢将秸料肆焚烧。③

克扣民工工钱,导致民工焚烧秸料以泄愤怒。许多治河官吏不懂治河之术,随意施工,偷工减料,工程质量低劣,刚修好的新埽又被冲毁,很多人遭受水灾。何栻《河决中牟纪事癸卯六月》亦说"公帑早入私囊收",治河的钱进入私人腰包,生灵涂炭。河吏希望黄河发水,这样便能大捞一笔钱:"生灵百万其鱼矣,河上官僚笑相视。鲜车怒马迎新使,六百万金大工起。"④

因为治河中存在诸多腐败现象,工程质量无法保证,治河效果极差,给流域百姓带来深重灾难。很多作品揭露了此种现象。刘敏中《河决》提到因为监工接受贿赂而降低了对工程的要求,导致黄河多次决口:"秋来

---

① 王培军点校:《孙原湘集·天真阁集》卷21,第722页。
② (清)俞樾:《春在堂诗编·甲丙编》,《春在堂全书》,第5册,第53页。
③ 钱仲联主编:《清诗纪事·道光朝卷》,第14册,第9566—9567页。
④ 钱仲联主编:《清诗纪事·道光朝卷》,第15册,第10288页。

河决四五处,垫溺流亡良可怜。寄语忧民贤守令,筑堤今后更须坚。"①

谢元淮在江淮为官期间,疏浚运河及吴淞口,赈济江都灾民等,对治河事务相当熟悉。《丰工纪事效竹枝体》说出了治河中的一些潜规则:"历来口岸半朦胧,堵筑溃决,俗名打口岸。上下侵渔算秉公。"许多事情不透明,各级官员都想从中捞一笔钱。而这次督部要求实报实销,杜绝了弄虚作假:"料不虚收钱不扣,这回真个办清工。督河二宪以下及现任丞倅牧令各工员俱自备资斧,一切收支工料,给发银钱,俱核实给领,弊绝风清,咸谓自有大工以来,无似此番清白者。"督部细加核算,节省了大量资金:"节省帑金三百万,得人难更用人难。初议堵筑丰工时,老于河事者咸称必需八百数十万两,督部再三驳减,只请四百五十万两,大失工员所望。"②

五

黄河是历史上有名的"灾河",泛滥次数多,从汉代至近代,有很多关于治河方略的争论。汉代时,贾让提出了著名的治河三策,对后代影响深远。《汉书·沟洫志》有具体记载,其上策为"徙冀州之民当水冲者,决黎阳遮害亭,放河使北入海";中策为"若乃多穿漕渠于冀州地,使民得以溉田,分杀水怒,虽非圣人法,然亦救败术也"③;下策为"若乃缮完故堤,增卑倍薄,劳费无已,数逢其害,此最下策也"④。其上策是给黄河留出足够的流淌空间,不与水争地;中策是多引沟渠分流灌溉;下策是修筑堤防。到宋代,又出现了声势浩大的北流、东流的争论。庆历八年(1048),黄河在澶州商胡埽决口,河水改道北流。此后关于黄河是北流还是东流回故道的话题争议,在元祐元年(1086)最为激烈。文彦博、吕大防主张东流,而范纯仁、苏辙、赵瞻等主张北流。治河观念在作品中有所反映。苏轼《庚辰岁人日作,时闻黄河已复北流,老臣旧数论此,今斯言乃验,二首》其一说:"三策已应思贾让,孤忠终未赦虞翻。"⑤《宋史·河渠志》说:"苏辙谓右仆射吕公著曰:'河决而北,先帝不能回……盖因

---

① 邓瑞全、谢辉校点:《刘敏中集》卷18,吉林文史出版社2008年版,第257页。
② (清)谢元淮:《养默山房诗稿》卷32《竹西集》,第1512册,第217页。
③ (汉)班固:《汉书》卷29,第1694页。
④ (汉)班固:《汉书》卷29,第1696页。
⑤ (清)王文诰辑注,孔凡礼点校:《苏轼诗集》卷43,第2343页。

其旧而修其未备乎?'"① 苏轼和其弟观点是一致的,主张黄河北流。黄庭坚赞同苏轼的主张,其诗中表达了黄河北流的主张。《题文潞公黄河议后》说:"澶渊不作渡河梁,由是中原府库疮。"② 如果黄河回归故道,强使其东流,那将是劳民伤财,使国库贫乏,百孔千疮。其《渡河》说:"去年排堤注东郡,诏使夺河还此州。"③ 此是言宋神宗下诏"东流已填淤不可复,将来更不修闭小吴决口,候见大河归纳,应合修立堤防"④,使黄河回河北故道。王安石是东流说的拥护者。《河势》说:"河势浩难测,禹功传所闻。今观一川破,复以二渠分。国论终将塞,民嗟亦已勤。无灾等难必,从众在吾君。"⑤ 二渠指的是三股河与五股河。王安石希望皇帝能当机立断,浚治二渠入海。

至明、清两代,因为首都的粮食等物资供应要通过漕运,治理黄河建立在保漕的基础之上。漕运要用黄河水,又怕黄河泥沙多淤积运河道,所以又用淮河水来冲刷黄河泥沙,造成黄河夺淮入口,淮河水注入洪泽湖,引发淮河下游的灾害。明清在治理黄河上,存在诸多争论。施补华《乘舟再赴利津》说:"或曰水宜东(按:疑作'束'),或曰地当让。或曰挽之南,故道容游漾。或曰道九河,禹迹近可访。虚衷听群言,巽命求一当。"⑥ 有主张以堤束水者,有主张给水让道者,有主张让黄河南流者,有主张分流者,莫衷一是。在明清最高统治者心目中,漕河的安危才是最紧要的。明孝宗对刘大夏说:"朕念古人治河,只是除民之害,今日治河,乃是恐妨运道,致误国计。"⑦ 清朝统治者在给靳辅的命令中说"免致淤塞,有碍运道"⑧。统治者需要以黄济运,怕黄河水淤塞运道,又要以淮敌黄,冲刷黄河的泥沙。这样把黄河、淮河、运河三条河联结在一起,本来

---

① (元)脱脱等:《宋史》卷92,第2290页。
② (宋)黄庭坚著,(宋)任渊等注,黄宝华点校:《山谷诗集注·山谷别集诗注》卷下,第1102页。
③ (宋)黄庭坚著,(宋)任渊等注,黄宝华点校:《山谷诗集注·山谷别集诗注》卷下,第963页。
④ (元)脱脱等:《宋史》卷92,第2286页。
⑤ (宋)王安石著,(宋)李壁笺注,高克勤点校:《王荆文公诗笺注》卷25,上海古籍出版社2010年版,第604—605页。
⑥ 杨国成点校:《施补华集·泽雅堂诗二集》卷17,第544页。
⑦ (清)傅泽洪:《行水金鉴》卷20,《文渊阁四库全书》,第580册,第343页。
⑧ (清)傅泽洪:《行水金鉴》卷47,第647页。

是各取其长，结果却都受黄河水灾的危害，并危及江淮一带，这是明、清两代这一地区水灾频发的重要原因。不少文人对这样的做法提出了强烈批评。吴嵩梁《送潘芸阁学士观察江南》言潘锡恩预见借黄济运不可行，会导致运河淤塞阻滞："君怀献璞忠，早上徙薪议。借黄求济运，河淤运先滞。蓄清能制黄，运治河亦治。剥运行已迟，未免增劳费。忧在天下先，卓哉公辅器。"①倒不如用驳船运输。原注曰："嗣闻高堰漫口，督府疏请借黄济运，上书力陈其弊，且为预筹剥运，及运河淤阻，始行此策，劳费已多。"②

《清史稿·潘锡恩传》指出了以淮敌黄、以黄济运的威胁："蓄清敌黄，为相传成法。大汛将至，急堵御黄坝，使黄水全力东趋。今年漕艘早渡，因御黄坝迟堵，以致倒灌停淤，酿成大患。且欲筹减泄，当在下游，乃辄开祥符闸，减黄入湖。坝口已灌于下，闸口复灌于上，黄水俱无出路，湖底淤垫极高。若更引黄入运，河道淤满，处处壅溢，恐有决口之患。"③张永铨《河上纪事》提出治黄的问题之所在，不应该以保漕运来牺牲所有利益：

  欲浚黄河流，先夺淮水位。一河且冲决，况与群流会。今岁筑坚堤，明岁已随溃。此岸甫告成，彼岸复倾圮。岁縻百万钱，填海曾何济。天子为宵衣，河臣徒掩袂。尝读古人书，兼闻周用议。河之不安流，由于沟洫淤。卓哉汝南君，斯言真确义。……西北苦无禾，因莫兴水利。东南患河冲，其弊亦所致。河从龙门来，万里滔滔逝。若教流勿滥，应使源先杀。上既分其支，下自安其派。我欲请于朝，下诏布中外。北地及中州，设官理沟浍。定理画为渠，通流资灌溉。里广或五六，里狭或三四。浅深审水宜，曲直随地势。十年告成功，沿河多分汇。尽地皆腴田，靡处非秉穟。匈服粟米供，转漕可无费。渠多走马艰，盗贼并难肆。不治河已平，不运漕弗匮。不缉宄自消，一举三善备。疏凿何无谋，壅障真成鄙。何以知其然，水性有至理。……

---

  ① （清）吴嵩梁：《香苏山馆诗集》卷14，《清代诗文集汇编》，影印清木犀轩重刻本，第482册，第285页。
  ② （清）吴嵩梁：《香苏山馆诗集》卷14，第285页。
  ③ 赵尔巽等：《清史稿》卷383，第38册，第11658—11659页。

维水亦如之，顺逆随所使。善用功诚多，强制害相倚。①

黄淮合流，只会增加水患，与其每年徒然大量耗费资金，倒不如在黄河上游广挖沟渠、兴水利，既可增加粮食产量、省漕运费用，又可防盗贼猖獗，可谓一举数得。金德瑛《登云龙山见黄河北徙》对以保漕为主、兼及治河的方略提出了批评："古者治河不治运，纵令游演存宽饶。今须俯首趋一线，甘受约束随吾曹。自南自北两俱病，顾淮顾运功加劳。薪刍木石日增垒，但有淤垫无疏淘。逢霖未免辄涨溢，经霜不放积潦消。当官隐讳冀苟免，涓涓弗塞匪崇朝。不然怀柔百神日，胡独河伯逞其骄。"② 在他看来，古人专治黄河，措施得力，成效明显。而当今治河，因为要考虑漕运，黄淮合流，不免顾此失彼，导致河流泥沙淤积严重，水患增多。

黄河含沙量大，一石河水八斗泥。降低含沙量是治理黄河的关键。最直接的办法是挑沙除淤，其次是靠淮河清水冲刷黄河泥沙。李赓芸《挑河谣》说："挑河挑河，河底沙多。挑沙得钱，我腹果然。淮水清，河水浊，淮强方能与河角。淮迫河行使之速，河流不停沙不伏。"③ "筑堤束水，以水攻沙"是潘季驯提出来的，他注意利用加固河堤增加流速来冲沙，还主张用淮河之水来冲沙。郭起元《海口》指出以淮敌黄，要继承潘季驯的以水攻沙："南徙岁已久，遂夺淮浦流。下壅上斯溃，屡殷泛滥忧。潘公勤荒度，策在束上游。蓄清以刷黄，沙淤无停留。良法至今守，修防慎绸缪。海口虽云多，罕与云梯侔。广深非人力，天造此遐陬。滔滔东注水，细大靡不收。沛然达重洋，安澜奠中州。无为事穿凿，筑室滋道谋。"④ 以淮敌黄只会有短期效果。就整体而言，黄河水势强，淮河水势弱，以淮敌黄较为困难，甚至有时会发生黄河水倒灌的情况，加剧淮河与洪泽湖的灾害。到了清代，这个问题更为突出。潘末《河堤》指出以淮敌黄的问题之所在：

良医视病人，察脉审其证。悉病所从来，治之药乃应。浊河本北

---

① （清）张永铨：《闲存堂诗集》，第676页。
② （清）张应昌编：《清诗铎》卷4，第117页。
③ （清）李赓芸：《稻香吟馆集》卷5，《清代诗文集汇编》，影印清道光刻本，第435册，第764页。
④ （清）张应昌编：《清诗铎》卷4，第116页。

流，清淮自南亘。河徙勿夺淮，淮弱而河盛。一石八斗泥，壅碍入海径。倒灌淮上流，湖淤可涉胫。埂堰始冲决，淮南受其病。塞决固治标，要须遂其性。下流无路行，东遏必西迸。疮平毒未消，堡闭盗犹横。旁观方忧危，当局莫予圣。

治河近称善，吾宗老司空。河徙时未久，淮流尚争雄。海口虽停沙，可以水力冲。淮主河乃客，主壮客不攻。用清以刷浊，当年策诚工。淮今仅一线，河涨犹难容。淤沙积成土，不浚焉得通？古方治今病，和缓技亦穷。疏瀹费虽多，尺寸皆有功。堤成倘蚁漏，金钱掷波中。治河要领，二诗已见大意，总贵通海口以淮刷黄也。今两者皆偾，而望安澜奏绩，必不可得矣。河堤使者宜书此诗于座右。①

潘季驯是明朝最著名的治河专家，他提出综合治理黄河、淮河、运河的原则，又提出"以河治河，以水攻沙"的做法。如果说这种方法在明朝还奏效的话，到了清朝则显得不合时宜。所以潘耒批评了当代某些人食古不化的做法。沈德潜的评论，似乎未得其实。杨文荪《河堤》说："下流苟勿壅，胡由致崩溃。治河无贾让，争以下策试。清淮弱如线，浊河日奔恣。淤沙积百丈，海口塞弗治。河身高于堤，帆樯回云际。蚁穴倘一决，惊涛注平地。治病不察脉，横裂适为累。嗟哉神禹功，疏凿岂小智。"②对当代人的筑堤、以淮敌黄提出了批评。束南薰《河兵谣》亦谈到淮黄合流的不可取：

浊强黄势骄，清弱淮流浼。力筑高家堰，障之使东汇。借淮以制黄，厥功自百倍。运道积沙淤，势难通尾闾。黄逆入清口，奔注洪泽湖。湖淮复挟黄，涌灌高宝途。民抱为壑忧，何以通挽输。治源先葺归仁堤，杀流急宜浚海口。坐使水由地中行，衽席之安可长久。③

以淮敌黄殊难做到，黄淮合流更加重了运道的淤积，造成入海不畅。

---

① （清）沈德潜等编，袁世硕标点：《清诗别裁集》卷12，第470—471页。
② （清）张应昌编：《清诗铎》卷4，第124页。
③ （清）张应昌编：《清诗铎》卷4，第115页。

黄淮和洪泽湖的水并流而下，给下游百姓带来了深重灾难。治河的有效方法是筑大堤，疏通入海口。而潘季驯设计的蓄清刷浊，乃是让淮河水全部注入洪泽湖，抬高洪泽湖水位，以此去冲击黄河泥沙。虽然看起来很有道理，但效果并不理想。陈文述《治水篇》谈到这个问题："减坝虽云开，黄河水溅溅。御坝虽继启，洪湖流涓涓。湖水壅不消，河身淤益坚。古方治今病，那得沉疴痊。羸师当大敌，那得军威宣。"①

也有人主张采用不与水争地的办法。袁枚《赴淮作渡江吟四首》之四曰："慨念今黄河，势合淮汴流。只因资转漕，约束为疽疣。人自夺水地，水不与人仇。河身日以高，河防日以周。纵舒一朝患，难免千年忧。何不决使导，慨然弃数州。损所治河费，用为徙民谋。更置递运仓，改小运粮舟。水浅过船易，敌淮事可休。路宽趋海捷，泛滥病可瘳。此语虽惊众，此理良或优。"② 此法亦提到由于黄淮合流，虽能暂时保证漕运船只顺利通行，其实埋下了很大隐患。倒不如放弃护堤，用治河的费用补贴百姓搬迁，给黄河留下足够的泄洪空间，可以永久免除黄河之患。其实这个方法并不可取。黄河下游两岸有肥沃的土地，居住着大量人口，任黄河泛滥，将会给国家经济与社会稳定带来极大危害。

明、清两代，人们治河基本上采用的是偏于稳妥的疏通河道与加固堤防的方法。梁章钜《河上杂诗》提到加固大堤对治理黄河的意义："非堤不为功，坐嗤贾让疏。""河身本隆起，浩浩沙所注。扫根刷始深，石质重乃固。刚柔互为制，水土永相护。断无外游虞，倒梗中泓路。"筑堤在贾让治水三策中属下策，但在作者看来却成效显著。同样，作者也认同清沙的治理方法："沙垫流自高，岸陊堤遂沉。增培纵无已，厥址将奚禁。古人创成法，疏瀹匪自今。浚船亟往复，铁篦相差参。"③

六

兴修水利本是利民之事，但有时却变成害民之举。老百姓不但要出

---

① （清）陈文述：《颐道堂诗选》卷22，第1505册，第212页。
② （清）袁枚著，周本淳标校：《小仓山房诗文集》卷6，上海古籍出版社1988年版，第117页。
③ （清）梁章钜：《退庵诗存》卷10，《清代诗文集汇编》，影印清道光刻本，第515册，第120页。

钱，还要出力，受到残酷的剥削，异常艰辛，甚至死于工地之上。

萨都剌《早发黄河即事》诉说筑河人的苦难："去年筑河防，驱夫如驱囚。人家废耕织，嗷嗷齐东州。饥饿半欲死，驱之长河流。河源天上来，趋下性所由。"① 殷升《开河行》提到了兴修水利给百姓带来的种种苦难：

> 输租按籍有某某，半已窜亡半病叟。出钱雇募工浩繁，大则倾仓小倾缶。主人听仆言，有怀无从剖。典衣尽丝缕，发粟捐瓿甄。呜呼去年凿练川，勒石志不朽。今年开刘河，两邑奉奔走。开河本利民，利兴弊亦有。愚民破家为祸首，奸徒包揽乃利薮。东村易浚西村难，甲乙挪移在人手。使君兮使君，千丈渠成万骨枯，作此哀歌告我友。②

开河被奸徒包揽，百姓承担费用过高，导致不少人倾家荡产，无以生存，利民变成了害民。李敩《筑堤谣》写了役夫的苦难："岁筑堤，筑堤苦。止二更，作五鼓。十人馈粥一人煮，刻期会食时用午。河冻冰冽，凿冰破肤。凿冰行取泥，贱命而贵土。寒云漠漠天雨霜，督工长官髭须黄，烹羊宰牛持大觞。持大觞，威如狼。"③ 他们超负荷劳动，监工却在大吃大喝。邵锡光《悯河夫》中的河夫吃不饱、穿不暖，受到监工的殴打，日夜劳累，不少人死于工地：

> 彳亍上淮安，审名入编伍。凿筑限严程，稽迟罹罪罟。催工下文书，翘翘插双羽。主将心彷徨，上官亲按部。晓夜趱奋锸，无时住鼙鼓。冬衣麻布裳，尖风注强弩。夏日面目焦，蛆虫生两股。言念同役人，半作河旁土。一日迟给粮，饥焰灼肺腑。一日折给银，十分短四五。胺削任爪牙，何途吁宪府。长跪诉长官，祈念贫役苦。一诉长官惭，再诉长官怒。差役督工程，鞭棰倍严楚。天高呼不闻，忍悲泪如雨。④

---

① （元）萨都剌撰，殷孟伦、朱广祁整理：《雁门集》卷14，第377页。
② （清）张应昌编：《清诗铎》卷8，第231页。
③ （清）张应昌编：《清诗铎》卷8，第231页。
④ （清）张应昌编：《清诗铎》卷8，第230—231页。

许多人冒着丢掉性命的危险来施工，陶澂《筑堤苦》写了筑堤工的艰辛与危难：

> 筑堤苦，三日筑成五丈土。束薪为楗土为辅，千人奋锸百人杵。勉力向前各俯偻，不尔恐遭上官怒。晓来并筑临河洲，纷纷筑者当前头。岂知再决不可收，饥魂弱魄沉中流。沉中流，筑堤苦。新堤不成还责汝，我心忧伤泪如雨。①

很多百姓，没有死于水灾，却死在修水利的工役上，让人心痛。朱一蜚《河夫谣》说出了百姓修河的辛酸与痛苦：

> 朝开河，暮开河。朝开一尺深，暮开一丈多。一丈无奖劝，一尺有鞭呵，嗟哉民力能几何！五更往役霜满衣，日暮不归妻啼饥。河夫河夫尔诚苦，督工掌家不须怒。官作有程限，河夫岂敢误。长官裘马不知寒，可怜河夫衣服单。力役本是小人分，冻死河头不敢恨。②

河夫起早贪黑，遭受鞭打。长官的裘皮大衣也与河夫的单薄衣服形成鲜明对比。马骏《里胥叹》指出役夫过的苦难生活，并揭露胥吏借修河发财的罪恶：

> 得已之役役不已，里胥夜半鞭夫起。脚踏层冰手抔土，髀肉冻裂黄河里。可怜民命等鸿毛，哀怨无声霜月高。孟冬捉人季冬放，尚说翻工到河上。河上河徙河岸决，惊涛一片喷黄雪。千村万落窜烝黎，河伯为灾里胥悦。里胥悦，金钱竭。③

老百姓还要承担巨额的治河费用。黄任《筑基行》写出了兴修水利给

---

① （清）张应昌编：《清诗铎》卷8，第226页。
② （清）张应昌编：《清诗铎》卷8，第232页。
③ （清）张应昌编：《清诗铎》卷8，第231—232页。

百姓带来的伤害。为了筑堤，老百姓不得已卖田充力役。期限很短，百姓需要交的钱很多，许多人为此倾家荡产。"或有募壮夫，佣直倾家资。堤上月皎皎，堤下水漪漪。绵亘百千丈，官夸如京坻。岂知一丸泥，千万人膏脂。筑基复筑基，筑完亦伤悲。今年筋力竭，岁修无了期。田园斥卖尽，安用筑基为？"① 曹禾《淮水叹》亦指出百姓的艰辛："水衡费何所？民力安能酬？诸口一时破，中夜百役鸠。雷动千夫动，鞭扑犹摧揉。波中鬼咽咽，岸上人啾啾。死者饱鱼腹，生者行填沟。触目动心魄，庙堂知岂周。"② 他们不仅要拼命干活，还面临被水冲走的危险。

　　手上有粮，心中不慌。灾害到来时，大量土地、房屋、财物被损毁，灾民急需救助，平时的储备是不可或缺的。整个社会都需要重视农业生产，提高农业技术，加强官仓与义仓建设和物资存储。水利是保证与提高农业产量的前提。兴修水利，是一项功在当下、利在千秋的宏伟事业，要有全局意识和超前意识。只有放眼未来，不盯着眼前利益、局部利益、个人利益，方可成就利国利民的百年工程。

---

① （清）黄任等撰，陈名实、黄曦点校：《黄任集·秋江集》（外四种）卷3，第68—69页。
② 邓之诚：《清诗纪事初编》卷4，第456页。

第七章 古代文学灾害书写的独特风格

古代作家真实地呈现了灾害图景，对灾害、生命、人性进行了深层思考，抒发了对灾民的关怀，彰显了人性的善良，贬斥了人性的丑恶，展现出灾害文学中的悲惨奇壮之美。

第一节 高度的现实主义

灾害给人带来的是满目荒凉，让人不忍直视。但一个有责任感的作家，就应真实地记录这渗透着血泪的灾荒图景，反映人民的苦难与抗争。

许多作品真实地记录了灾害情景，有具体的时间、地点甚至出现具体的数据。宋人周密有《甲戌八月武康安吉水祸甚惨人畜田庐漂没殆尽赋苦雨行以纪一时之实》诗：

> 雷车推翻电车折，龙鬣劳劳滴清血。羲和愁抱赤乌眠，阳侯怒蹴秋潢裂。风寒田火夜不明，桔槔椎鼓声彭彭。家家救田如救死，处处防陇如防城。丁男冻馁弱女泣，今岁催苗如火急。一家命寄一田中，何敢辞劳叹沾湿。四山溢涌地轴浮，潮声半夜移桃州。千家井邑类飘叶，啾啾赤子生鱼头。大田积沙高数尺，南陌东阡了难识。死者沉湘魂莫招，生者无家归不得。呼天不闻地不知，县官不恤将告谁。与其饥死在沟壑，不若漂死随蛟螭。何人发廪讲荒政，笺天急救生民命。拯溺谁无孟氏心，裹饭空怜子桑病。恭惟在位皆圣贤，等闲炼石能补

天。转移风俗在俄顷，不歌苦雨歌丰年。①

题目明确体现了这首诗的纪实风格。老百姓遭遇水灾，很多人被淹死，活着的人也无家可归，经过多方救助，百姓才脱离了苦海。一些诗人以纪实性作为书写灾害作品的标准，《城南老父行》诗后作者说明了写作缘起："时旱甚，偶步城南，邂逅老父，感而作此。虽词极鄙俚，然皆纪实，使良牧者见之，安知不与《石壕吏》《捕蛇说》诸篇并增凄恻也。"②

夏之蓉《杂感四首》用了很多具体且翔实的数字来记述水灾、虫灾、风灾的危害以及朝廷的救助：

四月秧初齐，五月苗已秀。老农坐田头，洗眼看黄茂。顽云十日不肯开，倾盆大雨从东来，堤岸溃决声如雷。拆屋拆屋，儿号女哭。爨无薪，盎无粟，晚风飕飕白日促。

下田殚为河，高田能有几。秋来狂飙振地起，两日轩轩怒未已。风灾已剧虫更伤，禾头结穗攒针芒。簸之扬之竟何有，不见粒米惟秕糠。常年十斛余，今年仅一斗。一斗能几何，嗷嗷家八口。

种粟不得熟，不如种棉好。残冬贾三倍，墐户得温饱。今年何罪干天公，夏多淫雨秋多风。雨后栽棉棉已老，风时看花花已空。嗟我失业徒，流尽眼中血。转盼霜雪来，鹑衣徒百结。

皇帝恩泽如天高，巡方暂止哀吾曹。江苏七十二郡县，仓廪尽发无屯膏。截漕数百艘，捐金万千两。督抚以下逮州长，宣上德意良鞅掌。起彼沟中瘠，散此仁者粟。待得明年麦秋熟，可怜白骨重生肉。③

贾稻孙评曰："情真景真，写来恻恻动人，不异图陈郑侠也，结处亦有归宿。"④为了说明稻米减产，粮食严重匮乏，作者用了三个具体的数字："常年十斛余，今年仅一斗。一斗能几何，嗷嗷家八口。"为了说明江苏各地都无粮食储备，作者没有笼统地说，而是用了准确的统计数字：

---

① 杨瑞点校：《周密集·草窗韵语六稿》，第5册，第100页。
② （明）王祖嫡：《师竹堂集》卷4，第54页。
③ （清）夏之蓉：《半舫斋编年诗》卷16，第405—406页。
④ （清）夏之蓉：《半舫斋编年诗》卷16，第406页。

"江苏七十二郡县,仓廪尽发无屯膏。"作者将数字写得如此精确,非亲历者所不能道。类似这样打动人作品的还有吴世杰所作《邮民谣》,这一组诗包括《船人市》《乌啄肉》《塞水门》《屋上楼》《远别离》《屠牛泣》《流民集》《望哺》八首。诗歌反映了高邮百姓遭遇水灾后灾民的苦难生活。人们有住在城头上的,有爬到树梢的。大量人被淹死,肉被乌鸦啄食。有的灾民被迫卖掉妻子,有的灾民被迫卖牛给屠夫。流民被官府安置,灾民迫切需要救助。这一组诗,真实而具体地多层面展现了水灾图景。有人评价这一组诗曰:"《邮民谣》数首,纪事如生,风雨杂沓,冥哭有声,非身历其苦者不知也。"① 《远别离》写灾民被迫卖掉妻子才能度日。妻子临别前的言行令人感动:"……天涯去住频踯躅。回头涕泣语故夫,阿儿无乳须勤哺。"② 想走却原地徘徊,她担心尚在哺乳中的婴儿,请求丈夫好好喂养。"回头涕泣"细腻地传达出一个母亲对孩子的关爱之情。吴世杰在同卷《苦雨行》中表达了真切反映灾民生活真实画面的创作理念:"我欲绘图图难成,兀对寒山空频蹙。"③

不少写作灾害的诗可与真实情况对读。程敏政《书所见十四韵》反映了当时官庄对百姓及地方政府的盘剥:

> 大水那能望有年,恤民恩诏喜拳拳。事凭公廪终难济,情到官庄最可怜。河间一府,官庄共一百三十余处,少者三五百顷,多者千余顷,甚至有跨县者。占取膏腴多极万,索来金谷动盈千。税于子粒偏加重,公田亩起科多至三升,官庄亩起子粒三斗。赋入荒年亦未蠲。今岁凡被灾之处,或免三五分,或免七八分,或全免,惟官庄亩科银一钱二分。港次半收烟火价,凡近庄芦苇场不许人樵,樵者皆先纳烟火钱方许。野中分握草场权。凡近庄草地有官马入其域,不论千百数,悉拘之,每马科铜钱三十文始释。鸡豚已尽田间利,凡官庄纳子粒时,二项附纳一猪,一项附纳一羊或一鹅,二十亩纳一鸡。舟楫仍需水面钱。近官庄地被水没者,往来必须舟渡,每舟月科银三钱,谓之水面钱。其田在官河两岸者,亦终岁科此钱。泛使不禁频去住,庄主每岁四季遣

---

① (清)吴世杰:《甓湖草堂近集·庚申杂诗》,第370页。
② (清)吴世杰:《甓湖草堂近集·庚申杂诗》,第369页。
③ (清)吴世杰:《甓湖草堂近集·庚申杂诗》,第368页。

人征子粒诸色，其家臣八人率游手六七辈，直入官府呼叱守令，日需下程鸡、酒、鱼、面诸物，官府不能诘。小民何日许安便。伐残桑枣惟余地，典尽车牛莫诉天。今岁大水，桑枣多死者，因伐以偿官庄。地中寸草不生，车牛俱贱折售于官庄。罪絷便连儿女辈，每子粒不敷，庄主即遣人拘囚民间子女，有捶死者，有因而污之者，其苦最甚。鞭笞宁计令丞员。献县令被庄主笞四十，几死，予过其境，犹曳杖来迎。屋庐毁废沦波底，自雄县以南几千里不复成村，十室所存，惟一二颓垣。老弱流离委道边。糠秕无端争入市，河间一带市中卖糠及哇哇者，取豕食和水，而取其汁以食人。酒浆那复敢开垆。河间以南村中不复有酒家。监门有泪挥图上，守土何人达帝前。愧我身非观察使，伤心聊述纪行篇。①

官庄是朝廷直接颁给皇族的封地，很多是直接抢占农民良田得来的。官庄主人拥有很多特权，地方政府无权管辖过问，他们向耕种者收取高额租税，即使荒年也不例外。凡靠近官庄的一切资源和物产都被据为己有，再强收各种名目的钱税，经常害得百姓倾家荡产，成为流民。百姓吃的是糟糠之食。此诗及注，深刻地揭露了官庄的罪恶，可当作客观准确之史料。

清人华长卿《得舅氏柬署中诸君诗依韵奉和》记述了南京的一场大水，冲毁了新筑大坝，很多人被淹死。

江扼海门潮，滔天势更骄。水患较上年高八尺。龙蛇吞坝堰，江宁新筑闸坝不能御水，督工杨刺史时行，为百姓殴伤左臂，愤死。神鬼泛河桥。庙中佛像与民间死尸一同漂流。兵气光销灭，星芒影动摇。秋风吹止水，大患幸初消。②

真切反映现实的作品，还有被称许为"流民图"的一类诗歌。宋代郑侠将上东门所见流民之惨状绘成《流民图》献给宋神宗，让皇帝大为感动，废掉了王安石变法中的不少条文。《流民图》绘灾民之真切、细致，

---

① （明）程敏政：《篁墩文集》卷67，第452—453页。
② （清）华长卿：《梅庄诗钞》卷15，第692页。

影响了灾害文学书写，文人将真实再现灾民苦难的作品，以"流民图"或"郑侠图"许之。汤右曾《读陆辛斋先生感事诗》曰："七言字字堪挥涕，一幅流民郑侠图。"①陆辛斋即陆嘉淑，清初诗人、书画家、藏书家，查慎行岳父。赵翼《题耆生徐州勘灾散赈诗卷》曰："勘遍灾黎洒泪枯，归来诗卷带泥涂。万家感泣鲜于路，一幅流亡郑侠图。"②

很多文人书写灾害，具体、翔实、准确，确能以诗证史，或可以诗补史。许多地方志的"祥异"下引用诗文以见灾害详情，便是此因。光绪《湖南通志》卷244《祥异志二》记："（道光）七年丁亥，长沙大水。"下引长沙阎其相《大水行》曰：

> 四月朔日大雨水，一雨十日尚未已。黑云压地雷不鸣，中有老蛟攫云起。醴陵之市渌口倾，水踣屋作怒雷声。男呼女号同就死，是时天黑犹未明。迟明大水势益壮，破床破屋走相望。县治一街并惊起，可怜走不知所葬。到晚一县都成空，水合大江流向东。直至六月犹奇臭，郡城无人饮其中。③

《湖南通志》中这样的例子比比皆是。道光十一年（1831）长沙大水，引阎其相《大水诗》；道光十四年长沙常德大水，引周燮祥《大水行》。《盱眙县志稿》卷14曰："乾隆九年，蝗扑灭，禾稼无伤。"下引知县郭起元《纪蝗诗》曰：

> 水族散鱼子，孽化为羽虫。产自昭阳湖，群蛩刺高空。尘合淮楚乡，飙转钟离封。使星乘传来，谕令挖其锋。叫呼千夫力，竭蹶百里踪。日入不遑息，晨光气冥濛。及此翅尚濡，翦扑露草丛。升斗积丘山，秉畀炎火攻。作劳子所谙，奚分吏与农。夫何蚾子生，蠕动亩南东。去恶务净尽，捐糜复相从。箕畚彼何人，贝锦萋以蒙。妄称鑫生处，乃在盱野中。根株见本来，逸口徒相讧。江湖虽万里，天听达四

---

① （清）汤右曾：《怀清堂集》卷1，第439页。
② （清）赵翼著，李学颖、曹光甫点校：《瓯北集》卷39，第930页。
③ 光绪《湖南通志》，《续修四库全书》，影印清光绪十一年刻本，第667册，第581页。

聪。剥复转瞬间，黍苗亦芃芃。野有露廪白，甑炊穤秠红。报赛操豚蹄，蜡腊庆年丰。跻堂一樽酒，快浇垒块胸。故山渺云外，梦逐南飞鸿。原注：乾隆九年夏六月，有蝗自昭阳湖经山阳而来，遮蔽天日。适讷公同督河二宪入境目击，谕以扑捕为急。余躬率隶民，遍历四乡，五鼓乘露翅未起扑捉，计升给钱，匝月而蝗报净。未几蝻子旋生，复周流无间，扑灭如法。来安令妄报蝗生盱野，羽檄频下，幸士民感激，同心协捕，并未伤禾，自数载来，岁始称有年焉。①

其余地方志中引诗以明灾害的，亦不在少数，兹不一一论列。

第二节　动人肺腑的真情

灾害是大自然威力的超强展示，其破坏力完全超乎人的想象。人们面对灾害，既有对大自然的敬畏与恐惧，又有对人类渺小与生命脆弱的慨叹；既有对人类苦难的同情，对人性美好的颂扬，又有对人性丑恶的批判，更有对救灾民出水火的热切期盼。在非正常状态下，人和万物的存在与活动，激发起的是作者无比浓烈与深沉的情感，其力度更大，强度更高，震撼力更强。

很多文人，胸怀治国理民之思想，关心灾民疾苦，为他们奔走呼吁，采取切实有力措施解救他们于苦难。许多文人自己并无衣食之忧，但他们有兼济天下之志，为灾害忧虑愁苦。黄庭坚《次韵文少激推官祈雨有感》说"穷儒忧乐与民同"②。方回《六月初一日次韵酬元辉》说："年年搅饥肠，忧旱复忧水。"③ 目睹悲惨的灾害场景，诗人痛苦万分。他们忧心如焚，长歌当哭，寝食不安。陶誉相《灵壁查灾》在查灾路上看到小孩被大人抛弃，听到孩子撕心裂肺的哭声，"见之摧心胸"④，内心异常悲伤。吴师道为旱情不除夜不能寐。《苦旱行三首》其二说："中夜起坐增百忧，云

---

① 光绪《盱眙县志稿》卷14《祥祲》，台湾成文出版社1970年版，第1194—1195页。
② （宋）黄庭坚著，（宋）任渊等注，黄宝华点校：《山谷诗集注》卷13，第327页。
③ （元）方回：《桐江续集》卷16，第414页。
④ （清）张应昌编：《清诗铎》卷16，第532页。

汉苍苍星历历。"① 彭孙贻耳闻百姓因不能交青苗钱而被打的板子声后，"听之不能寐，忧忡内如焚"②。王志琪《青齐谣》写山东遭到大旱，积尸遍野，人被猪狗吞噬，被乌鸢啄食，百姓大量流亡，下级官吏向上反映情况，却被认为小题大做。作者听到这番话后，内心百感交集，恨的是官吏如此草菅人命，痛的是百姓生活在死亡边缘却无人施救："客闻主人语，搔首心切切。上天立民牧，大吏麾旌旄。民隐不上闻，窃位恣贪饕。帝鉴实在兹，国宪容可逃。终夜不能寐，谱作青齐谣。"③ 作者夜不能寐，情不能已，写下这首滴着血泪的诗歌。清人郑世元《苦雨叹》则为粮价高涨而吃不下饭："忽道街头米价腾，当食失箸心如烝。"④ 李振裕《奉命勘荒畿辅感赋十首》其四说他看到百姓饿得不成人形，自己吃不下饭，"余怀为酸辛，朝餐不忍咽"⑤。明人范凤翼《仲夏苦暴雨有作》写百姓遭遇大雨，家园被水淹没，物价飞涨，缺少食物，但灾情却无以上传，作者泪如雨下："下民远帝庭，天高难面诤。痛哭泪如雨，长愁惟短咏。"⑥ 赵翼《忧旱》为旱情愁苦不已："老夫敢为苍生哭，自起看云独杖藜。"⑦ 秦瀛《浙东大水行》写浙东遭遇大水，大量居民被淹死，"路上死人不知数，残骸挂树如猕猴"，活着的人更加痛苦，"寡妻哭夫子呼父。绝粒分作沟中瘠，身无短褐居无宇"。作者目睹这一切，泪如雨下，并为自己不称职而羞愧："我也闻之泪滂沱，五行沴气乖天和。吾曹凉德据民上，民兮民兮奈若何！"⑧ 夏之蓉《水灾后抵家》看到水灾后家里的荒凉，悲伤不止："流离吁可伤，循环理难究。日听哀鸿鸣，老泪湿衣袖。"⑨ 李振裕《奉命勘荒畿辅感赋十首》其一抒发了他看到灾民各种悲惨情形不能自已的痛苦："所历非一状，艰苦难具陈。绘图所不及，到处怀悲辛。天行亦何酷，使我涕

---

① 邱居里、邢新欣校点：《吴师道集》卷4，第55页。
② （清）彭孙贻：《茗斋集》卷17，第313页。
③ （清）张应昌编：《清诗铎》卷14，第442页。
④ （清）郑世元：《耕余居士诗集·射鞠集》卷11，第203页。
⑤ （清）张应昌编：《清诗铎》卷16，第529页。
⑥ （明）范凤翼：《范勋卿诗集》卷3，第80页。
⑦ （清）赵翼著，李学颖、曹光甫点校：《瓯北集》卷49，第1263页。
⑧ （清）张应昌编：《清诗铎》卷15，第479页。
⑨ （清）夏之蓉：《半舫斋编年诗钞》卷19，第428页。

沾巾。"①

许多文人为灾民的疾苦而呼吁。韩愈看到百姓饱受灾害之苦,想以灾为由上书指斥时政,却无以上达,《归彭城》说:"前年关中旱,闾井多死饥。去岁东郡水,生民为流尸。上天不虚应,祸福各有随。我欲进短策,无由至彤墀。刳肝以为纸,沥血以书辞。上言陈尧舜,下言引龙夔。"② 韩愈因为陈疏灾情还被降了官职。其《赴江陵途中寄赠王二十补阙李十一拾遗李二十六员外翰林三学士》说:

> 是年京师旱,田亩少所收。上怜民无食,征赋半已休。有司恤经费,未免烦征求。富者既云急,贫者固已流。传闻闾里间,赤子弃渠沟。持男易斗粟,掉臂莫肯酬。我时出衢路,饿者何其稠。亲逢道边死,伫立久咿嚘。归舍不能食,有如鱼中钩。适会除御史,诚当得言秋。拜疏移阁门,为忠宁自谋。上陈人疾苦,无令绝其喉。下陈畿甸内,根本理宜优。③

韩愈看到京师的旱情,把自己的仕途抛在一边,为灾民请命,虽被降职也在所不辞。

也有不少人为呼声不能上达朝廷而遗憾。高出《饮酒诗》其七写自己看到水旱交侵下的百姓没有食物,非常痛苦,"见之刺我心,涕泗沾胸臆",想上书皇帝却无能为力,"我欲叩九阍,日日叫不得"。④ 范凤翼为不能传达灾民卖儿之事而感到伤心。《卖儿行淮上书所见也》说:"伤哉此穷民,何由诉天帝。"⑤ 他还多次为不能传达灾情给朝廷让百姓获得救济而痛苦不已,《仲夏苦暴雨有作》说:"下民远帝庭,天高难面诤。痛哭泪如雨,长愁惟短咏。"⑥《愁霖词己丑仲夏末有感而作也》说:"天高远帝庭,曷

---

① (清)张应昌编:《清诗铎》卷16,第528页。
② (清)方世举著,郝润华、丁俊丽整理:《韩昌黎诗集编年笺注》卷1,第53页。
③ (清)方世举著,郝润华、丁俊丽整理:《韩昌黎诗集编年笺注》卷3,第159—160页。
④ (明)高出:《镜山庵集·郎潜稿》卷21,第31册,第218—219页。
⑤ (明)范凤翼:《范勋卿诗集》卷2,第63页。
⑥ (明)范凤翼:《范勋卿诗集》卷3,第80页。

以申面诤。老叟空长慨，忧时题短咏。"①

很多文人尤其是身为地方官者为治地百姓遭受的苦难而自责、羞愧，认为是自己的治理过失给他们带来了灾害。元稹因823年同州旱灾而对自己的政务进行了全方位的反思，表达了对朝廷与百姓的羞愧："自顾顽滞牧，坐贻灾沴臻。上羞朝廷寄，下愧闾里民。"②当自己的治地发生水灾后，梅尧臣惭愧为政不善："不如无道国，而水冒城郭，岂敢问天灾，但惭为政恶。湍回万瓦裂，槎向千林阁，独此怀百忧，思归卧云壑。"③许多文人还因自己官位低、能力小、钱财少等不能解救百姓而惭愧。眼看灾民受苦却无力解救，他们内心的煎熬、痛苦、羞愧可想而知。刘敞《吴中大水有负郭田在常州云已漂溃作一首示公仪》说："救饥苦谋拙，禹稷不可待。"④岳珂《夏旱三首》其三说："欲借玉阶空怅望，救民无术愧空餐。"⑤杨士奇《恤旱有序五首》其五也对自己粮食储备不多、治理无能表达了愧疚之意："官廪之所储，农力苦不易。燮理无寸能，素餐重忧愧。"⑥清人李嘉乐《癸未正月二日齐河道中》表达了治水无策的羞愧："疚心治水无长策，愧我来朝按禹城。"⑦张永铨《海啸行》为自己钱少不能埋葬群尸而遗恨："拟把群尸一埋瘗，探囊羞涩惭无钱。为疏沿街乞相助，同心无几徒盘旋。算来尸腐难盛载，随捞随地埋方全……疏成徒作纸上语，双泪如线心如煎。"⑧清代魏燮均《金州杂感十二首》其一二为自己无权救流民而抱愧，他希望有人能把灾情反映给朝廷："身无尺寸柄，莫救倒悬苏。……安得郑监门，绘作流民图。"⑨

许多文人渴望消除灾荒，让老百姓衣食无忧。文天祥《五月十七夜大雨歌》说："但愿天下人，家家足稻粱。"⑩陈登泰《逃荒民》说："我愿

---

① （明）范凤翼：《范勋卿诗集》卷3，第79页。
② 冀勤点校：《元稹集》卷4，第38页。
③ 朱东润编年校注：《梅尧臣集编年校注》卷10，第159页。
④ （宋）刘敞：《公是集》卷14，中华书局1985年影印《丛书集成初编》本，第1901册，第151页。
⑤ 傅璇琮等主编：《全宋诗》卷2971，第56册，第35386页。
⑥ （明）杨士奇：《东里集·东里续集》卷60，第513页。
⑦ （清）李嘉乐：《仿潜斋诗钞》卷14，第58页。
⑧ （清）张永铨：《闲存堂诗集·西村近稿》，第709页。
⑨ （清）魏燮均：《九梅村诗集》卷5，第53页。
⑩ 《文天祥全集》卷14，第374页。

天地慈，岁岁降康穰。"① 陆游《闵雨》希望上天解除旱情，降下甘霖："我愿上天仁，顾哀民语悲。鞭龙起风霆，尚继丰年诗。"② 邓肃《大水杂言》希望女娲补天，锁住无支祁，就可以治住大水："何如乘风拜张坚，唤取女娲来补天。坐令赤子脱鱼腹，六合内外还桑田。柳枝却下蛟龙约，谈笑支奇付铁索。异时天上敢惊呼，斥作人间铛折脚。"③ 刘澄甫《海溢》希望能锁住水怪："谁能锁支祈，为我息飓风。"④ 有些文人希望奇迹出现，能解救百姓。元人张养浩《一枝花·咏喜雨》说："恨不的把野草翻腾做菽粟，澄河沙都变化做金珠。直使千门万户家豪富，我也不枉了受天禄。"⑤ 希望野草变成粮食，河沙变成黄金。清人魏燮均《流民行盖平道中作》则希望有千万间房屋给百姓提供安身立命之所："安得千万厦，庇此哀鸿身。"⑥ 江湜《哀流民》希望青山变成铜山，可资助流民归家，"安得青山为铜高嵯峨，大钱一铸百万多，资尔归去毋奔波"。⑦

灾荒时期，每个人处境不同，扮演的角色不同，他们的所作所为大不相同。人们身上闪现出的人性光辉与暴露出的人性阴暗都是那样让人震惊。

发灾难财者主要有两类人，一类是官吏，另一类是奸商。老百姓对其痛恶至极。官吏总想借灾荒来盘剥百姓。胥吏是灾荒政策的具体执行人，他们没有知识，道德修养差，唯利是图。阮元说："天下有好官，绝无好胥吏。政入胥吏手，必作害民事。"⑧ 陶誉相《灵壁查灾·胥吏》将胥吏借造饥民册之机搜刮百姓的罪恶揭露无遗：

> 胥役如鬼蜮，保甲若蛇神。报名有定费，造册须丁缗。委吏下乡来，供应多膻荤。尔粮岂易食，坐索声纷纭。村翁叩头泣，老妇无完

---

① （清）张应昌编：《清诗铎》卷17，第563页。
② （宋）陆游：《陆游集·剑南诗稿》卷58，第3册，第1407页。
③ 傅璇琮等主编：《全宋诗》卷1775，第31册，第19716页。
④ 隋同文编注，刘序勤辑录：《海岱会集·第二集》，第132页。
⑤ 隋树森编：《全元散曲》，第445页。
⑥ （清）魏燮均：《九梅村诗集》卷5，第53页。
⑦ （清）江湜著，左鹏军校点：《伏敔堂诗录》卷6，第104页。
⑧ （清）阮元撰，邓经元点校：《研经室集·研经室四集》卷7，第875页。

第七章 古代文学灾害书写的独特风格

裙。三日未得食，昨夜嚼菜根。若待给粮时，皮骨知何存？愿言不食赈，请君勿上门。里长置不顾，入室搜鸡豚。①

百姓宁可不要赈济，也不愿这些保甲胥吏上门要钱索物。姚镇《官振谣》写官吏侵吞赈灾粮食：

> 饥民半死振始闻，县官运米县吏分。饥民如麑吏如虎，麑欲饱食虎大怒。红旗驱入圈牢中，分米点筹何匆匆。官中半石谷，吾民一箪粥。饥民腹未饱，县吏食不了。②

唐孙华《发粟行》写官吏克扣赈灾谷物，百姓对此极为痛恨："即有穷民沾斗粟，克减余存无好谷。官侵逾万吏累千，无限奸豪各满欲。尽夺饥民糊口馔，饱充若辈燃脐腹。可怜赈富不赈贫，官吏欢呼穷户哭。"③《官米行》记录了胥吏假造名册，骗取官米，然后再到市场贩卖的罪行："得钱饮博竞歌呼，穷乡寡妇哀哀哭。官家本意活茕嫠，徒使汝曹餍酒肉。汝夺饥民口内餐，燃脐应照填脂腹。"④

奸商囤积居奇，希望在灾难中大赚一笔。吴师道《苦旱行三首》其三说："衾裯不换一斗米，细民食贫衾已无。连艘积廪射厚利，呜呼此曹天不诛！"⑤ 商人漫天定价，攫取暴利，作者希望上天能诛杀他们。李骥《典衣籴米行》写作者典当衣服让童仆籴米却空手而归，原来米商约好明天一起涨价："问之未言泪先落，家家闭市不受钱。富户居米等奇货，密约明朝长米价。"⑥ 李复《夔州旱》揭露了商人不但高价卖米而且还拐卖人口的罪行："蛮商奸利乘人急，缘江转米贸儿女，己身死重别离轻。"⑦

灾害时期，每个人自顾不暇。灾荒时，有的夫妻为了长相厮守，宁可

---

① （清）张应昌编：《清诗铎》卷16，第532页。
② （清）潘衍桐辑：《两浙輏轩续录》卷25，第719页。
③ （清）唐孙华：《东江诗钞》卷10，第436页。
④ （清）唐孙华：《东江诗钞》卷12，第514—515页。
⑤ 邱居里、邢新欣校点：《吴师道集》卷4，第55页。
⑥ （清）李骥：《虬峰文集》卷5，第125页。
⑦ 傅璇琮等主编：《全宋诗》卷1096，第19册，第12433页。

死在一处，也不愿生生分离。《拟古诗为满洞子妻作》便写了这样一个悲剧。满洞子妻本可卖与他人，但两人不忍分开，"赫然挂两尸"，成就了一曲"在渊当化比目鱼，在天当化比翼鸟"[①]的感人悲歌。姐妹之情是世界上最温暖的感情之一，体现为彼此之间的关心、照顾。灾荒期间这样的情感甚至表现为一种舍命的爱。《中州女》便描写了这样一个惨剧，在姐妹两人不可能同时生存的情形下，姐姐把生的希望留给了妹妹，"大女跪不起，苦求救厥妹"[②]，求吴客买走妹妹作为婢女，而将自己卖给肉肆。

第三节 现实主义与浪漫主义的巧妙结合

　　文人在书写灾荒时，往往采用浪漫主义和现实主义相结合的手法。写灾害的恐怖场景时，往往用浪漫主义手法。写天降灾祸、神鬼出现、大发淫威时，采用大胆的夸张与想象，极力凸显灾害的难以抵挡及人的渺小。写灾民所受的危害时，不管是写家园、田地、财产、庄稼的损毁，还是写他们无衣无食、颠沛流离、痛不欲生的苦难，都如实道来。宋人彭汝砺《暴雨》前面写骇人雨势："云如惊澜如泼墨，万窍怒号四山黑。电母摇睛吓风伯，疾雷怒张坤轴侧。雨如河倾如雨石，上山下山泉动脉。石漂木拔崖裂坼，高原立脚成大泽。"用形象的比喻和夸张以及神话传说，写出了狂风乌云的可怕气势，突出雨水之大，雨势之强。下面用纪实的笔法写出了暴雨的破坏性：

　　古寺颠前后冈逼，瓦腐椽折破无壁。泥佛露头水浸臆，苔钱藤蔓生金碧。背堂众流如箭激，挟气急欲投间隙。衣挈脚芒看沟减，有恻烝徒老荆棘。荷戈与殳甲不释，中夕愁居昼艰食。我今乃敢求安席，间阎人家水没极。壮夫浮泅老者溺，高占鸟巢据猨枂。可怜欲走无羽翮，我起熟视惟叹息。断蘖栖苴在檐额，鸡飞犬跳上屋脊。蛟鼍睥睨迷所宅，乾坤欲晴但顷刻。广庭泥深犹数尺，大浪如银沸阡陌。万马相蹄毂相击，穷民欲炊无釜鬲。蚯蚓在堂鱼在阈，儿童捕鱼不知戚。

---

① （清）朱休度：《小木子诗三刻·壶山自吟稿》卷上，第500页。
② （清）宝廷著，聂世美校点：《偶斋诗草·内集》卷3，第47页。

第七章 古代文学灾害书写的独特风格

溪南不能过溪北,跬步如越与胡隔。溺者漫不见踪迹,东村西村哭声塞。手援不能泪沾臆,掩骼虽欲终何益。①

又如清人董沛《梁湖大水歌》写大雨引发梁湖大水:"罡风阵阵挟龙气,雷鞭一掷山门开。连旬急雨万矢疾,贯入危墙劲如铁。溪流下注河流高,巨浪排空滚飞雪。楼庐出没波涛中,城门如桥篙楫通。"雷神发威,雨如疾箭,淹没了整个城市。而城中百姓驾船出行,无粮可吃,还要被逼交租,兵荒交至,难以生存:

居民畏死向舟伏,巨舟倾侧小舟覆。朽棺乱窜入人家,鬼亦无乡可受哭。鸥鹭上树争鹊窠,树头系缆渔船多。渔船有鱼不得买,我亦无米愁奈何。钱唐破阵载歌舞,栖亩余粮胜荒土。奉檄催租不得迟,老农低头泪如雨。西来寇盗蟠三吴,湖严接境形势孤。如何腴田化泽国,大兵竟与凶年俱。高高者天亦难恃,忍使吾民作流徙。我生之后逢百忧,重以追呼酷刑死。中逵中泽啼哀鸿,宰官但说仓储空。平生不识救荒策,令我太息富韩公。噫吁嚱,令我太息富韩公。②

文人希望能为百姓免除灾害,但无能为力,所以在描写灾害的恐怖与灾民的苦难后,他们往往将希望寄托在鬼神身上,其作品构成现实主义和浪漫主义的交融。谢元淮《大水行》体现得颇为突出:

东方黯黯愁云生,水字垂芒侵月明。积阴晻暧昏昼夜,漏天忽放银河倾。魍魉乘时弄狡狯,蛟螭乱窜攻奔鲸。幸锁支祁莫淮泗,谁窃息壤埋南荆。江湖河淮一时涨,鱼鼋势欲游江城。民居百万付潆瀿,荒墟聚哭哀鸿惊。残堤断堰众蚁附,夜卧无地炊无鎗。仓卒拯恤赖贤宰,莫扪万口啼饥声。其时盛夏转阴冷,浸淫水气迷炎精。玉女投壶天易笑,骁矢屡激雷霆轰。虮虱小臣困下土,仰号应鉴心丹诚。愿叱

---

① 傅璇琮等主编:《全宋诗》卷894,第16册,第10454—10455页。
② (清)董沛:《六一山房诗集》卷2,《清代诗文集汇编》,影印清同治十三年至光绪十年递刻本,第707册,第263页。

羲和驭赤日，尽收氛翳还太清。黑蜃潜渊水母没，乖龙割耳商羊烹。百川顺轨海波静，田庐涸露人归耕。况闻燕赵颇亢旱，雨师盍向北方行。造化转移在呼吸，挹此注彼钧衡平。启明东耀扶桑旦，万国时若欢新晴。①

前面写水中鬼怪兴风作浪，极尽想象奇幻之能事；中间写百姓遭遇大水，如蚁附堤，无粮可吃；最后希望太阳神快快出现，让水怪逃窜，川平海静。作者还希望雨神驾临其他干旱之地，降下甘霖。

第四节 奇异惊悚之美

灾害尤其是大的自然灾害，带着惊人的破坏力，给人们的生存造成了致命的威胁，极大地改变了人们的生活方式及道德观念。灾害以一种罕见的存在样态，惊人耳目，撼人心魄，带给人们奇异惊悚的审美感受。

灾害是人类难以避免、无法抗拒的。在可怕的自然灾害面前，人们的力量显得是那样弱小、无助。一些暴发突然、能量巨大、影响深广的灾害，如地震、台风、海潮、河决、长时间的旱灾与大雨等，给灾民带来的危害是难以想象的。《海潮叹》说："飓风激潮潮怒来，高如云山声似雷。沿海人家数千里，鸡犬草木同时死。南场尸漂北场路，一半先随落潮去。产业荡尽水烟深，阴雨飒飒鬼号呼。"② 海潮转瞬之间将一切生灵吞噬，眼前惨象让人惊恐不已。地震发生时间极为短暂，常伴随着许多奇怪现象，瞬间改变地形地貌，让人陡起沧海桑田变幻之感，造成人心理上巨大的恐怖与震动。《十月初口（按：疑作"六"）夜地震》写道光二十年（1815）11月6日西安一带的地震：

> 虚堂无风窗纸鸣，满堂澎湃洪涛声。如驾海舶樯忽倾，头目眩转不暇惊。床几连体皆浮萍，盂水跃起灯还明。魂摇气慑神渐惺，始悟

---

① （清）谢元淮：《养默山房诗稿》卷22，第108页。
② （清）卓尔堪辑纂：《遗民诗》卷8，《四库禁毁书丛刊》，影印清康熙刻本，集部，第21册，第611页。

地震心怦怦。是时夜半停严更,万籁阒寂万象冥。惟见一仆茶瓯擎,趑趄僵立依前楹。主仆无语相向瞪,弥觉荡我双橹狞。万端纷杂来填膺,仰空莫诉蝼蚁情。斡旋大力邀神灵,无往不复陂竟平。须臾万室开宵扃,狂呼合响如奔霆。四面横舍尤喧轰。痛定思痛贺更生,登墙眮我同团城。①

诗人通过独特的视觉、听觉、感觉的描绘,道出了地震摇动不止、轰然作响、摧毁房屋、夺人生命的奇异恐怖景象。

自然灾害对百姓生活造成的打击更是致命的。《邮民谣·乌啄肉》假设作者与乌鸦的对话,记录了灾民被鱼食、被乌啄的惨剧:

老乌哑哑城上呼,飞啄人肉哺其雏。嗟哉老乌何毒荼,洪水肆虐天吴趋。鱼鳖啖人如虾蛆,尔复啄之彼无辜。老乌答云尔何愚,鱼鳖啖人诚恣睢。我不彼啄彼岂苏,鱼鳖何亲我何疏。老乌啼罢忽飞去,腐肠已挂城南树。②

赵藩的《小儿哭》更是通过一个小儿所见所闻,写出了吃人者的冷血:

小儿哭,泪簌簌,白日惨昏风刮屋。西家杀儿啼声哀,东家小儿观之回。回家婴婉告阿母,吾家可须儿作俎?屠刀在颈儿心悸,果欲杀儿俟儿睡。③

为人父母者完全没了人性,只是把小儿当成一个可任意屠戮的活物。虎毒尚不食子,这样的大人禽兽不如。这样的事件令人感到匪夷所思,惊悚万分。

作家通过书写灾害造成的极端事件,展示了在极端环境下人的反常作

---

① (清)童槐:《今白华堂诗录》卷3,《续修四库全书》,影印清同治八年童华刻本,第1498册,第311页。
② (清)吴世杰:《鼗湖草堂近集》,第369页。
③ (清)赵藩:《向湖村舍诗初集》卷6,第136页。

为，使灾害文学呈现出奇异惊悚的另类风格。

第五节　多姿多彩的文体

古代诸多文体里都涉及灾害书写。主流文体如诗、文、赋、小说、曲、杂剧，其他文体如神话、词、歌谣及一些宗教文体都涉及了灾害。

诗歌是中国古代最主要的文体，从中国最早的诗歌总集《诗经》开始，便有了对灾害的书写，以后汉魏六朝诗歌里有少量诗歌写到了灾害，唐、宋、元、明诗歌有部分作家作品写到了灾害。到了清代，书写灾害的诗歌作品迅速增多，《清诗铎》中有"灾荒总"，另有卷15选的水灾、旱灾、雹灾、地震、火灾、虫灾等各类灾害诗，而且在水灾里又有海啸、湖翻、江溢、河决、淮决、潮灾等细致分类。卷16有关于蝗灾与赈灾的诗。这从一个侧面显示出清代灾害诗歌写作之盛。在散文中，上至皇帝的诏书、大臣的奏章，下至诸多应用文体，如祈雨文、碑传文，都有提及灾害者。我们读《苏轼文集》，发现便有札子、状、表、书、祝、祭、斋、疏、青词等各种各样的文体。赋是文人别集里的一种主要文体。书写灾害的赋作不算少。一些以喜雨为名的赋，写到了旱灾之苦，如晋代傅咸的《喜雨赋》、明代张凤翼的《喜雨赋》等。一些以愁霖、苦雨、喜霁、喜晴为题的赋，则写到水灾，如陆云《愁霖赋》《喜霁赋》、缪袭《喜霁赋》、李观《苦雨赋》、张耒《喜晴赋》等。此外，梅尧臣《风异赋》、苏过《飓风赋》等写到风灾，贾谊《旱云赋》、张耒《诉魃》等写到旱灾，蒲松龄《蝗赋》写到蝗灾，《祷雨赋》写到旱灾及祈雨巫术。还有一些赋写到灾害，如王十朋《民事堂赋》等。但历代赋的灾害书写，有一个明显缺憾，即对灾民的苦难生活普遍关注不够。

小说并非古代文学的主流文体，但从上古开始，小说便与灾害结下了不解之缘。神话可以视作小说的源头之一，大禹治水、女娲补天、后羿射日等都可算作除灾神话。《山海经》中有不少控制水灾、旱灾、火灾等各种灾害的神怪，又有不少能预测灾害的神怪。汉代纬学盛行，谶纬中有关于灾害的神奇描写，几近小说。《春秋考异邮》用鲁僖公之事诠释了如何以德去灾：

僖公之时，雨泽不澍，比于九月，人大惊惧，率群臣祷山川，以六过自让，绌女谒，放下谗佞郭都之等十三人，诛领人之吏受货赂赵祝等九人，曰："辜在寡人，方今天旱，野无生稼，寡人当死，百姓何谤，请以身塞无状也。"①

六朝志怪小说尤其是《搜神记》，收录了前代历史中有关阴阳五行变化引起的诸多灾害，如卷7"淳于伯"条、卷8"汤祈雨"条、卷11"东海孝妇"条等。唐代的笔记小说《传奇》《北梦琐言》《朝野佥载》《酉阳杂俎》与宋代洪迈的《夷坚志》等，都有神仙消灾、去灾之事。明清小说中书写灾害的更多，长篇如《水浒传》《西游记》《醒世姻缘传》《于谦全传》《梼杌闲评》《三遂平妖传》《隋唐演义》《包公案》《二十年目睹之怪现状》《官场现形记》《儿女英雄传》等都有灾情、救灾、抗灾的生动描绘，也揭露了灾害中的各种丑恶现象。短篇如《拍案惊奇》《聊斋志异》《子不语》《阅微草堂笔记》等也有灾害描写，如水灾、地震、蝗灾等。

词里写到灾害的较少，虽然宋代词体极盛，词的题材也较广，但写到灾害的极少，可能与词体不尊，被目为"诗余"，多写个人愁思别绪有关。据李朝军统计，《全宋词》中整篇以现实灾害为表现主题的词有20余首②。金元时期，全真道人丘处机、马钰等人的《报师恩·夏旱》《无梦令·皇统年》与《战掉丑奴儿》词作，再现了旱灾、寒潮及灾民无衣无食的悲惨景遇。③ 清词中有写到灾害的，如焦循《水龙吟·记水灾》：

冯夷为甚鸱张，洪涛百丈冯空至。伤人稼穑，残人坟墓，毁人第宅。自堰而湖，自湖而闸，遂盈平地。既珠湖蓄急，荷塘莫保，知棠埭，今宵溃。

盛世亦逢百六，记今年、岁交丁未。孟秋之晦，仲秋之朔，暨于初二。三日之间，几千人死，几千家毁。我归从郭里，人尸满目，与

---

① ［日］安居香山、中村璋八辑：《纬书集成·春秋编》，第783页。
② 李朝军：《宋代灾害文学研究》，第298页。
③ 陈家愉：《金元灾害词谫论》，《贵州文史丛刊》2018年第2期。

牛尸比。①

清词中，陈维崧也有记水灾的作品，如《南乡子·江南杂咏》和《金浮图·夜宿翁村，时方刈稻，苦雨不绝，词纪田家语》等。

散曲是元代代表性文体之一，亦有书写灾害者，张养浩《一枝花·咏喜雨》《得胜令·四月一日喜雨》提及灾民的旱灾之苦及得霖之喜，《喜春来》写自己对百姓的救助。刘时中《端正好·上高监司》写了旱灾时灾民的苦难生活，庄稼无收，物价高涨，富户在粮中掺杂糠、屑等异物。老百姓只能吃野菜、树叶、糠等，被迫卖儿弃女。官吏放粮时不少粮食都被有权有钱者霸占，百姓得不到粮食。街上到处是饿殍，社会动荡。多亏高监司爱民如子，才让老百姓渡过了灾荒。冯惟敏在小令中写了风灾、雨灾、旱灾给百姓带来的深重灾难。

戏剧中有书写灾害者，如《包待制陈州粜米》写刘得中、杨金吾奉命至陈州赈济贫民，却做缺斤少两、在粮食中掺杂异物之事，最后被包拯杀掉。《琵琶记》写赵贞女在灾荒年间辛苦服侍公婆，把有限的食物给他们吃而自己吃糟糠的感人故事。张三异《五伦镜》叙述了南阳久旱无雨，谢万程父母双双饿死，万程无钱营葬，被迫卖妻。

一些民间歌谣，广泛地反映了灾害的方方面面。歌谣起源甚早，《山海经·大荒北经》中所载《逐魃辞》是现存最早的灾害歌谣，整首歌谣只有"神北行"② 三个字，是楚地驱除旱魃时巫觋演唱的咒语。《蜡辞》反映了人们求神保佑人间风调雨顺的美好愿望："土反其宅，水归其壑，昆虫毋作，草木归其泽。"③ 一些歌谣则反映了人们对灾害预报的认识。如《孔子家语·辨政》记《鲁童谣》云："天将大雨，商羊鼓舞。"孔子告诉人们做好防洪准备："急告民趋治沟渠，修堤防，将有大水为灾"；"顷之，大霖雨，水溢泛诸国，伤害民人，唯齐有备不败"。④ 有记录农业生产经验，如《古谚谣》卷37引《齐民要术》中的《种麦谚》说：

---

① 刘建臻点校：《焦循诗文集·仲轩词》，第515页。
② 袁珂校注：《山海经校注·山海经海经新释》卷12，第430页。
③ （汉）郑玄注，（唐）孔颖达疏：《礼记正义》卷25，第804页。
④ （三国魏）王肃撰，廖名春、邹新明校点：《孔子家语》，辽宁教育出版社1997年版，第38页。

无雨莫种麦。

麦怕胎里旱。

要吃面，泥里缠。

麦收三月雨。

麦秀风摇，稻秀雨浇。（下句原本无，据《纪历撮要》补）

无灰不种麦。①

有歌颂为民祈祷消除灾害者。《明史·杨瑄传附周斌传》载江阴民为周斌歌曰："旱为灾，周公祷之甘露来；水为患，周公祷之阴雨散。"② 有歌颂官吏德政去灾者。《古谣谚》卷83录《太康民为韩玥谣》，引《明诗综》卷100曰："博兴韩玥令太康，多异政，蝗不入境。民谣曰：'欲蝗不复堕，须是韩公过。欲蝗不为灾，须是韩公来。'"③ 有歌颂官吏兴水利造福百姓者。《古谣谚》卷83录《绍兴民为汤绍恩歌》，引《明诗综》卷100曰："安岳汤绍恩为绍兴守，濒海潮至，淹没田舍。绍恩为筑堤建闸，以时蓄泄，辟田数千亩。越人歌之曰：'泰山巅，高于天。长江水，清见底。功名如山水，万古留青史。'"④

古代文学以丰富多样的文体，真实地记录了灾害事件，直可作信史看。面对灾害的巨大威力与可怕危害，文人不得不借助夸张、想象与神话，方能将它们呈现笔端。而对灾难深重的百姓，文人长歌当哭，抒发了对百姓的同情、哀伤及愧疚之情。

---

① （清）杜文澜辑，周绍良校：《古谣谚》卷37，第516—517页。
② （清）张廷玉等：《明史》卷162，第4419页。
③ （清）杜文澜辑，周绍良校：《古谣谚》卷83，第916页。
④ （清）杜文澜辑，周绍良校：《古谚谣》卷83，第916—917页。

余论　古代灾害文学蕴含的民族精神

中华民族多灾多难，二十四史记录了中华民族同灾害抗争的历史。多难兴邦，中华民族在同灾害作斗争的过程中，没有被灾害吓倒，而是积极抗击灾害，表现出了许多可贵的精神品质，凝聚成了中华民族的优秀精神，影响着一代又一代的中国人，成为中国传统文化的一个重要组成部分。

一　忧患意识

中国由于特殊的地理位置与地形、地势，自古以来就灾害频频，无时无刻不受到灾害侵袭的威胁。上古人主要聚集于黄河下游，条件异常艰苦。汤因比说："我们发现人类在这里所要应付的自然环境的挑战要比两河流域和尼罗河的挑战严重得多。人们把它变成古代中国文明摇篮地方的这一片原野，除了有沼泽、丛林和洪水的灾难之外，还有更大得多的气候上的灾难，它不断地在夏季的酷热和冬季的严寒之间变换。"① 加上当时生产力的落后，让中国人内心有了深重的忧患意识。神话中透露出的人类生存环境之恶劣，的确让人感到恐怖。《淮南子·本经训》说后羿射日时的环境是"十日并出，焦禾稼，杀草木，而民无所食"②。《淮南子·冥览训》说女娲补天时的环境是"四极废，九州裂，天不兼覆，地不周载；火燢炎而不灭，水浩洋而不息；猛兽食颛民，鸷鸟攫老弱"③。面对这样的环

---

① ［英］阿诺德·汤因比：《历史研究》，曹未风译，上海人民出版社1966年第2版，第92页。
② （汉）刘安等著，（汉）高诱注，陈广忠校点：《淮南子》卷8，第182页。
③ （汉）刘安等著，（汉）高诱注，陈广忠校点：《淮南子》卷6，第145页。

境，人们更多的是对生存和生活无着落的担忧。《列子·天瑞》杞人忧天的寓言，反映的是中国人屡经灾害之后的心理阴影。杞人所忧看起来未免有些荒诞，但却是以一己之身而推之天下，体现的是忧天下之忧的深广意识。后世文人用此典，表达的正是此意。冯裕《谷贵叹》说："有司谁上流民图，征夫徒抱杞人识。"① 作者为无人向皇帝反映灾民情况而担忧，自己所忧不过是无用的"杞人识"罢了。清代华长卿《秋日感事》说自己面对"风挟江涛入郭流，居然陆地可行舟。滔天浩劫逢千古，压境奇殃遍六州"的奇灾，只能"婆心空抱杞人忧"。② 灾难深重的中国，滋育了人们普遍的忧患意识，"人无远虑，必有近忧"；是"进亦忧，退亦忧"，时时处处无不在的忧患。

文人面对灾害与百姓的苦难，往往心急如焚，夜不能寐，痛心疾首。宋代程公许《喜雨上西清崔先生》说："隐忧切四体，晓夕煎百虑。"③ 彭孙贻《闵旱诗》说其目睹旱情，"听之不能寐，忧忡内如焚"④。忧患意识说到底反映的是对灾害的重视，是对百姓疾苦的关注，是有力抗灾的前提与基础。乾隆帝无时不为灾害愁苦。《即事三首》其二云："莅政十八年，年年愁水旱。"⑤ 天刚旱时祈求降雨，雨多时怕引起水灾，又祈求天放晴，有灾时忧愁，无灾时亦忧。《寝殿粘壁历年所作望雨盼晴之诗不一而足即目兴怀辄成口号》说："壁多望雨愁晴什，复有忧霖盼霁诗。似此心期浑不定，要因祈岁协维时。"⑥

二 居安思危 防患于未然

《左传·襄公十一年》说："《书》曰'居安思危'。思则有备，有备

---

① 隋同文编注，刘序勤辑录：《海岱会集·第三集》，第175页。
② （清）华长卿：《梅庄诗钞》卷15，第690页。
③ （宋）程公许：《沧洲尘缶编》卷5，《文渊阁四库全书》，第1176册，第937页。
④ （清）彭孙贻：《茗斋集》卷17，第313页。
⑤ （清）爱新觉罗·弘历：《御制诗二集》卷41，第321册，第6页。
⑥ （清）爱新觉罗·弘历：《御制诗三集》卷58，第323册，第324页。

无患。"①《管子·牧民》说"唯有道者能备患于未形也"。②《礼记·中庸》说:"凡事豫则立,不豫则废。"③它们都强调做事以预防为主。在面临灾害时尤其如此。钟化民《赈豫纪略·救荒图说》"劝务农桑"条云:"臣惟救荒于已然,不若备荒于未然。救于已然者,时穷势迫而莫可谁何;备于未然者,事制曲防而可以无患。"④沈树本《大水叹》曰:"救荒于既荒,所济何足论。"⑤胡凤丹《荆州大堤行》提到应防患于未然,临时补救于事无补:"灾异先当防未然,力之所至人胜天。桃花春水寻常见,瓠子秋风捍卫坚。不然徒费黄金筑,旋筑旋决嗟颠覆。临变仓皇空补苴,百万生灵葬鱼腹。子寿比部贻我书,大堤岌岌成沮洳。恭陈二公勤守护,能救民患安民居。我识斯堤高且厚,百余年来未溃口。泰山远胜冰山坚,河伯波臣群退走。水利水害纷无常,要凭只手澜回狂。"⑥农业上防灾要做好粮食储备。欧阳修《答杨辟喜雨长句》说:"古之为政知若此,均节收敛勤人功。三年必有一年食,九岁常备三岁凶。纵令水旱或时遇,以多补少能相通。"⑦钱陈群《北仓》提到国家建立粮仓的重要意义在于有备无患:"国家设仓庾,截留寓深意。备荒非缓图,事豫庶能济。"⑧唐仲冕《去年今年四首》其三强调有粮食储备比丰产更重要:"九年耕无一年食,年虽小熟恐不赡。"⑨中国遭受最多的是水灾与旱灾,要防治水旱,最有效的办法是兴修水利。清胡季堂《劝民除水患以收水利歌》说:"须知沟池成,旱涝俱可蠲。"⑩

百姓要有居安思危意识,不能因为丰年就大肆浪费,否则到灾年时无一点积蓄,就只能一筹莫展了。应保持节俭与勤劳的习惯,为灾年多备粮

---

① (战国)左丘明传,(晋)杜预注,(唐)孔颖达正义:《春秋左传正义》卷31,第903页。
② 黎翔凤撰,梁运华整理:《管子校注》卷1,第17页。
③ (汉)郑玄注,(唐)孔颖达疏:《礼记正义》卷52,第1445页。
④ 李文海、夏明方主编:《中国荒政全书》,第1辑,第281页。
⑤ (清)沈德潜等编,袁世硕标点:《清诗别裁集》卷23,第911页。
⑥ (清)胡凤丹:《退补斋诗存》卷6,第49页。
⑦ 李逸安点校:《欧阳修全集》卷53,第717页。
⑧ (清)钱陈群:《香树斋诗续集》卷32,第587—588页。
⑨ (清)唐仲冕:《陶山诗录》卷8,《清代诗文集汇编》,影印清嘉庆十六年刻本,第437册,第182页。
⑩ 李文海、夏明方主编:《中国荒政全书》,第2辑,第2卷,第179页。

食。勤俭持家一直是中国的良训。严如煜《谕农词》云:"先民崇淳朴,俭者福之基。仓箱虽盈积,服食无敢靡。余三至余九,旱潦能撑持。有丰必有啬,当安常念危。尔不勤与俭,酸心更怨谁。"① 张九钺《振灾篇》提醒人们要勤快,做到防患于未然,不可一味依赖赈济:"防患豫绸缪,安可事逍遥。明年岁困敦,土脉早发膏。皇恩虽宽大,未可长幸邀。"② 不少劝农诗中也都劝勉百姓要勤快。文天祥《宣州劝农文》说:"第一劝尔勤耕作,布种及时休落魄。惟有锄头不误人,饱食暖衣良快乐。"③ 宋代许纶《劝农口号十首》其一说:"一劝农家莫惰农,春来雨水已流通。有男有女勤耕绩,必定时和更岁丰。"④ 对于那些懒惰、喜欢游乐而不储备粮食之人,诗人则加以嘲讽:"自古推上腴,原不数吴会。訾窳仅偷生,家室鲜藏盖。闾左多惰游,流风习侈汰。近复扬其波,土木盛雕绘。赪壤糊山川,锦绣纷绰缛。余皇张旌旄,冶女炫珠贝。荒浸时一遭,俯仰将安赖。虽蠲累岁租,曾未起凋瘵。譬若人中干,肤泽乃其外。愿思古人言,为乐无已太。"⑤(《冬日书怀》)

灾荒时,物资极度匮乏,所以社会上常有厉行节俭的呼声。灾民吃不上饭,穿不上衣。衣食无忧者不能再花天酒地,要节约供给灾民。白居易《贺雨》说当朝皇帝:"莫如率其身,慈和与俭恭。乃命罢进献,乃命赈饥穷……宫女出宣徽,厩马减飞龙。"⑥ 以身作则,实行节俭之风,罢进献,出宫女,减御马。李振裕《奉命勘荒畿辅感赋十首》其八写了帝王的节俭措施:"二谷偶不登,尚方撤凫雁。一从畿辅灾,宫中罢欢宴。吾皇重民瘼,斋心屡减膳。"⑦ 不吃肉食,罢除宴会,减少膳食。明代诗人童佩《雨后陇上作》写大旱太守祈雨、衣食从俭:"宴会止酒浆,舆服却华藻。"⑧ 作家还对灾荒年间不顾百姓死活而大肆祭神的行为进行了批评。《丙午春

---

① (清)张应昌编:《清诗铎》卷19,第634页。
② (清)张应昌编:《清诗铎》卷14,第450页。
③ 《文天祥全集》卷12,第306页。
④ (宋)许纶:《涉斋集》卷15,第509页。
⑤ (清)唐孙华:《东江诗钞》卷9,第405页。
⑥ 顾学颉点校:《白居易集》卷1,第1页。
⑦ (清)张应昌编:《清诗铎》卷16,第529页。
⑧ (明)童佩:《童子鸣集》卷1,第405页。

入江宁城文武各署演土地会剧感赋》说:"饿鬼哭遍地,焉能乐笙奏?"①

三 不畏艰险 顽强抗争

各种灾害到来时,都令人感到异常恐怖,但中华民族面对灾难,没有惧怕,没有后退,而是勇于抗争,善于抗争,无惧无畏,在治理灾荒的过程中表现出惊人的力量与智慧。他们坚信,人力能胜天灾。钱陈群《捕蝗谣》明确提出人定胜天:"若使人力竟不用,蝗螟成法安所施?……天事要以人事胜,百尔孰敢不敬听。"② 柳树芳《苦旱行》说:"纵有灾沴不为害,天定每以人力争。"③ 他们不计代价,积极探索救治灾荒的有效途径,不战胜灾荒,绝不罢休。

面对滔天的洪水,大禹不计父亲被杀的仇恨,选择疏而导之的方法,发扬艰苦奋斗、公而忘私的精神,"乃劳身焦思,居外十三年,过家门不敢入。薄衣食"④,带领百姓,齐心协力,在条件极其困难的情况下,治好了水患,免除了百姓苦难,这成就了影响深远的大禹精神。后羿在十日并出的情况下,冒着极大的风险,射下了太阳神的九个儿子。熙宁十年秋天,黄河决口,水冲至彭城下,高二丈八尺。在全城随时可能被大水淹没的情况下,苏轼没有选择逃避。他身先士卒,带领军民抗洪,住在城墙上,带领军民不分昼夜地筑起一座长九百八十四丈、高一丈、宽两丈的大堤,经过七十多个日夜的奋战,保住了徐州。苏轼采纳僧人应言的意见,在徐州城北低洼处开凿清泠口,将积水导入古废河,又东北流入大海,到十月十三日,水患的威胁终于解除了。次年,为了防止河水再来侵袭,借助朝廷的钱粮与人力,苏轼改筑了外小城,建了四座木岸,填平了城内的十五个大坑,大大减少了徐州的水灾风险。林则徐《邹钟泉以〈开封守城先后记略〉见示,因题其后》则写了开封被大水包围,邹钟泉临危受命,将自己的性命置之度外,发誓与城共存亡:"公所自信惟一诚,死守誓与阳侯争。肝胆披沥通幽明,亿兆命重身家轻。"他始终战斗在第一线,不

---

① (清)包世臣撰,李星点校:《包世臣全集·管情三义》卷4,第3册,第51页。
② (清)钱陈群:《香树斋诗续集》卷3,第260页。
③ (清)张应昌编:《清诗铎》卷5,第142页。
④ (汉)司马迁:《史记》卷2《夏本纪》,第65页。

分昼夜，与百姓一同搬运物料："公亲鼜鼓喧军钲，衣不解带严巡更。始焉搴茭刈榛荆，继下砖石声訇訇。连旬苦雨不肯晴，上淋下潦沟浍盈。万难之际弥专精，焚香告天心自盟。峭陂斜堰高峥嵘，逼走急溜开中泓。历伏秋汛及霜清，寝食于城城可婴。"① 在最危险的时候，他内心坚定，终于保住了城池。秦大士《江宁蔡邑侯救圩歌》则记录了在大江溃堤、水如沧海下注的情况下，蔡邑侯冒着生命危险率领百姓保住圩堤的壮举："侯为掩面泣，下令如风雷。鸣金声高振江上，指挥夫役如将将。老民提筥幼荷锄，堵御邪许走丁壮。须臾负土成城墉，巨艚小筏供保障。蛟龙戢角不敢前，阳侯卷斾不敢抗。十日雨沐兼风餐，捍卫田庐得无恙。"②

　　蝗灾到来时，铺天盖地，草木一空，即使如此，人们也没有消极等待，甚至有一种知其不可为而为之的气概。詹应甲《捕蝗词》说："朝捕蝗，晚捕蝗，腹无饱饭身郎当。黄云过处蚀已尽，禾根掘起埋蝗阱。千埋未抵一夜生，县符催捕不许停。大家扑打须用力，来朝多炙蝗蝻食。"③ 百姓饿着肚子不分昼夜地捕蝗，蝗虫过去庄稼一扫而空，人们捕蝗的速度不及蝗虫生长的速度，但大家还是毫不懈怠，甚至还想着多捕蝗虫多吃蝗虫肉，颇有些黑色幽默的味道。

四　见义忘利　乐善好施

　　子曰："君子喻于义，小人喻于利。"④ 君子仰慕道义，小人贪恋钱财。很多人面对灾难时，发扬无私奉献精神，他们拿出自己的钱财、粮食与物品，以低价甚至是无偿的方式，赈济灾民，不计名利，只为救人。这些救助的主体，既有官员，也有地方绅士、富豪、商人等。吴蒂的侄子"闻人急难如在己，见义踊跃无不为"，拿出钱与粮食来帮助乡亲，"既捐青蚨二百万，犹恨籴贵难疗饥。庾中仅存二千石，一旦倾倒尽散之。此心但欲济

---

① 林则徐全集编辑委员会编：《林则徐全集·诗词卷》，第6册，第2954页。
② （清）张应昌编：《清诗铎》卷15，第477页。
③ （清）詹庆甲：《赐绮堂集》卷1，第245页。
④ （三国魏）何晏注，（宋）邢昺疏：《论语注疏》卷4，《十三经注疏》（标点本），第51页。

邻里，身外浮名非所希"①，不求名，不求利。姚清华《石门马氏蠲粟赈饥纪事》写马国棠在当地发生大水灾时，用一万石粮食，赈饥两个月，救济了当地灾民，作者对其舍小家而恤灾民的义举表达了由衷的敬佩："我独服君勇，志气异凡质。下不顾子孙，中不谋家室。誓弃万钟粟，建此不刊烈。……当其举念初，赴义如箭疾。人命苟可延，余哺不妨辍。但得闾里存，敢惜甘旨缺。至于没世称，转若轻毫发。"②鱼山陈太公捐粟百万石却不让百姓归还，且不愿让官府上报朝廷，接受奖励，王泽宏《捐粟行》记录了其事迹与品格："捐粟百万斛，里闾起疮痍。来年庆有秋，酬恩允在兹。公复再逊谢，脱赠宁自私。有司上其事，将奏天子知。市义非所为，褒名请固辞。三晋称我公，乐善且好施。利济非一端，隐德莫能窥。"③

不少官员带头拿出自己的俸禄，救助任地的百姓。《于太保忠萃传》里的于谦首先以身作则，带头捐 2500 两，下属几个官员有捐 500 两者。《醒世姻缘传》里的守道副使李粹然把他的赎银与衙内的银器都煎化了赈济贫民，立了 4 个保婴局，在 13 个州县设保婴局，救了上千名弃儿。宋荦在《淮扬赈饥示官吏》中说"薄俸分已尽"④。黄任不忍看到百姓走向死亡边缘自费赈粥，并为自己俸禄少不能长期赈济而感到不安："官卑俸钱薄，能办几斛米。官云汝无虑，瓶罄罍之耻。计较两岁禄，兼旬供食指。"⑤ 表示愿意拿出两年俸禄来煮粥。

一些绅士作为地方的知识、权力与财富的代表，也愿意为减除一方灾民的痛苦而尽力。焦和生联络乡绅捐钱，人人踊跃，《均州行为捐赈绅士作》云："我睹此情心不忍，爰集绅民共汲引。金钱劝施五十千，人人踊跃各慨允。我爱此地人情好，患难扶持肯相保。"⑥ 诗人颂赞此地民风淳朴，能做到患难与共。有的捐助者，本身并不富有，甚至卖掉了最基本的生活资料。汤礼祥《鬻裘行》写宋茗香卖掉了御寒的裘衣，更让人感动：

---

① （宋）吴芾：《湖山集》卷 4，第 475 页。
② 钱仲联主编：《清诗纪事·嘉庆朝卷》，第 13 册，第 9149—9150 页。
③ （清）张应昌编：《清诗铎》卷 16，第 535 页。
④ （清）宋荦：《西陂类稿》卷 15，第 181 页。
⑤ （清）黄任等撰，陈名实、黄曦点校：《黄任集·秋江集》（外四种）卷 3，第 69 页。
⑥ （清）焦和生：《连云书屋存稿》卷 5，《清代诗文集汇编》，影印清嘉庆二十年刻本，第 447 册，第 752—753 页。

余论 古代灾害文学蕴含的民族精神

朝解衣,暮解衣。三朝三暮复何有,但见眼前飒飒西风吹。西风吹,骨欲折,葛帔练裙踏冰雪。翁将何计回阳春,鬻裘不顾妻孥瞋。黄绨大布任携取,直视众身同一身。我对鬻裘翁,重忆披裘客。千金买裘都不惜,却赠歌童五陵陌。道傍冷眼空叹呼,白公大裘今已无。呜呼!白公大裘今岂无,愿君此心终不渝。①

社会上流行着积德行善有好报的思想,人们有救弱扶难的天性,政府也会奖励那些灾荒期间积极捐粮捐物帮助灾民者。《闻甘翁二母蒙乐善好施之奖特记之己卯》曰:

河内河东苦旱荒,玉圭告籴遍诸方。九重凤诏颁刍粟,列郡鸿嗷盼稻粱。会值孝思殿梓舍,遂令慈惠感萱堂。过江人士瞻坊表,巾帼于今有业阳。甘

振给群沾盛世仁,大家闻亦动深矉。欲苏沟壑将枯骨,遂化簪瑱有脚春。两母并叨任恤奖,百年犹感困穷人。颇思畴昔淮阴道,一饭谁周涸辙鳞。翁②

严廷珏妻子王瑶芬,在晋、豫、直、皖连岁告灾之际,"夫人既命子婿辈竭力募捐,又自括所有,以千金助赈,当奉恩旨建乐善好施坊于门。年八十四卒,临终遗命,以私蓄五百元助山左赈,盖其天性好善,没身不衰"③。在多重因素的推助之下,社会上乐善好施者为数不少。

在劝粜诗中,诗人奉劝那些囤粮不卖者,不要见利忘义,只一味盯着高利润。杨殿梓《劝粜》说:"劝尔为富者,回心从善良。乘时急粜卖,勿谋价高昂。古者黄承事,积谷待饥荒。粜时不增价,其后遂蕃昌。抑闻连处士,平粜济一乡。二子陟科第,表述宜欧阳。利人实自利,专利怨

---

① (清)张应昌编:《清诗铎》卷22,第819页。
② (清)汪士铎:《梅翁诗钞·补遗》,《清代诗文集汇编》,影印清光绪张士珩昧古斋刻本,第612册,第686页。
③ 光绪《桐乡县志》卷18《列女下》,《中国地方志集成·浙江府县志辑》,第23册,上海书店出版社2000年版,第797页。

无方。"①

诗人讽刺了那些借灾荒而攫取暴利的行径。汤国泰《道光癸巳书事八劝歌》有《卖薪儿 劝贪天不可为功也》讽刺卖薪儿希望天降阴雨而草价暴涨,天遂其愿,草价加倍昂贵。《卖谷贾 劝荒岁宜赈邻朋也》更讽刺了卖谷商垄断并赚取巨额利润的伎俩:"桂如薪,米如玉。去秋水为灾,今春雨更酷。贾人摊钱向市头,共道堆金不如谷。垄断收尽仓满盈,坐待价昂方出鬻。果然春来谷不广,价高一日三倍长。"②

五　舍生取义　舍己救人

有人为了灾民的利益,置自己的身家性命于不顾,谱写了一曲曲动人肺腑的乐章。汲黯不请示汉武帝直接放粮的事迹为后人所津津乐道。此后以汲黯为榜样的官员数不胜数,其实他们这么做往往冒着很大的政治风险。尤侗《述祖诗》写第十六世同知静庵公:"矫节开仓,更追汲史。"注曰:"同知静庵公,讳谔。景泰庚午举人。荐为国子助教,以父老辞归。除遂安令。洁己爱民,毁尼寺材,修学宫。尼配鳏卒。升永昌府同知。以擅发粟赈饥而罢。"③很多文人为百姓呼吁,把自己的仕途乃至性命置之度外。韩愈为民请命而被降职。《赴江陵途中寄赠王二十补阙李十一拾遗李二十六员外翰林三学士》写其被流放途中的所感所思:"归舍不能食,有如鱼中钩。适会除御史,诚当得言秋。拜疏移阁门,为忠宁自谋。上陈人疾苦,无令绝其喉。下陈畿甸内,根本理宜优。积雪验丰熟,幸宽待蚕麰。天子恻然感,司空叹绸缪。谓言即施设,乃反迁炎州。"④他目睹百姓灾难,如鲠在喉,不计个人得失,愤然上疏,得罪掌权者,被流放江陵。甚至还有为救灾民不惜献出自己生命者。大禹之父鲧为治水偷去上帝息壤而自己却付出生命的代价。《山海经·海内经》载:"洪水滔天。鲧窃帝之息壤以堙洪水,不待帝命。帝令祝融杀鲧于羽郊。鲧复生禹。帝乃命禹卒

---

① (清)张应昌编:《清诗铎》卷16,第542页。
② (清)张应昌编:《清诗铎》卷14,第465页。
③ 杨旭辉校点:《尤侗集·看云草堂集》卷8,第683页。
④ (清)方世举著,郝润华、丁俊丽整理:《韩昌黎诗集编年笺注》卷3,第159—160页。

布土以定九州。"① 《吕氏春秋·顺民篇》载天下大旱，商汤以身祷于桑林，"于是剪其发，酈其手，以身为牺牲，用祈福于上帝"②，天降大雨。傅永枢为了求雨，甘愿捐躯入龙潭，作《永别诗》四首。其诗自序道出了原委："庚辰夏旱，余初偕农人跪祷于龙潭，得小雨。既而赤旱弥月，遍野佳禾，尽如枯草。目击心伤，遂发捐躯之心，投入龙潭，以冀报效。作《永别诗》四首，留示家中儿女，时七月朔也。"③ 诗歌表达了愿舍一人之躯为天下赢得甘霖的决心，读来催人泪下："七旬缺一寿非轻，再想遐龄觉未明。但得死方宜速死，苟全生理即长生。亢阳数月天何忍，滂沛来朝雨可行。我舍微躯人利溥，汝曹不必泪盈盈。"④

不少诗人赞扬了愿为救灾而牺牲自己一切利益乃至生命的可贵品质。桂超万《祈雨三首》表达了自己诚心祈雨、即使化为异物也在所不辞的决心：

神祠伐鼓乞神恩，神罔闻知声暗吞。我纵化鸠能唤雨，弱翰飞不到天阍。

连宵云影织沉沉，总被南风散积阴。倘是涸龙无勺水，我倾血泪尔为霖。

旱到心苗势欲焚，宰官应罚咎谁分。拼将身作西山石，不吐闲云吐雨云。⑤

清代查揆《嘉庆戊辰之夏与张南山同年先后出都今年以卓异入觐乃复相见别已二十五年矣南山为话令黄梅县办水灾事出长卷索题》赞美了张维屏愿以一人之躯消除水灾的高贵品质："蛟鼍苟可饵，我肉甘且香。洪流如可塞，我骨坚且强。"⑥ 只要百姓可救，纵我葬身洪流又何足悲！李毓昌作为嘉庆帝派出的钦差大臣去淮安府山阳县查赈，他深入每个村庄，掌握

---

① 袁珂校注：《山海经校注·山海经海经新释》卷13，第472页。
② 许维遹撰，梁运华整理：《吕氏春秋集释》卷9，第201页。
③ 钱仲联主编：《清诗纪事·嘉庆朝卷》，第13册，第9108页。
④ 钱仲联主编：《清诗纪事·嘉庆朝卷》，第13册，第9107页。
⑤ （清）桂超万：《养浩斋诗稿》卷9，第386页。
⑥ （清）查揆：《筼谷诗钞》卷20，《清代诗文集汇编》，影印清道光十五年菽原堂刻本，第497册，第381页。

县令王伸汉等人冒赈的罪证,准备据实禀告。王伸汉先是以重金行贿不成,又收买李毓昌身边的仆人李祥等人,指使他们在主人的茶水里下毒,又用绳子勒,害死李毓昌,伪造后者自杀的假象,最后事情败露,王伸汉、李祥等一众恶人被处死。嘉庆皇帝写《悯忠诗》,赞美他不受贿、不惧威胁、勇于揭发贪官罪行的可贵品质。民众深深同情李毓昌的悲剧,讴歌其忠义感动鬼神,其美名万古流传。《马头调·李毓昌案》曰:

> 江苏有个山阳县,水灾奏君前。当今圣主赈济涂炭,恩旨到江南。督抚委员查户口,遇着赃官王伸汉,有心把赈瞒。好一个委员李县主,不肯依从。赃官定计,买嘱三祥,暗使毒药,遂把忠良陷,一命染黄泉。委员李爷,死的可怜,令人心酸。上天念忠义,敕封城隍在栖霞县,显圣到家园。路遇旧友叙苦情,因此破案。奏闻帝主,龙颜大怒,拿问赃官,立正典刑。从人李祥,摘心活祭,追封李爷,才把冤枉辩,万古把名传。①

六 大爱无疆 己溺己饥

《论语·学而》提出"泛爱众而亲仁"②,孟子提出"仁者爱人"③,"仁者无敌"④,儒家又有"仁者寿"的说法。张载有"民胞物与"的警句,万民皆我同胞,万物皆我同类,要爱世间所有的人与物。可见,有爱心是儒家所倡导的核心思想。在灾荒之际,人们的物资极端匮乏,甚至当生存都成为一个问题时,对人有爱心,关心人、帮助人,救人于水火,就成为一个人品质的试金石。

儒家思想是中国传统的统治思想,仁政成为理想的政治思想。具体到灾荒上,仁政就表现为统治阶级要敢于承担责任,将灾害视为自己统治不力所致,反省自己的执政过失,真正关心灾民疾苦,切实采取有效措施,

---

① (清)华广生辑:《白雪遗音》卷1《马头调岭儿调》,《续修四库全书》,影印清道光八年玉庆堂刻本,第1745册,第51页。
② (三国魏)何晏注,(宋)邢昺疏:《论语注疏》卷1,第7页。
③ (汉)赵岐注,(宋)孙奭疏:《孟子注疏》卷8,第233页。
④ (汉)赵岐注,(宋)孙奭疏:《孟子注疏》卷1,第15页。

抗灾救灾，解决灾民的衣食问题，减轻百姓受害程度。每个人都要关心自己的亲人、邻舍、乡亲乃至他乡灾民，对受灾者不能冷眼旁观，而要积极伸出援手。

英明的帝王，爱民如子。《贞观政要·务农》记贞观二年（628），京师闹蝗灾，太宗吞下数枚蝗虫，宁可让蝗虫危害自己也不愿让百姓遭灾，其咒蝗虫说："人以谷为命，而汝食之，是害于百姓。百姓有过，在予一人，尔其有灵，但当蚀我心，无害百姓。"① 毕沅为河南巡抚时，河南连年发生旱灾，乾隆先是春天赈济，夏天时又赈济三个月。其《豫州纪恩述政诗十首·给口粮》便叙述了皇帝的这次赈济河南百姓的功绩："圣主于灾黎，拯救若不足。万千颁帑金，再三恤部屋。犹虑届长赢，或又缺饘粥。更加三月赈，俾得待秋熟。"②

那些地方官员，与所在地的百姓患难与共，苦百姓所苦，难百姓所难，想百姓所想。百姓遭灾，地方官若己溺己饥。宋朝赵蕃与农民一样，忧久旱，盼甘霖。《雨未沾足作四十字》说："上天怜久旱，赫日变浓阴。要使今年熟，须成三日霖。萧疏才却暑，点滴漫过林。问我无田客，那怀闵雨心。"③ 不种田，却有一颗与种田者同样的心，这是许多官员和文人同百姓息息相通的重要表现。元人胡祗遹《五月十五日夜半急雨喜而不寐》亦云："人为口体累，念虑千万端。秋阴惧霖潦，春阳忧旱干。"④ 文人关心灾民疾苦，他们参与防灾、抗灾、救灾，过问灾民生活情形。张养浩《喜春来》说：

> 亲登华岳悲哀雨，自舍资财拯救民，满城都道好官人。还自哂，比颜御史费精神。
>
> 路逢饿殍须亲问，道遇流民必细询，满城都道好官人。还自哂，只落的白发满头新。⑤

---

① （唐）吴兢编著：《贞观政要》卷8，第237页。
② 杨焄点校：《毕沅诗集》卷35，第838页。
③ （宋）赵蕃：《淳熙稿》卷11，第2258册，第218页。
④ 魏崇武、周思成校点：《胡祗遹集》卷1，第10页。
⑤ 隋树森编：《全元散曲》，第413页。

他们不以自己灾荒期间温饱而满足，甚至感到惭愧。孔平仲《和常父湖州界中》说："贫者往往鬻儿女，征徭纷纷复不休。我从农夫遗斗米，自顾饱食诚堪羞。四方近日苦穷乏，嗟我有意奚能周！"① 明人谢迁《新正苦雨用前韵写怀》说："比屋群嗟真耳熟，一餐独饱岂心便。农祥悬望新春后，时雨时旸共荷天。"② 他们希望自己有能力解除普天下灾民的苦难。杜甫《茅屋为秋风所破歌》云："安得广厦千万间，大庇天下寒士俱欢颜，风雨不动安如山。"③ 文天祥《五月十七夜大雨歌》说："但愿天下人，家家足稻粱。我命浑小事，我死庸何伤！"④ 如果家家都能吃饱饭，即使自己死去也不必悲伤。清人魏燮均《流民行盖平道中作》说："恨无百万钱，遍济流离人。解囊虽薄赠，小惠焉能均。安得千万厦，庇此哀鸿身。"⑤

己溺己饥、恫瘝在抱即是对人们的普遍要求，那些为富不仁、无视灾民痛苦者会遭到人们的一致唾弃。王昭德《又绝句十二首》其八说："为富从来多不仁，凶年遏籴最无情。纵令马畜伤禾稼，不恤农家苦力耕。"⑥ 为富不仁，灾年他们有米不粜，让牛马随便践踏人的庄稼。蒋士铨《典牛歌》说："一家典牛万家笑，积谷如山不肯粜。宁将剩饭饲鸡豚，未许饥鸿乞粱稻。"⑦ 他们宁肯将剩饭喂鸡喂猪，也不给饥民一丁点粮食。吴金蕙《即目书感》说："任尔朱门臭粱肉，一钱不舍待如何。富儿饱饭门前看，但道今朝饿死多。"⑧ 两组对比，强烈地讽刺了那些毫无人性的富人。

七　敢于担当

上古便有遇灾反省之举。商汤祈雨时，连问六个问题："政不节与？使民疾与？何以不雨至斯极也！宫室荣与？妇谒盛与？何以不雨至斯极

---

① （宋）孔平仲等著，孙永选校点：《清江三孔集》，第351页。
② （明）谢迁：《归田稿》卷7，《文渊阁四库全书》，第1256册，第85页。
③ （清）仇兆鳌注：《杜诗详注》卷10，第832页。
④ 《文天祥全集》卷14，第374页。
⑤ （清）魏燮均：《九梅村诗集》卷5，第53页。
⑥ （元）邓文原选：《编类运使复斋郭公敏行录》，第693页。
⑦ （清）蒋士铨撰，邵海清校，李梦生笺：《忠雅堂集校笺·忠雅堂诗集》卷22，第1466页。
⑧ （清）张应昌编：《清诗铎》卷17，第557页。

也！苟且行与？逸夫兴与？何以不雨至斯极也！"① 这是对执政的全面检讨。汉代董仲舒提出了灾异谴告说，将灾害的出现与各级统治者的执政不善联系起来。所以皇帝与官吏要为灾害负责，承担责任。史书连篇累牍地记载皇帝的罪己诏，很多便是因灾害而作。《晋书·元帝纪》载其诏书曰："朕以寡德，纂承洪绪，上不能调和阴阳，下不能济育群生，灾异屡兴，咎征仍见。壬子、乙卯，雷震暴雨，盖天灾谴戒，所以彰朕之不德也。"② 唐太宗贞观元年（627）七月，关东、河南、陇右及缘边诸州霜害秋稼，九月辛酉诏曰："虫霜为害，风雨不时，政道未康，咎征斯在朕。"③ 乾隆帝多次在诗中表达了自己执政无方带来灾害的思想："致灾岂无由，究由我政乖。五字当自责，南望诚惭哉。"④（《降旨加赈去岁河决被灾江南河南山东各州县诗以志事》）"布政实多阙，祈泽徒增愧。"⑤（《诣黑龙潭祈雨》）

一些文人在作品中表达了自己因灾自省自惭的情感。元稹《旱灾自咎贻七县宰同州》说："自顾顽滞牧，坐贻灾诊臻。上羞朝廷寄，下愧闾里民。岂无神明宰，为我同苦辛？共布慈惠语，慰此衢客尘。"⑥ 承认是自己的不称职给治地带来了灾害，上愧朝廷，下愧百姓。梅尧臣《大水后城中坏庐舍千余作诗自咎》说："不如无道国，而水冒城郭，岂敢问天灾，但惭为政恶。"⑦ 查礼《苦雨》认为今年春夏雨少、秋天雨水泛滥是自己过错所致，痛苦万分："无乃太守过，固惭一州表。作诗告天公，怜我心如捣。愿放半月晴，西成尚可保。"⑧ 一些地方官表达了愿以一己之身承受为政不端所带来的上天惩罚。苏轼《徐州祈雨青词》说："若其赋政多僻，以谪见于阴阳；事神不恭，以获戾于上下。臣实有罪，罚其敢辞。"⑨

---

① （清）王先谦撰，沈啸寰、王星贤点校：《荀子集解》卷19，第504页。
② （唐）房玄龄等：《晋书》卷6，第151页。
③ （清）董诰等：《全唐文》卷4，中华书局1983年版，第55页。
④ （清）爱新觉罗·弘历：《御制诗四集》卷85，第326册，第418页。
⑤ （清）爱新觉罗·弘历：《御制诗二集》卷18，第320册，第388页。
⑥ 冀勤点校：《元稹集》卷4，第38页。
⑦ 朱东润编年校注：《梅尧臣集编年校注》卷10，第159页。
⑧ （清）查礼：《铜鼓书堂遗稿》卷13，《清代诗文集汇编》，影印清乾隆刻本，第338册，第97页。
⑨ 孔凡礼点校：《苏轼文集》卷62，第1903页。

此外，古代灾害文学中还体现出公而忘私、团结互助、顾全大局、坚韧不拔等众多民族精神，恕不一一论列。

灾荒文学中体现出的可贵的民族精神，将会激励当代人正视灾难，增强战胜灾难与重建家园的信心和勇气。

参考文献

一 著作

（战国）左丘明著，（三国吴）韦昭注，胡文波校点：《国语》，上海古籍出版社2015年版。

（战国）左丘明传，（晋）杜预注，（唐）孔颖达正义：《春秋左传正义》，《十三经注疏》（标点本），北京大学出版社1999年版。

（汉）班固：《汉书》，中华书局1962年版。

（汉）孔安国传，（唐）孔颖达疏：《尚书正义》，《十三经注疏》（标点本），北京大学出版社1999年版。

（汉）刘安等编著，（汉）高诱注，陈广忠校点：《淮南子》，上海古籍出版社2016年版。

（汉）毛亨传，（汉）郑玄笺，（唐）孔颖达疏：《毛诗正义》，《十三经注疏》（标点本），北京大学出版社1999年版。

（汉）司马迁：《史记》，中华书局2014年版。

（汉）赵岐注，（宋）孙奭疏：《孟子注疏》，《十三经注疏》（标点本），北京大学出版社1999年版。

（汉）郑玄注，（唐）贾公彦疏：《周礼注疏》，《十三经注疏》（标点本），北京大学出版社1999年版。

（汉）郑玄注，（唐）孔颖达疏：《礼记正义》，《十三经注疏》（标点本），北京大学出版社1999年版。

（晋）干宝撰，汪绍楹校注：《搜神记》，中华书局1979年版。

（南朝梁）萧统编，（唐）李善注：《文选》，上海古籍出版社1986年版。

（南朝宋）范晔：《后汉书》，中华书局1965年版。

（唐）房玄龄等：《晋书》，中华书局1974年版。

（唐）李商隐著，（清）冯浩笺注，蒋凡标点整理：《玉溪生诗集笺注》，上海古籍出版社1979年版。

（唐）皮日休、陆龟蒙等撰，王锡九校注：《松陵集校注》，中华书局2018年版。

（唐）皮日休著，萧涤非、郑庆笃整理：《皮子文薮》，上海古籍出版社1981年版。

（唐）魏征、令狐德棻：《隋书》，中华书局1973年版。

（唐）吴兢编著：《贞观政要》，上海古籍出版社1978年版。

（唐）许浑撰，罗时进笺证：《丁卯集笺证》，中华书局2012年版。

（后晋）刘昫等：《旧唐书》，中华书局1975年版。

（宋）蔡正孙撰，常振国、降云点校：《诗林广记》，中华书局1982年版。

（宋）韩琦撰，李之亮、徐正英笺注：《安阳集》，巴蜀书社2000年版。

（宋）洪迈：《容斋随笔》，上海古籍出版社1996年版。

（宋）黄庭坚著，（宋）任渊等注，黄宝华点校：《山谷诗集注》，上海古籍出版社2003年版。

（宋）孔文仲等著，孙永选校点：《清江三孔集》，齐鲁书社2002年版。

（宋）李昉等编：《太平广记》，人民文学出版社1959年版。

（宋）李昉等：《太平御览》，中华书局1960年影印版。

（宋）陆游：《陆游集》，中华书局1976年版。

（宋）欧阳修、宋祁：《新唐书》，中华书局1975年版。

（宋）石介著，陈植锷点校：《徂徕石先生文集》，中华书局1984年版。

（宋）苏过撰，舒星校点，蒋宗许等注：《苏过诗文编年笺注》，中华书局2012年版。

（宋）王之道撰，沈怀玉、凌波点校：《相山集点校》，北京图书馆出版社2006年版。

（宋）张孝祥著，徐鹏校点：《于湖居士文集》，上海古籍出版社1980年版。

（宋）赵蕃：《淳熙稿》，中华书局1985年影印本。

（宋）赵令畤、彭□、彭□撰，孔凡礼点校：《侯鲭录 墨客挥犀 续墨客挥犀》，中华书局2002年版。

（宋）周密撰，吴企明点校：《癸辛杂识》，中华书局1988年版。

（元）高明著，钱南扬编：《元本琵琶记校注》，上海古籍出版社 1980 年版。

（元）迺贤著，叶爱欣校注：《迺贤集校注》，河南大学出版社 2011 年版。

（元）萨都剌撰，殷孟伦、朱广祁整理：《雁门集》，上海古籍出版社 1982 年版。

（元）脱脱等：《宋史》，中华书局 1985 年版。

（明）曹于汴撰，李蹊点校：《仰节堂集》，上海古籍出版社 2018 年版。

（明）程荣纂辑：《汉魏丛书》，吉林大学出版社 1992 年影印版。

（明）冯惟敏：《海浮山堂词稿》，上海古籍出版社 1981 年版。

（明）罗贯中：《三国演义》，人民文学出版社 1973 年版。

（明）罗贯中、冯梦龙：《平妖传》，上海古籍出版社 1981 年版。

（明）吴承恩：《西游记》，人民文学出版社 1980 年版。

（明）西周生辑著：《醒世姻缘传》，岳麓书社 2004 年版。

（明）徐光启著，石声汉校注：《农政全书校注》，上海古籍出版社 1979 年版。

（明）阎尔梅著，王汝涛、蔡生印编注：《白耷山人诗集编年注》，中国文联出版社 2002 年版。

（明）佚名撰，刘文忠点校：《梼杌闲评》，人民文学出版社 1983 年版。

（明）臧懋循辑：《元曲选》，文学古籍刊行社 1955 年版。

（清）包世臣撰，李星点校：《包世臣全集》，黄山书社 1997 年版。

（清）宝廷著，聂世美校点：《偶斋诗草》，上海古籍出版社 2005 年版。

（清）陈元龙编：《历代赋汇》，凤凰出版社 2004 年影印版。

（清）邓显鹤编纂，沈道宽、毛国翰等校订，欧阳楠点校：《沅湘耆旧集》，岳麓书社 2007 年版。

（清）董诰等编：《全唐文》，中华书局 1983 年影印版。

（清）董含撰，致之校点：《三冈识略》，辽宁教育出版社 2000 年版。

（清）杜文澜辑：《古谣谚》，中华书局 1958 年版。

（清）方世举著，郝润华、丁俊丽整理：《韩昌黎诗集编年笺注》，中华书局 2012 年版。

（清）何绍基著，曹旭校点：《东洲草堂诗集》，上海古籍出版社 2006 年版。

（清）贺长龄、魏源编：《清经世文编》，中华书局1992年影印版。
（清）黄任等撰，陈名实、黄曦点校：《黄任集》（外四种），方志出版社2011年版。
（清）纪昀著，汪贤度校点：《阅微草堂笔记》，上海古籍出版社1980年版。
（清）蒋士铨著，邵海清校，李长生笺：《忠雅堂集校笺》，上海古籍出版社1993年版。
（清）李骥：《虬峰文集》，凤凰出版社2015年影印版。
（清）刘鹗：《老残游记》，人民文学出版社1957年版。
（清）彭定求等编：《全唐诗》，中华书局1960年版。
（清）蒲松龄：《聊斋志异》，上海古籍出版社2005年版。
（清）祁隽藻著，阎凤梧等主编：《祁隽藻集》，三晋出版社2011年版。
（清）仇兆鳌注：《杜诗详注》，中华书局1979年版。
（清）阮元撰，邓经元点校：《研经室集》，中华书局1993年版。
（清）沈德潜、（清）周准编：《明诗别裁集》，中华书局1975年版。
（清）沈德潜等编，袁世硕标点：《清诗别裁集》，上海古籍出版社2013年版。
（清）施闰章撰，何庆善、杨应芹点校：《施愚山集》，黄山书社1992年版。
（清）舒位撰，曹光甫点校：《瓶水斋诗集》，上海古籍出版社1991年版。
（清）唐孙华：《东江诗钞》，上海古籍出版社1979年影印版。
（清）王省山撰，吴广隆、马留堂主编：《菜根轩诗钞》，山西人民出版社2007年版。
（清）王文诰辑注，孔凡礼点校：《苏轼诗集》，中华书局1982年版。
（清）王先谦撰，沈啸寰、王星贤点校：《荀子集解》，中华书局1988年版。
（清）魏象枢撰，陈金陵点校：《寒松堂全集》，中华书局1996年版。
（清）文康著，松颐校注：《儿女英雄传》，人民文学出版社1983年版。
（清）无名氏撰，谢振东校订：《施公案》，宝文堂书店1982年版。
（清）严可均辑：《全上古三代秦汉三国六朝文》，中华书局1958年影印版。

（清）姚燮著，周劭标点：《复庄诗问》，上海古籍出版社1988年版。
（清）俞樾：《春在堂全书》，凤凰出版社2010年影印版。
（清）查慎行著，周劭标点：《敬业堂诗集》，上海古籍出版社1986年版。
（清）张廷玉等：《明史》，中华书局1974年版。
（清）张维屏撰，关步勋等标点：《张南山全集》，广东高等教育出版社1994年版。
（清）张应昌编：《清诗铎》，中华书局1960年版。
（清）赵翼著，李学颖、曹光甫校点：《瓯北集》，上海古籍出版社1997年版。
（清）朱鹤龄：《愚庵小集》，上海古籍出版社1979年影印版。
陈端生、龚绍先编：《农业气象灾害》，北京农业大学出版社1990年版。
陈宏天、高秀芳点校：《苏辙集》，中华书局1990年版。
陈业新：《明至民国时期皖北地区灾害环境与社会应对研究》，上海人民出版社2008年版。
陈业新：《灾害与两汉社会研究》，上海人民出版社2004年版。
池子华：《中国流民史》（近代卷），安徽人民出版社2001年版。
邓安生编：《蔡邕集编年校注》，河北教育出版社2002年版。
邓瑞全、谢辉校点：《刘敏中集》，吉林文史出版社2008年版。
邓云特：《中国救荒史》，河南大学出版社2010年版。
邓之诚：《清诗纪事初编》，中华书局2012年版。
傅璇琮等主编：《全宋诗》，北京大学出版社1991年版。
顾学颉校点：《白居易集》，中华书局1979年版。
郝平：《丁戊奇荒———光绪初年山西灾荒与救济研究》，北京大学出版社2012年版。
何铭校点：《宣和遗事》，新文化书社1933年版。
和付强：《中国灾害通史·元代卷》，郑州大学出版社2009年版。
黄葵点校：《陆云集》，中华书局1988年版。
冀勤点校：《元稹集》，中华书局1982年版。
江立华、孙洪涛：《中国流民史》（古代卷），安徽人民出版社2001年版。
蒋寅校注：《戴叔伦诗集校注》，上海古籍出版社1993年版。
焦培民等：《中国灾害通史·秦汉卷》，郑州大学出版社2009年版。

孔凡礼点校：《郭祥正集》，黄山书社2014年版。
孔凡礼点校：《苏轼文集》，中华书局1986年版。
黎翔凤撰，梁运华整理：《管子校注》，中华书局2004年版。
李朝军：《宋代灾害文学研究》，中国社会科学出版社2016年版。
李华瑞：《宋代救荒史稿》，天津古籍出版社2014年版。
李鸣、马振奎校点：《张养浩集》，吉林文史出版社2008年版。
李文海：《中国近代十大灾荒》，上海人民出版社1994年版。
李文海、夏明方主编：《中国荒政全书》第1辑，北京古籍出版社2003年版。
李文海、夏明方主编：《中国荒政全书》第2辑，北京古籍出版社2004年版。
李文海、夏明方主编：《中国荒政书集成》，天津古籍出版社2010年版。
李向军：《清代荒政研究》，中国农业出版社1995年版。
李逸安点校：《欧阳修全集》，中华书局2001年版。
李勇先、王蓉贵校点：《范仲淹全集》，四川大学出版社2002年版。
刘建臻点校：《焦循诗文集》，广陵书社2009年版。
刘志文主编：《广东民俗大观》，广东旅游出版社2007年版。
路大荒整理：《蒲松龄集》，中华书局1962年版。
逯钦立辑校：《先秦汉魏晋南北朝诗》，中华书局1983年版。
罗月霞主编：《宋濂全集》，浙江古籍出版社1999版。
罗祖德、徐长乐：《灾害科学》，浙江教育出版社1998年版。
马卫中、陈国安点校：《贝青乔集》，上海古籍出版社2013年版。
欧初、王贵忱主编：《屈大均全集》，人民文学出版社1996年版。
潘光旦：《民族特性与民族卫生》，商务印书馆1937年版。
潘懋、李铁峰：《灾害地质学》，北京大学出版社2002年版。
潘务正、李言点校：《沈德潜诗文集》，人民文学出版社2011年版。
钱仲联主编：《清诗纪事》，江苏古籍出版社1987年版。
邱居里、邢新欣校点：《吴师道集》，吉林文史出版社2008年版。
邱云飞：《中国灾害通史·宋代卷》，郑州大学出版社2008年版。
邱云飞、孙良玉：《中国灾害通史·明代卷》，郑州大学出版社2009年版。
上海古籍出版社编，丁如明等校点：《唐五代笔记小说大观》，上海古籍出版社2000年版。

沈文倬校点：《王令集》，上海古籍出版社1980年版。

宋耐苦、何国民编校：《陈沆集》，湖北教育出版社2002年版。

隋同文编注，刘序勤辑录：《海岱会集》，中国社会出版社2006年版。

隋树森编：《全元散曲》，中华书局1964年版。

唐石父、王巨儒整理：《王襄著作选集》，天津古籍出版社2005年版。

陶继明、王光乾校注：《嘉定李流芳全集》，上海古籍出版社2013年版。

王培军点校：《孙原湘集》，人民文学出版社2019年版。

王瑞明点校：《李纲全集》，岳麓书社2004年版。

魏崇武、周思成校点：《胡祗遹集》，吉林文史出版社2008年版。

吴存浩：《中国农业史》，警官教育出版社1996年版。

吴茂云校注：《戴复古全集校注》，中国文史出版社2008年版。

夏传才、唐绍忠校注：《曹丕集校注》，河北教育出版社2013年版。

辛更儒校笺：《杨万里集校笺》，中华书局2007年版。

许维遹撰，梁运华整理：《吕氏春秋集释》，中华书局2009年版。

薛维源点校：《祝允明集》，上海古籍出版社2016年版。

薛毅：《中国华洋义赈救灾总会研究》，武汉大学出版社2008年版。

严迪昌：《清诗史》，浙江古籍出版社2002年版。

阎守诚：《危机与应对：自然灾害与唐代社会》，人民出版社2008年版。

杨国成点校：《施补华集》，浙江古籍出版社2018年版。

杨焄点校：《毕沅诗集》，人民文学出版社2015年版。

杨亮、钟彦飞点校：《王恽全集汇校》，中华书局2013年版。

杨瑞点校：《周密集》，浙江古籍出版社2015年版。

杨旭辉校点：《尤侗集》，上海古籍出版社2015年版。

袁珂校注：《山海经校注》，上海古籍出版社1980年版。

张纯一：《晏子春秋校注》，《诸子集成》本，上海书店出版社1994年影印版。

张宏生主编：《全清词·顺康卷》，中华书局2002年版。

张建民、宋俭：《灾害历史学》，湖南人民出版社1998年版。

张美莉：《中国灾害通史·魏晋南北朝卷》，郑州大学出版社2009年版。

张堂会：《民国时期自然灾害与现代文学书写》，中国社会科学出版社

2012年版。

张堂会：《自然灾害与当代文学书写研究》，中国社会科学出版社2017年版。

赵超编著：《宋代气象灾害史料》（诗卷），科学出版社2016年版。

赵尔巽等：《清史稿》，中华书局1977年版。

赵幼文校注：《曹植集校注》，人民文学出版社1984年版。

周锡䪖选注：《黎简诗选》，广东人民出版社1983年版。

周寅宾校点：《李东阳集》，岳麓书社2008年版。

周寅宾编：《刘人熙集》，湖南人民出版社2009年版。

中华书局上海编辑所编：《郑板桥集》，中华书局1962年版。

朱东润编年校注：《梅尧臣集编年校注》，上海古籍出版社1980年版。

朱凤祥：《中国灾害通史·清代卷》，郑州大学出版社2009年版。

诸伟奇等校点：《钱澄之全集》，黄山书社1998年版。

邹志方点校：《杨维桢诗集》，浙江古籍出版社2010年版。

［美］艾志瑞：《铁泪图——19世纪中国对于饥馑的文化反应》，曹曦译，江苏人民出版社2011年版。

［日］安居香山、中村璋八辑：《纬书集成》，河北人民出版社1994年版。

［法］魏丕信：《18世纪中国的官僚制度与荒政》，徐建青译，江苏人民出版社2006年版。

二 古籍

（宋）蔡襄：《端明集》，《文渊阁四库全书》本。

（宋）方夔：《富山遗稿》，《文渊阁四库全书》本。

（宋）强至：《祠部集》，《文渊阁四库全书》本。

（宋）宋祁：《景文集》，《文渊阁四库全书》本。

（宋）汪炎昶：《古逸民先生集》，《宛委别藏》清抄本，《续修四库全书》本。

（宋）王阮：《义丰集》，《文渊阁四库全书》本。

（宋）王十朋撰，（宋）王闻诗、王闻礼编：《梅溪集》，《文渊阁四库全书》本。

（宋）王质：《雪山集》，《文渊阁四库全书》本。

（宋）吴芾：《湖山集》，《文渊阁四库全书》本。

（宋）许纶：《涉斋集》，《文渊阁四库全书》本。

（宋）于石撰，（元）吴师道编：《紫岩诗选》，《文渊阁四库全书》本。

（宋）真德秀：《西山文集》，《文渊阁四库全书》本。

（宋）郑獬：《郧溪集》，《文渊阁四库全书》本。

（元）陈旅撰，（元）陈盱编：《安雅堂集》，《文渊阁四库全书》本。

（元）方回：《桐江续集》，《文渊阁四库全书》本。

（元）贡奎撰，（明）贡元礼编：《云林集》，《文渊阁四库全书》本。

（元）贡师泰：《玩斋集》，《文渊阁四库全书》本。

（元）蒋易辑：《皇元风雅》，元建阳张氏梅溪书院刻本，《续修四库全书》本。

（元）李存：《俟庵集》，《文渊阁四库全书》本。

（元）刘诜：《桂隐诗集》，《文渊阁四库全书》本。

（元）王结：《文忠集》，《文渊阁四库全书》本。

（元）谢应芳：《龟巢稿》，《文渊阁四库全书》本。

（元）杨宏道：《小亨集》，《文渊阁四库全书》本。

（元）朱德润：《存复斋文集》，明刻本，《续修四库全书》本。

（明）曹学佺编：《石仓历代诗选》，《文渊阁四库全书》本。

（明）陈懿典：《陈学士先生初集》，明万历刻本，《四库禁毁书丛刊》本。

（明）程敏政：《篁墩文集》，《文渊阁四库全书》本。

（明）戴澳：《杜曲集》，明崇祯刻本，《四库禁毁书丛刊》本。

（明）范凤翼：《范勋卿诗集》，明崇祯刻本，《四库禁毁书丛刊》本。

（明）范钦：《天一阁集》，明万历刻本，《续修四库全书》本。

（明）高出：《镜山庵集》，明天启刻本，《四库禁毁书丛刊》本。

（明）耿定向：《耿天台先生文集》，明万历二十六年刘元卿刻本，《四库全书存目丛书》本。

（明）龚诩：《野古集》，《文渊阁四库全书》本。

（明）何白：《汲古堂集》，明万历刻本，《四库禁毁书丛刊》本。

（明）何乔新：《椒邱文集》，《文渊阁四库全书》本。

（明）刘嵩：《槎翁诗集》，《文渊阁四库全书》本。

（明）刘遵宪：《来鹤楼集》，明天启刻本，《四库禁毁书丛刊》本。

（明）吕坤：《去伪斋文集》，清康熙三十三年吕慎多刻本，《四库全书存目丛书》本。

（明）欧大任：《欧虞部集》，清刻本，《北京图书馆古籍珍本丛刊》本。

（明）偶桓编：《乾坤清气集》，《文渊阁四库全书》本。

（明）钱谷编：《吴都文粹续集》，《文渊阁四库全书》本。

（明）邵圭洁：《北虞遗文》，明万历刻本，《四库全书存目丛书》本。

（明）申佳胤：《申忠愍诗集》，《文渊阁四库全书》本。

（明）宋登春：《宋布衣集》，《文渊阁四库全书》本。

（明）孙承恩：《文简集》，《文渊阁四库全书》本。

（明）陶望龄：《歇庵集》，明万历乔时敏等刻本，《续修四库全书》本。

（明）童佩：《童子鸣集》，明万历间梁溪谈氏天籁堂刻本，《四库全书存目丛书》本。

（明）王冕撰，（明）王周编：《竹斋集》，《文渊阁四库全书》本。

（明）王磐：《野菜谱》，明嘉靖张守中刻本，《四库全书存目丛书》本。

（明）王圻：《王侍御类稿》，明万历四十八年王思义刻本，《四库全书存目丛书》本。

（明）王世懋：《王奉常集》，明万历间刻本，《四库全书存目丛书》本。

（明）王祖嫡：《师竹堂集》，明天启刻本，《四库未收书辑刊》本。

（明）魏骥：《南斋先生魏文靖公摘稿》，明弘治十一年洪钟刻本，《四库全书存目丛书》本。

（明）吴国伦：《甔甀洞续稿》，明万历刻本，《续修四库全书》本。

（明）吴宽：《家藏集》，《文渊阁四库全书》本。

（明）杨爵：《杨忠介集》，《文渊阁四库全书》本。

（明）杨士奇：《东里集》，《文渊阁四库全书》本。

（明）殷奎撰，（明）余煂编：《强斋集》，《文渊阁四库全书》本。

（明）张国维：《张忠敏公遗集》，清咸丰刻本，《四库未收书辑刊》本。

（明）赵完璧：《海壑吟稿》，《文渊阁四库全书》本。

（明）赵彦复辑：《梁园风雅》，清康熙四十三年陆廷灿刻本，《续修四库全书》本。

（明）郑以伟：《灵山藏》，明崇祯刻本，《四库禁毁书丛刊》本。

（明）朱长春：《朱太复文集》，明万历刻本，《续修四库全书》本。

（明）朱诚泳：《小鸣稿》，《文渊阁四库全书》本。

（明）朱苃煜：《文嘻堂诗集》，清康熙三十七年紫阳书院刻本，《四库全书存目丛书》本。

（清）爱新觉罗·弘历：《御制诗集》，清乾隆、嘉庆武英殿刻本，《清代诗文集汇编》本。

（清）曹楙坚：《昙云阁集》，清同治十二年刻光绪十一年增修本，《清代诗文集汇编》本。

（清）陈文述：《颐道堂诗选》，清嘉庆十二年刻道光增修本，《续修四库全书》本。

（清）陈梓：《删后诗存》，清嘉庆二十年重刻本，《清代诗文集汇编》本。

（清）陈作霖：《可园诗存》，清宣统元年至二年刻本，《清代诗文集汇编》本。

（清）成书：《多岁堂诗集》，清道光十一年刻本，《清代诗文集汇编》本。

（清）程瑞祊：《槐江诗钞》，清乾隆二年赐书堂刻本，《清代诗文集汇编》本。

（清）董元度：《旧雨草堂诗》，清乾隆四十三年刻本，《清代诗文集汇编》本。

（清）范来宗：《洽园诗稿》，叶昌炽抄本，《清代诗文集汇编》本。

（清）冯询：《子良诗存》，清刻本，《续修四库全书》本。

（清）高一麟：《矩庵诗质》，清乾隆高莫及刻本，《清代诗文集汇编》本。

（清）龚景瀚：《澹静斋诗钞》，清道光二十年恩锡堂刻《澹静斋全集》本，《续修四库全书》本。

（清）顾景星：《白茅堂集》，清康熙刻本，《清代诗文集汇编》本。

（清）顾宗泰：《月满楼诗集》，清嘉庆八年瞻园刻本，《续修四库全书》本。

（清）郝懿行：《晒书堂诗钞》，清光绪十年东路厅署刻本，《清代诗文集汇编》本。

（清）华希闵：《广事类赋》，清乾隆二十九年华希闵刻本，《续修四库全书》本。

（清）黄钊：《读白华草堂诗集》，清道光刻本，《清代诗文集汇编》本。

（清）计六奇汇辑：《明季北略》，清都城琉璃厂半松居士活字印本，《续修四库全书》本。

（清）黎汝谦：《夷牢溪庐诗钞》，清光绪二十五年羊城刻本，《清代诗文集汇编》本。

（清）李嘉乐：《仿潜斋诗钞》，清光绪十五年刻本，《续修四库全书》本。

（清）李世熊：《寒支初集》，清康熙四十三年檀河精舍刻本，《清代诗文集汇编》本。

（清）刘开：《刘孟涂集》，清道光六年姚氏檗山草堂刻本，《清代诗文集汇编》本。

（清）陆嵩：《意苕山馆诗稿》，清光绪十八年京师刻本，《清代诗文集汇编》本。

（清）陆应谷：《抱真书屋诗钞》，清道光二十四年刻本，《清代诗文集汇编》本。

（清）潘江：《木厓集》，清康熙刻本，《清代诗文集汇编》本。

（清）潘衍桐辑：《两浙輶轩续录》，清光绪十七年浙江书局刻本，《续修四库全书》本。

（清）彭孙贻：《茗斋集》，涵芬楼影印海盐张氏涉园藏手稿刻本写本，《清代诗文集汇编》本。

（清）彭元瑞等纂修：《孚惠全书》，民国罗振玉石印本，《续修四库全书》本。

（清）阮葵生：《七录斋诗钞》，稿本，《续修四库全书》本。

（清）阮元辑：《两浙輶轩录》，清嘉庆仁和朱氏碧溪草堂钱塘陈氏种榆仙馆刻本，《续修四库全书》本。

（清）沙琛：《点苍山人诗钞》，民国三年刻《云南丛书初编》本，《续修四库全书》本。

（清）邵长蘅：《邵子湘全集》，清康熙刻本，《清代诗文集汇编》本。

（清）沈季友编：《檇李诗系》，《文渊阁四库全书》本。

（清）沈钦韩：《幼学堂诗稿》，清嘉庆十八年刻道光八年增修本，《续修四库全书》本。

（清）沈兆沄：《织帘书屋诗钞》，清咸丰二年刻本，《清代诗文集汇编》本。

（清）盛大士：《蕴愫阁诗续集》，清道光四年刻本，《续修四库全书》本。

（清）宋荦：《西陂类稿》，民国六年宋恪寀重刊本，《清代诗文集汇编》本。

（清）陶梁辑：《国朝畿辅诗传》，清道光十九年红豆树馆刻本，《续修四库全书》本。

（清）汪学金：《静厓诗后稿》，清乾隆嘉庆间镇洋汪氏井福堂刻本，《清代诗文集汇编》本。

（清）汪学金辑：《娄东诗派》，清嘉庆九年诗志斋刻本，《四库未收书辑刊》本。

（清）汪志伊：《稼门诗钞》，清嘉庆十五年刻后印本，《续修四库全书》本。

（清）王柏心：《百柱堂全集》，清光绪十九年刻本，《清代诗文集汇编》本。

（清）王庆勋：《诒安堂诗初稿》《诒安堂二集》，清咸丰三年刻五年增修本，《续修四库全书》本。

（清）王相辑：《友声集》，清咸丰八年信芳阁刻本，《续修四库全书》本。

（清）魏宪辑：《百名家诗选》，清康熙魏氏枕江堂刻本，《续修四库全书》本。

（清）魏燮均：《九梅村诗集》，清光绪元年红杏山庄刻本，《续修四库全书》本。

（清）翁心存：《知止斋诗集》，清光绪三年常熟毛文彬刻本，《清代诗文集汇编》本。

（清）吴清鹏：《笏庵诗》，清咸丰五年刻《吴氏一家稿》本，《续修四库全书》本。

（清）吴嵩梁：《香苏山馆诗集》，清木犀轩重刻本，《清代诗文集汇编》本。

（清）吴振棫：《花宜馆诗钞》，清同治四年刻本，《续修四库全书》本。

（清）武亿：《授堂诗钞》，清道光二十三年武氏刻《授堂遗书》本，《清代诗文集汇编》本。

（清）夏筌：《退庵笔记》，《近代中国史料丛刊》本。

（清）夏之蓉：《半舫斋编年诗》，清乾隆三十六年刻本，《清代诗文集汇编》本。

（清）谢启昆：《树经堂诗初集》，清嘉庆刻本，《清代诗文集汇编》本。

（清）谢元淮：《养默山房诗稿》，清光绪元年刻本，《续修四库全书》本。

（清）徐宝善：《壶园诗钞选》，清道光刻本，《清代诗文集汇编》本。

（清）许瑶光：《雪门诗草》，清同治十三年刻本，《清代诗文集汇编》本。

（清）严我斯：《尺五堂诗删初刻》，清康熙二十七年刻本，《四库全书存目丛书》本。

（清）伊秉绶：《留春草堂诗钞》，清嘉庆十九年广州秋水园刻本，《清代诗文集汇编》本。

（清）张九钺：《紫岘山人全集》，清咸丰元年张氏赐锦楼刻本，《续修四库全书》本。

（清）张开东：《白莼诗集》，清乾隆五十三年张兆骞刻本，《四库未收书辑刊》本。

（清）张澍：《养素堂诗集》，清道光二十二年枣华书屋刻本，《清代诗文集汇编》本。

（清）张永铨：《闲存堂诗集》，清康熙刻本，《清代诗文集汇编》本。

（清）张云璈：《简松草堂诗集》，清道光刻《三影阁丛书》本，《续修四库全书》本。

（清）赵藩：《向湖村舍诗初集》，清光绪十四年长沙刻本，《清代诗文集汇编》本。

（清）郑世元：《耕余居士诗集》，清康熙江相书带草堂刻本，《四库未收书辑刊》本。

（清）朱绶：《知止堂诗录》，清道光二十年至二十二年董国华刻本，《清代诗文集汇编》本。

（清）朱休度：《小木子诗三刻》，清嘉庆三年刻六年刊正本，《清代诗文集汇编》本。

（清）祝德麟：《悦亲楼诗集》，清嘉庆二年姑苏刻本，《续修四库全书》本。

（清）卓尔堪辑纂：《遗民诗》，清康熙刻本，《四库禁毁书丛刊》本。

道光《江阴县志》，台湾成文出版社1983年影印本。

光绪《湖南通志》，清光绪十一年刻本，《续修四库全书》本。

光绪《获鹿县志》，《中国地方志集成·河北府县志辑》，上海书店出版社2006年影印本。

光绪《桐乡县志》，《中国地方志集成·浙江府县志辑》，上海书店出版社2000年影印本。

光绪《盱眙县志稿》，台湾成文出版社1970年影印本。

康熙《扬州府志》，清康熙三年刻本。

民国《曲阜县志》，台湾成文出版社1968年影印本。

顺治《卫辉府志》，《河南历代方志集成·新乡卷》，大象出版社2017年影印本。

同治《鄱阳县志》，《中国地方志集成·江西府县志辑》，凤凰出版社2013年影印本。

同治《铅山县志》，《中国地方志集成·江西府县志辑》，凤凰出版社2013年影印本。

三　期刊论文

白丽萍：《盛世中的灾荒书写——以乾隆二十至二十一年江苏省如皋县饥疫为例》，《湖北大学学报》（哲学社会科学版）2018年第4期。

陈必应：《论朱熹散文中的灾害书写》，《怀化学院学报》2020年第1期。

陈必应、郝永：《论朱熹灾害诗中的荒政思想》，《盐城师范学院学报》（人文社会科学版）2020年第3期。

陈家愉：《金元灾害词谫论》，《贵州文史丛刊》2018年第2期。

陈家愉：《浅论〈红楼梦〉的灾害描写》，《四川民族学院学报》2017年第3期。

陈钟琇：《清领至日治时期台湾地区地震诗》，《止善》2014年第17期。

程建虎：《嘉靖乙卯地震书写的互文性解读》，《宝鸡文理学院学报》（社会科学版）2018年第5期。

段金龙：《叙述·记忆·立场：戏曲文学中的灾荒叙事》，《戏曲研究》2018年第4期。

费习宽：《论吴伟业诗歌中的自然灾害描写》，《安顺学院学报》2017年第4期。

伏漫戈：《明代话本小说中自然灾害的书写》，《农业考古》2018年第1期。

郭守运、苏晓红：《明清白话小说中的瘟疫灾害书写探析》，《韶关学院学报》2021年第1期。

胡传志：《面对灾害，文学何为？——论道光间周凯、蔡廷兰的澎湖赈灾诗》，《苏州大学学报》（哲学社会科学版）2019年第5期。

黄炬：《郑珍的灾害诗研究》，《贵州文史丛刊》2019年第3期。

姜婷婷、钟健：《中国自然灾难神话中的鸟意象管窥》，《湖北社会科学》2013 年第 2 期。

李朝军：《古代文学作品的灾害文献价值及其利用刍议》，《华夏文化论坛》2020 年第 1 期。

李朝军：《论梅尧臣的自然灾害题材诗赋》，《贵州师范大学学报》（社会科学版）2011 年第 1 期。

李朝军：《论宋代的地震诗》，《井冈山大学学报》（社会科学版）2016 年第 1 期。

李朝军：《论唐宋时期的火灾诗》，《求索》2016 年第 12 期。

李朝军：《颂美、诉灾与民族意蕴——略论历代黄河诗的特色流变及文学文化价值》，《文学评论》2017 年第 4 期。

李朝军：《唐宋诗歌海洋灾害书写论析》，《广东社会科学》2021 年第 4 期。

李朝军、周敏：《论宋词的灾害书写》，《文艺评论》2017 年第 1 期。

李福、崔亚虹：《田祖有神 秉畀炎火——〈诗经〉中的灾荒描写与抗灾精神》，《辽宁行政学院学报》2010 年第 1 期。

李瑞丰：《〈诗经〉灾异诗述论》，《河北大学学报》（哲学社会科学版）2014 年第 6 期。

李铁松：《两宋时期自然灾害的文学记述与地理分布规律》，《自然灾害学报》2010 年第 1 期。

李为：《唐代的救灾制度与灾害诗》，《湖北职业技术学院学报》2017 年第 1 期。

李伟：《〈春秋左传〉灾害书写初探》，《牡丹江大学学报》2014 年第 10 期。

李文海：《晚清诗歌中的灾荒描写》，《清史研究》1992 年第 4 期。

刘卫英：《冰雪灾害与明清小说的民俗想象》，《学术交流》2013 年第 3 期。

刘卫英：《〈柳秀才〉与柳御蝗灾象征溯源》，《蒲松龄研究》2003 年第 3 期。

刘卫英：《明清灾害叙事中匿灾事象的文学言说机制》，《东疆学刊》2013 年第 1 期。

刘晓岚：《我国灾害文学研究的现状与展望》，《防灾科技学院学报》2019年第3期。

刘艺：《杜甫天灾诗探微》，《杜甫研究学刊》2013年第1期。

龙珍华：《论唐代祈雨诗的民俗文化内涵》，《江汉大学学报》（社会科学版）2019年第3期。

龙珍华：《论唐诗中的蝗灾书写及其政治意义》，《湖北大学学报》（哲学社会科学版）2019年第4期。

龙珍华：《论唐诗中的灾害书写》，《江汉论坛》2017年第12期。

龙珍华：《试论灾害文学史的建构——以先唐灾害诗歌史为例》，《湖南师范大学社会科学学报》2020年第4期。

卢芮青：《莫友芝诗歌中的灾害书写探析》，《贵州师范学院学报》2020年第5期。

罗时进：《清代自然灾难事件的诗体叙事》，《文学遗产》2021年第1期。

马言：《试论白居易灾害诗的史学价值》，《西安石油大学学报》（社会科学版）2015年第3期。

孟凡港：《歌声中的苦难记忆——〈诗经〉中的自然灾害记载》，《中华文化论坛》2011年第2期。

牟代群：《王冕的灾害诗研究》，《新疆广播电视大学学报》2019年第4期。

莎日娜：《灾荒与战乱——试论明清之际章回小说的时代主题》，《内蒙古师范大学学报》（社会科学版）2003年第4期。

宋驰等：《〈红楼梦〉中的海啸》，《防灾科技学院学报》2009年第2期。

孙伟鑫：《论明代嘉靖时期辞赋的自然灾害书写》，《贵州师范学院学报》2019年第1期。

田崇雪：《人生不满百，常怀千岁忧！——灾难文学的忧患意识》，《世界华文文学论坛》2020年第1期。

童芬芬：《夸父逐日的原始蕴含及后世的演变》，《甘肃社会科学》2006年第6期。

王焕然：《〈清诗铎〉祈雨术初探》，《世界宗教研究》2012年第3期。

王焕然：《明清小说的灾荒书写》，《明清小说研究》2017年第2期。

王焕然：《试论〈诗经〉的灾荒书写》，《曲靖师范学院学报》2010年第

5 期。

王焕然：《宋代辞赋的灾害书写》，《辽东学院学报》（社会科学版）2016年第 6 期。

王焕然：《苏轼与灾荒》，《井冈山大学学报》（社会科学版）2015 年第 1 期。

王家龙：《王安石诗文中的灾害书写探析》，《哈尔滨学院学报》2019 年第 7 期。

王家龙：《侠义之外的特写：〈水浒传〉灾害书写论略》，《四川民族学院学报》2019 年第 3 期。

王家龙、李朝军：《以诗驱虐——文学功能的别样呈现》，《贵州文史丛刊》2018 年第 4 期。

王建平：《论蒲松龄的灾难诗》，《蒲松龄研究》2012 年第 1 期。

王立：《〈聊斋志异〉灾荒瘟疫描写的印度渊源及文化意义》，《山西大学学报》（哲学社会科学版）2007 年第 3 期。

王立：《佛经翻译文学与〈聊斋志异〉中的瘟疫与灾害母题》，《苏州科技学院学报》（社会科学版）2011 年第 6 期。

王立：《明清雹灾、冰雪、地震与瘟疫等关联书写及多神观念》，《哈尔滨工业大学学报》（社会科学版）2020 年第 3 期。

王立：《明清灾害文学书写与御灾信仰的精神史意义》，《社会科学辑刊》2020 年第 2 期。

王立、韩雅慧：《"途逢冥使瘟神"母题的渊源与冥间正义崇拜》，《江西师范大学学报》（哲学社会科学版）2020 年第 2 期。

王立、刘卫英：《明清雹灾与雹神崇拜的民俗叙事》，《晋阳学刊》2011 年第 5 期。

王立、刘卫英：《清代火山地震的文学言说》，《晋阳学刊》2013 年第 1 期。

王立、石雯馨：《明清避灾驱疫、民间救助的伦理言说》，《西北民族大学学报》（哲学社会科学版）2020 年第 1 期。

王立、石雯馨：《青蛙与蜥蜴：明清求雨中的龙象征及其灵物崇拜》，《山西大学学报》（哲学社会科学版）2019 年第 6 期。

王立、赵伟龙：《论蒲松龄诗歌中的灾害描写》，《蒲松龄研究》2014 年第

3 期。

王菽梅：《试论王禹偁的灾害诗》，《贵州民族大学学报》（哲学社会科学版）2013 年第 1 期。

王秀臣：《灾难视野中的文学回响——先秦灾难的文学表现及其意义》，《湘潭大学学报》（哲学社会科学版）2012 年第 3 期。

王璋：《清朝诗歌中的山西灾荒——以方志为中心的考察》，《中国地方志》2012 年第 1 期。

王照：《论〈搜神记〉中的自然灾害书写》，《宜春学院学报》2020 年第 2 期。

王政：《元剧中的祈雨古俗略考》，《中国戏剧》2007 年第 12 期。

韦正春：《论苏轼祝文中的自然灾害书写》，《绵阳师范学院学报》2019 年第 12 期。

魏宏灿：《建安时期的天灾对建安文学的影响》，《安徽大学学报》（哲学社会科学版）2009 年第 1 期。

吴夏平：《白居易的灾害诗》，《古典文学知识》2013 年第 3 期。

闫丽：《晚清"丁戊奇荒"诗歌阐论》，《苏州大学学报》（哲学社会科学版）2020 年第 5 期。

杨静等：《康雍乾灾害诗歌主题变化与三朝灾害信仰之流变》，《防灾科技学院学报》2010 年第 2 期。

杨晓蔼、肖玉霞：《宋代祈谢雨文的文体类别及其所映现的仪式意涵》，《西北师大学报》（社会科学版）2012 年第 4 期。

张静：《论赋法在古代灾害诗歌中的运用》，《中国文化研究》2015 年春之卷。

张静：《论古代灾害诗歌的立意构思之法》，《湘潭大学学报》（哲学社会科学版）2015 年第 2 期。

张静、唐元：《论古代自然灾害诗歌中对人与自然关系的清醒认识》，《农业考古》2017 年第 4 期。

张思齐：《楚辞与杜甫的喜雨诗和恨旱诗》，《大连大学学报》2019 年第 4 期。

张堂会：《天灾与人祸——从诗歌看清代的自然灾害及其救济》，《兰州学刊》2011 年第 5 期。

朱浒：《灾荒中的风雅：〈海宁州劝赈唱和诗的社会文化情境及其意涵〉》，《史学月刊》2015 年第 11 期。

四　学位论文

常亚宾：《中国上古神话的灾难叙事研究》，硕士学位论文，广西师范大学，2021 年。

邓峰：《明末山东灾荒与社会应对——以〈醒世姻缘传〉展现的山东地方社会为中心》，硕士学位论文，北京师范大学，2005 年。

高雪艳：《宋代自然灾害赋研究》，硕士学位论文，贵州师范大学，2014 年。

国学昕：《汉魏之际灾难文学论》，硕士学位论文，哈尔滨师范大学，2017 年。

李瑞丰：《先秦两汉灾异文学研究》，博士学位论文，河北大学，2014 年。

李为：《先秦诸子灾害书写的文献整理与研究》，硕士学位论文，贵州师范大学，2017 年。

李伟：《先秦文学中的灾害书写研究》，硕士学位论文，陕西理工学院，2015 年。

李文娟：《东汉灾害文学研究》，硕士学位论文，安徽大学，2014 年。

李迎跃：《魏晋南北朝灾疫文学研究》，硕士学位论文，辽宁师范大学，2021 年。

路美玲：《汉代自然灾异文学书写研究》，硕士学位论文，陕西理工大学，2020 年。

栾玉博：《唐代旱灾诗研究》，硕士学位论文，西北大学，2017 年。

束洁：《唐代自然灾害题材诗歌整理与研究》，硕士学位论文，贵州师范大学，2017 年。

宋丹丹：《汉魏六朝灾害赋研究》，硕士学位论文，贵州师范大学，2014 年。

宋昀其：《苏轼祈禳诗文研究》，硕士学位论文，西北师范大学，2014 年。

孙从从：《魏晋南北朝灾害文学研究》，硕士学位论文，鲁东大学，2014 年。

王嘉悦：《中国灾难文学及其流变》，博士学位论文，吉林大学，2016 年。

王宇飞：《宋诗与宋代灾害探研》，硕士学位论文，四川师范大学，2012 年。

肖玉霞：《宋代祈雨文研究》，硕士学位论文，西北师范大学，2013 年。

熊倩：《清代粥厂诗歌研究》，硕士学位论文，苏州大学，2020 年。

杨静：《从康雍乾灾害诗歌的表现看三朝灾害观念的嬗变》，硕士学位论文，首都师范大学，2009年。

袁心澜：《先秦诗歌中的自然灾害母题与意象研究》，硕士学位论文，湖南科技大学，2010年。

周惠：《20世纪中国文学中的灾害书写》，博士学位论文，陕西师范大学，2010年。

周玉琳：《祈雨习俗与唐五代文学》，硕士学位论文，上海师范大学，2014年。

后　　记

　　日月如梭，我研究古代灾害文学已近十五个年头。2008年，"中国古代灾荒文学与抗灾意识"获批辽宁省社科基金项目，此后我便与灾害文学结下不解之缘。阶段性成果发表在《世界宗教研究》等期刊上，2012年项目以免于鉴定结项。2013年，在前期研究的基础上，我对古代灾害文学的诸多问题进行了认真思考，对研究现状加以细致梳理，发现其大有深入探讨的价值，遂以"古代文学灾害书写研究"为题申报国家社科基金，不意竟获批立项。立项的喜悦是短暂的，等到接触灾害文学文献时，才发现自己步入了作品海洋，其数量之多、内容之丰富、牵涉的知识面之广，让人顿生大山压顶的绝望感。早听过拿项目的老师慨叹"请佛容易送佛难"，当时甚不以为然，但此后数年的艰难跋涉才让我确信此言不虚。

　　2014年，我离开了供职十五年的沈阳师范大学，回到家乡所在地的河南大学。新的环境带来了新的机遇与新的挑战。我讲授的科目从古代文学变成了写作，隔行如隔山，我不得不把大量时间花在备课上。学校图书馆丰富的纸质文献与电子文献，让我陷入其中而不可自拔，大部分时间都被查寻、摘录资料所占据，项目推进速度缓慢，不知不觉间四年过去了。2018年年底，学校社科处通知明年三月必须结项，我一下方寸大乱，夜不能眠，紧赶慢赶，总算在规定时间交稿。但身体严重透支，患了心血管病，在坚持几个月后，平生第一次住进了医院。

　　在项目完成过程中，位亚芬、王青枝、卢唤唤、刘梦静等几位研究生做了不少查找资料与校对的工作。书稿获资助出版，得到了文学院、人文社科研究院、财务处、学科建设处诸位领导和老师的大力支持。书稿的相关成果，曾发表在《明清小说研究》等期刊上。

感谢责任编辑杨康女士为本书出版付出的大量心血。她做事认真负责，严格把关，一遍遍地审读，不厌其繁地提出宝贵意见，避免了许多错误及不规范，为本书增色良多。感谢校对王龙先生的一丝不苟。

2022 年 12 月 31 日

于开封四季城